LAURA BASTIAN

Die Rose von Radwick

Buch

England im 12. Jahrhundert. Die junge, schüchterne Megan, Tochter eines verarmten Viscounts, wird auf Wunsch ihres Vaters mit Lord Solvey verheiratet. Dieser hat seine erste Frau, die schöne Lady Barbara, verstoßen, da sie ihm keinen Sohn gebären konnte. Auf Megan lasten hohe Erwartungen, denn ihre Vorgängerin war eine exzellente Gesellschafterin und sehr beliebt auf Burg Radwick. In ihre neue Rolle als Lady Solvey findet sich die junge Frau nur schwer ein, zu zurückhaltend ist ihr Wesen und zu unscheinbar ihr Äußeres. Auch, dass der gesamte Hofstaat nur darauf zu warten scheint, dass sie endlich schwanger wird, macht ihr die erste Zeit auf Radwick nicht leicht. Aber auch sie weiß: Nur ein Nachkomme wird es ermöglichen, dass sie als die neue Lady Solvey anerkannt wird und die Burg im Besitz des Hauses Solvey bleibt. Denn vor allem Lord Varmourth, der größte Widersacher des Burgherrn, hat es auf das Lehen abgesehen, und es steht zu befürchten, dass König Henry II. es an ihn vergibt. Doch Albert Solvey kann die Ehe mit seiner Frau nicht vollziehen, er ist zeugungsunfähig. Megan sucht allerdings die Schuld bei sich. Einzig in Anette hat sie eine Freundin, der sie sich bedenkenlos anvertrauen kann, obwohl diese als Tochter des Waffenschmieds dem gesellschaftlichen Rang nach weit unter ihr steht. Als die politische Lage sich zuspitzt und immer brisanter wird, tritt plötzlich Erik Arrondal, der persönliche Berater von Lord Solvey, an Megan heran und macht ihr ein Angebot: Er ist bereit, anstelle des Lords ein Kind mit ihr zu zeugen, um den Erhalt des Lehens und Megans eigene Zukunft zu sichern. So beginnt ein spannungsgeladenes, geheimes Verhältnis zwischen den beiden, und Megan ist hin und her gerissen zwischen Schuldgefühlen und einer noch uneingestandenen leidenschaftlichen Liebe zu Erik. Doch dann greift Lord Varmourth die Burg an und lässt ihnen keine Wahl als die Flucht …

Autorin

Laura Bastian wurde 1967 in Schleswig-Holstein geboren. Sie studierte Altgermanistik und Archäologie und arbeitete anschließend als Fernsehredakteurin. Heute ist sie freie Autorin und lebt in Minneapolis und in Hamburg. »Die Rose von Radwick« ist ihr erster Roman.

Laura Bastian

Die Rose von Radwick

Roman

GOLDMANN

FSC
Mix
Produktgruppe aus vorbildlich bewirtschafteten Wäldern und anderen kontrollierten Herkünften

Zert.-Nr. SGS-COC-1940
www.fsc.org
© 1996 Forest Stewardship Council

Verlagsgruppe Random House FSC-DEU-0100
Das FSC-zertifizierte Papier *München Super* für dieses Buch liefert Arctic Paper Mochenwangen GmbH.

1. Auflage
Originalausgabe Juni 2009

Umschlaggestaltung: UNO Werbeagentur, München
Umschlagmotiv: © Bridgemanart.com, Gemälde »Judith und Holofernes« (1599, Ausschnitt) von Cristofano Allori
IK · Herstellung: Str.
Satz: deutsch-türkischer fotosatz, Berlin
Druck und Bindung: GGP Media GmbH, Pößneck
Printed in Germany
ISBN: 978-3-442-46995-6

www.goldmann-verlag.de

~ 1 ~

Es ist ein ganz wunderbares Kleid!«

Ella trat einen Schritt zurück und betrachtete ihre Herrin zufrieden. Megan lächelte unsicher und starrte in den großen, polierten Spiegel. Ja, es war ein sehr schönes Kleid aus dunkelrotem Brokat mit eingewebtem silbernen Netzmuster. Der Ausschnitt war aufwändig mit Perlen verziert, die aber in Konkurrenz mit dem schweren Rubinhalsband um Megans Hals verblassten. An ihren Händen steckten verschiedene schwere Ringe und ihre Handgelenke waren mit zwei Armbändern aus Rotgold geschmückt. Megan spürte, wie das Gewicht des Metalls ihre Arme nach unten zog.

»Und, wie gefällt es Ihnen, Milady?« Ella sah sie erwartungsvoll an.

»Gut. Es ist ein schönes Kleid.« Megan warf einen letzten Blick in den Bronzespiegel. Die rote Pracht der Robe strahlte ihr entgegen und irgendwo dahinter war verschwommen das blasse, gedankenvolle Gesicht der Trägerin zu erkennen.

»Ich werde Dame Agnes sagen, dass Sie bereit sind.«

Megan blickte ihrer Zofe nach, als sie eilig aus dem Zimmer lief. Nervös spielte sie mit den Ringen an ihrer Hand.

Vier Tage lang war sie auf ihrem Zelter immer hinter Dame Agnes hergeritten, aus der Ebene ihrer Heimat in die felsige Landschaft ihrer Zukunft. Der zweite Lord von Solvey hatte einen beachtlichen Tross geschickt, um seine Braut heimzuholen. Der Zug umfasste mehr als 35 Teilnehmer. An der Spitze ritten sechs Bewaffnete in Paaraufstellung, gefolgt von einem Hauptmann, zwei Trompetenbläsern, dem Pferdemarschall und einem Waffenmeister. Dann kam Dame Agnes und dahinter Megan. Es folgten vier Hofdamen, zwei Geistliche, zahlreiche Bedienstete und Dutzende Packtiere. Den Schluss bildeten wiederum sechs Bewaffnete.

Nein, man konnte nicht sagen, dass sich ihr zukünftiger Gemahl hatte lumpen lassen. Heute Nachmittag nun hatten sie fast ihr Ziel erreicht und Megan würde ihren Bräutigam und ihr neues Heim mit eigenen Augen zu sehen bekommen. Der Beschreibung nach sollte Lord Solvey ein gut aussehender Mann von 29 Jahren sein, seine Burg und Ländereien waren in ausgezeichnetem Zustand, und wenn die Ausstattung der Reisegesellschaft den tatsächlichen Gegebenheiten entsprach, war ihr Zukünftiger sehr wohlhabend. Eine großartige Partie für die einzige Tochter eines verarmten Viscounts mit einer Schar hoffnungsvoller Söhne. Aus diesem Grund hatte Megans Vater dem Heiratsantrag für seine Tochter sofort zugestimmt, ohne sie auch nur um ihre Meinung zu fragen. Nicht, dass Megan etwas gegen diese Verbindung einzuwenden gehabt hätte oder es ihr etwas genützt hätte, wenn es so gewesen wäre.

Lord Solveys Angebot war ein Glücksfall für sie und deutlich mehr, als sie hatte erwarten können. Denn ihre Mitgift war sehr klein, und Megan nicht gerade das, was man eine Schönheit nennen konnte. Sie war nicht hässlich, eher durchschnittlich, unauffällig. Hoch gewachsen und dünn, entsprach sie nicht ganz der herrschenden Mode. Ihre Haare waren aschblond und sehr glatt und sie hatte braune Augen. Nichts war bemerkenswert an Megan, und so hatte bisher auch kein Verehrer sie zum Objekt seiner Anbetung gemacht. Einmal davon abgesehen, dass die Hofhaltung ihres Vaters so sparsam war, dass sich nur selten ein fahrender Sänger in ihre Festhalle verirrte.

Der einzige kleine Makel an ihrer vielversprechenden Ehe war die Tatsache, dass Lord Solvey seine erste Frau verstoßen hatte. In sechs Ehejahren hatte sie es nicht fertiggebracht, ihrem Gatten einen Sohn zu schenken oder auch überhaupt nur ein Kind. Megan konnte sich nicht erklären, warum die erste Lady Solvey nicht zustande bringen konnte, was der einfältigsten Küchenmagd öfter gelang, als ihr lieb war. Das Haus Solvey brauchte dringend einen Erben, und Megan wusste, was von ihr erwartet wurde.

Sie setzte sich vorsichtig auf die Kante eines Stuhls, um den kostbaren Stoff nicht zu zerdrücken. In wenigen Augenblicken würden sie zur letzten kurzen Etappe aufbrechen. Sie hatten in diesem Gasthaus Halt gemacht, damit Megan sich auf die Begegnung mit ihrem zukünftigen Mann vorbereiten konnte. Lord Solvey würde sie auf halber Strecke abholen. Es gehörte zum guten Ton, seinen Gästen, in diesem Fall seiner Braut, entgegenzureiten und sie dann höchstpersönlich ins eigene Heim zu geleiten. Aus diesem Begrüßungszeremoniell konnten die großartigsten Umzüge werden, wenn sich Gastgeber und Gast gegenseitig beeindrucken wollten. Megan hörte, wie Dame Agnes die Treppe heraufkam. Es war so weit. Vor Aufregung brodelte es in ihrem Magen, und das schwere Halsband nahm ihr die Luft zum Atmen.

»Sehr schön, sehr schön!« Dame Agnes taxierte Megan kritisch. Ihr Mund war klein und spitz und üblicherweise missbilligend zusammengekniffen. Jetzt stülpten sich ihre Lippen rhythmisch vor und zurück, als wisse Dame Agnes nicht genau, wie sie das ihr unbekannte Gefühl der Zustimmung ausdrücken sollte.

»Gehen wir.«

Megan folgte der älteren Frau die Treppe hinunter. Dame Agnes war eine Verwandte von Lord Solvey und hatte die Heirat in die Wege geleitet. Sie war mit Megans Tante Blanche bekannt. Die Solveys hatten sich ihren Adelstitel erst während der normannischen Eroberung verdient. Megans Familienstammbaum war erheblich älter und das machte ihre mangelnde Mitgift wett. Es war daher eine Verbindung zu beiderseitigem Vorteil.

In dem gepflasterten Hof wartete schon der Rest ihres Zuges. Alle hatten sich für den Einzug in die Burg herausgeputzt. Megan stieg die kleine Trittleiter empor und ließ sich vorsichtig auf dem Sattel ihres Pferdes nieder. Ella und eines der Mädchen arrangierten die Falten des Gewandes, schüttelten ein paar Staubkörner aus dem Stoff und zupften so lange herum, bis alles perfekt saß. Nach einem abschließenden Kontrollgang von Dame Agnes setzte sich der Zug im Schritttempo in Bewegung.

Sie waren noch nicht weit geritten, als von Ferne Trompeten zu hören waren. Augenblicklich wurden sie von den beiden Trompetern in ihrem eigenen Zug beantwortet. Megan spürte, wie eine Welle freudiger Erwartung den gesamten Zug erfasste. Auch sie selbst wurde mitgerissen. Die Straße machte eine Biegung und gab den Blick auf eine große Burg frei, die in einiger Entfernung in der Sonne stand. Burg Radwick, der Sitz der Familie Solvey, war ein beeindruckendes Gebäude mit hohen Mauern und Zinnen. Und dann sah sie den Zug ihres Bräutigams, die bunten Wimpel hoben sich kräftig von dem Blau des Himmels ab. Megan hörte Musik und Gesang, der immer wieder von den Trompeten unterbrochen wurde. Aus den umliegenden Dörfern waren die Leute zusammengelaufen, um den Einzug der neuen Lady Solvey zu sehen. Sie säumten die Straße, klatschten und schwenkten bunte Tücher. Man warf händeweise kleine Münzen in die Menge, denn dies war ein Festtag und auch die einfachen Leute sollten sich freuen.

Ihr Zug teilte sich und fiel seitlich zurück, so dass Megan nun allein an der Spitze ritt. Ihr Herz schlug ihr bis zum Hals. Sie blickte zu dem Reiter, der ihr jetzt entgegenkam. Es war ein Bär von einem Mann auf einem großen, starken Rappen. Er hatte blonde Haare und einen kurzen, roten Bart. Seine Augen waren von einem stechenden Hellblau, und einen Moment lang nahmen sie Megans Blick gefangen. Sie hielt den Atem an.

»Willkommen auf Radwick.« Die dunkle Stimme war dem Umfang des Brustkorbes angemessen.

»Und hier ist Lord Solvey.« Der Mann bewegte sein Pferd zur Seite, und hinter ihm erschien ein prachtvoll gekleideter Reiter. Einen kurzen Moment blinzelte Megan verwirrt. Natürlich! Wie hatte sie nur annehmen können, dass der schlicht gekleidete Gefolgsmann Lord Solvey sein könnte. Die Beschreibung hätte auch gar nicht auf ihn gepasst.

»Willkommen, Lady Megan!« Lord Solvey lächelte, beugte sich vor und gab ihr einen formvollendeten Willkommenskuss auf die Wange. Auch Megan folgte dem höfischen Begrüßungsritual und küsste ihren Bräutigam. Sie spürte ein seltsames Gefühl der Ernüchterung, aber sie hörte nicht auf zu lächeln. Lord Solvey wendete sein Pferd, und sie ritten nun Seite an Seite an der Spitze des sich vereinenden Zuges, begleitet von Musikern und Sängern und dem Jubel der Menge.

»Ich hoffe, Sie hatten eine angenehme Reise?«

»Ja durchaus. Vielen Dank.« Megan betrachtete Lord Solvey. Er war, wie man ihn ihr beschrieben hatte: mittelgroß, schlank und gut aussehend. Sein braunes Haar war voll und zog sich nur an den äußeren Kanten der hohen Stirn zurück. Er war modisch glatt rasiert und war sicherlich ein stattlicher Mann, wenn es auch seiner Haltung – seine Schultern hingen leicht nach vorne – ein wenig an Spannung mangelte.

Der blonde, starke Mann, der sie als erstes begrüßt hatte, ritt nun hinter ihnen. Megan spürte seinen Blick in ihrem Rücken. Wer mochte er sein?

Lord Solvey erkundigte sich sehr höflich nach dem Befinden ihrer Familie.

»Leider konnte meine Tante Blanche nicht mitkommen. Sie ist an einem Fieber erkrankt, und die Reise wäre zu beschwerlich für sie gewesen.« Lady Blanche war die Schwester ihres Vaters, und seit dem Tod ihrer Mutter war Megan ihrer Obhut anvertraut.

»Das tut mir leid zu hören. Wird sie nachkommen?«

»Ja, sobald es ihr Zustand erlaubt.« Megan hoffte im Stillen, dass das nicht allzu bald der Fall sein würde. Lady Blanche war eine missmutige, alte Jungfer von unberechenbarem Temperament. Megan hätte es niemals zugegeben, aber sie konnte Blanche nicht ausstehen. So war sie froh, ihr für einige Zeit zu entkommen.

»Sie sind sicher müde von dem langen Ritt, daher findet heute nur ein kleines Abendessen statt«, erklärte Lord Solvey, während er Megans Hand hielt.

»Morgen ist dann ja der große Tag!« Er lachte kurz auf. »Wir haben eine Zahl von Gästen, und ich bin sicher, dass Sie mit Ihrem Hochzeitsfest zufrieden sein werden, Lady Megan.«

~ 2 ~

Welch ein gut aussehender Mann!«, begeisterte sich Ella einige Zeit später, als sie Megan zum Abendessen umzog.

Megan nickte.

»Und so freundlich, er hat selbst mir zugelächelt«, fuhr ihre Zofe fort.

Ja, Lord Solvey war ein sehr freundlicher Mann, dachte Megan. Sie konnte sich nicht recht vorstellen, dass er es fertiggebracht hatte, seine erste Frau zu verstoßen. Andererseits wusste sie, wie wichtig es für ein adeliges Haus war, einen Erben zu haben. Megans Gedanken wanderten zu dem großen, blonden Mann, der sie als erstes begrüßt hatte. Er war ganz sicher nicht nur ein einfacher Gefolgsmann. Sie hatte ihn bei ihrer Ankunft beobachtet, und die Art, wie er Befehle erteilte, ließ keinen Zweifel daran, dass er eine entscheidende Position auf Burg Radwick innehatte.

Als sie wenig später in den mit zahlreichen Kerzen beleuchteten Saal trat, war sie überrascht, was Lord Solvey unter einem kleinen Abendessen verstand. Der Festsaal war der Größe der Burg angemessen und sehr geräumig. Die Decke der Halle war bunt bemalt und die Steine des gepflasterten Fußbodens waren in einem komplizierten, grafischen Muster verlegt. An den hölzernen Stützbalken waren Fackeln angebracht, die alles auf das Angenehmste erhellten. Quer zur Eingangstür am gegenüberliegenden Ende des Saales stand eine festlich geschmückte lange

Tafel. Alle weiteren Tische im Raum waren in Längsausrichtung dazu aufgestellt und ebenfalls mit Blumen und Bändern geschmückt.

»Sie sehen bezaubernd aus, Lady Megan.« Lord Solvey hatte am Eingang auf sie gewartet und reichte ihr nun die Hand, um sie zur Tafel zu führen. Sie lächelte und legte ihre Finger in seine.

»Ich hätte ein weniger formelles Mahl diesem hier vorgezogen, aber das wäre wohl für einige der Gäste nicht angemessen gewesen.«

»Es sieht alles sehr schön aus!«, stellte Megan höflich fest. Sie fragte sich im Stillen, wer diese Gäste sein mochten, die der Burgherr zu beeindrucken wünschte.

Megan und ihr Bräutigam saßen allein an der langen, quer gestellten Ehrentafel, die den ganzen Saal überblickte. Die Anzahl der Speisen faszinierte Megan, die in einem Haus aufgewachsen war, in dem permanent gespart wurde. Es gab verschiedene Wildgerichte, Fisch und Pasteten, exotische Früchte, Gebäck aus dem feinsten, weißen Mehl, Süßigkeiten aus fernen Ländern, und alles war wunderbar dekoriert und in großer Fülle vorhanden.

»Haben Sie keinen rechten Appetit, Lady Megan?«, fragte ihr Bräutigam, nachdem er sie einige Zeit von der Seite beobachtet hatte.

»O doch, es ist alles ganz köstlich!« Megan war peinlich berührt. Sie wusste, dass eher rundere Formen als schön galten, aber sie war von jeher eher dünn gewesen und zudem kein großer Esser.

»Es tut mir leid, ich wollte Sie nicht kränken«, versicherte Lord Solvey, dem seine Bemerkung nun seinerseits unangenehm war.

»Nein, nein, das haben Sie ganz und gar nicht, Lord Solvey.«

»Nennen Sie mich doch bitte Albert. Darf ich Sie einfach Megan nennen?«

»Ja, selbstverständlich.« Megan lächelte, erleichtert darüber, dass er das Thema wechselte.

Albert begann nun auf verschiedene Personen zu deuten und ihr zu erklären, wer sie waren. Alle, die auf der Burg eine besondere Stellung hatten, schienen anwesend zu sein. Bis auf einen.

»Ich habe heute Abend noch nicht den Herrn gesehen, der Sie mir vorgestellt hat. Ist er nicht hier?« Megan hatte schon eine Weile nach ihm Ausschau gehalten. Aber der beeindruckende Fremde, den sie zunächst irrtümlicherweise für Lord Solvey gehalten hatte, war nirgends zu sehen.

»Erik?«, fragte Albert überrascht.

»Ist das sein Name?«

»Ja, Erik Arrondal. Nein, ich habe ihn auch noch nicht gesehen. Er hat sicher etwas Wichtiges zu erledigen.« Ehe Megan sich noch darüber wundern konnte, dass ein Gefolgsmann so einfach dem Festmahl seines Herrn fernbleiben durfte, wurde ihre Aufmerksamkeit von einem Spielmann in Anspruch genommen, der gerade an ihren Tisch getreten war, um sein Lied vorzutragen.

Nachdem man gespeist hatte, wurden die Tische an die Wände gerückt und man stellte sich zum Tanz auf. Albert war ein ausgezeichneter Tänzer, was man von Megan nicht behaupten konnte. Neben ihm kam sie sich noch unbeholfener vor als sonst. Aber er ließ sie in keiner Weise spüren, dass sie nicht die perfekte Partnerin war, und so war Megan mutig genug, auch mit anderen Herren zu tanzen.

Es war schon recht spät, als sie von einem Edelmann in einem eleganten, zweifarbigen Wams aufgefordert wurde. Als er ihre Hand berührte, überlief Megan ein Schauer.

»Ich darf mich jetzt persönlich vorstellen: Pierre de Travis,

Lord von Varmourth.« Er verbeugte sich und fuhr fort: »Ich bin ein Verwandter Ihres Bräutigams, ein entfernter Cousin.«

Megan blickte in kalte Augen, in denen ein verschlagener Ausdruck lag. Er war ihr auf den ersten Blick unsympathisch. Dieses Gefühl bestätigte sich, als sie seine wettergegerbten, scharfen Gesichtszüge bemerkte. Sein blasser Mund nahm einen zynischen Ausdruck an.

»Ich war sehr neugierig, die neue Lady Solvey kennenzulernen.« Er führte Megan zu ihrem Platz in der Tanzaufstellung.

Megan wunderte sich über seine Unhöflichkeit. Seine Bemerkung hatte geklungen, als habe Albert sich ein neues Pferd gekauft. Vielleicht verhielt es sich auch ähnlich, aber es war taktlos, ihr das so ins Gesicht zu sagen. Die Musik erklang, und die tanzenden Paare folgten den vorgegebenen Schritten, gingen auseinander und kamen wieder zusammen.

»Sind Sie auch gut auf Ihre Aufgabe vorbereitet, Lady Megan?«, fragte Lord Varmourth, als sie wieder zusammentrafen.

»Wie bitte?«

»Nun, Ihnen muss doch klar sein, dass Sie nur zu einem einzigen Zweck hier sind.«

Megan wurde rot und wünschte sich, dass der Tanz, der gerade erst begonnen hatte, schnell enden würde. Man ging wieder auseinander und wenig später ergriff Lord Varmourth erneut ihre Hand.

»Glauben Sie wirklich, Sie bringen zustande, was einer Frau wie Lady Barbara nicht gelungen ist?«

Megan blickte ihn unsicher an. Was wollte er von ihr, warum sagte er all diese hässlichen Sachen zu ihr? Lord Varmourths Mund öffnete sich gerade wieder, als hinter ihr eine tiefe Stimme zu hören war.

»Ich darf Sie ablösen, Lord Varmourth.« Ohne eine Antwort abzuwarten, ergriff eine kräftige, warme Hand die Megans und führte sie an der Reihe der Tänzer vorbei in die andere Richtung des Saales, um sich dort wieder mit ihr für den Tanz einzureihen. Erstaunt blickte sie auf. Es war Erik Arrondal, sie hatte ihn gleich an der tiefen Stimme erkannt. Er war gut einen Kopf größer als sie, und seine Präsenz war enorm.

»Vielen Dank.«

»Keine Ursache.«

Megan blickte in seine hellen Augen, aber sie waren unergründlich. Er schob sie von sich in die Damenreihe. Sie errötete, sie hatte nicht aufgepasst. Er musste sie für einen hoffnungslosen Tollpatsch halten, schoss es ihr durch den Kopf. Als sie wieder zusammentrafen, fragte er: »Was hat er gewollt?«

»Oh, es war nichts.«

Wieder wurde ihre Unterhaltung unterbrochen und wenig später trafen sie erneut aufeinander.

»Ich meine, was hat er gesagt?«

»Es war nicht wichtig.«

»Das würde ich gerne selbst entscheiden.«

Megan errötete erneut. Obwohl Erik die letzte Bemerkung in einem denkbar neutralen Ton gesagt hatte, kam sich Megan wie ein Kind vor, das gerade getadelt worden war.

»Er fragte mich, ob ich zustande bringen würde, was Lady Barbara nicht geschafft hat.« Es fiel ihr nicht leicht, diese Unverschämtheit zu wiederholen, und es war ihr noch unangenehmer, das ausgerechnet Erik Arrondal gegenüber tun zu müssen. Aber sie konnte auch nicht einfach schweigen.

»Versuchen Sie sich von ihm fernzuhalten, Milady.«

Megan nickte. Das hätte er ihr nicht zu sagen brauchen, freiwillig würde sie sich nicht noch einmal mit Lord Varmourth unterhalten. Der Tanz war beendet. Er führte sie zurück zu Albert, dem er kurz zunickte. Dann verschwand er wieder.

»Ich fürchte, mein Cousin Varmourth ist nicht einer der taktvollsten Menschen.«

»Nein, aber das macht nichts.« Megan fragte sich für einen Moment, warum Albert sie nicht aus den Klauen dieses ungehobelten Mannes befreit hatte. Aber vermutlich hatte er sich gerade unterhalten und hatte ihr nicht zu Hilfe kommen können. Denn dass sein Bedauern ehrlich war, konnte sie spüren. Sie setzte sich wieder und sah sich um. Erik Arrondal war nirgends im Saal zu sehen. Ebenso unerwartet, wie er erschienen war, war er auch wieder verschwunden.

»Ich hätte gedacht, dass sie mehr hermacht«, stellte Fulke Arrondal fest, als er sich am späten Abend mit einem Seufzer in einen der gepolsterten Sessel vor dem Kamin fallen ließ.

»Inwiefern?« Erik hob die Augenbrauen und betrachtete seinen jüngeren Bruder interessiert.

»Na ja, sie ist nicht gerade eine Schönheit.«

Erik runzelte die Stirn. Nein, man konnte nicht sagen, dass Lady Megan eine auffallende Schönheit war. Aber trotzdem war sie nett anzusehen, lieblich, auf eine zurückhaltende Art. Sie schien jedoch eine Vorliebe für kräftige Farbtöne zu haben, was ihr nicht gut stand. Das rote Prachtgewand, das sie bei der Begrüßung getragen hatte, hatte sie geradezu bleich aussehen lassen. Er zuckte mit den Schultern.

»Ich finde sie ansehnlich.«

Fulke schnaubte ungeduldig.

»Lady Barbara war bedeutend schöner.«

»Gebracht hat ihr das nichts.«

Fulke warf Erik einen wütenden Blick zu. Er war bedeutend jünger als Erik und hatte die erste Lady Solvey in einer jugendlichen Schwärmerei verehrt. Dass Lord Solvey die Ehe hatte annullieren lassen, hatte er ihm nicht verziehen.

»Varmourth benimmt sich, als wenn die Burg schon ihm gehören würde.« Fulke ballte die Fäuste. »Dass Lord Solvey ihn nicht in seine Schranken weist, kann ich einfach nicht begreifen.«

»Er ist zu klug, um sich provozieren zu lassen«, sagte Erik und stocherte im Feuer.

»Bist du sicher, dass es das ist?« Fulkes Stimme klang verärgert.

»Du hütest besser deine Zunge, Bruder.«

»Schon gut, schon gut. Aber ich glaube, dass Varmourth denkt, dass Lord Solvey feige ist, und das ärgert mich eben.«

»Dich ärgert, dass jemand denken könnte, du ständest im Dienst eines Feiglings.«

Fulke schwieg beleidigt. Erik hing seinen Gedanken nach. Natürlich war Lord Varmourth unverschämt. Burg Radwick war erst seit zwei Generationen im Besitz der Familie Solvey. Die ursprünglichen angelsächsischen Besitzer waren von König Henry I. vertrieben worden, nachdem sie sich an einer Revolte gegen die normannische Herrschaft beteiligt hatten. Die Solveys saßen also noch nicht allzu fest im Sattel, und das Fehlen eines Erben machte die Sache nicht besser. Und zudem war der junge König Henry II. damit beschäftigt, seine Macht auszubauen. Radwick war ein hübsches Lehen mit viel Potential, durch das man sich die Unterstützung einflussreicher Adeliger sichern konnte. Und Lord Varmourth war ein ebensolcher Adeliger. Unglücklicherweise war er zudem mit den Solveys entfernt verwandt und das würde es für Henry noch einfacher machen, das Lehen in seine Hände zu geben. Varmourth hatte jedoch eine Schwäche: Er war arrogant und sich seiner Sache oft viel zu sicher. So hatte es ihn völlig unvorbereitet getroffen, als Lord Solvey sich entschloss, eine andere zur Frau zu nehmen und Lady Barbara zu verstoßen. Erik lächelte grimmig.

Sobald Lady Megan einen Erben gebar, sähe die Lage ganz anders aus.

Er blickte auf seinen Bruder, der mit zusammengezogenen Brauen missgelaunt ins Feuer starrte.

»Es hat sich eine beachtliche Zahl von Reitern zum Turnier angemeldet. Vielleicht werden es bis übermorgen noch mehr«, sagte er, um Fulke auf andere Gedanken zu bringen. Die Bemerkung hatte den gewünschten Effekt, denn sofort glättete sich die Stirn seines Bruders und seine Augen glänzten vor Vorfreude.

»Es sind fünfzehn! Mindestens sechs davon kann ich leicht aus dem Sattel stoßen. Das weiß ich schon jetzt!«

»Wissen die das auch?«, fragte Erik trocken und amüsierte sich über so viel jugendlichen Überschwang.

»Pah, das ist mir doch egal. Hauptsache, sie treten gegen mich an«, antwortet Fulke, der die Ironie in Eriks Stimme geflissentlich überhört hatte.

»Trittst du auch an?«

»Nein.«

»Warum nicht?«

»Ich bin zu alt.«

»Quatsch! So einen Unsinn habe ich schon lange nicht mehr gehört.«

»Es sähe nicht gut aus, wenn ich teilnehmen würde und Lord Solvey nicht. Außerdem ist die ganze Lanzenreiterei nur etwas für euch junge Burschen. Ein echter Kämpfer verplempert damit nicht seine Zeit.«

Fulke konnte sich beim besten Willen nicht vorstellen, dass sein Bruder für einen Lanzenritt zu alt sein sollte, zumal er in der Vergangenheit kaum jemals aus dem Sattel gestoßen worden war. Aber es stimmte, dass die meisten Kämpfer jünger waren und dass gestandene Krieger wie sein Bruder selten an den Wettkämpfen teilnahmen.

»Na gut, dann bleibt mehr für mich!«

Erik lachte.

»Was gibt es da zu lachen?« Fulke machte ein empörtes Gesicht.

»Ich hoffe für dich, dass sich nicht noch in letzter Sekunde einer dieser herumreisenden Kämpfer meldet und dir dein Pferd und deine Rüstung abnimmt, um sich damit in den nächsten Wochen sein Brot zu kaufen.«

Sein Bruder öffnete den Mund für eine Erwiderung, aber Erik schnitt ihm das Wort ab.

»Es ist Zeit, zu Bett zu gehen, wenn du morgen für die Hochzeit ausgeruht sein willst.«

»Du hast Recht.« Fulke erhob sich und gähnte herzhaft. Er wünschte eine gute Nacht und verließ den Raum.

Erik starrte in die ersterbende Glut. Morgen würde die Hochzeit sein und damit dann hoffentlich bald die Erbfolge gesichert. Lady Megan kam aus einer geachteten, alten Familie. Angeblich hatte sie bereits seit einigen Jahren die Aufgaben ihrer verstorbenen Mutter übernommen und sollte daher auf die Rolle der Herrin einer großen Burg wie Radwick vorbereitet sein. Sie hatte eine ganze Reihe jüngerer Brüder, denen man nun behilflich sein musste, passende Stellungen an anderen Höfen zu bekommen. Das sollte nicht weiter schwer sein, denn Erik hatte gute Beziehungen. Er schloss die Augen und sah wieder Megans Gesicht vor sich, als er zum ersten Mal in ihre Augen geblickt hatte. In ihrem Blick hatte eine hoffnungsvolle Erwartung gelegen, die ihn seltsam berührte. Warum hatte sie ihn so angesehen?

~ 3 ~

Heute war ihr Hochzeitstag! Megan befand sich noch halb im Traum. Es musste sehr früh sein, dachte sie bei sich, denn außer den ersten Vögeln war nichts zu hören. Und dann fiel ihr wieder ein, was sie geträumt hatte: Erik Arrondal und sie hatten getanzt, und Teil des Tanzes war es gewesen, dass die Männer ihre Tanzpartnerinnen an der Taille fassten und kurz hochhoben. Megan erinnerte sich, dass sie zu diesem Tanz am Vorabend mit einem kleinen, greisen Männlein angetreten war, der nicht einmal versucht hatte, diese Figur mitzutanzen. In ihrem Traum aber hatte sie mit Erik getanzt, und sein Griff um ihre Mitte war fest und sicher gewesen. Ganz so, wie gestern seine Hand die ihre umschlossen hatte. Sie hatte geträumt, dass er sie leicht hochgehoben hatte und sie dann langsam, ganz nahe seiner Brust wieder zu Boden geglitten war. Ihre Hände hatten auf seinen muskulösen Schultern gelegen, und er hatte sie nicht wieder losgelassen. Es war ihr Hochzeitstag, und Erik Arrondal war ihr Bräutigam.

Megan streckte sich und seufzte wohlig. Sie war von einem warmen, unbekannten Glücksgefühl erfüllt. Einen Moment lag sie ganz still und genoss den Augenblick.

Dann setzte sie sich auf und fühlte die Wirklichkeit wie einen Guss kalten Wassers auf sich einstürzen. Jetzt war sie ganz wach. Aber was für einen Unsinn hatte sie da bloß geträumt! Das wunderbare Gefühl war verschwunden und hinterließ eine Leere und eine fast schmerzhafte Sehnsucht. Energisch schüttelte sie die Gedanken an ihren Traum ab. Ja, heute war ihr Hochzeitstag, aber sie würde Albert Solvey heiraten und nicht Erik Arrondal!

Sie rutschte zum Fußende ihres Bettes, zog den Vorhang beiseite und sah sich in ihrem Schlafzimmer um. Es war ein sehr elegantes Gemach, kostbar und teuer eingerichtet mit schweren Möbeln und kunstvoll gestickten Gobelins. Es war das Zimmer von Lady Barbara gewesen. Megan dachte daran, was der unangenehme Lord Varmourth zu ihr gesagt hatte: »Glauben Sie wirklich, Sie brächten zustande, was eine Frau wie Lady Barbara nicht hingekriegt hat?« Megan wusste nicht viel über die erste Lady Solvey. Aber aus den Bemerkungen, die über sie gefallen waren, hatte sie geschlossen, dass sie eine beeindruckende Dame gewesen sein musste. Und in diese Fußstapfen sollte sie nun treten? Ihr Magen krampfte sich zusammen, und sie atmete tief durch, um sich zu beruhigen. Alles, was sie tun musste, war, dem Hause einen Erben zu schenken. Mehr wurde nicht von ihr erwartet und das sollte eine zu bewältigende Aufgabe sein. Weshalb hatte Lord Varmourth es dann so klingen lassen, als wäre es unmöglich? Wahrscheinlich wollte er ihr nur Angst machen. Nun, das war ihm gelungen. Aber Megan wusste auch, dass sie leichte Beute war und sich schnell verunsichern ließ. Sie atmete noch einmal tief durch. Es war alles in Ordnung, und sie würde die Bemerkung einfach vergessen. Albert war ein sehr freundlicher, zuvorkommender Mann. Megan konnte sich glücklich schätzen, einen so angenehmen Ehemann zu bekommen.

Es klopfte an der Tür, und Ella kam herein.

»Guten Morgen, Ella!«

»Guten Morgen, Milady. Sie sind aber früh auf. Sind Sie ausgeschlafen?«

»Ich bin schon lange wach.«

»Das glaube ich gern. Sie sind bestimmt ganz aufgeregt.«

Megan schwang ihre Beine aus dem Bett und schlüpfte in ihre Pantoffeln. Ella reichte ihr ihren Morgenmantel.

»Wir haben schönstes Wetter, richtiges Hochzeitswetter!«

Megan lächelte nur und ließ sich auf einem Stuhl am Fenster nieder. Ella begann ihre Haare zu bürsten. Die Luft war mild, und fast schien es, als würden die Vögel heute besonders vielstimmig singen. Es klopfte erneut, und ein Mädchen kam mit einem Frühstückstablett herein.

»Ich frühstücke hier?«

»Ja, wir haben sonst nicht genug Zeit für die ganzen Vorbereitungen. Ich hoffe, es ist Milady recht?«, fügte Ella nach einer winzigen Pause hinzu.

»Ja, natürlich.«

»Dame Agnes hatte das vorgeschlagen. Wenn es dann so weit ist, werden Sie abgeholt und zur Kapelle geleitet.«

Die nächsten drei Stunden wurden damit verbracht, Megan für ihre Hochzeit herauszuputzen. Neben Ella, die die Oberaufsicht innehatte, wuselten noch einige andere Dienerinnen um Megan herum, die letzte Änderungen am Kleid vornahmen, das Geschmeide entwirrten oder ihr die Fingernägel polierten. Megan ließ alles mit stoischer Ruhe über sich ergehen. Schließlich war das Werk vollbracht, und wenig später klopfte es schon an der Tür, und Dame Agnes trat ein.

»Sind Sie bereit, Lady Megan?«

Dame Agnes unternahm ihren üblichen Kontrollgang und nickte anerkennend.

»Eine schöne Robe.«

Megan stand wie eine Puppe mitten im Raum, umgeben von einer goldenen Wolke. Ihr Kleid war aus schwerem, goldfarbenen Seidenstoff und ungemein aufwändig mit kleinen Goldplättchen bestickt. Darüber war ein Überkleid aus Goldnetz gesteckt worden. Das Oberteil war sehr fest geschnürt, um Megans eher bescheidene Oberweite möglichst gut zur Geltung zu bringen. Die Ärmel lagen eng an, und der Rock fiel in üppigen Falten bis auf den Boden. Der schwere, mit Edelsteinen besetzte Gürtel funkelte mit den Armbändern, den Ringen und dem schweren, hohen Diadem auf Megans Haupt um die Wette.

»Dann sollten wir jetzt gehen.«

Megan folgte Dame Agnes vorsichtig und gemessenen Schrittes aus dem Zimmer. Sie hatte Angst, dass sie durch eine unbedachte Bewegung etwas an dem sie umhüllenden Kunstwerk zerstören könnte. Ihre Hände zitterten vor Aufregung, und sie faltete sie fest vor ihrer Brust.

Sie kamen in die zweistöckige Kapelle, die bis auf den letzten Platz besetzt war. Megan hörte ein Raunen durch die versammelte Menge gehen, als sie eintrat. Albert wartete am Eingang auf sie. Sie legte ihre ringbeschwerte Hand in die seine, und sie schritten gemeinsam auf den Altar zu. Dort setzten sie sich in zwei nebeneinander stehende, gepolsterte Sessel, und das Hochzeitszeremoniell begann. Megans Aufmerksamkeit war weniger auf den Gottesdienst gerichtet als vielmehr darauf, das empfindliche Gleichgewicht des schweren Diadems auf ihrem Kopf nicht zu gefährden. Es war sehr anstrengend, so kerzengerade dasitzen zu müssen, und sie hoffte, dass die Trauung nicht allzu lange dauern würde.

»Das nimmt und nimmt keine Ende«, flüsterte Fulke. Erik nicke nur. Vater Raphael war üblicherweise schon sehr langatmig, aber heute, anlässlich der Hochzeit seines Herrn, schien er gar kein Ende mehr finden zu wollen. Das hölzerne Gestühl der zweigeschossigen Kapelle war unbequem, wie es nur Kirchenbänke sein können, und die Anwesenden begannen, unruhig hin und her zu rutschen. Erik betrachtete Lady Megan. Sie sah aus, als breche sie jeden Moment unter der Last ihrer Festtagsgarderobe zusammen. Immerhin war die Robe eine gute Wahl gewesen, denn es war wichtig, dass die neue Lady Solvey einen angemessenen Eindruck hinterließ. Erik hoffte, dass Lady Megan schnell schwanger werden würde. Das würde ihre Position augenblicklich stärken. Sein Blick schweifte über die Anwesenden. Nicht alle waren Lord Solvey wohlgesonnen. Es gab Feinde wie Varmourth, die bloß darauf warteten, Schwierigkeiten zu machen. Erik wünschte sich, der ganze Hochzeitstrubel wäre schon vorbei und auf Radwick wieder Ruhe eingekehrt. Er machte sich nichts aus Festen, trotzdem war er es, der letztendlich dafür sorgte, dass dabei alles glattging. Na endlich! Vater Raphael sprach den Segen. Unter Beifall und guten Wünschen verließen die Frischvermählten die Kapelle und begaben sich in den großen Saal, um die Glückwünsche und Geschenke ihrer Gäste entgegenzunehmen.

Megan lächelte wie durch einen Nebel und bedankte sich mechanisch. Der Druck des schweren Diadems hatte sich zunächst mit einem unangenehmen Pochen in ihren Schläfen bemerkbar gemacht, das während der scheinbar endlosen Predigt von Vater Raphael zu einem stechenden Kopfschmerz angewachsen war. Als endlich der letzte Gast vorstellig geworden war, war Megan nahe dran, in Ohnmacht zu fallen. Sie sah aus dem Augenwinkel, wie Erik Albert etwas ins Ohr flüsterte.

»Meine Liebe, Sie sehen sehr erschöpft aus. Wollen Sie sich nicht etwas zurückziehen, ehe es mit dem Turnier losgeht?« Albert tätschelte fürsorglich Megans Hand.

»Ja, das wäre sehr gut«, erwiderte sie erleichtert und fand

sich unvermittelt in der Obhut von Dame Agnes wieder, die sie zurück in ihre Gemächer begleitete.

»Legen Sie sich ein bisschen hin, Lady Megan, ich werde Ihnen einen kräftigenden Trunk bringen lassen.«

Megan wurde durch die Zimmertür geschoben. Sie setzte sich an den Ankleidetisch mit dem Spiegel und starrte für einige Sekunden in das Gesicht einer Fremden. Sie hatte nichts mit der Frau im Spiegel gemein. Entschlossen griff sie das schwere Diadem und zog es vorsichtig vom Kopf. Ah! Welch eine Erleichterung. Sie legte das Schmuckstück auf den Tisch. Wer auch immer der Schmied war, der dieses Folterinstrument hergestellt hatte, sollte es gefälligst selbst einen halben Tag lang tragen, dachte Megan erbost.

Die Tür ging auf und Ella kam herein, in der Hand einen getöpferten Krug und einen Becher.

»Oh!«

Megan drehte sich zu ihrer Zofe um.

»Es tut mir leid. Ich musste es einfach tun.«

»Wir können es ja nachher wieder aufsetzen, ehe Sie zum Turnier gehen.«

Megan schwieg und nahm den Becher mit Kräuterwein entgegen. Nichts in der Welt würde sie dazu bewegen, dieses Höllendiadem wieder aufzusetzen. Aber das brauchte sie ja jetzt noch nicht zu sagen. Sie lehnte sich mit geschlossenen Augen in ihrem Sessel zurück. Der warme Wein tat ihr wohl und nach kurzer Zeit fühlte sie sich wieder besser. Ihr waren vorhin so viele Leute vorgestellt worden – sie konnte sich kaum an einen einzigen Namen erinnern. Sie saß noch eine Weile schweigend so da und genoss die Stille. Megan stand nicht gerne im Mittelpunkt, aber heute ließ es sich leider nicht vermeiden.

»Es geht mir wieder besser, Ella«, sagte sie schließlich und setzte sich auf. Ihre Zofe griff nach dem Diadem.

»Nein, das setze ich nicht wieder auf.«

»Aber Milady!«

»Nein, ich bekomme Kopfschmerzen davon.«

Ella runzelte die Stirn und blickte ihre sonst so fügsame Herrin missbilligend an.

»Ich bin jetzt eine verheiratete Frau und kann daher ebenso gut das Gebände mit Schleier tragen.«

Ellas Gesicht hellte sich auf.

»Ja natürlich. Das ist eine gute Idee, Milady. Ich werde gleich alles holen.«

Zufrieden lehnte sich Megan wieder zurück. Das war einfacher gewesen, als sie erwartet hatte. Der Verhaltenskodex für eine adelige Dame schrieb in fast allen Lebenslagen genau vor, wie man sich zu benehmen, was man anzuziehen und womit man sich zu beschäftigen hatte. Megan war von Kindesbeinen an gesagt worden, was sie zu tun und zu lassen hatte, und da sie ein freundliches und bescheidenes Wesen hatte, war es ihr nicht in den Sinn gekommen, diese Regelung in Frage zu stellen. Der Rat ihrer Tante war es gewesen, sich einfach den Gepflogenheiten auf Burg Radwick anzupassen und ansonsten den Hinweisen von Dame Agnes zu folgen. Megan blickte aus dem Fenster. Sie würde jetzt viel lieber einen weiten Ausritt über die sonnenbeschienene Landschaft machen, als zu ihrem Hochzeitsfest zurückzukehren. Dann hörte sie, wie die Tür wieder geöffnet wurde, und wandte sich seufzend vom Fenster ab.

Als sie schließlich zur Festgesellschaft zurückkehrte, trug sie den Kopfschmuck einer verheirateten Frau, der nur ihr Gesicht unbedeckt ließ. Passend zu ihrem Hochzeitskleid war er aus besticktem Seidenstoff, dessen Ränder mit Goldband gesäumt waren.

»Fühlen Sie sich wohler, Megan?«, fragte Albert und lächelte sie freundlich an.

»Ja, danke.«

»Sehr schön, dann lassen Sie uns doch hinaus zur Tribüne gehen, damit die Spiele beginnen können.« Er reichte ihr die Hand und führte sie ins Freie zu einer hölzernen Tribüne, von der aus sie den großen Platz vor der Burg überblicken konnten. Die Tribüne war allein zu diesem Zweck dort aufgestellt worden, und in ihrer Mitte befand sich eine Loge für das Brautpaar. Es gab schon fast keinen Platz mehr auf den Bänken, und auch der Festplatz war von einer Menschenmenge umringt. Neben den geladenen adeligen Gästen war es auch dem Gesinde und den Leibeigenen erlaubt worden, an den Hochzeitsfeierlichkeiten ihres Herrn teilzunehmen.

Das Programm war bunt und vielfältig mit Gauklern und Musikanten. Es gab allerlei Wettkämpfe zwischen den jungen Männern, von Hammerwerfen bis Ringreiten. Megan genoss es, dem bunten Treiben zuzusehen. Sie liebte es, Menschen zu beobachten. Die jungen Damen der Burg saßen ganz vorne an der Balustrade und schäkerten mit den Wettkämpfern, die aus genau diesem Grund teilnahmen. Einige trieben es etwas zu weit und wurden von einem erzürnten Vater in ihre Schranken gewiesen. Obwohl Megan kaum älter als diese Jungfern war, blieb ihr deren Welt doch verschlossen. Es schien ihr, als sei ihre Jugend vorbei, ohne überhaupt je begonnen zu haben. Sie hatte noch nie einem jungen Edelmann eine Blume oder ein buntes Band zugesteckt. Das hätte ihr Vater niemals geduldet, und außerdem wäre sie viel zu schüchtern dafür gewesen. Sie blickte in die lachenden Gesichter und verspürte Bedauern. Die verheirateten Frauen auf Radwick waren zumeist älter. Megan würde eine standesgemäße Gesellschafterin benötigen, aber mit den

Hofdamen, die Dame Agnes auf ihrer Reise begleitet hatten, hatte Megan sich kaum etwas zu sagen gehabt. Sie hatte immer das Gefühl, mit Lady Barbara verglichen zu werden und dabei nicht sehr vorteilhaft abzuschneiden. Aber da sie erst so kurz auf Radwick war, würde es wohl einfach noch etwas dauern, bis sie sich hier zu Hause fühlen würde, tröstete sie sich.

Der Tag neigte sich dem Ende zu, und je näher der Abend rückte, desto nervöser wurde Megan. In dieser Nacht würde sie zum ersten Mal Alberts Bett teilen. Sie erinnerte sich an ihren Traum in der Nacht zuvor und an das Gefühl, das sie erfüllt hatte. Wenn sie jedoch ihren Ehemann ansah, fühlte sie nichts. Sie hatte nicht das Bedürfnis, ihn zu berühren, wie sie das bei Erik verspürt hatte. Energisch verbannte sie den Gedanken aus ihrem Kopf. Sie würde Albert eine gute Frau sein, ihre Pflicht erfüllen und ihm einen Erben schenken. Deshalb war sie hier, und darauf sollte sie sich besser konzentrieren.

Es war bereits nach Mitternacht, als Albert Megan aus dem Festsaal zu ihrem Schlafzimmer geleitete. Doch statt mit ihr einzutreten, sagte er: »Es ist spät, der morgige Tag hat auch noch eine Nacht. Schlafen Sie gut, Megan.«

»Gute Nacht, Albert.«

Sie schloss die Tür und stand verwundert allein im Dunkeln. Dieses Verhalten widersprach allem, was sie bisher über Männer gehört hatte. Angeblich wollten Männer immer eine Frau in ihrem Bett haben und das möglichst zu jeder Tageszeit. Hatte sie etwas falsch gemacht, hätte sie etwas sagen sollen? Aber er hatte ihr keine Zeit für eine Antwort gelassen. Nachdenklich begann Megan sich auszuziehen. Ella hatte sich diskret zurückgezogen, da ja zu erwarten war, dass Lord Solvey seine neue Frau entweder mit in sein Bett nehmen oder sie in ihrem Bett besuchen würde. Vorsichtig löste Megan die komplizierte Verschnürung ihres Kleides. Was hatte sie nur falsch gemacht? Gehörte es sich nicht so, dass ein Mann die Braut in der Hochzeitsnacht zu seiner Frau machte? Plötzlich kämpfte sie mit den Tränen, als sie ungeduldig an dem Goldband zog. Aber sie sollte dem Hause einen Erben schenken, da musste Albert sie doch in sein Bett holen! Vielleicht war er aber heute nur zu müde, beruhigte sie sich, und hatte sie deshalb auf den nächsten Tag vertröstet. Megan fasste sich wieder und wusste nicht recht, warum sie eben noch eine solche Panik verspürt hatte. Schließlich hatte Albert ihr zum Abschied zu verstehen gegeben, dass er morgen ihr Bett teilen wollte. Seufzend streifte sie sich ihr Nachhemd über und schlüpfte ins Bett. Wenn er so müde war wie sie, dann wäre morgen tatsächlich eine bessere Gelegenheit. Aber was wusste sie schon von diesen Dingen, dachte sie und schloss die Augen.

~ 4 ~

Am Nachmittag des zweiten Tages fand der Höhepunkt des Festes, das Lanzenstechen, statt. Um daran teilnehmen zu können, musste man ein Pferd und unfangreiche Ausrüstung haben, weshalb die Teilnehmer alle adeliger Herkunft waren. Es war ein gefährlicher Sport, der viel Geschicklichkeit und Kraft erforderte. Fulke Arrondal war ein sehr guter Reiter, wurde aber an diesem Nachmittag von einem erfahreneren Kämpfer besiegt. Er trug es mit Fassung, und die Zuschauer klatschen ihm trotzdem begeistert Beifall. Er verbrachte den Rest des Nachmittags damit, mit seinen Freunden die jungen Damen hinter der Balustrade zu necken, wobei ein hübsches Fräulein mit blonden Zöpfen sich besonders seiner Gunst erfreute.

Das Turnier neigte sich dem Ende zu, als Megan plötzlich Unruhe in der Zuschauermenge spürte. Sie fragte sich, was wohl der Auslöser dafür war, als sie in der hinteren Ecke des Festplatzes ein Handgemenge bemerkte. Jetzt konnte sie auch die beiden Kontrahenten erkennen. Es waren Lord Varmourth und Fulke Arrondal. Fulke löste sich von der Gruppe und trat vor die Loge.

»Herr, ich bitte um die Erlaubnis, gegen Lord Varmourth anzutreten!« Seine Stimme war laut und zitterte leicht vor Erregung. Alle Augen waren auf ihn gerichtet und die Zuschauer tuschelten aufgeregt.

»Warum?«, fragte Albert verdutzt. Fulke war jung und stand im Rang unter Lord Varmourth, der zudem ein Gast war.

»Er hat eine Beleidigung ausgesprochen, die ich nicht wiederholen möchte. Aber sie fordert eine Genugtuung!«

Albert zögerte, als Varmourth vor die Loge geschlendert kam. Seine Haltung stand in deutlichem Gegensatz zu der Fulkes, der mit geballten Fäusten vor Wut und Erregung zitterte.

»Gewähren Sie ihm die Freude, Cousin.« Lord Varmourths Stimme klang provozierend gleichgültig. »Es wäre mir ein Vergnügen, einem so impertinenten Welpen eine Lektion zu erteilen.«

»Mein Cousin hat seine Turnierausrüstung mitgebracht?«, flüsterte Albert über die Schulter Erik zu, der von hinten an ihn herangetreten war.

»Oder wollen Sie lieber selbst gegen mich reiten?«

Dieser Vorschlag Varmourths ließ Fulke aufgebracht einen Schritt vortreten.

»Mein Herr, ich bestehe darauf, gegen ihn zu reiten.« Seine Stimme überschlug sich fast.

Albert zögerte noch immer.

»Was ist zu tun?«, wandte er sich an Erik.

»Nichts ist zu tun, du musst ihn reiten lassen, die Sache ist schon zu weit gegangen.« Eriks Gesicht zeigte unterdrückte Wut. Seine Lippen waren fest aufeinandergepresst, und seine hellen Augen funkelten zornig. Megan war überrascht, dass er seinen Herrn geduzt hatte.

»So reitet denn gegeneinander.«

Kaum dass Albert diese Worte gesprochen hatte, verließen die beiden Kontrahenten den Platz in entgegengesetzter Richtung, um sich für das Lanzenstechen zu rüsten. Eine Welle der Aufregung durchlief die Zuschauerränge. Albert beugte sich zu Megan hinüber.

»Das ist sehr unschön, aber es ließ sich nicht vermeiden.« Er schüttelte bedauernd den Kopf. »Fulke Arrondal ist ein Hitzkopf, und mein Cousin liebt Provokationen. Aber es ist nie gut, wenn man im Streit gegeneinander reitet.«

Megan nickte. Sie wusste nicht, was Lord Varmourth Fulke gegenüber gesagt hatte, aber sie fand es eines erwachsenen Mannes unwürdig, einen Streit zu provozieren. Jetzt würde er gegen den jungen Fulke reiten, und ihre innere Stimme sagte ihr, dass das nicht gut ausgehen konnte.

Es legte sich Stille über den Festplatz, als die Kontrahenten angekündigt wurden. Lord Varmourths Knappe zählte mit durchdringender Stimme sämtliche Titel und Namen seines Herrn auf, während Josh, ein Freund von Fulke, lediglich Fulke Arrondal rief und den Platz für den Wettkampf freimachte. Die Reiter erschienen auf ihren schwer gepanzerten Pferden, die hölzerne Lanze auf der einen Seite und ein großes Schild auf der anderen Seite. Auf ein Zeichen von Albert hin preschten beide Reiter aufeinander los. Plötzlich löste sich von Lord Varmourth' Lanzenspitze der Sicherheitspfropfen und fiel zu Boden. Doch da hatten sie einander bereits erreicht. Krachend zerbarst das Schild von Fulke, er wurde vom Pferd geschleudert und landete hart auf dem Boden. Ein Aufschrei ging durch die Menge. Lord Varmourth wendete und ritt zurück in die Mitte des Platzes. Fulke lag noch immer reglos im Gras. Nachdem er vom Pferd gestoßen worden war, war Erik mit wenigen langen Schritten die Tribüne hinunter an die Balustrade geeilt. Jetzt überquerte er diese mit einem Satz und kniete auch schon neben seinem Bruder. Eine kleine Gruppe Männer lief zusammen und umringte die leblose Gestalt Fulkes. Megans Hände verkrampften sich ineinander, und sie hoffte, dass der junge Reiter nicht tot war. Die Sicherheitspfropfen an den scharfen Lanzenspitzen sollten tödliche Verletzungen verhindern. Lord Varmourth hatte jedoch genau getroffen und Fulkes Schild und Rüstung durchbohrt. Jetzt kamen zwei Männer mit einer Bahre gelaufen. Fulke wurde vorsichtig darauf gehoben und vom Festplatz getragen. Dort, wo er gelegen hatte, war ein dunkler Fleck. Erik brüllte nach seinem Pferd und es herrschte augenblicklich Totenstille. Albert war aufgestanden, als die Reiter zusammengeprallt waren.

»O Gott, nein!« Auf seinem Gesicht stand Bestürzung.

Erik hatte sich vor Lord Varmourth aufgebaut und starrte ihn drohend an.

»Ich habe gewonnen und ich weiß nicht, ob ich noch einmal reiten möchte«, ertönte Varmourths arrogante Stimme.

Erik machte den Eindruck eines wütenden Bären, der sich jeden Augenblick auf sein Opfer stürzten wollte. Er spuckte vor Lord Varmourth aus.

»Wollt Ihr jetzt gegen mich reiten?«

Megan hörte, wie Albert scharf die Luft einzog. Lord Varmourth war ob dieser ungeheuerlichen Beleidigung zunächst blass geworden und nun wurde sein Gesicht puterrot vor Wut. Er wendete sein Pferd und rief über die Schulter: »Wir reiten scharf.«

Erik nickte knapp und ging auf die andere Seite, wo inzwischen sein Pferd gesattelt wurde. Megan blickte ihm nach. In Erik hatte Lord Varmourth ganz sicher einen ebenbürtigeren Gegner. Sie wandte sich zu Albert, aber auch er blickte Erik sorgenvoll nach.

In der Zuschauermenge herrschte aufgeregtes Gemurmel. Lord Varmourth wollte mit ungesicherten Lanzenspitzen reiten, was bedeutete, dass dieser Kampf auf Leben und Tod ausgefochten wurde. Unfälle, bei denen ein Reiter umkam, gab es immer wieder, aber ein Lanzenstechen, das darauf aus war, dass einer der Teilnehmer getötet wurde, war etwas ganz anderes.

Wenig später waren die Kämpfer bereit und wurden wieder angekündigt. Nach Lord Varmourths Knappen trat Josh erneut vor.

»Erik Arrondal, Steward von Radwick!«

Plötzlich erhob sich ein Schwall von Jubel und Beifallsgeklatsche. Megan blickte überrascht um sich. Natürlich waren die Leute für Erik, aber die Inbrunst, mit der sie ihn anfeuerten, war bemerkenswert. Nur Albert saß wie versteinert da.

Kaum waren die Ausrufer vom Kampfplatz getreten, herrschte wieder absolute Stille. Einzig das Stampfen der Pferde war zu hören.

Alle Augen richteten sich auf Albert, damit er das Zeichen gab. Nichts geschah.

Megan streckte schließlich die Hand aus und tippte ihrem Gatten sanft auf den Unterarm.

»Albert? Man wartet auf Ihr Zeichen.«

Als erwache er aus einem Traum, seufzte Albert und hob dann die Hand, um sie gleich wieder resigniert fallen zu lassen.

Augenblicklich preschten die Reiter aufeinander zu. Krachend schlugen die Lanzen gegeneinander und zersplitterten. Beide Kämpfer warfen die nutzlos gewordenen Stangen beiseite, wendeten die Pferde und ritten mit gezückten Schwertern erneut aufeinander zu. Metall prallte auf Metall, und das Geräusch jagte Megan Schauer über den Rücken. Angespannt saß sie auf dem Rand ihres Sessels, ihre Hände klammerten sich an die hölzerne Kante. Da! Lord Varmourth wurde vom Pferd gestoßen. Erik sprang aus dem Sattel, und der Schwertkampf ging am Boden weiter. Beide Männer trugen Rüstungen, die bei einem Fußkampf enorm hinderlich waren und viel Kraft kosteten. Lord Varmourth ermüdete zusehends, nur Erik schien über unerschöpfliche Kraftreserven zu verfügen. Wie eine Naturgewalt hieb er unerbittlich auf seinen Gegner ein. Schließlich, sein Schild zerhauen und das Schwert schartig, stolperte Lord Varmourth und fiel rückwärts. Die Menge war begeistert und begann rhythmisch zu klatschen und mit den Füßen zu stampfen. Sie wollten Blut sehen. Erik stand über ihm, die Spitze seines Schwertes zielte auf den Hals seines Gegners. Megan hielt den Atem an.

»Erik! Nein!«

Albert war aufgesprungen.

Die Zeit stand still. Megan starrte fasziniert auf die mächtige Figur auf dem Kampfplatz. Erik war der Inbegriff eines Kämpfers. Jede Faser seines muskulösen Körpers schien gespannt.

»Erik!«, schrie Albert wieder und stampfte mit dem Fuß auf.

Schließlich ließ Erik das Schwert sinken. Ein Raunen der Enttäuschung ging durch die Zuschauer. Er gab Lord Varmourth einen Tritt und ging wortlos vom Festplatz.

Mit einem Seufzer der Erleichterung ließ sich Albert zurück in seinen Sessel sinken.

»Das hätte noch gefehlt, dass einer meiner Verwandten auf meiner Hochzeit umkommt!« Er lächelte Megan an. Megan lächelte zurück. Sie war verwirrt. Natürlich hatte er Recht und es war gut, dass er den Todesstoß verhindert hatte. Und doch hatte sie das Gefühl, dass er Erik um seinen Sieg und seine Genugtuung betrogen hatte.

Das Fest war zu Ende. Dem Besiegten wurde von seinen Knappen aufgeholfen, und er humpelte mühsam vom Platz.

»Ich frage mich, wie es um Fulke Arrondal steht?«

Sie waren aufgestanden und Albert führte Megan zurück zur Burg.

»Ich werde gleich nachschauen gehen«, versicherte er und

übergab Megan Dame Agnes' Obhut, die sie in ihre Gemächer zurückbrachte.

»Ich hoffe, er ist nicht allzu schwer verletzt.«

Dame Agnes sagte nichts.

»Wenn ich irgendwie behilflich sein kann?«, begann Megan.

»Das ist nicht nötig, Milady, wir haben alles im Griff.« Mit diesen Worten schob sie Megan in ihr Zimmer und schloss die Tür hinter ihr. Nachdenklich ließ sich Megan auf dem Rand ihres Bettes nieder.

Sie wunderte sich über Albert und darüber, dass er nicht eher eingegriffen hatte. Warum hatte er es Fulke nicht verweigert, gegen Lord Varmourth zu reiten? Erik hatte seinen Herren nicht einmal gefragt, sondern sofort nach seinem Pferd gerufen. Aber es ging bei dem Streit ja um seinen Bruder, da kochten die Gefühle über. Albert hatte Recht gehabt, den Kampf zu beenden, es wäre sehr ungut gewesen, wenn einer seiner Verwandten bei seiner Hochzeit umgekommen wäre.

Megan betrachtete die vielen Ringe, die Ella ihr an die Finger gesteckt hatte. Gedankenverloren drehte sie sie hin und her. Eigentlich trug sie nicht gerne Schmuck, aber als neue Lady Solvey würde sie das in Zukunft wohl tun müssen.

Ihre Gedanken schweiften wieder zu Eriks Bruder: Wie es ihm wohl ging? Megan hatte ein ungutes Gefühl, und üblicherweise bestätigten sich ihre Ahnungen auch. Sie wusste nicht, weshalb sie einen so untrüglichen Instinkt für solche Dinge hatte, aber dass es so war, spürte sie genau. Schon solange Megan sich erinnern konnte, hatte sie ein besonderes Gespür für Krankheit und Tod gehabt. Als noch alle voller Hoffnung waren, wusste Megan schon, dass ihre Mutter sterben würde. Zwei Jahre später war sie eines Nachts schweißgebadet aufgewacht, weil sie geträumt hatte, ihr Großvater wäre gestorben. Am nächsten Morgen hatte man ihn tot in seinem Bett gefunden. Andererseits schien ihre Gegenwart eine wohltuende Wirkung auf Kranke zu haben, und es wurde gesagt, Megan habe die heilenden Hände ihrer Großmutter geerbt. Ihre alte Kinderfrau war zudem in Heilkräutern kundig gewesen und hatte dieses Wissen an Megan weitergegeben.

Megan blickte auf den großen Rubinring, mit dem sie gespielt hatte. Ja, das war auch wirklich das einzig Bemerkenswerte an ihr, dass sie gut mit Kranken umgehen konnte. Sie ließ sich zurück auf das Bett fallen und starrte in den Baldachin. Vor ihrem geistigen Auge sah sie Erik, wie er mit brutaler Gewalt auf Lord Varmourth einhieb. Es war eine urwüchsige, fast animalisch rohe Kraft gewesen, die aus ihm hervorgebrochen war und seinen Gegner einfach niedergewalzt hatte. Und Megan war zugleich fasziniert und entsetzt gewesen.

Erik knirschte mit den Zähnen und trat Lord Varmourth hart in die Seite. Dann wandte er sich um und stapfte wütend vom Turnierplatz. Es war ein Fehler, Varmourth am Leben zu lassen. Er wusste es, und Albert wusste es auch. Aber Albert konnte Härte nicht ertragen, auch wenn sie unvermeidbar war. Und Erik konnte sich nicht öffentlich gegen die Wünsche seines Herrn stellen. Aber er war sich sicher, dass Lord Varmourth nach dieser Schmach erst recht versuchen würde, Burg Radwick in seinen Besitz zu bringen. Erik ließ sich ungeduldig aus der Rüstung helfen, er musste nach Fulke sehen.

Als er in das Krankenzimmer kam, erwarteten ihn ernste Gesichter. Er warf einen Blick auf seinen Bruder, und ihm war sofort klar, dass es schlecht um Fulke stand.

»Er hat eine tiefe Wunde an der linken Brust und viel Blut verloren. Wir können nichts tun als warten.«

Der Doktor blickte Erik bedauernd aus seinen kleinen, blutunterlaufenen Trinkeraugen an. Erik schob ihn beiseite und setzte sich auf den Rand des Bettes. Bruder Anselm, der lange als Arzt auf Burg Radwick fungiert hatte, war im letzten Winter gestorben. Seine Kenntnisse und sein Takt wurden immer noch schmerzlich vermisst. Doktor Hilbert, oder wie auch immer sein Name war, war keine große Hilfe, und Erik bedauerte es nun, sich nicht schon eher nach einem Ersatz für ihn umgesehen zu haben. Er blickte in das blasse Gesicht seines Bruders und ballte die Fäuste. Er wünschte wieder, er hätte Varmourth getötet.

»Alles, was wir jetzt tun können, ist beten«, ließ sich Vater Raphael vernehmen. »Ich werde gleich in die Kapelle gehen und eine Messe lesen.«

»Nein.« Erik war aufgestanden. »Heute ist die Hochzeit von Lord Solvey. Ich will, dass das hier unter uns bleibt. Wenn jemand fragt, Fulke ist verwundet, aber auf dem Wege der Besserung.«

Es klopfte an der Tür und Albert trat ein.

»Wie geht es ihm?«

»Es geht, er braucht Ruhe.« Erik stand vor dem Bett. Albert blickte zweifelnd um sich. Der Doktor nickte.

»Es wird ihm morgen schon besser gehen.«

»Du kannst hier nichts tun, Albert. Es ist besser, wenn du zum Festessen gehst, es wird sonst nur Gerede geben. Es wird alles in Ordnung kommen.« Erik schob ihn wieder aus dem Zimmer.

Etwa eine Stunde später saß Megan neben Albert an der Ehrentafel beim Festbankett.

»Erik meinte, dass es seinem Bruder bald besser gehen wird. Es tut mir leid, dass das geschehen ist, Sie hätten sich sicher eine friedlichere Hochzeit gewünscht.«

»Es ist trotzdem ein schönes Fest. Alle scheinen sich prächtig zu amüsieren.« Megan blickte in den vollbesetzten Saal, in dem die Gäste ausgiebig aßen und tranken. Natürlich war der unplanmäßige Kampf das Gesprächsthema, und nachdem die Nachricht, dass Fulkes Verletzung nicht ernst war, die Runde gemacht hatte, waren alle guter Dinge.

»Erik Arrondal ist also Steward von Radwick?«, fragte Megan, die endlich mehr wissen wollte. Die Art, wie Erik auf dem Turnierplatz angekündigt worden war, und die Tatsache, dass er das Zeichen der Burg auf seinem Schild trug – hätte sie es nicht besser gewusst, sie hätte geglaubt, er sei der Herr von Radwick.

»Ja, die Arrondals sind seit jeher die Stewards auf Burg Radwick gewesen. Sie sind daher natürlich sehr mit der Burg und den Menschen hier verbunden.«

Megan dachte an den spontanen Jubel der Leute, als Erik zum Kampf antrat.

»Erik ist mein Berater, ich wüsste nicht, was ich ohne ihn tun würde. Wir kennen uns schon von Kindesbeinen an, als mein Vater noch lebte und Eriks Vater hier Steward war.«

»Sie sind also zusammen aufgewachsen?«

»Nicht ganz, Erik ist einige Jahre älter als ich.« Albert lachte. »Ich kann gar nicht all die furchtbaren Klemmen aufzählen, aus denen er mich als Kind befreit hat.«

Megan begann sich ein klareres Bild über die Beziehung ihres Gatten zu seinem Steward zu machen. Kein Wunder, dass er seinen Herrn duzte.

Nach dem Essen wurden Spiele gespielt und es wurde getanzt. Gott sei Dank ist Lord Varmourth nicht anwesend, dachte Megan bei sich, als sie sich während einer Tanzpause erschöpft an eine der steinernen Wandsäulen lehnte.

»Nein, tanzen kann sie ganz und gar nicht.«

»Ich begreife nicht, wie er auf dieses farblose Nichts verfallen konnte. Zugegeben, sie kommt aus sehr guter Familie, aber ansonsten …«

Megan erstarrte. Schon bei der Bemerkung über das Tanzen hatte sie gewusst, dass die beiden Damen hinter ihr über sie sprachen.

»Welch ein magerer Ersatz für Lady Barbara. Mager im Sinne des Wortes.« Beide Frauen lachten.

»Wenigstens weiß sie sich anzuziehen.«

»Ich habe gehört, dass ihre Zofe entscheidet, was sie trägt.«

»Ach.«

»Ein Glück für sie, sonst wäre sie wahrscheinlich unsichtbar.« Wieder hörte Megan Gekicher. Sie wollte weggehen, aber dann hätten die beiden Frauen sie bemerkt und das wäre noch unangenehmer gewesen.

»Ich hoffe nicht, dass ich ihre Gesellschafterin werden soll, ich würde wahrscheinlich vor Langeweile umkommen.«

»Dame Agnes meinte, dass sie sehr gefügig ist. Es ist ein Jammer und überhaupt kein Vergleich zu unserer lieben Barbara.«

Gerade als Megan meinte, es nicht mehr aushalten zu können, entfernten sich die beiden Frauen. Sie spürte einen Kloß im Hals und schluckte hart, um nicht in Tränen auszubrechen. Dann ging sie hinüber, wo Albert zuletzt beim Würfelspiel gesessen hatte. Doch er war nicht mehr da. Sie blickte sich suchend um, als sie Dame Agnes auf sich zusteuern sah.

»Seine Lordschaft ist sich nach dem Befinden von Fulke Arrondal erkundigen gegangen.«

Megan zögerte. Konnte sie jetzt einfach auch schon gehen und die Gäste alleine lassen?

»Möchten Sie zu Bett gehen, Lady Megan? Es war ein langer Tag.«

Erleichtert nickte Megan und folgte Dame Agnes aus dem lärmenden Trubel.

»Sie wollen sich sicher noch ein bisschen zurecht machen.«

Megan wusste für einen winzigen Augenblick nicht, auf was Dame Agnes anspielte, aber dann fiel es ihr gleich wieder ein. Zum Glück hatte Dame Agnes keine Antwort erwartet.

In ihrem Schlafzimmer erwartete sie Ella, die ihr aus dem Kleid half und sie bettfertig machte. Diese Prozedur dauerte länger als üblich, und der Grund war natürlich der zu erwartende nächtliche Besuch ihres Ehemannes. Ella konnte nicht umhin, anzügliche Bemerkungen über den Verlauf der vorigen Nacht zu machen und gleichzeitig sehr wohlmeinend ihrer Herrin zu versichern, dass es nur immer besser werden würde. Als Megan endlich im Bett lag und ihre Zofe die Tür hinter sich geschlossen hatte, zog sie sich die Decke über den Kopf und brach in Tränen aus. Egal wie gemein die kränkenden Worte der beiden Damen gewesen waren, sie waren wahr. Megan war eine schlechte Tänzerin, ihre Zofe suchte ihre Kleider aus, und gegen die wunderbare Lady Barbara hatte sie sowieso keine Chance. Megan schniefte unglücklich in ihr Kissen. Nach einer Weile beruhigte sie sich wieder. Albert hatte Lady Barbara verstoßen und das hatte seinen Grund gehabt. Wenn Megan ihm erst einmal einen Sohn geboren hatte, dann würde es keiner mehr wagen, derartig über sie zu reden.

Sie schlüpfte aus dem Bett und ging zum Ankleidetisch und wusch sich das Gesicht. Schließlich wollte sie Albert nicht mit verweinten Augen empfangen. Das kalte Wasser tat gut und klärte ihre Sinne. Als sie wieder ins Bett ging, ließ sie den Vorhang ein Stück weit offen, so dass sie die Tür sehen konnte. Nach einigem Hin und Her hatte sie die, wie sie glaubte, vorteilhafteste Stellung erlangt und wartete auf Albert.

~ 5 ~

Erik hatte die Öllampe weit heruntergedreht. Das kleine Licht durchdrang die tiefe Schwärze der Nacht gerade genug, um schemenhaft die Umrisse der vor ihm liegenden Gestalt zu erhellen. Es war still, nichts war zu hören, außer Fulkes röchelndem Atem. Erik starrte auf die sich mühsam hebende und senkende Brust seines Bruders. Wut brannte in ihm wie ein Höllenfeuer. Er hätte diesem verdammten Varmourth sein Schwert in den Hals rammen sollen! Es war ein fairer Kampf gewesen und es waren unter den Gästen genug glaubwürdige Zeugen gewesen. Eine solche Gelegenheit, die Bedrohung durch Lord Varmourth endgültig zu beseitigen, würde er nicht so schnell wieder bekommen. Albert war ein Narr! Seit Generationen lagen die Geschicke Radwicks in den Händen der Arrondals, doch noch nie war es einem Steward der Burg so schwer gemacht worden. Der zweite Lord von Solvey aber war schwach und zögerlich, friedliebend bis zur Feigheit. Es fiel Erik zunehmend schwerer, die Interessen der Burg zu verteidigen, wenn Albert nicht das Gleiche tat. Seine Gedanken wanderten weiter zu Lady Megan. Er wusste noch nicht, was er von ihr halten sollte. Entgegen der landläufigen Meinung fand er sie hübsch anzusehen. Sie schien wie Albert sanftmütig und nachgiebig zu sein. Hoffentlich würde sie seinem Herrn eine bessere Gemahlin werden als Lady Barbara. Lady Barbara war viel zu eigenwillig und selbstbewusst für einen Mann wie Albert gewesen. Sie hatte keine Einwände gehabt, als Erik ihr eine Scheidung vorgeschlagen hatte. Es hatte

Albert einiges an Geld gekostet, seine Frau loszuwerden, aber immerhin bestand jetzt wieder die Hoffnung auf einen Erben, der das Haus Solvey fortführen würde. Ansonsten würde Burg Radwick für die Solveys verloren gehen. Und auch für die Arrondals, und das würde Erik auf keinen Fall zulassen.

Am nächsten Morgen wurde Megan von Ella geweckt, die mit einem Becher warmer Milch ins Zimmer kam. Sie zog die Vorhänge zurück und stellte das Tablett auf das Bett.

»Sie haben aber fest geschlafen, Milady! Es ist wohl eine lange Nacht gewesen, wie?« Ella zwinkerte Megan vielsagend zu.

Megan setzte sich auf. Sie musste gestern Abend, während sie wartete, eingeschlafen sein. Eine Welle der Enttäuschung rauschte über sie hinweg. Albert war nicht gekommen!

Es klopfte an der Tür, und Dame Agnes trat ein. Megan wäre es lieber gewesen, wenn sie dieser nicht im Nachthemd hätte begegnen müssen, aber Dame Agnes schien Megans Unbehaglichkeit gleichgültig zu sein.

»Guten Morgen, Lady Megan. Sie sind spät dran. Heute Vormittag werde ich Ihnen das Gesinde vorführen, und wir werden einen Rundgang machen. Das Mittagsmahl werden Sie mit den verbleibenden Gästen einnehmen. Ich nehme an, seine Lordschaft wird ebenfalls anwesend sein.« Megan hatte das Gefühl, als wenn Dame Agnes' Augen das Bett nach Zeichen eines Ehevollzugs absuchten. Unwillkürlich zog sie die Decke bis unters Kinn.

»Ich hole Sie in einer halben Stunde ab. Das ist doch recht?« Dame Agnes hatte die Klinke schon in der Hand.

»Natürlich.«

Die Tür schloss sich wieder.

»Puh, hört sich nach einem vollen Programm an! Aus den Federn Milady, sonst werden Sie nicht rechtzeitig fertig.« Megan stellte den Becher mit Milch ab und stand auf. Ella wartete schon mit der Bürste am Ankleidetisch.

Ein halbe Stunde später folgte Megan Dame Agnes in den großen Saal. Dort wurde sie offiziell den wichtigen Persönlichkeiten der Burg vorgestellt: dem Küchenmeister, dem Kellermeister, dem Stallmeister, dem Waffenmeister, dem Forstmeister, dem Jagdmeister usw. Die Personen, mit denen Megan am meisten zu tun haben würde, waren die Wirtschafterin, Frau Edla, und Dame Agnes. Und dann war da noch Erik, der als Steward der Burg eine besondere Stellung innehatte. Er kam etwas verspätet, seine gemurmelte Entschuldigung war kaum hörbar.

Während sich der Kaplan Vater Raphael weitschweifig über die Geschichte der Solveys ausließ, betrachtete Megan Erik, der ihr gegenüber saß. Sein Gesicht war angespannt und er sah müde aus. Seine mächtigen Unterarme lagen vor ihm auf dem Tisch und er starrte vor sich hin auf einen unsichtbaren Punkt. Megan konnte die massiven Muskeln unter der gebräunten Haut sehen. Sie musste wieder an den gestrigen Kampf denken und daran, mit welcher Wucht er auf seinen Gegner eingedroschen hatte. Seine Hände waren ebenfalls groß mit kräftigen Fingern und gepflegten Fingernägeln. Megan betrachtet ihre eigenen Hände, die vor ihr gefaltet auf dem Tisch lagen. Wie zart und schmal sie im Gegensatz dazu aussahen. Sie wollte die Hand ausstrecken und auf seinen Arm legen, um ihm Mut zuzusprechen. Doch natürlich würde sie das nicht tun. Sie spürte, wie schlecht es um Fulke stand, und sah, wie sehr Erik darunter litt. Aber es gab nichts, was sie tun konnte.

Nach der Vorstellung war ein Rundgang durch die Burg geplant. Die Einladung, sich einzelne Bereiche wie z. B. den Keller oder die Stallungen anzusehen, wurde von Dame Agnes dankend abgelehnt, noch ehe Megan den Mund aufmachen konnte. Sie tröstete sich damit, dass es sicher noch andere Gelegenheiten geben würde, diese Bereiche zu besichtigen, und ihr wurde schmerzhaft bewusst, wie sehr sie sich gängeln ließ. Als sie Dame Agnes nach draußen folgte, streifte ihr Blick Eriks. Sie zuckte zusammen. In seinen Augen konnte sie Geringschätzung sehen. Schnell wandte sie den Kopf und eilte hinaus. Nein, ein Mann wie Erik würde keinen Respekt vor ihr haben. Die Erkenntnis traf sie so tief, dass es schmerzte. Es war Megan immer schon schwergefallen, sich durchzusetzen. Ihr Vater duldete keinen Widerspruch, er war jähzornig und schrie jede Gegenrede sofort nieder. Seine Schwester, ihre Tante Blanche, war aus demselben Holz geschnitzt, und so hatte Megan schnell gelernt, dass es besser war, sich zu fügen. Aber es gab immer wieder Momente, in denen sie sich selbst für ihre Feigheit hasste, und gerade war so ein Moment gewesen.

Erik blickte Megan nach, als sie hinter Dame Agnes den Saal verließ. Nein, gegen die energische, ältere Frau kam sie nicht an. Eigentlich war das auch gar nicht so schlecht, denn dann würde alles bleiben, wie es war, und er würde sich nicht mit möglichen eigenwilligen Ideen der neuen Lady herumärgern müssen. Doch aus unerklärlichen Gründen störte es ihn, dass Megan sich so einfach alles gefallen ließ. Ungeduldig schüttelte er den Gedanken ab. Die ganze Nacht über war er bei Fulke gewesen. Es sah sehr schlecht aus für seinen Bruder. Ein paar Mal war Erik eingedöst und von Fulkes Husten geweckt worden. Es war ein verzweifeltes Ringen nach Luft gewesen. Dazu kam das schwere Wundfieber, das den Patienten zusätzlich schwächte. Albert war am Abend da gewesen, und nun war die Wahrheit natürlich offenkundig. Er hatte lange neben Erik am Bett gesessen, aber sie hatten nicht viel gesprochen. Eriks Wut darüber, dass Albert ihn daran gehindert hatte, Lord Varmourth zu töten, brannte noch immer in ihm. Von der Sache mit Fulke einmal abgesehen, war das taktisch überaus töricht gewesen. Albert wusste das, und so hatte er Erik schließlich allein gelassen.

Dame Agnes ging zügig durch die langen, steinernen Gänge der Burg und deutete auf Abzweigungen und Türen, während sie Erklärungen darüber abgab, was sich dahinter verbarg. Megan folgte ihr und versuchte sich, so gut es ging, alles zu merken. Megan hätte Dame Agnes gerne darum gebeten, etwas langsamer vorzugehen, aber es schien nie der richtige Moment dafür. Sie kamen an einem hohen Torbogen vorbei, von dem ein dunkler Gang abzweigte.

»Dort geht es zum alten Trakt«, war der einzige Kommentar von Dame Agnes, und schon waren sie eine Treppe weiter. Megan war beim Anblick der verwitterten Steinmetzarbeiten neugierig geworden, aber sie spürte deutlich, dass sie dort nicht erwünscht war. Sie wunderte sich, wofür dieser Teil der Burg genutzt wurde.

Ein Dienstmädchen kam gelaufen und flüsterte Dame Agnes etwas ins Ohr.

»Sie müssen mich einen Augenblick entschuldigen, Lady Megan, diese Angelegenheit erlaubt keinen Aufschub.«

Noch ehe Megan zustimmen konnte, verschwand Dame Agnes bereits den Gang hinunter und sie blieb allein zurück. Da stand sie nun mitten im Gang und wusste nicht einmal, wo sie sich befand. Seufzend lehnte sie sich an die kalte Mauer und wartete. Die Zeit verging und nichts geschah. Nur einmal kam ein Page vorbei, der sie aber augenscheinlich im Halbdunkeln nicht erkannt hatte, denn er grüßte nur nachlässig im Vorbeigehen. Dann war es wieder still. Megan wurde kalt. Hatte Dame Agnes sie vergessen? Sie wartete noch eine ganze Weile und beschloss dann umzukehren und zu versuchen, den Weg zurück zu finden. Zumindest musste sie in einen Teil der Burg gelangen, der belebter war und wo sie jemanden fragen konnte. Bald kam sie zu der Treppe und stand wieder vor dem alten Torbogen. Sie hielt an und betrachtete die gemeißelten Verzierungen. Es waren die Köpfe von Fantasiewesen, die auf sie herunterstarrten. Megan blickte den Gang hinunter. Sie konnte das Ende nicht sehen. Eine Anzahl schwerer Türen mit massiven Eisenbeschlägen säumte den Gang. Sie blickte nach links und rechts, aber es war niemand zu sehen. Ihre Neugierde war groß. Wenn sie erwischt wurde, konnte sie immer noch behaupten, dass sie sich verlaufen hatte. Herrgott, sie war schließlich die Burgherrin, sie durfte doch wohl noch in ihrer eigenen Burg umhergehen! Megan gab sich einen Ruck, machte einen Schritt unter dem Torbogen durch und folgte dem roten Backsteinmuster auf dem Fußboden. Die erste Tür war verschlossen. Die nächste auch. Sie wollte gerade an die dritte Klinke fassen, als sie Stimmen hörte und die Tür im selben Augenblick aufschwang. Gott sei Dank wurde Megan von der aufgehenden Tür verdeckt. Sie presste sich gegen die Wand und hielt den Atem an.

»Ich werde ihn heute Abend nochmals zur Ader lassen. Vielleicht wird das das Fieber senken.« Es war Doktor Hilbert. Megan hörte die Antwort nicht, denn die Tür wurde wieder geschlossen. Der Doktor schlurfte kopfschüttelnd den Gang hinunter, ohne sie bemerkt zu haben.

Megan hatte das Gefühl, dass ihr Herz erst jetzt wieder anfing zu schlagen. Das war knapp gewesen. In dem Raum musste Fulke Arrondal liegen. Wer weiß, ob nicht gleich noch jemand herauskommt und sie entdeckte, ging es Megan durch den Kopf. Und möglicherweise wäre es Erik!

Sie blickte die Länge des Ganges herunter. Er endete in einem Treppenabgang. Plötzlich kam es ihr sehr riskant vor, den Weg zurückzugehen. Kurz entschlossen eilte sie zum Ende des Ganges und verschwand in der dunklen Treppenöffnung. Vorsichtig tastend suchte sie sich ihren Weg auf der engen Wendeltreppe nach unten. Die Steinstufen waren schmal und sehr ausgetreten. Licht gelangte nur durch die Schießscharten herein, die in regelmäßigen Abständen das Mauerwerk durchbrachen. Die Treppe endete in einem Vorraum, von dem nur eine Tür abging. Gerade als Megan ein Ohr an die Tür gelegt hatte, um zu lauschen, hörte sie plötzlich, wie von oben jemand die Treppe herunterkam. Sie wusste nicht, was sich hinter der Tür verbarg und wollte sie daher nicht einfach öffnen, aber der Rückweg war auch versperrt. Suchend sah sich Megan um. Gerade noch rechtzeitig drückte sie sich in die dunkle Nische unter der Treppe. Die Schritte hallten jetzt laut über ihr auf den Stufen. Die Tür ging auf, und Stimmen waren dahinter zu hören. Wie gut, dass sie die Tür nicht einfach geöffnet hatte. Der einzige Ausweg war jetzt, die Treppe wieder hinauf und den Gang zurückzugehen. Aber ganz sicher würde sie dabei entdeckt werden. Unschlüssig hockte Megan in der dunklen, staubigen Nische. Es nützte nichts, sie musste es versuchen. Als sie sich an der hinter ihr liegenden Wand abstützte, um sich wieder aufzurichten, gab diese überraschend nach. Fast wäre Megan hintenüber gefallen. Die Luft, die aus dem Spalt kam, war kalt und etwas feucht. Jetzt erkannte sie in dem spärlichen Licht, dass das untere Ende der Treppenrückseite eine schmale, sehr niedrige Holztür war. Sie war von außen nicht als solche zu erkennen, da weder Scharniere noch ein Griff zu sehen waren. Megans Gedanken rasten, auf keinen Fall wollte sie allein einen unheimlichen, stockdunklen Gang erkunden, von dem sie nicht wusste, was sie am anderen Ende erwarten würde. Andererseits wollte sie aber auch nicht erwischt werden und erklären müssen, dass sie herumgeschnüffelt hatte. Nervös drehte sie an ihren Ringen und starrte durch den Spalt in die Dunkelheit. Vorsichtig schob sie die Tür etwas weiter auf, und jetzt war der Anfang einer weiteren Treppe zu erkennen. Auf der obersten Stufe standen in einem primitiven Tonhalter eine Kerze und Zündmaterial. Alles war von einer dicken Staubschicht überzogen. Immerhin schien schon sehr lange niemand mehr diesen Gang benutzt zu haben, was das Risiko, jemandem zu begegnen, deutlich verringerte. Megan beschloss, der Treppe ein Stück weit zu folgen und sofort umzudrehen, wenn es ihr zu unheimlich wurde. Obwohl sie sich leicht von ihren Mitmenschen einschüchtern ließ, war sie kein Hasenfuß. Das Holzkästchen, in dem das Zündmaterial aufbewahrt wurde, war mit Eisen ausgeschlagen und wahrscheinlich auch mit Wachs behandelt, denn der Zunder war trocken und brannte schon nach dem ersten Funken des Feuersteins. Megan entzündete die Kerze und kroch auf allen Vieren durch die Öffnung. Nach den ersten beiden Stufen hob sich die Decke und sie konnte aufrecht stehen. Sie zog die Tür hinter sich zu, schloss sie aber aus Angst, sie von der anderen Seite nicht mehr öffnen zu können, nicht ganz. Die Flamme der Kerze war jetzt das einzige Licht in absoluter Dunkelheit. Langsam schlich Megan weiter abwärts. Nichts rührte sich, der Staub lag dick wie Schnee, und sie hielt sich den Ärmel ihres Kleids vor die Nase, um nicht beständig niesen zu müssen. Diese Treppe war seit Jahrzehnten nicht mehr benutzt worden. Jetzt wurden die Stufen breiter und der Boden war mit etwas Übelriechendem überzogen. Megan hob die Kerze und blickte nach oben. Ihr Atem stockte, über ihr in dem sich verbreiternden Gang hingen Hunderte von Fledermäusen. Schnell senkte sie die Kerze wieder. Bald würde es draußen dunkel sein, und die Fledermäuse würden zur nächtlichen Jagd aufbrechen. Dann sollte sie auf jeden Fall aus dem Gang heraus sein, dachte Megan. Etwas frischere Luft durchzog nun den Gestank, und sie hörte leise Wasser plätschern. Sie erreichte das Ende der Treppe und stand in einer Art Grotte im Fels. Auf einer Landung auf Kies lag ein Ruderboot. Es war mit schwerem Tuch abgedeckt. Zu ihrer Rechten konnte Megan in einiger Entfernung eine Öffnung nach draußen zum Fluss erkennen. Der Gang und das Boot waren wohl einmal als Fluchtweg für den Fall einer Belagerung angelegt worden, dachte sie bei sich. Megan blickte sich um, überall war Dreck von den Fledermäusen. Offenbar war lange niemand mehr von Radwick geflüchtet. Dafür musste man allerdings das Boot benutzen oder schwimmen. Also nützte diese Entdeckung Megan nichts. Sie blickte sorgenvoll in die Höhe, auf die dort hängenden Fledermäuse, von denen sich jetzt einige regten. Sie raffte ihre Röcke und stieg so schnell und so vorsichtig wie möglich die Treppe hinauf. Erst als sie die oberste Stufe erreicht hatte, schlug ihr Herz wieder langsamer. Sie würde sich eine gute Erklärung für ihr schmutziges Kleid ausdenken müssen, wenn Ella sie nachher zum Abendessen umzog. Sie legte die Kerze und das Zündkästchen wieder an seinen Platz und kroch durch die Tür zurück unter die Treppennische. Jetzt war sie genau so schlau wie zuvor. Nur dreckiger. Megan lauschte an der Ausgangstür, alles war still. Sie musste es einfach versuchen. Durch einen schmalen Spalt spähte sie hinaus. Als sich nichts regte, öffnete sie den Spalt ein bisschen mehr und blickte in die Nordwestecke des großen Burghofes. Die Abendsonne war gerade im Begriff, über den Zinnen der Burg zu versinken, als etwas vor Megans Füßen aufblitzte. Erstaunt bückte sie sich und hob eine kleine goldene Münze auf. Sie steckte sie in ihren Beutel und blickte sich um. Die Luft war rein. Ohne Zeit zu verlieren, marschierte sie, immer in Deckung des überdachten, hölzernen Umlaufs bleibend, in Richtung Haupteingang. Es war bereits höchste Zeit, sich für das Abendessen umzukleiden.

Nachdem Megan Ellas Predigt über ihre mangelnde Sorgfalt mit der Garderobe hatte über sich ergehen lassen, erschien Dame Agnes in ihrem Schlafzimmer.

»Wo wart Ihr, Lady Megan? Ich habe nach Euch gesucht.« Sie war ungehalten.

»Ich habe mich auf dem Rückweg ein bisschen verlaufen.«

»Aber ich hatte doch gesagt, dass Ihr auf mich warten solltet.«

Zu ihrer eigenen Überraschung verspürte Megan Unmut. Warum sollte sie sich rechtfertigen? Immerhin war es Dame Agnes gewesen, die sie da einfach im dunklen Gang hatte stehen lassen. Das war mehr als unhöflich und keine Art, mit seiner Herrin umzugehen. Dame Agnes sollte endlich aufhören, sie herumzukommandieren! Megan öffnete den Mund, sagte aber nur: »Es tut mir leid, aber mir wurde kalt.«

»Wir werden den Rundgang morgen fortsetzen.« Dame Agnes machte auf dem Absatz kehrt und verließ das Zimmer hoch erhobenen Hauptes.

Hoffentlich hatte sie Dame Agnes nicht verärgert, schoss es Megan durch den Kopf. Im gleichen Augenblick ärgerte sie sich über sich selbst. Sie war jetzt Lady Solvey, die Herrin von Burg Radwick, und sie benahm sich wie eine Kammerjungfer in ihrem ersten Jahr. Aber war sie schon Lady Solvey? Albert hatte sie noch immer nicht zu seiner Frau gemacht. Augenblicklich nagten wieder Zweifel an Megan. Heute Nacht würde er sicher zu ihr kommen, sagte sie sich und beschloss, nicht weiter darüber nachzugrübeln.

Nach dem Abendessen führte Albert die verbleibenden männlichen Gäste in die Stallungen, um ihnen die jüngsten Neuerwerbungen zu zeigen. Die Damen begaben sich in die Kemenate, einen beheizten Wohnraum, um den Abend mit Stickereien, Brettspielen und Gesprächen zu verbringen. Es gab mehrere Kemenaten auf Radwick. Die große Kemenate war von Lady Barbara bevorzugt worden, da sie oft Gäste und ein großes Gefolge gehabt hatte. Der Raum war üppig möbliert, und wie Megan fand, etwas zu protzig eingerichtet. Neben dem großen Kamin gab es drei Kohlepfannen, die sich im Raum beliebig aufstellen ließen. Auf den Fensterbänken lagen weiche Kissen, und im Winter verwendete man dicke Filzvorhänge, um die kalte Luft draußen zu halten. Megan war erzählt worden, dass Lady Barbara versucht hatte Albert davon zu überzeugen, Scheiben in die Fenster setzen zu lassen, was aber an den Kosten und vermutlich an Erik gescheitert war. Man saß auf bequemen, dick gepolsterten Holzsesseln und Bänken. Auf den kleinen Beistelltischchen standen Silberschalen mit kandierten Früchten und anderen Leckereien.

Megan saß am Feuer mit ihrer Gobelinarbeit. Obwohl der Raum von Gelächter und Stimmen erfüllt war, fühlte sie sich isoliert und völlig allein. Sie hörte den Gesprächen zu, die von Menschen handelten, die sie nicht kannte, und von Ereignissen, an denen sie nicht teilgenommen hatte. Die jungen Mädchen saßen in einer entfernten Ecke, steckten die Köpfe zusammen und kicherten. Vermutlich sprachen sie über die Recken auf dem Turnier. Megan widmete sich ihrer Stickerei.

Sie handarbeitete sehr gerne, es entsprach ihrem präzisen, geduldigen Wesen.

»Haben Sie sich schon die Wandbehänge näher betrachtet, Lady Megan?«

Unwillig blickte sie auf. Vor ihr stand Dame Evelyn. Sie war eine der beiden Hofdamen, deren Gespräch sie in der Nacht zuvor auf dem Fest mitangehört hatte.

»Nein, habe ich noch nicht.«

»Das sollten Sie aber, sie sind ganz exquisit!«

Schicksalsergeben legte Megan ihre eigene Stickerei in den Korb zu ihren Füßen und stand auf. Dame Evelyn führte sie zu einem großen Gobelin an der Wand, der eine Jagdszene zeigte.

»Sehr schön«, sagte Megan, während ihr gleichzeitig drei Farbfehler ins Auge sprangen.

»Nicht wahr? Lady Barbara hat ihn gemacht!«

Für einen winzigen Augenblick war es ganz still im Raum.

»Es ist eine schöne Arbeit«, sagte Megan nur und ging wieder zurück zu ihrem Stuhl. Sie konnte alle Augen auf sich spüren, als sie sich setzte und ihre eigene Handarbeit wieder aufnahm. Die Gespräche gingen weiter und der unangenehme Moment war vorüber. Megan fühlte sich wie im Feindesland, wie ein unerwünschter Fremdkörper inmitten dieser Frauen. Sie blickte hinüber zu Dame Evelyn, die mit ihrer Freundin sprach und sich offenbar über ihren kleinen Trick amüsierte. Megan wünschte ihr in diesem Moment einen großen Pickel ans Kinn oder Haarausfall oder etwas anderes Unangenehmes. Nach einer Weile beschloss sie, dass sie lange genug gelitten hatte, wünschte den Anwesenden eine gute Nacht und zog sich in ihr Schlafzimmer zurück.

Abermals gab sich Ella die größte Mühe, ihre Herrin möglichst attraktiv in ihrem Nachtgewand aussehen zu lassen, um dann mit einem vielsagenden Lächeln die Tür hinter sich zu schließen. Wieder lag Megan im Halbdunkeln und wartete.

~ 6 ~

Zur gleichen Zeit saß Erik am Bett seines Bruders und beobachtete, wie Fulkes Gesicht sich bei jedem angestrengten Atemzug schmerzhaft verkrampfte. Noch immer war er nicht aus seiner tiefen Ohnmacht erwacht, das Fieber wütete in seinem Körper, und die schwere Wunde schien nicht heilen zu wollen. Albert war Erik den ganzen Tag über aus dem Weg gegangen. Erik wusste, dass Albert unter der Spannung zwischen ihnen litt, aber er hatte in diesem Augenblick keine Geduld für die Befindlichkeiten seines Herrn. Wenn Albert wenigstens endlich einen Erben zeugen würde. Das konnte doch wohl nicht so schwer sein! Erik dachte an Megan. Auf den ersten Blick fiel sie sicher nicht auf, schon gar nicht im Vergleich zu ihrer Vorgängerin. Lady Barbara war eine lebhafte Brünette mit strahlenden blauen Augen gewesen, eine Person, die sofort alle Aufmerksamkeit auf sich gezogen hatte, sobald sie einen Raum betrat. Aber schon als Albert vor einigen Jahren um sie geworben hatte, hatte Erik ein ungutes Gefühl gehabt. Sein Herr jedoch war wie von Sinnen gewesen vor Liebe, und es wurde schon bald Hochzeit gefeiert. Da Lady Barbara sich schnell langweilte, wurde Radwick ein beliebter Ort für fahrende Künstler und Sänger. Seitdem sie fort war, war es stiller geworden und viele bedauerten das. Eriks Gedanken kehrten zu Megan zurück. Sie schien harmlos und freundlich. Und doch war da noch etwas, das er nicht ganz festmachen konnte. Es war etwas Mysteriöses, in der Tiefe Liegendes, etwas, das ihn anzog. Er hatte sie beobachtet, seit sie auf Radwick eingetroffen war, und ihm gefiel nicht, wie sie sich herumschubsen ließ. Es war ihrer unwürdig und es ärgerte ihn.

Es klopfte an der Tür. Josh kam herein und löste ihn ab.

»Lambert ist zurück. Er wartet unten.«

Erik nickte. Lambert Tomlinson war ein treuer Freund und guter Dienstmann. Er war auf einer Kundschaftermission gewesen, und Erik hatte schon ungeduldig auf seine Rückkehr gewartet. An der Ostgrenze braute sich etwas zusammen, und Erik musste wissen, was es war.

Wenig später trat er in das Hinterzimmer des Waffenarsenals, in dem er üblicherweise Besprechungen mit seinen Männern abhielt. An dem langen Tisch saß ein untersetzter Mann mit einem mächtigen Vollbart. Passend dazu hatte er einen wirren Schopf dunkelbraunen Haares auf dem Kopf. Als Erik hereinkam, stand Lambert Tomlinson zur Begrüßung auf. Er war gut einen Kopf kleiner als Erik, aber von ähnlich kräftigem Wuchs.

»Willkommen zu Hause«, sagte Erik, als sich beide nach einer kurzen Umarmung an den Tisch setzten.

»Ich habe schon von der Sache mit Fulke gehört.« Lambert ballte die Fäuste. »Warum hat er dich Varmourth nicht töten lassen?«

»Du kennst Albert.«

Lambert gab ein unwilliges Grunzen von sich.

»Was gibt es Neues aus Barton Valley?«

»Du hattest Recht, Erik, es braut sich etwas zusammen. Sir Barton hat eine große Zahl Pferde gekauft, dazu Rüstungen und Waffen.«

Erik runzelte die Stirn und nickte. Die Bartons hatten schon lange ein begehrliches Auge auf Radwick geworfen, und noch nie war die Zeit so günstig wie jetzt. Lord Solvey hatte wenig Rückhalt am Hof, da er sich nicht diplomatisch betätigte und aktiv Verbündete suchte. Trotzdem war es Erik gelungen, eine Anzahl von geheimen Allianzen zu schließen, die bisher den Frieden wahrten. Er hatte versucht, Albert davon zu überzeugen, Sir Barton in einem Überraschungsangriff auszuschalten, aber nichts konnte seinen Herrn zu einem solchen kriegerischen Akt bewegen. Natürlich würde man sich verteidigen, wenn man angegriffen werden sollte, aber selbst einen Angriff anzustregen, dazu war Albert nicht bereit. In seinem tiefsten Innern waren ihm Krieg und Gewalt zuwider. Erik hatte wenig Hoffnung, Albert mit seinem Bericht über die veränderte Lage umstimmen zu können. Das Einzige, was er tun konnte, war, sich auf eine Belagerung vorzubreiten, denn er war sicher, dass Radwick früher oder später angegriffen werden würde. Alberts zögerliche Haltung brachte ihm auch keinen Respekt bei König Henry ein, der eine wichtige Burg wie Radwick sicher nicht gerne in den Händen eines Zauderers belassen würde. Erik knirschte mit den Zähnen. Und ohne Erbe wäre es Henry ein Leichtes, Albert auszubooten. Wieder dachte er an Megan.

»Wie war die Hochzeit?«, fragte Lambert im gleichen Moment.

»Es lief gut. Wir haben Fulkes Verwundung heruntergespielt. Die letzten Gäste reisen morgen früh ab. Varmourth war verschwunden, sobald er wieder reisefähig war.«

»Das war auch schlau von ihm.«

Erik nickte. Ein zweites Mal wäre ihm Lord Varmourth nicht davongekommen, egal was Albert gesagt hätte.

»Und die neue Lady Solvey?«

»Sie passt zu Albert. Hoffentlich wird sie bald schwanger.«

»Ich meine, wie ist sie?«

Erik zuckte mit den Schultern und erwiderte: »Sie ist still und blass.«

Sein Freund machte ein enttäuschtes Gesicht.

»Du glaubst doch nicht im Ernst, ich hätte ihm eine zweite Lady Barbara aufgehalst!«

Lambert lachte.

Megan lag wach und lauschte auf die Geräusche der Nacht. Sie wusste nicht, wie spät es war, aber es war inzwischen unwahrscheinlich, dass Albert heute noch zu ihr käme. Sie starrte in den dunklen Baldachin und versuchte das verschlungene Muster zu erkennen. Warum wollte er ihr Bett nicht teilen? Wieder und wieder drehten sich ihre Gedanken im Kreis. Was machte sie bloß falsch? Nach allem, was ihr gesagt worden war, brauchte sie nur stillzuhalten und ihn machen zu lassen. Sie hatte sich geistig darauf vorbereitet und war tatsächlich auch neugierig gewesen, aber nichts war so, wie sie es erwartet hatte. Sie dachte an Erik. Jedes Mal, wenn er ihre Gedanken durchkreuzte, wurde sie ganz aufgeregt. Megan fühlte sich sehr zu ihm hingezogen, konnte sich aber nicht erklären, warum. Sie wusste genau, dass sie nicht den Ansprüchen genügte, die er an die Gemahlin seines Lords und die Herrin der Burg stellte. Sie dachte an Dame Evelyn und ihre Freundin, unangenehme Frauen. Sie warteten nur darauf, schlecht über jemanden reden zu können. Das war ihr schönster Zeitvertreib. Die anderen Damen des Gefolges waren zwar höflicher, aber keine von ihnen hatte wirkliches Interesse an Megan gezeigt. Ihre Gespräche beschränkten sich auf Floskeln und Belanglosigkeiten. Und die Jungfern lebten in ihrer ganz eigenen Welt, die sich ausschließlich um Kleider und Ritter drehte. Das wiederum war nicht Megans Welt und für solche Gesprächsthemen fehlte ihr die Geduld.

Erst in den frühen Morgenstunden gelang es Megan einzuschlafen, so dass Ella sie an der Schulter rütteln musste, damit sie aufwachte.

»Lady Megan, Lady Megan! Es ist schon fast Mittag, wollen Sie denn heute gar nicht aufstehen?«

Megan rieb sich den Schlaf aus den Augen und blinzelte ihre Zofe verständnislos an.

Ella ging und zog die Vorhänge von den Fenstern zurück, und das grelle Mittagslicht durchflutete das Zimmer. Stöhnend schloss Megan die Augen wieder und ließ sich zurück in ihre Kissen fallen.

»Seine Lordschaft ist schon von einer frühen Jagd zurück. Er scheint nicht so viel Schlaf zu brauchen.« Ella kicherte. Megan wünschte sich, dass ihre Zofe endlich mit den Anzüglichkeiten aufhören würde. Selbst wenn Ellas Annahme, dass sie die Nacht mit ihrem Ehemann verbracht hatte, richtig gewesen wäre, selbst dann hätte sie diese Bemerkung unpassend gefunden. Ella hatte einfach kein Taktgefühl.

»Heute sind ein Ausritt und ein Picknick geplant, alle warten nur auf Sie.«

»Du liebe Güte!« Megan setzte sich ruckartig auf. »Warum hast du mich denn nicht früher geweckt?« Sie stieg eilig aus dem Bett.

»Aber es hat doch jeder dafür Verständnis, dass Sie lange schlafen.« Wieder kicherte Ella. Megan presste ärgerlich die Lippen zusammen. Sie wäre am liebsten, kaum dass sie angezogen war, aus dem Zimmer gestürmt, aber Ella bestand darauf, ihre Herrin in Ruhe zurecht zu machen. Nichts war Megan unangenehmer, als dass man auf sie warten musste, und so saß sie nervös und zappelnd auf ihrem Stuhl. Warum hatte Ella sie denn nicht früher geweckt?

Es klopfte an die Tür, und Dame Agnes steckte den Kopf herein.

»Ah, ich werde seine Lordschaft informieren, die Pferde satteln zu lassen.« Dame Agnes' Augen ruhten einen kurzen Moment auf Megans Bett. Dann schloss sich die Tür wieder.

Megan begann sich zunehmend darüber zu ärgern, mit welcher Selbstverständlichkeit Dame Agnes in ihr Zimmer platzte. Vielleicht war Lady Barbara da nicht so empfindlich gewesen, aber Megan legte Wert darauf, auch einmal ungestört zu sein. Das war auf Burg Radwick jedoch anscheinend unmöglich. Außerdem störte es sie, dass Dame Agnes nicht einmal »Guten Morgen« gesagt oder ihr auch nur einen schönen Tag gewünscht hatte.

Wenig später schritt Megan in einem hellblauen Reitkleid die große Freitreppe in den Burghof hinunter. Man hatte sich schon um die Pferde versammelt. Es waren Albert, Erik, ein dunkler Mann, der sich als Lambert Tomlinson vorstellte, zwei Bewaffnete, drei ihrer Hofdamen, deren Namen sich Megan nicht gemerkt hatte, und ein Bediensteter mit einem Packpony. Albert kam auf Megan zu.

»Guten Morgen, liebe Megan. Ich hätte Sie wohl besser gestern schon von meinen Plänen informieren sollen. Ich hoffe, Sie mussten sich nicht zu sehr beeilen?« Er küsste ihre Fingerspitzen.

»Nein, durchaus nicht«, log Megan, die nicht einmal Zeit für ein Frühstück gehabt hatte. Ihr Zelter wurde zu einem kleinen Tritt geführt, so dass sie aufsteigen konnte. Liebevoll tätschelte sie ihrer Stute den Hals. Während die drei namenlosen Damen aufstiegen, beobachtete sie Erik. Er ritt wieder den großen Rappen. Sie bewunderte das kraftvolle Tier, unter dessen glänzendem Fell die Muskeln spielten. Erik trug eine lederne Hose und lange Stiefel, darüber ein Hemd aus brauner Wolle. Wie gut Reiter und Tier doch zusammenpassten, dachte Megan, sie waren eine imposante Erscheinung.

Albert gab das Zeichen, und die kleine Gesellschaft setzte sich in Bewegung. Megan ritt neben ihm an der Spitze. Auf ihrem Weg kamen sie durch die Burgsiedlung. Die Leute, denen sie begegneten, verneigten sich ehrerbietig. Bald darauf waren sie auf freiem Feld.

»Wollen wir einen kleinen Galopp wagen?«, fragte Albert.

»Ja, gerne.«

Er gab seinem Pferd die Sporen, Megan tat es ihm gleich, und sie flogen über die lang gestreckte Wiese. Megan war keine besonders wagemutige Reiterin, aber sie saß solide im Sattel und genoss den Wind im Gesicht. Mit dem blauen Himmel über sich und der weiten Landschaft zu ihren Füßen hatte sie plötzlich das Gefühl, wieder atmen zu können. Erst jetzt fiel ihr auf, wie sehr die Stimmung auf der Burg sie bedrückte. Als sie am Waldrand anlangten, zügelte Albert sein Tier, und sie folgten dem Weg in einem gemächlicheren Tempo.

In der nächsten Stunde erzählte Albert von der Geschichte der Familie Solvey, wobei er einen weniger salbungsvollen Ton anschlug als Vater Raphael.

»Die Solveys waren Gefolgsleute des Grafen von Flandern. Seine Tochter Mathilda war die Frau des Normannenherzogs William. Als dieser 1066 beschloss, England zu erobern, waren die Solveys dabei. Als Belohnung für ihre Dienste hatte Williams Nachfolger, der alte König Henry, der Familie Radwick zum Lehen gegeben. Tja, Sie haben also in eine Familie von Raufbolden und Glücksrittern eingeheiratet, Megan.«

»Ich hoffe doch sehr, dass die Zeiten jetzt zivilisierter sind.«

»Ja, das hoffe ich auch!«

Megan betrachtete ihren Mann von der Seite. Nein, freiwillig wäre er sicher nicht mit William nach England aufgebrochen wie seine Vorfahren. Ihr Blick fiel auf Erik, der jetzt in einiger

Entfernung vor ihr ritt. Ihm traute sie ein solches Abenteuer viel eher zu. Aber seine Familie hatte nicht zu den Siegern gehört, sondern zu den Besiegten, denn die Arrondals waren Angelsachsen.

Der Weg führte durch ein lichtes Wäldchen, und die Mittagssonne tauchte alles in ein warmes, fleckiges Grün, das sich mit dem Wind hin- und herbewegte. Am Wegesrand blühten Fingerhut und Geißbart. Megan atmete die würzige Luft tief ein. Wenn jetzt auch noch die drei Hofdamen mit ihrem Geschnatter aufhören würden, wäre der Augenblick vollkommen, dachte sie. Es war Anfang September, und Tage wie diese waren gezählt. Als sich das Wäldchen schließlich lichtete, waren sie schon gut zwei Stunden unterwegs. Sie kamen auf eine Wiese, die geschützt von einer großen Wildrosenhecke an einem Wasserlauf lag. Albert hielt sein Pferd an.

»Willkommen zum allerbesten Picknickplatz im Umkreis von zwanzig Meilen!«

Er war noch mit seinem Tier beschäftigt, als Erik an Megans Zelter herantrat und die Hand zu ihr hochstreckte, um ihr aus dem Sattel zu helfen. Sie legte ihre Hände auf seine Schultern, und er fasste sie an der Taille und hob sie vom Pferd. Da er nahe an dem Tier gestanden hatte, kam sie dicht vor ihm zu stehen. Einen Augenblick sahen sie einander in die Augen. Megans Herz raste, und ihre Kehle war wie zugeschnürt. Er gab sie frei und führte ihren Zelter zum Wasser. Sie stand für einen winzigen Augenblick wie vom Donner gerührt. Es war genau wie in ihrem Traum gewesen. Es fühlte sich auch genauso an. Ihr wurde abwechselnd heiß und kalt, und sie war erneut voller Aufregung.

»Megan, wollen Sie nicht hier zu mir herüberkommen?«

Sie blinzelte und eilte peinlich berührt hinüber zu Albert,

der sich auf einem Klappstuhl niedergelassen hatte. Aus dem Augenwinkel sah sie Erik. Er stand bei ihrem Pferd und beobachtete sie. Megan spürte, wie sie rot wurde. Schnell setzte sie sich zu Albert.

»Sie haben ganz rote Wangen, Megan. Hat der Ritt Sie so angestrengt?«

»O nein, ganz und gar nicht.« Sie schüttelte vehement den Kopf und wechselte das Thema.

»Es ist wunderschön hier.«

»Ja, das ist es wirklich. Besonders um diese Jahreszeit.« Albert reichte Megan einen Becher mit Dünnbier. Sie machten eine lange Rast und genossen ein ausgedehntes Mahl. Man unterhielt sich über Belanglosigkeiten, und Megan nickte oder schüttelte den Kopf je nach Bedarf. Es war ihr nicht anzusehen, welcher Aufruhr in ihrem Herzen herrschte.

~ 7 ~

Wieder lag Megan wach in ihrem Bett und starrte auf den Baldachin über sich. Sie dachte an Erik. Noch niemals hatte ein Mann eine solche Wirkung auf sie gehabt. Aber sie war auch noch niemals einem solchen Mann begegnet. Vor ihrem geistigen Auge sah sie seinen Blick, wie er kritisch prüfend auf ihr gelegen hatte. Unter diesem Blick fühlte sich Megan sehr unzulänglich. Erik schien in ihre Seele zu sehen und er sah mehr als nur ihre nicht eben hervorstechende Erscheinung. Er sah auch ihre Feigheit, ihre Scheu vor Konflikten, das nicht vorhandene Durchsetzungsvermögen und all die Mängel, die sie selbst am meisten an sich hasste. Megan schämte sich dafür.

Plötzlich wurde sie durch ein Geräusch aus ihren Gedanken gerissen. Die Klinke der Tür bewegte sich. Albert kam herein! Megan schluckte, Nervosität breitete sich in rasender Geschwindigkeit in ihrem Körper aus. Es war so weit. Seit Tagen hatte sie auf diesen Moment gewartet und jetzt wünschte sie, es wäre schon vorbei.

»Sie sind noch wach, Megan. Das ist gut.« Er setzte sich auf die Bettkante. Sein Atem roch nach Alkohol, und er lallte etwas.

»Ja, ich bin noch wach.« Sie lächelte ihn an, aber er schien seltsam entfernt.

»Das ist gut«, wiederholte Albert und begann sich umständlich das Hemd auszuziehen. Megans Hände zitterten. Sie atmete tief, um sich zu beruhigen. Albert streifte seine Schuhe ab und entledigte sich schließlich seiner Hose. Sein Körper hob sich weiß in der Dunkelheit ab. Beherzt zog sich Megan ihr Nachthemd über den Kopf. Als er neben sie unter die Decke glitt, fühlte sich sein Körper seltsam kalt an. Sie lag ganz still, als seine Hände ihren Körper ertasteten. Er hatte sich zu ihr gedreht und rieb das weiche, fleischige Ding zwischen seinen Beinen an ihr.

»Fass es an!«, flüsterte er Megan ins Ohr.

Sie verspürte plötzlich Übelkeit. Sie wollte Albert nicht anfassen. Mechanisch griff sie nach unten. Sie wusste nicht, was sie tun oder wie sie ihn berühren sollte, und rieb unsicher sein Glied, das aber weiterhin leblos in ihrer Hand lag.

Jetzt fasste er ihr zwischen die Beine, und Megan musste sich außerordentlich zusammennehmen, um nicht ihre Schenkel schützend zusammenzupressen. Albert brummte unwillig, nahm die Hand wieder weg, spuckte kräftig hinein und schmierte seinen Speichel zwischen ihre Beine. Kalter Schweiß stand auf Megans Stirn, und ihr ganzer Körper war von einer Gänsehaut überzogen.

»Ach verdammt!« Er setzte sich schließlich auf. »Du bist aber auch ungeschickt.« Er rollte sich vom Bett, streifte die Hose über, griff seine Sachen und verließ das Zimmer.

Megan lag wie unter Schock auf ihrem Bett. Dann plötzlich überkam sie ein unerträglicher Ekel. Sie sprang auf, lief zu ihrer Waschschüssel und begann sich fast panisch mit dem nassen Schwamm abzureiben. Ihre Haut rötete sich unter dem kalten Wasser und ihrem fieberhaften Schrubben. Schließlich fiel sie erschöpft auf die Knie und brach in Tränen aus. Das, was sie gerade erlebt hatte, war das Furchtbarste, was ihr je widerfahren war. Sie schüttelte sich erneut. Wie konnte es Frauen geben, die gerne ihr Bett mit einem Mann teilten? Sie wusste, wie der Akt theoretisch vor sich ging, aber Alberts Lanze war nicht hart gewesen. Was hatte sie falsch gemacht? Sie wusste nicht einmal, wie sie es hätte richtig machen müssen. Ihr war immer gesagt worden, dass die Lanze eine Lanze sein würde und nicht ein schlaffer, dicker Wurm. Sie hatte sich nicht geschickt genug angestellt, hatte er gesagt. Neue Tränen der Verzweiflung brachen aus ihr hervor. Sie wusste nicht, wie sie es richtig machen sollte, und sie hatte auch niemanden, den sie fragen konnte. Hemmungslos schluchzend kniete Megan nackt auf dem Holzfußboden. Sie zitterte vor Kälte, als sie schließlich aufstand und ein neues Nachthemd aus ihrer Truhe zog. Der weiche Stoff legte sich tröstend auf ihre brennende Haut. Sie stand im Dunkeln vor dem Bett und starrte auf die zerwühlten Laken. Sie konnte sich unmöglich dort wieder hineinlegen. Sie nahm eine Wolldecke vom Hocker neben dem Bett, wickelte sich darin ein und setzte sich in den Sessel am Fenster.

Zuerst war sie überrascht gewesen, wie befremdend sie Alberts Annäherung gefunden hatte, und dann hatten seine Hände auf ihrem Körper sie angewidert. Erneut kämpfte sie mit Tränen der Verzweiflung. Was war zu tun? Sie konnte nur warten, dass er es noch einmal versuchen würde. Doch gleichzeitig hoffte sie inständig, er möge sie nie wieder berühren.

Erik blickte Albert nach, wie er leicht schwankend in Richtung Wohntrakt verschwand. Sie hatten eine Weile bei einem Würfelspiel gesessen und viele Becher Wein getrunken. Er hatte erneut versucht, seinen Herrn von der Notwendigkeit eines Angriffes auf Sir Barton zu überzeugen, aber wiederum war er gescheitert. Albert wollte nichts davon hören, egal wie beunruhigend die Neuigkeiten waren, die Lambert mitgebracht hatte. Erik musste einen anderen Plan entwickeln, um die Gefahr auszuschalten. Lambert war es gewesen, der das Gespräch auf Lady Megan gebracht hatte. Ob er zufrieden mit seiner neuen Frau sei, hatte er etwas unverschämt gefragt. Aber keiner von ihnen war mehr ganz nüchtern gewesen und insofern war diese direkte Frage Lord Solvey nicht unangenehm aufgestoßen. Er hatte genickt, ein nettes Mädchen sei Megan, ein bisschen schüchtern vielleicht. Lambert hoffte, dass sie nicht immer so still sei. Beide hatten gelacht. Erik hatte Albert beobachtet, und etwas an seinem Lachen war nicht echt gewesen. Dann hatte der Burgherr sich augenzwinkernd zu seiner Frau davongemacht.

»Na, ich hoffe, Lady Megan nimmt keinen Anstoß an seiner Fahne«, lachte Lambert und goss sich noch einen Krug Bier ein. Nachdenklich blickte Erik Albert nach. Er wunderte sich, warum es ihn störte, dass dieser seine Frau betrunken in ihrem Bett aufsuchte. Es war nichts Ungewöhnliches, und je öfter Albert mit Megan das Bett teilte, desto schneller gäbe es einen Erben. Ungeduldig schüttelte er das merkwürdige Gefühl ab und machte sich auf den Weg, um nach Fulke zu sehen.

Megan hatte die ganze Nacht zusammengerollt in dem Sessel am Fenster verbracht. Sie hatte kein Auge zugetan. Als die ersten Vögel sangen und es etwas heller wurde, war sie aufgestanden und zum Bett hinübergegangen. Jetzt, da sie es deutlicher sehen konnte, war es nicht mehr ganz so abstoßend wie in der Nacht. Sie blickte auf ihr zerknülltes Nachthemd und die zu einem Berg aufgetürmte Decke, zwei Kissen lagen auf dem Fußboden. Sie schob Decke und Laken und die restlichen Kissen auf die zur Tür gewandte Seite und legte sich so nahe wie mögliche an die Bettkante der anderen Seite. Langsam streckte sie ihre schmerzenden Beine aus. Sie beobachtete, wie sich in der Morgendämmerung die Umrisse im Zimmer klarer abhoben und die einzelnen Gefäße auf ihrem Waschtisch langsam Form annahmen. Megan fühlte sich sehr einsam.

Es dauerte noch eine geraume Weile, bis Ella mit einer Tasse warmer Milch ins Zimmer kam. Megan setzte sich auf. Gerade wollte ihre Zofe eine Bemerkung über das zerwühlte Bett machen, als sie in Megans Gesicht sah.

»O Milady, Sie sehen aber gar nicht gut aus. Fühlen Sie sich nicht wohl, sind Sie krank?«

»Ich bin sehr müde und habe Kopfschmerzen«, sagte Megan, und das entsprach der Wahrheit. Dankbar nahm sie den Becher mit Milch entgegen. Ella begann das Bett zu richten, und Megan hatte sich wieder in ihren Stuhl zurückgezogen.

»Können wir die Laken bitte wechseln?«

Ella blickte überrascht auf, nickte aber sofort und zog das gesamte Bettzeug ab. Wenig später war das Bett mit Hilfe eines Mädchens neu bezogen. Megan lehnte ein Frühstück dankend ab, legte sich zurück ins Bett und zog die Decke über den Kopf.

»Meine Herrin hat Kopfschmerzen und ist müde. Sie wird daher vorerst nicht aufstehen«, informierte Ella Dame Agnes. Im Gesinderaum konnte sie sich nicht verkneifen, Megans Müdigkeit etwas auszuschmücken.

»Und alle Laken musste ich wechseln!«

Die anwesenden Mädchen kicherten.

»Milady macht es müde, und seine Lordschaft scheint gar keinen Schlaf mehr zu brauchen, er ist heute morgen ganz früh ausgeritten, habe ich gehört«, schaltete sich eine der Wäscherinnen ein.

»Da kann es ja mit einem Erben nicht mehr lange dauern.« Erneut erklang Gekicher und Getuschel, bis die Wirtschafterin Frau Edla alle wieder zur Arbeit anhielt.

Als Megan am Abend immer noch nicht besser aussah und auch kein Abendessen haben wollte, begann Ella sich Sorgen zu machen, dass ihre Herrin ernsthaft krank sei. Dame Agnes kam zu einem Kontrollbesuch, aber Megan antwortete auf ihre Fragen einsilbig und abweisend. Am späteren Abend wurde schließlich Doktor Hilbert bestellt, aber auch er fand in Megan keine gefügige Patientin. Sie weigerte sich, sich untersuchen zu lassen, und verwies ihn schließlich mit überraschender Vehemenz des Zimmers. Auch Ella war es nicht erlaubt, an Megans Bett zu sitzen, sie wollte allein sein.

Die Sonne war untergegangen, und die Gegenstände auf ihrem Tisch waren wieder vom Schwarz der Nacht verschluckt worden. Megan starrte vor sich hin. Sie wollte auch einfach im Dunkeln verschwinden. All die Pläne und die Vorfreude, endlich ihre eigene Herrin zu sein, waren im Nichts verpufft. Sie lebte unter dem Schatten der unvergleichlichen Lady Barbara, sie lag sogar in ihrem Bett, ihr Mann wollte sie nicht und ihre Untergebenen respektierten sie nicht. Es würde keinen Erben geben, und sie selbst war ganz und gar überflüssig. Den Tag über hatte Megan sich gut zugeredet, dass dies ja nur der erste Versuch gewesen war. Albert wollte schließlich auch einen Sohn und deshalb würde er wiederkommen. Aber jetzt im Dunkeln der Nacht wusste Megan genau, dass das nicht stimmte. Das Gefühl der Panik, dass sie am ersten Abend empfunden hatte, hatte sie nicht getrogen. Schon da hatte er sie nicht attraktiv gefunden und die Hochzeitsnacht verschoben. Gestern hatte er sich sogar betrinken müssen, um wenigstens zu versuchen, das Bett mit ihr zu teilen. Egal wie sie es drehte und wendete, sie wusste keine Lösung.

Es war bereits nach Mitternacht und Megan war eingedöst, als sie plötzlich mit einem Mal hellwach war. Ihr Herz raste wie wild. Sie hatte geträumt, sie wäre auf der Beerdigung von Fulke Arrondal gewesen. Megan wusste, was das bedeutete. Er lag im Sterben. Oder schlimmer, dass er schon tot war! Ohne weiter nachzudenken, stand sie auf und schlüpfte in ihre Schuhe. Sie wickelte sich in ihren großen Wollschal, griff nach ihrem Kräuterbeutel, den sie in ihrer Truhe aufbewahrte, und schlich mit der kleinen Öllampe zur Tür. Alles war still, als sie den Gang hinunter in die Haupthalle huschte. Sie hatte den Docht gerade so weit aufgedreht, dass die allerkleinste Flamme brannte und sie schemenhaft den Fußboden erkennen konnte. Lautlos schlich sie durch die große Halle, zwei Treppen hinauf, durch einen langen Gang, eine halbe Treppe hinunter und wieder eine hinauf, um die Ecke und erreichte schließlich den Torbogen zum alten Trakt. Die Luft war kalt, und es zog durch die offenen Fenster der Burg. Die gemeißelten Tierköpfe des steinernen Türbogens sahen im flackernden Licht wie hässliche Fratzen aus, die sie bösartig angrinsten. Megan gruselte sich und sie zögerte. Doch sie wusste um die Dringlichkeit, es ging um Leben und Tod. Entschlossen schritt sie in den dunklen Gang und blieb vor der dritten Tür stehen. Es war noch immer alles ganz still. Vorsichtig öffnete sie die Tür und trat ein. In dem beleuchteten Raum konnte sie ein Bett erkennen, und im gleichen Augenblick erhob sich eine Frau von einem Stuhl daneben. Überrascht blickten sie einander an. Die Frau war jung, etwa so alt wie Megan. Sie war sehr hübsch mit geflochtenen, blonden Zöpfen und großen, blauen Augen, unter denen jetzt dunkle Ringe lagen. Jetzt erkannte sie Megan und knickste verwirrt.

»Milady?«, flüsterte sie.

»Wie geht es ihm?«, fragte Megan und trat an das Bett.

»Ich weiß nicht, wie es ihm geht. Er liegt jetzt ruhiger als zuvor, ganz still.« Die Frau kämpfte mit den Tränen.

Megan kniete sich neben das Bett und legte Fulke eine Hand auf die Stirn. Sie war kalt.

»Uns bleibt nicht viel Zeit.« Megan nahm eines der kleinen Leinenpäckchen aus ihrem Beutel. »Wie heißt du?«

»Ich heiße Anette, Milady.«

»Hier, Anette«, sie reichte ihr das Päckchen, »mache mir bitte einen Tee daraus. Es ist noch nicht zu spät, und wir dürfen die Hoffnung nicht aufgeben.«

Anette nickte und trat eilig zum Feuer, um den Wasserkessel zum Kochen zu bringen. Megan rieb ihre Hände aneinander und steckte sie unter die Bettdecke auf Fulkes Brust. Sie schloss die Augen und begann zu beten. Sie flehte Gott um Kraft, Wärme und Leben an. Anette trat mit der Teeschale neben sie.

»Nimm ganz wenig auf einen Löffel und flöß ihm das ein. Aber ganz langsam und achte darauf, ob er schluckt.« Anette tat, wie ihr geheißen.

Nach einiger Zeit hörten sie ein kleines Husten, und Fulke schluckte.

»Er hat sich wieder gerührt!«, flüsterte Anette aufgeregt.

»Das ist sehr gut. Gib ihm weiter den Tee.«

Megans Konzentration war ganz auf ihr Gebet gerichtet, erst als sie das Gefühl hatte, ihre Hände ständen in Flammen, zog sie sie wieder unter der Decke hervor. Etwas Farbe war in Fulkes Gesicht zurückgekehrt. Megan lächelte zufrieden. Anettes Schale war schon leer, und sie betrachtete Megan fasziniert.

»Sie haben ihn gerettet, Milady!«

Megan schüttelte den Kopf.

»Gott hat ihm geholfen, ich habe nur für ihn gebetet.«

Anette griff Megans Hand und küsste sie.

»Ich bin Ihnen so dankbar, Milady.«

»Er ist noch nicht über den Berg.«

»Wenn das Herr Erik erfährt!«

Megan schüttelte energisch den Kopf.

»Nein, ich möchte nicht, dass du jemandem erzählst, dass ich hier war.«

»Aber Milady …«

»Nein, es darf keiner wissen. Du musst es mir versprechen.«

Anette zögerte, nickte dann aber.

»Ich verspreche es.«

»Ich werde es ihm selbst sagen, aber jetzt ist nicht der richtige Augenblick«, sagte Megan, um nicht den Eindruck entstehen zu lassen, sie hätte etwas Unerlaubtes getan. Und tatsächlich klärte sich Anettes sorgenvoller Blick und sie lächelte Megan wieder an.

»Bist du jede Nacht hier?«

»Immer nach Mitternacht, wenn Herr Erik zu Bett geht.«

»Gut, ich komme morgen wieder.« Sie reichte Anette ein weiteres Päckchen mit Kräutern. »Gib ihm von dem Tee morgen im Laufe des Tages noch einmal.«

Megan griff nach ihrem Öllämpchen, drehte sich aber auf dem Weg zur Tür nochmals um.

»Du musst Herrn Erik davon überzeugen, dass der Arzt Fulke nicht mehr zur Ader lassen darf. Er hat schon viel zu viel Blut verloren.«

Wieder nickte Anette, und Megan schlüpfte in den Gang und machte sich eilig zurück auf den Weg in ihr Schlafzimmer. Als sie schließlich wieder in ihrem Bett lag, konnte sie immer noch nicht recht glauben, was sie da gerade eben gemacht hatte. Sie hatte keine Angst gehabt, kein Zögern oder Zweifeln hatten sie zurückgehalten. Sie hatte einfach getan, was sie tun musste, und nicht an mögliche Folgen gedacht.

Die Müdigkeit und Lethargie des vergangenen Tages waren verschwunden. Morgen Nacht würde sie wieder zu Fulke schleichen und für ihn beten. Aber sie musste vorsichtig sein, es durfte keiner wissen. Erfahrung hatte Megan gelehrt, ihre Gabe nur sehr diskret einzusetzen, zu schnell kam man in den

Verdacht, etwas mit verbotenen Mächten zu tun zu haben. Außerdem hatte Dame Agnes ihr deutlich zu verstehen gegeben, dass sie Fulke Arrondals Gesundheit nichts anginge. Sie war sich nicht sicher, wie Erik sich verhalten würde, erführe er von ihrem nächtlichen Krankenbesuch. Aber das Risiko, dass er sie abwies, wollte sie nicht eingehen, und so hatte sie Anette gebeten zu schweigen. Außerdem müsste sie sonst ja erklären, weshalb sie heimlich im alten Trakt gewesen war. Und doch brannte in ihr auch das Verlangen, sich in Eriks Augen zu beweisen. Megan schüttelte den Kopf, nein, es war besser, wenn es ein Geheimnis zwischen ihr und Anette blieb. Megan kuschelte sich in die Kissen. Wer war Anette und in welchem Verhältnis stand sie zu Fulke? Sie erinnerte sich, dass sie die beiden auf dem Turnier gesehen hatte. Waren sie ein Paar? Morgen Nacht würde sie mehr erfahren, sagte sie sich, und schlief friedlich ein.

~ 8 ~

Am nächsten Nachmittag saß Megan allein mit ihrer Stickerei auf der Fensterbank im Turmzimmer. Von dort aus konnte man den Aufgang zum Südflügel überblicken. Gerade als sie einen neuen Faden durch ihre Nadel ziehen wollte, sah Megan Dame Agnes die Treppen heraufkommen. Schnell stopfte sie die Stickerei in ihren Korb und flüchtete durch die angrenzende Kemenate in Richtung Haupthalle. Dame Agnes brachte meist unangenehme Nachrichten, und sei es nur, dass Megan sich durch ihre Anwesenheit eingeschüchtert fühlte. Megan überquerte den Hof und verschwand kurz darauf im Garten. Sie zügelte ihren Schritt und schlenderte jetzt an den Blumenrabatten vorbei und genoss den Duft der bunten Spätblüher. Sie war noch nicht weit gekommen, als sie hinter den Wildrosensträuchern Anette entdeckte. Megan raffte die Röcke und eilte in ihre Richtung.

»Anette!«

Anette drehte sich um, und als sie Megan erkannte, knickste sie höflich und lächelte.

»Guten Tag, Milady!«

»Das wünsche ich dir auch. Wie geht es Fulke?«

»Das Fieber ist zurückgekehrt, aber insgesamt scheint er wieder lebendiger.«

»Das ist gut.« Megan setzte sich auf eine Holzbank und bedeutete Anette, sich neben sie zu setzen.

»Ich habe Herrn Erik gesagt, dass der Doktor Fulke lieber nicht mehr zur Ader lassen sollte.«

»Und was hat er gesagt?«

»Er hat mich gefragt, wer mir das geraten hat.«

»Oh.«

»Ich habe ihn angelogen.«

Plötzlich mussten sie beide lachen.

»Das war bestimmt sehr nervenaufreibend.«

»Allerdings, und ich bin mir nicht sicher, ob er es mir geglaubt hat.«

»Was hast du ihm gesagt?«

»Ich habe behauptet, dass es eine alte, weise Frau aus dem Dorf war.«

»Eine alte, weise Frau?«

»Leider fiel mir so schnell nichts anderes ein. Es musste ja auch glaubhaft klingen.«

Megan lachte wieder.

»Schon gut, solange es ihn auf eine falsche Fährte setzt, soll es mir recht sein.« Megan wühlte in ihrem Korb nach ihrer Stickarbeit. »Hast du ein bisschen Zeit, mir Gesellschaft zu leisten?«

»Natürlich, Milady! Es ist mir eine Ehre.«

»Das muss es nicht sein, ich bin schrecklich langweilig.«

Anette kicherte.

»Ich habe dich schon ein paar Mal gesehen, aber du gehörst nicht zu den Dienstmädchen und auch nicht zu meinem Gefolge.«

»Mein Vater ist der Waffenschmied von Radwick!«

Megan hörte deutlich, wie stolz sie darauf war.

»Dann kennst du Fulke Arrondal schon lange?«

»Ja, schon seit ich denken kann. Aber ich war die letzten zwei Jahre bei meiner Tante in Rochester. Ich bin erst seit diesem Frühjahr wieder hier.«

»Aha.«

Megan wartete, dass die Geschichte weiterging, und ihr Gefühl hatte sie nicht getäuscht.

»Und dann habe ich Fulke wiedergetroffen. Er ist sehr erwachsen geworden.«

Das hatte er von Anette wahrscheinlich auch gedacht, schoss es Megan durch den Kopf.

»Zwei Jahre sind eine lange Zeit.«

»Ja, das stimmt. Fulke hat sich sehr verändert.«

»Stattlicher und gewandter im Umgang?«, schlug Megan vor.

Anette lächelte und nickte.

»Es hat sich viel verändert auf Radwick, seit Lady Barbara nicht mehr da ist.« Anette stockte und wurde rot. »Ich meine, es ist natürlich nicht schlechter geworden.«

»Schon gut. Ich bin ja erst eine Woche hier. Wie anders es auch ist, es kann nicht meine Schuld sein.«

»Nein, natürlich nicht«, pflichtete ihr Anette erleichtert bei.

»Was hat sich denn verändert?«

»Es ist stiller geworden. Lady Barbara lud immer viele Spielleute über den Winter ein. Sie veranstaltete Feste und Turniere. Und die Reiter konnten einen Kuss von ihr gewinnen.«

Ja, so in etwa hatte sich Megan ihre Vorgängerin vorgestellt. Dass Albert sie verstoßen haben sollte, fand Megan dennoch seltsam. Erbe hin oder her.

»Das ist eine ganz zauberhafte Stickerei, Milady. Sie sind eine wahre Künstlerin.«

»Dankeschön. Ja, ich sticke sehr gerne. Du auch?«

»Nein, leider nicht. Ich habe nicht die nötige Geduld und will immer viel zu schnell fertig sein.«

»Es geht eigentlich nicht darum, fertig zu werden.«

Sie schwiegen eine kleine Weile.

»Ist Dame Agnes schon lange auf Radwick?«

»Schon eine Ewigkeit. Sie war schon unter der alten Lady Solvey hier. Ich glaube, sie ist entfernt mit der Familie verwandt. Seit dem Tod der alten Herrin hat sie die Oberaufsicht über die Hauswirtschaft. Lady Barbara hatte daran kein besonderes Interesse, glaube ich.«

Das erklärte natürlich, warum Dame Agnes Megan nicht ihre eigentliche Aufgabe als Burgherrin übernehmen lassen wollte. Megan seufzte, wieder etwas, das es zu lösen galt.

Die Sonne stand tief, und die Bank lag jetzt im Schatten. Es wurde kalt. Megan packte ihre Handarbeit ein und stand auf.

»Ich sollte jetzt lieber wieder zurückgehen, man wird sicher schon nach mir suchen.«

Anette war auch aufgestanden und knickste.

»Bis heute Nacht.«

»Jawohl, Milady, vielen Dank.«

In den nächsten Nächten verbrachte Megan die frühen Morgenstunden größtenteils an Fulkes Seite anstatt in ihrem Bett. Es war unwahrscheinlich, dass Albert sie nach Mitternacht in ihrem Schlafzimmer besuchen kommen würde. Tief in ihrem Herzen spürte Megan, dass er gar nicht mehr zu ihr kommen würde. Sie wusste aber auch nicht, wie sie das hätte ändern können. Nachdem ihre Gedanken zum wiederholten Male ergebnislos darum gekreist waren, gab sie es auf. Während ihrer nächtlichen Wachen an Fulkes Bett führte Megan lange Gespräche mit Anette, die ihr mehr und mehr ans Herz wuchs. Megan bewunderte das unbeschwerte Wesen ihrer Freundin, ihr Vertrauen in die Zukunft und vor allem ihren Mut. Regeln waren für Anette dazu da, hinterfragt zu werden. Dieses ungebrochene Selbstvertrauen machte es Anette möglich, ihrer Herrin auf Augenhöhe zu begegnen, obwohl sie ihrer Herkunft nach weit unter Megan stand. Megan störte das in keiner Weise und sie war glücklich, eine verwandte Seele gefunden zu haben. Sie zog sich nachmittags mit ihrer Stickarbeit in ihr Schlafzimmer zurück, um dann in ihrem Sessel ein kleines Mittagsschläfchen zu halten. Ihre Hofdamen tuschelten zunächst über dieses ungewöhnliche Verhalten, und es wurden wilde Spekulationen angestellt, ob dies nicht die ersten Zeichen dafür seien, dass Lady Megan guter Hoffnung wäre. Da Megan aber keine Freundin in ihrem Gefolge hatte, wurde ihre Anwesenheit nicht vermisst.

Von Albert sah Megan nicht viel. Wenn sie zusammen zu Abend aßen, war er immer sehr freundlich zu ihr, aber mit keiner Silbe erwähnte er, was vorgefallen war. Megan wusste nicht recht, wie sie sich verhalten sollte, und sie musste sich eingestehen, dass es ihr sogar lieb war, dass er ihre missglückte Hochzeitsnacht totschwieg.

Knapp zwei Wochen nach ihrer Vermählung brach Albert nach Westminster auf. König Henry hatte die Edlen des Reiches zusammengerufen. Erik blieb zur allgemeinen Überraschung auf Radwick zurück. Es hieß, er würde bleiben, solange sich Fulkes Zustand nicht besserte.

Es war am Morgen des zwölften Tages nach dem Turnier, als Fulke endlich aus seinem schweren Wundfieber erwachte. Josh, der die Krankenwache innehatte, ließ sofort Erik holen.

»Willkommen unter den Lebenden, Bruder.« Er setzte sich an Fulkes Bett.

»Wie lange war ich bewusstlos?«

»Über eine Woche, Vater Raphael hat schon viel Arbeit in die Vorbereitungen deiner Beerdigung gesteckt.«

Fulke lächelte schwach.

»Es tut mir leid, ihn enttäuschen zu müssen.«

»Mir nicht.«

»Ich glaube, ein Engel hat mich gerettet. Ich habe ihn im Fieber gesehen.«

»Das war wahrscheinlich Anette. Sie hat jede Nacht hier bei dir gesessen.«

»Wirklich?« Fulkes Stimme klang erfreut. Dann runzelte er die Stirn. »Nein, es war nicht Anette. Es war wirklich ein Engel. Er hatte langes, silbernes Haar, immer wenn er da war, war es, als würde er mich aus der Dunkelheit wieder zurück ins Leben ziehen.«

Erik blickte seinen Bruder zweifelnd an. Fulke griff nach seinem Arm.

»Glaub mir, es war ein Engel, ich bin mir ganz sicher.«

»Ich glaube dir.« Wer weiß, was Fulke im Fieber fantasiert hat, dachte er. Doch offensichtlich war es ihm wichtig, und Erik wollte nicht, dass er sich aufregte.

»Wenn du wieder auf den Beinen bist, solltest du zum Dank Vater Raphael ein paar zusätzliche Messen lesen lassen. Engel oder nicht, dass könnte in deinem Fall nicht schaden.«

Fulke lächelte und entspannte sich wieder.

»Jetzt, da du endlich wieder zu dir gekommen bist, werde ich sofort Lord Albert nachreiten müssen. Er ist wahrscheinlich schon in Westminster angekommen.«

»Was? Er ist ohne dich gereist?« Fulke machte großen Augen.

Erik nickte. Er konnte nur hoffen, dass sein Herr in seiner Abwesenheit keine Dummheiten machte. Schnell konnten unbedachte Worte schwere Folgen haben, und sei es nur, dass sie den falschen Eindruck hinterließen. Es war Erik schwergefallen, Albert allein ziehen zu lassen, aber er hatte nicht fort gekonnt, solange es so schlecht um Fulke stand. Fast hatte Erik die Hoffnung schon aufgegeben, als sich der Zustand seines Bruders wider Erwarten plötzlich verbessert hatte. Ja, es war tatsächlich fast wie ein Wunder gewesen, aber an einen Engel konnte Erik nicht recht glauben. Irgendetwas war vor sich gegangen, und Anette hatte etwas damit zu tun. Sie hatte nicht die Wahrheit gesagt, wer ihr geraten hatte, dass der Quacksalber von einem Doktor Fulke nicht weiter zur Ader lassen sollte. Er würde es bei Gelegenheit herausfinden, aber das Wichtigste war, dass sein Bruder nicht sterben würde. Und jetzt musste er sich ganz schnell wieder um die Belange von Radwick kümmern und versuchen, den drohenden Schaden von der Burg abzuhalten.

An diesem Vormittag gab die neue Lady Solvey ihre erste Audienz. Im Beisein von Dame Agnes und der Wirtschafterin würde sie sich die Bitten ihrer Untergebenen anhören. Megan freute sich darauf, mehr über die Menschen zu erfahren, deren Herrin sie jetzt war. Gleichzeitig aber war sie unsicher, was von ihr erwartet wurde. Die Audienz fand in einem der kleineren Säle statt, die ebenerdig zum Burghof lagen. Aus dem Augenwinkel sah sie hinter sich Erik hereinkommen. Er blieb neben der Tür stehen und lehnte sich dort mit vor der Brust verschränkten Armen an die Wand. Seine Anwesenheit machte Megan noch nervöser. Dame Agnes und Frau Edla saßen rechts und links von ihr an dem massiven Eichentisch. Die Bittsteller kamen auf der gegenüberliegenden Seite durch die Tür zum Hof herein.

Als erster erschien ein magerer kleiner Mann von ungesunder gelber Hautfarbe. Er war Witwer und erbat einen zusätzlichen Laib Brot und etwas Milch für seine Kinder. Frau Edla nickte. Es folgte ein junges Mädchen auf der Suche nach Arbeit. Nein, man hatte leider nichts für sie zu tun. So ging es eine Weile und entweder die Wirtschafterin oder Dame Agnes antworteten auf die Fragen und Bitten der Leute. Megan saß stumm dazwischen. Sie fühlte sich völlig überflüssig. Einerseits wusste sie nicht genug über den Bedarf an Bediensteten und andererseits zeigten ihr die beiden Damen mehr als deutlich, dass sie nicht an ihrer Meinung interessiert waren. Sie kam sich vor wie eine Puppe, die nur zur Dekoration da war.

Der letzte Bittsteller war ein Leibeigener aus der Burgsiedlung. Er trug seinen Sonntagskittel, der aber trotzdem eher schäbig und an vielen Stellen geflickt war. Er mochte etwa Ende zwanzig sein. Seine Frau half in der Küche der Burg, war aber augenblicklich krank. Er versicherte, dass sie bald wieder genesen sein würde, und bat um eine Zusage, dass sie ihre Arbeit behalten dürfte. Die Wirtschafterin runzelte die Stirn.

»Wie lange wird sie noch krank sein?« Ihre Stimme verhieß nichts Gutes.

Der Mann blinzelte nervös und trat unruhig von einem Fuß auf den anderen.

»Wohl nicht länger als eine Woche.« Es war deutlich, dass dies eher sein Wunsch war, als dass es der Wirklichkeit entsprach.

»Was fehlt deiner Frau denn?«

Er starrte Megan an, überrascht, dass die hohe Dame ihn tatsächlich direkt angesprochen hatte. Er machte eine tiefe Verbeugung und stotterte: »Es ist, seitdem sie unser Jüngstes geboren hat. Sie hat ein Fieber, Milady. Es ist sehr schlimm und sie muss immer Wasser trinken, aber sie erbricht sich dann und …«

»So genau wollte es Milady nun auch wieder nicht wissen«, schnitt Dame Agnes ihm das Wort ab.

Er errötete und schwieg. Megan errötete ebenfalls.

»Sag ihr, wenn sie bis zum nächsten Sonntag wieder gesund

ist, kann sie ihren Posten behalten«, schaltete sich Frau Edla ein und entließ den Mann mit einem Nicken. Sie wandte sich an Megan.

»Ich denke, wir sind hier fertig?«

Megan nickte und stand auf. Auf ihrem Weg hinaus kam sie an Erik vorbei, der immer noch schweigend an der Wand lehnte. Plötzlich streckte er die Hand aus und fasste sie am Arm.

»Sie sind jetzt die Herrin von Radwick. Also fangen Sie endlich an, sich auch so zu benehmen.«

Er gab sie frei, und Megan eilte die Treppe hinauf. In seinem Ton hatte Verärgerung gelegen, und in seinem Blick glaubte sie Verachtung gesehen zu haben. Mit brennenden Wangen erreichte sie ihr Schlafzimmer. Kaum hatte sie die Tür hinter sich geschlossen, liefen ihr auch schon die mühsam zurückgehaltenen Tränen über das Gesicht. Sie war ein Nichts! Eine Marionette in der Hand anderer. Sie war zu nichts zu gebrauchen, nicht als Mutter eines Erben und auch nicht als Herrin einer Burg. Die Bevormundung und die Unfreiheit, all das hatte sie schon so lange hingenommen. Aber Verachtung würde sie nicht ertragen können. Nicht von Erik Arrondal. Sie musste endlich mehr Rückgrat beweisen! Gleichzeitig schien es ihr jedoch unmöglich, sich als Lady Solvey zu fühlen, wenn Albert sie noch nicht einmal rechtlich zu seiner Frau gemacht hatte.

~ 9 ~

Die Neuigkeit über Fulkes Genesung breitete sich wie ein Lauffeuer in der Burg aus, so dass Megan bereits Bescheid wusste, als sie Anette etwas später im Garten begegnete.

»Lady Megan!« Anette eilte um die Rosenhecke, dass der Kies auf dem Weg nur so unter ihren Füßen spritzte. »Fulke ist endlich erwacht!« Ihre blauen Augen strahlten mit dem Himmel um die Wette.

»Ja, ich habe schon davon gehört, das ist wunderbar.«

»Ich bin Ihnen so dankbar für alles, was Sie für ihn getan haben.« Sie nahm Megans Hand und drückte sie.

»Das habe ich sehr gerne getan.«

»Wollen Sie es nicht jetzt Herrn Erik sagen?«

»Nein, ich glaube nicht. Dann muss ich mir sicher anhören, dass ich nicht allein nachts in der Burg umherlaufen soll.«

»Das stimmt natürlich.«

Sie schlenderten jetzt nebeneinander den Kiesweg entlang.

»Fulke glaubt übrigens, ein Engel habe ihn gerettet.«

»Ein Engel?«

»Ja, er muss Sie in seinen Fieberträumen nur schemenhaft gesehen und für einen Engel gehalten haben.«

»Für einen Engel! Wie überaus schmeichelhaft! Dann wollen wir ihn auch in dem Glauben lassen, dass es ein Engel war, und werden ihm nichts sagen. Ich bestehe darauf, weiter Engel sein zu dürfen!«

Anette lachte.

»Ganz wie Sie wünschen, Milady. Aber es ist schade, dass er es nicht erfahren soll.«

Schweigend umrundeten sie den kleinen Ententeich. Megan dachte wieder an den letzten Bittsteller mit seiner kranken Frau.

»Wer kümmert sich eigentlich um die Leute in der Siedlung vor der Burg? Wenn sie krank sind, meine ich?«

»Niemand Bestimmtes, soweit ich weiß. Herr Erik hat immer ein Auge darauf, dass dort alles in Ordnung ist, aber um jeden Einzelnen kann er sich nicht kümmern.« Anette zupfte im Vorbeigehen Blätter von den Zweigen, die die erste Herbstfärbung zeigten. »Früher hat sich immer die Frau des Stewards um die Siedlung gekümmert, aber Herr Erik ist ja nicht verheiratet.«

»Weshalb eigentlich nicht?«

»Ich weiß nicht genau. Man kann nicht sagen, dass es ihm an Möglichkeiten mangeln würde. Es geht das Gerücht, dass ihm vor Jahren eine Frau das Herz gebrochen hat, aber mehr weiß ich nicht.«

Megan konnte sich nicht vorstellen, dass eine Frau Erik Arrondal abweisen würde.

»Mehr weißt du nicht? Du scheinst doch sonst über alles Bescheid zu wissen.«

»Na ja. Er ist ja schon ziemlich alt.«

»So alt ist er nun auch wieder nicht.«

»Bestimmt schon Mitte dreißig und damit zu alt für mich!«, lachte Anette. »Soll ich mehr darüber in Erfahrung bringen?«

»Nein, es ist nicht wichtig. Ich habe mich bloß gewundert.« Megan war ihr Interesse am Privatleben des Stewards ihres Mannes plötzlich peinlich. Sie wechselte das Thema.

»Heute war ein Bittsteller auf der Burg. Seine Frau ist krank. Sie hilft in der Küche. Weißt du, wer das gewesen sein könnte?«

»Ich kenne nicht alle Bewohner in der Siedlung, aber es müsste Darlene, die Frau von Thomas dem Holzsammler, sein. Er arbeitet manchmal für meinen Vater in der Schmiede, und ich habe sie öfter auf der Burg gesehen.«

»Hat sie kürzlich ein Kind bekommen?«

»Ich glaube schon, jedenfalls war sie guter Hoffnung, als ich sie das letzte Mal gesehen habe.«

»Sie hat wahrscheinlich Kindbettfieber.«

»Oh, das tut mir leid zu hören. Es sind gute, ehrliche Leute.«

Megan war stehen geblieben und fasste Anette am Ärmel.

»Ich glaube, ich möchte ihnen etwas schicken. Nein, am liebsten möchte ich selber gehen.«

»Sie? Höchstpersönlich in die Siedlung?«

»Warum nicht?«

»Nun ja, wer kommt denn mit?«

»Niemand.«

Anette schaute Megan zweifelnd an.

»Ich möchte nicht, dass es eine große Angelegenheit ist. Das würde die arme Darlene nur aufregen, wenn ich da pompös mit Gefolge erscheine. Außerdem wird Dame Agnes diesen Plan sicher nicht billigen und Erik Arrondal ebenfalls nicht.«

»Nein, Dame Agnes würde das sicher nicht gutheißen. Bei Herrn Erik bin ich mir nicht sicher, ich könnte mir vorstellen, dass es ihm gefiele, wenn Sie sich der Leute in der Siedlung annähmen. Andererseits würde er dann natürlich sofort wissen, wer Fulkes Engel war.«

»Genau.«

»Herr Erik wird heute Nachmittag nach Westminster abreisen. Damit ist die größte Gefahr schon einmal gebannt«, überlegte Anette, die sich sogleich den Wunsch ihrer Herrin zu eigen gemacht hatte. Megan betrachtete ihre Freundin lächelnd und dankte Gott, dass er ihr eine solche Hilfe geschickt hatte.

»Dame Agnes können wir aus dem Weg gehen, wenn es spät genug ist. Dann ist sie immer in der grünen Kemenate und sitzt am Feuer. Wenn wir nach dem Abendessen gehen, wird es nicht auffallen, besonders nicht, wenn Sie sich noch einmal vor dem Zu-Bett-Gehen sehen lassen.«

»Du scheinst einige Erfahrung in der Durchführung heimlicher Ausflüge zu haben.«

Anette grinste und nickte fast ein bisschen selbstzufrieden. Megan lachte.

»Wie gut, dass ich dich als meine Verbündete habe. Jetzt kann mir nichts mehr passieren.«

Sie gingen ein Stück weiter.

»Warum sagen Sie nicht einfach, dass Sie da hingehen wollen? Immerhin sind Sie Lady Solvey.«

»Das ist alles nicht so einfach. Es gibt sehr viele Regeln und Vorschriften über Dinge, die man zu tun und zu lassen hat, weil sie angeblich nicht standesgemäß sind oder man sich sonst etwas vergibt oder dergleichen.«

Anette runzelte die Stirn.

»Lady Barbara schien immer nur das zu tun, was sie gerade wollte. Aber sie hatte auch nicht so seltsame Wünsche wie die Armen und Kranken zu besuchen.« Anettes letzte Bemerkung klang ironisch.

»Ich streite mich nicht so gerne«, gestand Megan. »Ich bin noch nicht lange hier und will nicht gleich durch ungewöhnliches Verhalten auffallen.«

»Dame Agnes würde ich auch nicht gerne gegen mich wissen wollen, selbst wenn ich die Lady wäre.«

Dame Agnes' Tage wären sicher gezählt, wenn Anette hier das Ruder übernehmen würde, dachte Megan. Genau wie Erik ein viel geeigneterer Burgherr wäre als Albert. Armes Radwick, dass es solch jämmerliche Herrschaften hatte!

»Wollen wir uns dann hier nach dem Abendessen treffen?«

»Ja, das ist gut. Bis später.«

Es war nicht weiter schwer, sich nach dem Essen zurückzuziehen. Zu Dame Agnes sagte Megan, sie ginge, um ihre Stickerei zu holen, und Ella sagte sie, sie wolle noch etwas die Abendsonne im Burghof genießen. Ehe Megan sich allerdings in Richtung Garten aufmachen konnte, bestand ihre Zofe darauf, ihr noch eine Reihe von Stoffmustern für neue Kleider vorzulegen. Sie nickte bei allen Vorschlägen und segnete selbst einen zweifelhaften, hellgrün-goldenen Brokat ab, von dem sie sich das fertige Kleid lieber nicht vorstellen wollte. Aber es hätte zu lange gedauert, Ella davon zu überzeugen, dass ihr die Farbe nicht gefiel, und selbst dann wäre der Ausgang der Auseinandersetzung ungewiss gewesen. Vermutlich hätte sie doch wieder nachgegeben, und so hatte sie sich die ganze Diskussion gespart. Anette erwartete sie schon.

»Am besten gehen wir außen herum, da werden wir den wenigsten Leuten begegnen.«

Megan nickte und sie machten sich auf den Weg. Statt durch das große Tor aus der Burg zu gehen, nahmen sie einen Umweg durch den Seitenausgang bei den Stallungen. Sie folgten einem Trampelpfad, der sich am Fuße der Burgmauer entlangschlängelte und außerhalb des Tores auf den Hauptweg stieß. Es dämmerte, und sie mussten acht geben, wo sie hintraten. Die tiefen Wagenradspuren auf der unbefestigten Straße waren jetzt ausgetrocknet, und der Untergrund war uneben. Die Behausungen der Burgsiedlung bestanden ausnahmslos aus lehmverputzten, kleinen Katen. Alle hatten einen langen Streifen Grün auf der Rückseite, in dem die Bewohner Gemüse anpflanzten. Die meisten hatten ihr Tagwerk vollbracht und saßen nun mit ihrer Familie beim Essen oder arbeiteten noch ein wenig in ihrem eigenen Garten. Schließlich kamen sie an das Haus von Thomas dem Holzsammler. Anette klopfte an der groben Brettertür. Einen Moment später wurde sie geöffnet. Es war der Bittsteller vom Morgen.

»Thomas, ich bringe Besuch«, sagte Anette und sie traten ein. Die Kate bestand aus einem einzigen Raum, in dessen Mitte in einer Kuhle ein Feuer brannte. Durch eine Öffnung im Dach konnte der Rauch abziehen. Die niedrige Decke war rußgeschwärzt. Der Fußboden bestand aus gestampfter Erde, die größtenteils mit Strohmatten abgedeckt war. Es gab ein Strohlager, zwei Holzstühle um einen Tisch und ein grob gezimmertes Regal, in dem die restliche Habe der Bewohner aufbewahrt wurde. Megan schlug die Kapuze zurück, und Thomas stieß einen überraschten Laut aus. Er verbeugte sich mehrmals und fingerte aufgeregt an seinem Hemd.

»Wer ist es, Tom?« Eine etwas brüchige Frauenstimme kam von einem ebenerdigen Lager an der gegenüberliegenden Wand. Megan durchquerte den Raum mit wenigen Schritten und kniete neben dem Bett nieder.

»Ich bin gekommen, um nach dir zu sehen, Darlene.«

»Oh, Milady, o welche Ehre.« Darlene wollte sich von ihrem Strohlager erheben, aber Megan bedeutete ihr liegenzubleiben.

»Thomas, setz bitte einen Kessel mit Wasser auf.« Megan fühlte die heiße Stirn ihrer Patientin. Ihre Augen glänzten unnatürlich, und sie war sehr dünn.

»Wir müssen zunächst versuchen, das Fieber zu senken.« Anette bereitete einen Tee aus Megans Kräutern und schickte Thomas zum Brunnen, um mehr Wasser zu holen.

»Ich habe eine Brühe mitgebracht, damit du wieder zu Kräften kommst.«

Megan löste die Schnur, die den Deckel auf dem kleinen Tontopf mit Rinderbrühe gehalten hatte, und zog sich einen der beiden Stühle heran. Darlene setzte sich im Bett auf und löffelte an die Holzwand gelehnt ihre Suppe. In der Krippe, die am Kopfende stand, regte sich etwas, und kurz darauf war das Wimmern eines Neugeborenen zu hören.

»Nein, iss du deine Suppe.«

Megan stand auf und nahm das Kind aus dem Bettchen. Als sie auf den kleinen, rosa Winzling in ihrem Arm blickte, ging ihr das Herz auf. Wie sehr wünschte sie sich ein eigenes Kind! Erik kam ihr in den Sinn. Sie ließ den Säugling an ihrem kleinen Finger nuckeln und lächelte Darlene an.

»So ein hübsches Kind.«

»Ja, sie ist ein braves Mädchen und macht mir keine Schwierigkeiten.«

»Wo sind deine anderen Kinder, Darlene?«, fragte Anette vom Feuer.

»Sie sind bei Toms Mutter in Longfield.«

Das Kind saugte konzentriert an Megans Finger.

»Mal sehen, wie lange sie sich damit zufrieden gibt. Wie heißt sie denn?«

»Sie heißt Jill, Milady.«

Anette kam mit dem Tee und lachte.

»Wenn sie alt genug ist, kann sie sich damit brüsten, an Miladys Finger genuckelt zu haben!«

»Milady sind so gütig zu mir und der Kleinen.«

»Es ist mir ein Vergnügen. Aber damit Jill so schnell wie möglich wieder eine gesunde Mutter hat, musst du jetzt gut zuhören, Darlene.« Megan reichte das Kind Anette und kramte in dem Beutel, den sie mitgebracht hatte.

»Es ist außerordentlich wichtig, dass du dich besonders sauber hältst, damit die Entzündung zurückgeht.« Sie legte Darlene ein Säckchen mit Kräutern auf die Bettdecke.

»Das ist Bruchkraut. Das brühst du in das Wasser, mit dem du dich wäschst. Es wird das Schlechte aus deinem Körper vertreiben, das die Krankheit hervorruft.« Megan legte einen zweiten Beutel daneben. »Anette hat dir hiervon einen Tee gemacht, der das Fieber senken wird. Trink von nun an dreimal am Tag eine Tasse davon.«

Die Tür öffnete sich und Thomas kam mit zwei Eimern Wasser vom Brunnen herein. Er stellte sie neben der Tür ab und ging neugierig zum Bett hinüber. Megan erhob sich.

»Wir werden jetzt gemeinsam ein Gebet sprechen und Gott um eine baldige Genesung von Darlene bitten.«

Sie senkten die Köpfe und falteten die Hände. Als sie geendet hatten, verabschiedeten sich Megan und Anette von Darlene. Thomas begleitete sie zur Tür.

»Wird sie bis zum nächsten Sonntag wieder gesund?«

»Das weiß nur Gott, aber ich bin sicher, dass es ihr bald besser gehen wird.« Die kaltherzige Antwort der Wirtschafterin heute Morgen klang Megan noch in den Ohren, und sie ärgerte sich wieder, dass sie nichts gesagt hatte.

»Macht euch aber darüber keine Sorgen. Es wird sich alles finden.« Wie, wusste Megan noch nicht, aber Thomas' dankbares Gesicht zeigte, dass sie genau das Richtige gesagt hatte.

»Es wäre mir lieb, wenn ihr vorerst niemandem sagt, dass ich hier war.«

Er blickte etwas verwirrt, dann nickte er. Und noch ehe er in große Dankbarkeitsbezeugungen ausbrechen konnte, hatte Megan ihren Mantel wieder übergestreift und machte sich mit Anette zügig auf den Rückweg.

»Das war großartig! Darlene hatte gleich ein bisschen mehr Farbe im Gesicht.« Anette strahlte Megan begeistert an.

»Das Wichtigste ist immer die Hoffnung und Zuversicht darauf, dass es besser wird.«

»Ich verstehe nicht, weshalb Sie Ihre guten Werke geheim halten wollen. Sie helfen den Menschen doch.«

»Ja, aber du weißt doch auch, wie es ist. Lass nur jemanden ein Gerücht streuen, dass nicht alles mit rechten Dingen zugeht.«

»Das würde nie geschehen.«

»Doch, Gerüchte können sehr schnell entstehen und großen Schaden anrichten.« Megan schüttelte den Kopf. »Besser man ist zu vorsichtig als nicht vorsichtig genug.«

Nachdem sie sich getrennt hatten, folgte Megan Anettes Rat und setzte sich noch ein wenig zu den Damen in die große Kemenate. Sie wollte sich gerade wieder verabschieden, als die Unterhaltung plötzlich auf Erik kam. Neugierig lehnte sie sich zurück und zog einen neuen Faden in ihre Nadel.

»Jedes Mal, wenn Herr Erik aus Westminster zurückkommt, erwarte ich, dass er eine Braut mitbringt. Am Königshof soll es nur so von Jungfern wimmeln, die einen Mann suchen.«

»Bisher hat er offensichtlich noch nicht die Passende gefunden.«

»Sucht er denn überhaupt?«

»Ich verstehe auch gar nicht, warum er sich eine Braut in Westminster nehmen sollte. Es ist ja nicht so, als gäbe es auf Radwick keine passenden Frauen.«

Einige der Damen kicherten.

»Und wen hast du im Sinn?« Natürlich war es Dame Evelyn, die diese direkte Frage stellte.

»Na, dich sicher nicht!«

»Ich bin ja auch nicht ledig. Aber ich würde ihn sicher nicht von der Bettkante stoßen, wenn er mein Bett teilen wollte.«

Wieder erklang Gekicher, und einige zustimmende Bemerkungen drangen an Megans Ohr.

»Ich begreife nicht, warum er nicht heiratet. So ein stattlicher Mann.«

»Heißt es nicht, dass eine Frau sein Herz gebrochen hat?«

»Aber das ist doch schon so lange her.«

»Weißt du etwas darüber?«

Man rückte jetzt näher an die ältere Dame heran, die sich nicht länger bitten ließ: »Wenn ich mich recht erinnere, waren Herr Erik und diese Bianca schon verlobt. Sie war so ein hübsches Ding. Aber auf einem Turnier hat sie dann die Aufmerksamkeit eines echten Ritters erregt und ist mit ihm auf und davon.«

»Sie hat ihn einfach sitzenlassen?«

»Nun, sie hatte die Aussicht, eine Lady zu werden. Das konnte sie sich schlecht entgehen lassen.«

»Aber dann hatte sie auch nicht ihr Herz vergeben!«, stellte eine Jungfer in einem romantischen, blauen Wollkleid mit dazu passenden kleinen Schleifen fest. Ihre pragmatischere Freundin meinte jedoch: »Ich weiß ja nicht, ob ich nicht auch lieber eine Lady geworden wäre, anstatt die Frau eines Stewards.«

»Und ist sie dann letztendlich eine Lady geworden?«

»Nein, er hat sie nicht geheiratet.«

»Das geschieht ihr recht!«

Megan stimmte dem im Stillen zu.

»Armes Mädchen. Sie war vollständig ruiniert, und Herr Erik hat nie wieder ein Wort mit ihr gesprochen, obwohl sie nach Radwick zurückkam. Sie ist dann kurz darauf mit ihrer Mutter weggezogen, aber ich weiß nicht, wohin.«

»Es heißt ja, dass Lady Barbara ihn auch gerne in ihrem Bett gehabt hätte!«

Die Unterhaltung fand nun nur noch leise innerhalb einer kleineren Gruppe statt. Megan musste sich sehr anstrengen, um zu verstehen, was gesagt wurde.

»Und hat er ihr Bett geteilt?«

»Zugegeben, Lady Barbara ist eine sehr schöne Frau. Aber Herr Erik ist seiner Lordschaft gegenüber loyal. Nein, ich glaube nicht, dass er so etwas tun würde.«

»Ich frage mich, ob nicht eine oder zwei unter uns sind, die vielleicht in den Genuss seiner Gesellschaft gekommen sind, aber es bloß nicht zugeben?«

Megans Blick glitt sofort kritisch über die Anwesenden. Es waren sicher einige ansehnliche Damen darunter. Aber würde Erik tatsächlich das Bett mit einer verheirateten Frau teilen? Er machte einen so ehrenhaften Eindruck auf sie. Aber was wusste sie schon von ihm? Immerhin übte er offenbar eine starke Anziehung auf viele Frauen aus, und ihre Gefühle waren nichts Besonderes. Der Gedanke verdarb ihr die Laune, und so verabschiedete sie sich und ging zu Bett.

~ 10 ~

Am nächsten Morgen wurde Megan von einer verschnupften Ella geweckt, und schon am Frühstückstisch stellte sie fest, dass eine ganze Reihe der Anwesenden sich gegenseitig angesteckt hatten. Sie beschloss, dem Gefahrenherd zu entfliehen, und machte sich auf dem Weg in den Garten, in der Hoffnung, auf Anette zu stoßen. Sie traf ihre Freundin dort auch an, und nach einem kleinen Spaziergang setzten sie sich auf ihre Lieblingsbank an der großen Hecke. Sie hatten bereits eine Weile über dies und das geplaudert, als Megan plötzlich Dame Agnes durch den Rosenbogen in den Garten kommen sah.

»Schnell, da ist Dame Agnes. Sie hat uns noch nicht gesehen.« Megan sprang auf die Füße und versteckte sich hinter der dichten Hecke. Dame Agnes kam nun energischen Schrittes auf die Bank zu. Anette hatte nicht schnell genug reagiert und musste daher sitzen bleiben, um Megan nicht zu verraten.

»Fräulein Anette, können Sie mir sagen, wo sich Lady Solvey aufhält?« Missbilligung klang aus ihrer Stimme.

»Sie haben sie gerade verpasst. Sie wollte ein paar Besorgungen machen. Aber wo, weiß ich nicht«, log Anette, ohne mit der Wimper zu zucken.

Megan konnte durch die dichten Zweige Dame Agnes' Umrisse erkennen. Sie wartete, dass die ältere Frau endlich gehen wurde.

»Ich hoffe, Ihnen ist bewusst, dass Sie keine standesgemäße Begleitung für Lady Solvey sind, Fräulein Anette?«

»Durchaus. Ich bin auch gar nicht ihre Gesellschafterin.«

»Wie kommt es dann, dass ich Sie in letzter Zeit immer öfter zusammen gesehen habe?«

»Das ist Zufall, wir sind beide gerne im Garten.«

Megan bewunderte Anettes Nervenstärke in diesem Verhör. Sie selbst dagegen hatte sich nicht anders zu helfen gewusst, als sich zu verstecken. Vorsichtig spähte sie wieder durch die Hecke.

Dame Agnes stand noch immer da und erging sich in einer Belehrung über die Arroganz und Unbotmäßigkeit der Jugend. Arme Anette! Wenn Dame Agnes nicht bald von selbst ginge, würde Megan doch noch hervorkommen und ihre Freundin erlösen müssen. Plötzlich spürte sie, dass sie beobachtet wurde, und drehte sich um. Etwas entfernt stand ein junger Mann und betrachtete sie interessiert. Sie wurde rot. Wie unangenehm! Da stand sie und spähte durch eine Hecke. Es musste so aussehen, als belausche sie heimlich ein Gespräch. Der Mann kam auf sie zu. Wenn er sie anspräche, würde Dame Agnes sie entdecken, und das wäre nicht auszudenken. Sie stieg über die nächste Zierhecke, um ihn abzufangen. Der Mann hatte sie jetzt erreicht und öffnete gerade den Mund, als Megan ihren Zeigefinger auf die Lippen legte, zum Zeichen, dass er nicht sprechen sollte. Er schwieg und folgte ihr ein Stück den Weg hinunter.

»Es tut mir furchtbar leid, aber Sie hätten mich sonst verraten.«

Von Nahem betrachtet sah er recht gut aus. Er war etwa Mitte zwanzig, seine dunkelbraunen Haare fielen glänzend in modischen Locken auf seine Schultern und er war glatt rasiert. Beeindruckt betrachtete Megan seine Kleidung. Seine Beine steckten in sehr engen, sehr bunten Wollhosen. Sein reich verziertes Wams war eher kurz, dafür waren seine Ärmel umso länger. Er war ganz sicher nach der allerneuesten Mode gekleidet.

»Gestatten, Pascal de Fleur.«

»Megan von Solvey.«

»Sehr angenehm, Ihre Bekanntschaft zu machen. Es tut mir leid, wenn ich Sie unterbrochen habe.«

Megan, die schon die ganze Zeit versucht hatte, eine Begründung für ihr ungewöhnliches Verhalten zu finden, kam zu dem Schluss, dass die Wahrheit das Beste wäre.

»Sie wundern sich sicher, was ich da hinter der Hecke gemacht habe.«

»Zugegeben, es schien ein bisschen ungewöhnlich. Es geht mich auch eigentlich nichts an, aber ich bin leider sehr neugierig.« Er lächelte Megan gewinnend an.

»Ich wollte einer Bekannten aus dem Weg gehen.« Wie unhöflich und gemein das klang, dachte Megan und fügte entschuldigend hinzu: »Sie ist sehr freundlich, aber mir war nicht nach einem Gespräch zumute.«

»Gehe ich recht in der Annahme, dass Sie mit dem Herrn von Radwick verwandt sind? Vielleicht eine jüngere Schwester?«

»Ich bin Lady Solvey, Lord Albert ist mein Mann.«

»Ich bitte vielmals um Vergebung, Lady Solvey!« Pascal de Fleur machte wiederum eine elegante Verbeugung. »Ich habe Sie nicht mit dem nötigen Respekt begrüßt!«

»Das macht nichts!«

»O doch. Keiner soll sagen können, dass Pascal de Fleur es an Ehrerbietung für die Rose von Radwick mangeln ließe.«

Megan musste lachen.

»Die Rose von Radwick? Nun übertreiben Sie aber etwas.«

»Nein, ganz und gar nicht. Es ist mein Lebenszweck, meine Berechtigung, auf dem Angesicht dieser schönen Erde zu wandeln.«

»Was ist Ihr Lebenszweck?«

»Das Lob der schönen Frauen zu singen!«

Megan guckte ihn verdutzt an.

»Ich bin nämlich ein Barde, müssen Sie wissen.« Wieder verbeugte er sich kunstvoll.

»Ach so.«

Er blickte Megan erwartungsvoll an, bis ihr einfiel, dass er indirekt darum gebeten hatte, auf Radwick Station machen zu dürfen.

»Sie sind uns herzlich willkommen, Pascal de Fleur. Mein Gemahl ist zwar derzeit in Westminster bei Hofe, aber ich bin mir sicher, dass wir Zurückgebliebenen Ihre Musik zu schätzen wissen werden.«

»Tausend Dank für die Einladung, holde Lady!«

Wieder verbeugte er sich geschmeidig und lächelte Megan nun verschmitzt an.

»Es ist sicher besser, wenn ich meine Ankunft noch einmal wiederhole und dieses Mal durch das Haupttor. Ansonsten müssten Sie vielleicht erklären, dass Sie sich doch im Garten aufgehalten haben, Milady.«

»Das ist sehr rücksichtsvoll, vielen Dank.«

»Au revoir, Rose von Radwick. Ich komme ein bisschen später noch einmal wieder.« Er winkte zum Abschied und verschwand. Megan war erstaunt, wie leicht ihr dieses Gespräch mit dem Spielmann gefallen war. Er hatte eine Gabe, ihr die Schüchternheit zu nehmen, und selbst bei diesem eher ungewöhnlichen ersten Zusammentreffen hatten sie sich unterhalten, als seien sie Freunde. Aufgeregt und voller Vorfreude lief sie zurück zu Anette.

»Da sind Sie ja, Milady, ich habe mich schon gefragt, was wohl aus Ihnen geworden ist.«

»Stell dir vor, jemand hat mich beobachtet, als ich da hinter der Hecke stand!«

»Wirklich? Wer denn?«

»Ein Spielmann.«

»Ein Spielmann?«

»Genau.«

»Was hat er im Garten gemacht?«

»Das weiß ich nicht, wahrscheinlich hat er den Eingang gesucht. Jedenfalls habe ich ihn eingeladen zu bleiben.«

»Das ist großartig!« Anette klatschte begeistert in die Hände.

»Wo ist er?«

»Er ist wieder gegangen, um noch einmal ›anzukommen‹. Er wollte mich nicht verraten.«

Anette guckte beeindruckt.

»Du wirst begeistert sein. Sein Name ist Pascal de Fleur und er ist sehr modisch und gewandt. Und sehr witzig.«

»Das klingt ja großartig!« Anette sprang auf. »Los, gehen wir in den Hof und warten, bis er kommt.«

Sie eilten an den langen Beeten vorbei in Richtung Burghof.

»Hat Dame Agnes gesagt, was sie wollte?«

»Mir doch nicht! Ich habe eine lange Lektion über den Hochmut junger Damen im Allgemeinen und meinen Hochmut im Besonderen erhalten!«

»Das tut mir leid, vielleicht hätte ich doch besser sitzen bleiben sollen.«

»Nein, auf keinen Fall, sonst hätten Sie ja nicht den Spielmann getroffen! Ich höre bei so etwas sowieso nie richtig hin.« Sie lachten beide und liefen die gepflasterten Treppen zum Hof hinunter.

Etwa zwanzig Minuten später kam Pascal de Fleur auf einem schönen Apfelschimmel in den Burghof geritten. Ein schwer beladenes Maultier folgte an einem langen Zügel. Der Stallmeister kam heran und begrüßte den Fremden. Aus dem Augenwinkel sah Megan Dame Agnes. Sie blickte vom Fenster der großen Kemenate hinab in den Hof. Einen Augenblick später war sie verschwunden.

»Schnell, Dame Agnes ist auf dem Weg. Ich muss zuerst da sein, sonst schickt sie ihn vielleicht weg.«

Megan trat aus dem Schatten und überquerte den Hof. Pascal de Fleur tat einen Schritt nach vorne und verneigte sich tief. Megan hielt an.

»Edle Herrin, darf ich Ihnen untertänigst meine Aufwartung machen? Ich bin Pascal de Fleur, Ritter zu Villebeaux, und auf der Suche nach der schönsten Dame Englands.«

Megan musste sich sehr zusammennehmen, um nicht laut zu lachen.

»Lasset mich sagen, holde Gönnerin, dass ich in diesem Augenblick mein Herz für immerdar verloren habe.« Er machte eine Pause. Inzwischen waren schon eine ganze Reihe Burgbewohner neugierig zusammengelaufen. In dem gleichen theatralischen Tonfall fuhr er fort: »Hier und jetzt, o Rose von Radwick, will ich sterben, wenn Ihr mich nicht erhört und es mir nicht gestattet, Euer Lob zu singen!«

Er hatte sich wieder tief verneigt und blickte Megan nun mit lachenden Augen schräg von unten an. Im diesem Moment hatte Dame Agnes den kleinen Menschenauflauf erreicht.

»Was geht hier vor sich?«

Megan drehte sich zu ihr um.

»Es ist ein Barde, er möchte für uns singen.« Noch ehe Dame Agnes etwas erwidern konnte, sagte Megan zu ihrem eigenen Erstaunen laut und deutlich: »Ich wünsche, dass er bleibt.«

Pascal de Fleur, der nur auf seinen Einsatz gewartet hatte, kam aus seiner tiefen Verbeugung hervor und rief: »Gepriesen seist du, o Gott, dass die holde Lady mir armem Wanderer eine Zuflucht gewährt!«

Die Umstehenden klatschten begeistert, und es war Dame Agnes nicht mehr möglich, sich gegen den ausdrücklichen Wunsch ihrer Herrin zu stellen. Es zeigte sich jedoch, dass dies auch nicht ihre Absicht gewesen war, denn sie nickte zustimmend.

»Eine ausgezeichnete Idee, Milady. Abwechslung ist uns immer willkommen. Folgen Sie mir, ich zeige Ihnen Ihre Unterkunft.«

Pascal de Fleur warf Megan eine Kusshand zu und ging hinter Dame Agnes in die Burg.

An diesem Abend erklang Gesang und Lautenspiel im großen Saal. Pascal de Fleur war ein sehr talentierter Musiker. Seine Lieder und Geschichten waren mal romantisch, mal komisch oder auch spannend. Er war der geborene Unterhalter.

Fulke, dem es jetzt schon viel besser ging, hatte zum ersten Mal sein Krankenzimmer verlassen. In einen Sessel gebettet lauschte er dem Spielmann. Besonders die Heldengeschichten hatten es ihm angetan, und er ließ sich erst am späten Abend dazu bewegen, wieder ins Bett zu gehen.

Die folgenden Tage auf Radwick waren von zwei Dingen geprägt: der Anwesenheit des Spielmanns und der raschen Ausbreitung einer Grippe. Immer weniger Burgbewohner konnten sich in der Halle zum abendlichen Vortrag des Sängers versammeln, da sie krank darniederlagen. Die Zusammenkünfte waren daher in die große Kemenate verlegt worden, denn es lohnte nicht, den Saal für die wenigen Zuhörer zu heizen. So fanden sich am fünften Abend überraschend nur Fulke, Anette und Megan in der Kemenate wieder, von zwei sehr alten und sehr tauben Damen, die in einer Ecke vor sich hin dösten, einmal abgesehen.

»Jetzt hat die Grippe tatsächlich auch Dame Agnes erwischt!«, erklärte Fulke vergnügt, als er in einem Sessel am Feuer Platz nahm. Fulke hatte nach anfänglichem Zögern die Freundschaft seiner Liebsten mit der neuen Lady Solvey akzeptiert. Inzwischen konnte er sich gar nicht mehr erklären, warum er sie zunächst abgelehnt hatte, denn eigentlich war Lady Megan sehr nett. Da sie auf Formalitäten erfreulicherweise keinen Wert legte, war er, wie inzwischen auch Anette, dazu übergegangen, sie ebenfalls zu duzen und beim Vornamen zu nennen. All das war Megan nur recht. Sie konnte Fulke gut leiden, zumal er sie an ihren ältesten Bruder Jamie erinnerte.

»Diesmal werde ich Sie im Schach schlagen, Pascal, Sie werden schon sehen!« Fulke zog den Tisch näher an den Sessel heran und stellte die Figuren auf dem Spielbrett auf.

»Ihr wollt schon wieder Schach spielen? Wie langweilig für uns!«

»Ihr könnt doch zuschauen!«

»Das meinte ich ja mit langweilig!« Anette wandte sich hilfesuchend an Megan.

»Sag ihnen, sie sollen das Spielen sein lassen und sich mit uns unterhalten, Megan.«

Megan zögerte. Pascal sprang jedoch sofort auf und erklärte: »Auf keinen Fall darf man die Damen langweilen, Herr Fulke!« Er verbeugte sich vor Anette und Megan, die nebeneinander auf dem Sofa saßen.

»Was können wir tun, um ein Lächeln auf ihre Gesichter und Huld in ihre Herzen zu bringen?«

»Puh!«, kam es aus dem Sessel am Feuer.

»Wenn du nicht aufpasst, Fulke, wirst du gleich die Huld in meinem Herzen zu spüren bekommen!« beschwerte sich Anette. Fulke lachte.

»Na gut, was sollen wir denn sonst machen?«

»Megan könnte euch Sticken beibringen!«, schlug Anette vor. Bei dem Gesichtsausdruck der Männer brachen beide Damen in Gelächter aus.

»Morgen werde ich mich erstmalig wieder im Sattel versuchen. Wenn das gut geht, dann können wir eine ganze Menge unternehmen.«

Anette blickte sorgenvoll drein.

»Bist du sicher, dass das nicht noch zu früh ist? Bist du schon so stark?«

»Das werden wir ja sehen.«

»Wie seid Ihr zu der Verwundung gekommen, Herr Fulke, wenn ich fragen darf?«

»Sagt Ihnen der Name Lord Varmourth etwas?«

Pascal runzelte die Stirn.

»Nein, von dem Herrn habe ich noch nichts gehört.«

»Es ist kein Herr, er ist eine elende Ratte!«, stellte Fulke mit Nachdruck fest.

»Was ist passiert?«

»Es war auf dem Turnier zu Ehren von Lord Solveys Hochzeit. Er hat mich provoziert, gegen ihn zu reiten. Und dann ist wie durch ein Wunder der Sicherheitspfropfen von seiner Lanze gefallen.« Fulke setzte sich erregt in seinem Sessel auf.

»Ich schwöre Ihnen, Pascal, er wollte mich umbringen. Das war Absicht.«

»Was geschah dann?«

»Er hat mich vom Pferd gestoßen und aufgespießt, der Hund! Aber mein Bruder hat es ihm heimgezahlt.« Mit einem Seufzer der Genugtuung lehnte sich Fulke zurück in den Sessel.

»Er hat diesen Varmourth getötet?«

»Nein, Lord Solvey hat es ihm verboten.«

»Warum?«

»Weil er ein …« Gerade noch rechtzeitig konnte Fulke sich

zurückhalten, das zu sagen, was er wirklich dachte. »Weil er ein friedliebender Mann ist.«

Anette ging zu Fulke und legte ihm die Hand auf die Wange.

»Du sollst dich nicht aufregen, schließlich willst du doch morgen reiten.«

Sie unterhielten sich leise, und Pascal setzte sich zu Megan auf das Sofa.

»Das ist also auf Ihrer Hochzeit passiert?«

»Ja.«

»Ich wusste nicht, dass Sie erst so kurz verheiratet sind.«

»Ja. Es ist die zweite Ehe meines Gatten.«

»Ah. Es hatte mich gewundert, dass Sie so jung sind, denn ich hatte gehört, dass die Herrin von Radwick in den vergangenen Wintern gerne Spielleute aufgenommen hat.«

»Dann sind Sie also gar nicht auf der Suche nach der schönsten Frau Englands?«, fragte Megan mit gespielter Empörung. Pascal machte das Gesicht eines Kindes, das mit den Fingern im Honigtopf erwischt worden war, fing sich aber sofort wieder.

»Selbstverständlich bin ich auf der Suche nach der schönsten Frau Englands und man hat mir gesagt, dass ich sie hier fände. Und voilà, ich habe sie auch gefunden.«

»Na ja.«

»Doch, doch, holde Megan. Sie müssen mir das glauben.«

»Was haben Sie über Lady Barbara gehört? Was erzählt man sich über sie?«

Pascal blickte Megan nachdenklich an.

»Sie können es mir ruhig sagen. Ich weiß immerhin schon, dass sie sehr schön war und eine gute Gastgeberin.«

»Macht es Ihnen etwas aus?«

»Dass sie schön war?«

»Ja.«

Megan ließ ihre Stickarbeit sinken und starrte einen Moment vor sich hin.

»Es macht mich unsicher«, gab sie schließlich ehrlich zu.

Pascal griff nach ihrer Hand und drückte sie kurz.

»Das sollte es nicht. Jeder Mensch ist einzigartig, man kann sich nicht mit anderen vergleichen.«

Sie lächelte ihn dankbar an.

»Ich werde jetzt ein Sonett auf die Rose von Radwick singen und vielleicht auch die Heldentaten des jungen Herrn Fulke rühmen!« Er stand auf und begann seine Laute zu stimmen. »Aber nur, wenn er auch zuhört!«

Anette setzte sich wieder zu Megan auf das Sofa.

»Lassen Sie mich der Stärkste von allen sein!«, forderte Fulke.

»Größenwahn habe ich nicht im Programm.«

Fulke warf eine Schachfigur nach Pascal, der sich schnell duckte.

»Treffsicherheit scheint jedenfalls nicht Ihre Stärke zu sein, Herr Fulke.«

»Passen Sie bloß auf, Sie elender Klampfenzupfer, dass ich nicht aufstehe und Ihnen Beine mache!«

Pascal ließ seine langen Finger über die Seiten der Laute gleiten und der Raum war von Musik erfüllt.

~ 11 ~

Sie hatten einen sehr vergnüglichen Abend verbracht, und Megan wunderte sich später, wie schnell die Zeit vergangen war. Als Fulke von seiner Verletzung erzählt hatte und erwähnte, dass es während Lord Solveys Hochzeitsfeier passiert war, hatte sie für einen kleinen Moment völlig vergessen, dass es auch ihre eigene Hochzeit gewesen war. Als wäre sie losgelöst von all dem. Albert war jetzt bereits seit zwei Wochen fort, und es war seltsam, wie wenig sie überhaupt an ihn dachte. In der Gesellschaft von Fulke und Anette durfte Megan einfach nur sie selbst sein. Sie musste keine Stellung verteidigen oder aufpassen, was sie sagte. Und je mehr Zeit sie mit Pascal verbrachte, desto lieber mochte sie ihn. Er war ein ausgesprochen guter Zuhörer. Es war eine neue Erfahrung für Megan, da sie ansonsten diejenige war, die zuhörte, während andere redeten. Immer öfter schien er sogar genau zu wissen, was gerade in ihrem Kopf vor sich ging.

Für den nächsten Tag war geplant, Fulke auf seinem ersten Ausritt zu begleiten, nur sie vier. Trotz ihrer Vorfreude nagten Zweifel an Megan, denn sie wusste, dass Erik Arrondal diesen Plan bestimmt nicht gebilligt hätte. Aber er schien nichts gut zu heißen, was sie tat, und außerdem war er nicht hier. Und auch Dame Agnes war gerade nicht in der Lage, ihr Befehle zu erteilen. Nein, dachte Megan fast ein bisschen trotzig, sie würde mit ihren Freunden einen Ausritt machen und es kümmerte sie nicht, was andere darüber dachten.

An diesem Morgen mussten Megan und Anette ungewöhnlich lange auf ihre Pferde warten.

»Die halbe Belegschaft ist krank und die andere Hälfte muss bei der Ernte helfen.« Pascal kam aus dem Stall, in jeder Hand einen Zügel. Ein Stalljunge führte Anettes Pferd. An der Treppe war Fulke gerade dabei, mit Hilfe eines Absatzes in den Sattel seines Schecken zu steigen. Pascal half Megan und Anette auf ihre Pferde und schwang sich dann selbst in den Sattel.

»Das kleine Bürschchen hier und ein Greis waren die einzigen im Stall, da habe ich lieber schnell selbst Hand angelegt. Ich hoffe, ich habe das richtige Zaumzeug erwischt?«

Megan runzelte missbilligend die Stirn.

»Heute ist Dienstag, und das hier ist das Zaumzeug für Mittwoch. Ich weiß nicht, ob ich so den Hof verlassen kann!«

Pascal sah erst erstaunt aus, dann lachte er.

»Oh, holde Rose von Radwick. Wie konnte ich nur so unachtsam sein. Was kann ich tun, um es wieder gut zu machen? Soll ich ein Ständchen singen?«

»Jetzt wird nicht gesungen, jetzt wird geritten!« Fulke trabte an ihnen vorbei zum Tor hinaus.

»Nun aber los, wir können uns ja wohl nicht von einem Invaliden abhängen lassen!« Pascal gab Megans Zelter einen Klaps, und sie ritten los.

Das Wetter war herrlich, die Luft war so klar, dass das Blau des Himmels intensiv strahlte. Obwohl es nachts schon recht kalt wurde, war es tagsüber doch angenehm warm, und bei der ersten Rast streifte Megan ihren Mantel ab. Sie hatten an einer Obstwiese gehalten und ließen die Pferde grasen. Der morgendliche Tau auf der Wiese war in der Sonne verdunstet, und Anette und Fulke lagen eng beieinander im Gras und unterhielten sich. Megan spazierte zwischen den Bäumen umher, unter denen zahlreiches Fallobst lag.

»Haben Sie etwas verloren, Lady Megan?«

»Ich? Nein. Ich suche nach einem schönen Apfel.«

»Auf dem Boden? Ich wusste nicht, dass in England die Äpfel aus der Erde wachsen.« Pascal zwinkerte ihr zu.

»Man kann Äpfel selbstverständlich auch pflücken, aber das setzt sehr lange Arme voraus«, antwortete Megan.

Pascal lachte.

»Ich werden Ihnen einen pflücken. Welcher soll es denn sein?«

Megan umrundete kritisch den Baum und deutet dann auf einen Apfel, der ganz oben hing. Er war groß und rund und sehr rot und einfach perfekt.

»Ich hätte gerne den da!«, sagte sie hoheitsvoll.

»Das war ja klar. Hätten Sie nicht noch einen finden können, der ein bisschen höher hängt?«

»Soll ich noch mal schauen?«

»Nein, nein«, wehrte Pascal lachend ab, warf dramatisch seinen Umhang ab und löste seinen Gürtel mit dem Schwert.

»Sie wollen doch wohl nicht ernsthaft da hinaufklettern, Pascal! Ich habe doch nur Spaß gemacht!«

»Selbstverständlich werde ich den Apfel holen. Ich kann ja schlecht einen Auftrag meiner holden Herrin verweigern!«

Pascal griff nach einem der unteren Äste und zog kräftig daran. Es knackte bedrohlich.

»Pascal, ich bitte Sie, lassen Sie das! Sie könnten herunterfallen und sich etwas brechen.«

»Wenn Sie von mir erwartet hätten, dass ich einen blutrünstigen Drachen töte, würde ich ein ›Ach, lassen Sie doch‹ eventuell in Erwägung ziehen. Aber hier geht es um einen Apfel, da kann ich mich richtig beweisen!«

Er schwang sich behände in den Baum und kletterte mit erstaunlicher Geschicklichkeit in Richtung des Apfels. Megan stand unter dem Baum und blickte mit einer Mischung aus Sorge und Amüsement nach oben. Der Apfel hing am Ende eines langen Zweiges, der fast senkrecht nach oben wuchs, und strahlte rot in den blauen Himmel. Pascal probierte mehrere der immer dünner werdenden Äste, bevor er sein Gewicht verlagerte. Schließlich hatte er die Spitze erreicht. Er bog den Zweig nach unten, doch ehe er den Apfel greifen konnte, krachte es vernehmlich, und Pascal schlug unsanft auf dem Boden auf.

»Pascal! Sind Sie verletzt? Ist Ihnen etwas passiert?« Megan eilte zu ihm. Pascal de Fleur setzte sich auf und schüttelte sich.

»Au!«

Megan kniete sich neben ihn ins Gras.

»Haben Sie sich wehgetan?«

»Und wie!«

»Wo denn? Ist es schlimm?«

»Es ist ganz furchtbar schlimm. Mein Stolz wurde verletzt!«

Megan lachte erleichtert und half ihm auf die Beine. Ein Ärmel seines Wams war zerrissen und die Haut darunter aufgeschrammt.

»Sie bluten.«

»Mein Stolz blutet noch viel mehr, und mein Hemd ist zerrissen, was alles andere noch in den Schatten stellt.« Sie gingen zu den Pferden, und Megan nahm eine der Wasserflaschen vom Sattel und ein Taschentuch aus ihrem Beutel.

»Zeigen Sie mal her!«

Er überließ ihr seinen Arm, und Megan wusch die Schramme.

»Es ist halb so schlimm.«

»Was? Es ist nur halb so schlimm?« Er guckte Megan empört an, und sie beeilte sich zu versichern: »Ich meine, es ist ganz furchtbar schlimm und hätte einen geringeren Mann sicherlich umgebracht.«

Pascal nickte befriedigt und lehnte sich zurück ins Gras. Megan betrachtete ihn. Sie hatte so viel Spaß und war so unbeschwert in seiner Gesellschaft. Es war lange her, dass sie sich so gefühlt hatte, und sie konnte sich nur an ganz wenige Gelegenheiten erinnern. Da war das eine Mal, als sie mit ihrem Bruder Jamie zum Angeln gegangen war. Angeblich sollte es im Wald einen Teich mit sagenhaft großen Fischen geben. Natürlich hatten sie sich verlaufen und schließlich mussten sie sogar im Wald übernachten. Aus Angst vor den wilden Tieren waren sie auf eine riesige alte Buche geklettert. Sie hatten sich ausgemalt, dass sie nicht wieder nach Hause finden würden und von nun an allein im Wald leben mussten. Jamie würde jagen gehen und Megan ihre Hütte versorgen und Beeren sammeln und Kaninchen züchten. Oder waren es Hühner gewesen? Lange nachdem Jamie eingeschlafen war, hatte sie noch durch das Laub in den Sternenhimmel geschaut. Sie hatte keine Angst gehabt. Die Aussicht, ihrer unberechenbaren Tante Blanche und den Wutanfällen ihres Vaters zu entkommen, war so wunderbar gewesen. Für Jamie war es sicher das Abenteuer, das ihn gereizt hatte, aber für Megan war es die Freiheit gewesen. Am nächsten Morgen stellte sich heraus, dass sie eigentlich gar nicht weit von zu Hause entfernt waren, und so kamen sie im Hof an, als die Suchmannschaft gerade aufbrechen wollte. Was folgte, waren Gebrüll, Schläge und Stubenarrest. Egal welche Schwierigkeiten sie auf Radwick hatte, es war allemal besser als bei ihr zu Hause.

»Wo sind eigentlich Fulke und Anette?«, wunderte sich Pascal, der sich wieder aufgesetzt hatte.

»Ich glaube, sie sind dort hinten.« Megan deutete in die Richtung, in der das Ende der Obstwiese in ein abgeerntetes Haferfeld überging.

»Wann wird denn das rauschende Hochzeitsfest sein?«

»Ich weiß nicht.« Megan hatte sich schon gewundert, wie selbstverständlich sich Anette und Fulke wie ein Paar verhielten, obwohl sie nicht verlobt waren. Jeder andere Vater hätte seiner Tochter eine solche Beziehung verboten. Aber Anettes Vater konnte ihr nichts abschlagen, und ganz sicher hoffte er auch auf den gesellschaftlichen Aufstieg seiner Tochter durch ihre Verbindung zu Fulke.

»Ich hoffe doch sehr, dass diese Liebesgeschichte ein gutes Ende nehmen wird!«

»Ja, das hoffe ich auch«, seufzte Megan.

»Erzählen Sie mir etwas über diesen Bruder von Fulke. Er scheint auf Radwick ein wichtiger Mann zu sein. Nein, eigentlich der wichtigste Mann.«

Überrascht wandte Megan den Kopf.

»Dort wo ich untergebracht bin, wird oft von ihm gesprochen. Immer heißt es, da musst du erst Herrn Erik fragen.«

»Erik Arrondal ist der Steward und tatsächlich ein wichtiger Mann auf Radwick.«

Megan wollte nicht über Erik sprechen. Sie wusste nicht warum, aber etwas in ihr sträubte sich dagegen. Pascal hatte ihre Zurückhaltung bemerkt.

»Es tut mir leid, es ist meine unsägliche Neugierde. Welch ein langweiliges Thema. Lassen Sie uns von etwas anderem sprechen.«

»Wie sind Sie Spielmann geworden, Pascal?«

»Ach, das ist leider auch keine sehr spannende Geschichte: jüngerer Sohn eines armen Landadligen mit Musikbegabung.«

Er stand muhsam auf und reichte ihr die Hand.

»Kommen Sie Lady Megan, lassen Sie uns nachsehen, was unsere Gefährten machen.«

»Sind Sie sicher, dass Sie sich nicht bei ihrem Fall verletzt haben, Pascal? Sie humpeln.«

»Nein, nein, alles in Ordnung. Wir sollten möglichst viel Lärm machen, wir wollen unsere Freunde ja nicht überraschen.« Er zwinkerte ihr zu. Megan errötete und ärgerte sich im gleichen Moment darüber.

»Herr Fulke, Fräulein Anette, wo sind Sie denn?«

Wenig später brachen sie wieder auf. Fulke hatte die lange Pause gut getan, und er saß wieder fester im Sattel. Sie nahmen einen anderen Weg zurück. Pascal unterhielt alle mit einer Heldengeschichte, in der er selbst die Hauptrolle spielte und die enorme Ähnlichkeit mit dem Apfelabenteuer hatte.

Sie kamen erst am Nachmittag wieder zurück auf die Burg. Es war ein herrlicher Tag gewesen, und Megans Wangen glühten noch immer, als sie sich umgezogen hatte und zum Abendessen erschien. Silja, die alte Dienerin, die ihr gewöhnlich aufwartete, gab einen Ausruf der Erleichterung von sich, als sie Megan sah.

»O Milady, da sind Sie ja, ich hatte mir schon Sorgen gemacht, als Sie nicht zum Mittagessen gekommen sind. Keiner wusste, wo Sie waren! Wir befürchteten schon, es wäre Ihnen etwas zugestoßen.«

Noch ehe Megan etwas antworten konnte, schaltete sich geistesgegenwärtig Anette ein.

»Lady Megan hatte sich etwas hingelegt, möglicherweise bekommt sie auch die Grippe.«

»Das tut mir leid zu hören. Ich hatte ein Mädchen geschickt, aber sie sagte, dass keiner geantwortet hat, als sie an die Tür geklopft hat.« Silja reichte Megan einen Teller mit Hasenragout. »Wahrscheinlich haben Sie geschlafen, Milady. Wer kümmert sich denn jetzt um Sie, da Ihre Zofe erkrankt ist?«

»Ich kümmere mich um Lady Megan!« Anette hatte für alles eine Antwort parat.

»Ich hoffe sehr, dass Sie nicht auch noch krank werden, Milady!«

Megan hatte ein schlechtes Gewissen und ihr war die ehrliche Besorgnis der alten Dienerin unangenehm, denn sie fühlte sich prächtig und nicht im Mindesten krank.

»Ich fürchte allerdings, dass Milady sich ebenfalls angesteckt hat«, sagte Anette gerade zu Megans Erstaunen und warf ihr einen warnenden Blick zu.

»Wenn Sie also morgen früh nicht zum Frühstück erscheint, dann sorge dich nicht, ich werde mich um alles kümmern und die Mahlzeiten selbst aus der Küche holen.«

Als sie wenig später gemeinsam auf der Fensterbank des Turmzimmers saßen, erklärte Anette: »Das ist doch wunderbar! Es ist keiner da, der dich kontrollieren kann. Ich sage einfach, dass du auch krank bist, und keiner wird dich stören. Dann können wir uns heimlich davonschleichen und tun, was wir wollen!«

»Ich weiß nicht, meinst du, das ist richtig?«

»Was heißt hier richtig, Meg? Willst du zu Dame Agnes gehen und um Erlaubnis bitten? Du bist die Herrin von Radwick und du kannst machen, was du willst.«

Megan fürchtete, dass die Freiheiten der Herrin von Radwick eher begrenzt waren, wenn es um unbegleitete Ausflüge ging.

»Ich bin doch als Anstandsdame dabei, und Fulke ist immerhin der Bruder des Stewards. Und an Pascal kann sich doch eigentlich keiner stören!«

Megan nickte langsam, Anette hatte Recht. Auch wenn andere adelige Damen es vorzogen, nur mit großem Gefolge vor die Tür zu treten, sie mochte es lieber schlichter. Und was sollte schon passieren, wenn sie einen kleinen Ausflug machte?

»Wohin soll es denn morgen gehen?«

Fulke kam herein. Der Ausritt hatte ihn eher belebt als erschöpft.

»Wo ist denn Pascal?«, wunderte er sich.

Anette zuckte mit den Schultern.

»Ich weiß nicht, wo der sich herumtreibt. Er hat die Pferde versorgt und seitdem habe ich ihn nicht wieder gesehen.«

»Na, er wird schon wieder auftauchen.« Fulke setzte sich ans Feuer.

»Also, wo wollen wir morgen hin?«

Anettes Plan, Megan der Kontrolle ihrer Bediensteten zu entziehen, klappte reibungslos. Da eine große Anzahl der Burgbewohner noch immer an der Grippe litt, mussten die Gesunden doppelt so viel arbeiten, so dass kaum einem die Abwesenheit ihrer Herrin auffiel. Die nächsten Tage vergingen wie im Flug, das Wetter war strahlend schön und sie verbrachten unbeschwerte Stunden mit langen Ausritten und gemütliche Abende, an denen Pascal sie mit Liedern und Geschichten unterhielt. Megan konnte sich gar nicht vorstellen, dass er erst vor Kurzem auf die Burg gekommen war, er war ihr so vertraut, als wäre er schon immer da gewesen.

Heute waren sie zu einem Aussichtspunkt geritten, von dem aus man einen weiten Blick über die Umgebung hatte. Natürlich kannte Fulke die Ländereien wie seine Westentasche, und es machte ihm Freude, ihnen all seine Lieblingsplätze zu zeigen. Es war Mittag, und Pascal und Megan saßen im Schatten einer knorrigen Eiche. Fulke und Anette hatten die Pferde zum Tränken an den kleinen Wasserlauf am Fuße der Erhebung geführt und waren nicht zu sehen. Der Wind rauschte im Laub des Baumes und unter den großen Wurzeln raschelte eine

Maus. Megan lehnte am Stamm der Eiche und hatte schläfrig die Augen geschlossen, als Pascal plötzlich ihre Hand nahm. Überrascht setzte sie sich auf.

»Lady Megan, wissen Sie eigentlich, wie schön Sie sind?«

»Sie sind der Erste, dem das auffällt.«

»Das kann ich nicht glauben.«

»Und ich glaube Ihnen auch nicht. Sie wollen mir bloß schmeicheln, wie in Ihrem letzten Sonett, in dem Sie mich mit einer Wassernymphe verglichen haben«, lachte Megan.

Aber Pascal blieb ernst.

»Sie sind wirklich wunderschön, Lady Megan. Vielleicht ist ihre Schönheit nicht für jeden auf den ersten Blick gleich zu erkennen. Aber die Tiefe Ihrer Augen und die Sanftheit Ihres Lachens stellen die oberflächlichen Reize vieler Schönheiten in den Schatten.« Er führte ihre Hand an seinen Mund und küsste ihre Fingerspitzen. Megan wurde rot und entzog Pascal ihre Hand.

»Sie sollten das nicht tun. Es schickt sich nicht.«

»Wenn es danach ginge, was sich schickt, würde die Liebe auf der Welt schon lange nicht mehr existieren.« Er nahm erneut ihre Hand und streichelte sie. Megan ließ ihn gewähren. Noch nie war ein Mann ihr mit Zärtlichkeit begegnet. Seine Finger schoben sich unter ihren Ärmel und strichen über ihre Haut. Er küsste ihre Hand, und seine Lippen wanderten ihren nackten Arm hinauf.

»Pascal, nein, das darf nicht sein. Ich bitte Sie!«

»Megan, niemand sieht Sie so wie ich. Für Ihren Gatten sind Sie doch nur ein Stück Besitz. Ich aber sehe Ihre Person, Sie selbst.«

Er war nahe an sie herangerutscht und hatte den Arm um ihre Taille gelegt. Seine Lippen berührten ihre Wange, und seine Hand streichelte ihren Hals und wanderte langsam in ihren

Ausschnitt. Megan saß da wie in Trance, seine Worte und Liebkosungen schienen die Antwort auf all die einsamen, schlaflosen Nächte, in denen sie auf Albert gewartet hatte.

»Seien Sie für einen Moment nicht die Herrin von Radwick, sondern nur eine Frau. Denken Sie nicht an Pflichten, denken Sie daran, was Sie wirklich wollen.«

Megan schloss die Augen und vor ihr erschien plötzlich Erik, so wie sie ihn zum ersten Mal gesehen hatte. Wie er stolz auf seinem großen Rappen saß und sie auf Radwick willkommen hieß. Und für einen winzigen Augenblick hatte sie geglaubt, er wäre ihr Bräutigam. Mit einem Ruck setzte sich Megan auf.

»Pascal, nein. Das geht nicht, bitte lassen Sie mich auf der Stelle los!«

Er gab sie sofort frei und rückte ein Stück ab.

»Ich bitte tausendmal um Entschuldigung, Lady Megan. Mein Verhalten ist unverzeihlich. Meine Gefühle haben mich übermannt, bitte vergeben Sie mir.«

Megan, die sich ebenso schuldig an der Situation fühlte, nickte.

»Es ist nichts geschehen, vergessen wir das alles am Besten.«

Die Spannung zwischen ihnen löste sich im Laufe des Nachmittags auf. Als sie schließlich wieder zurück nach Radwick aufbrachen, erschien es Megan fast, als hätte sich dieser unschickliche Moment zwischen ihnen gar nicht ereignet.

~ 12 ~

Die Sonne stand schon tief, als sie durch das Burgtor ritten. Megan wollte gerade Fulke fragen, ob sie morgen vielleicht zum alten Wehr reiten wollten, als etwas seine Aufmerksamkeit erregte. Auf seinem Gesicht zeigte sich eine Mischung aus Freude und Bestürzung. Megan wandte den Kopf. Im Hof stand Eriks großer Rappe. Das Tier dampfte in der kühlen Abendluft. Unwillkürlich hatten sie alle angehalten und starrten auf das schweißbedeckte Pferd. Erik war zurück! Plötzlich brachen alle Zweifel an der Richtigkeit ihres Verhaltens wieder in Megan hervor. Ihr Atem ging schneller und sie fühlte sich, als wäre sie gerade bei etwas Verbotenem ertappt worden.

Pascal beugte sich zu ihr hinüber.

»Was ist los? Wem gehört das Tier?«

»Es gehört Erik Arrondal, Fulkes Bruder.«

»Ihrem Gesichtsausdruck nach zu urteilen, scheint das der Teufel selbst zu sein«, lachte Pascal.

Aber Megan war nicht zum Scherzen zu Mute. Sie hätte sich am liebsten augenblicklich in Luft aufgelöst, ehe Erik sie bemerken konnte. Ein Blick auf Fulke und Anette zeigte ihr, dass sie ähnliche Gedanken hatten. Aber es war zu spät, denn in dem Moment trat Erik aus dem Stall. Als er sie sah, blieb er stehen und betrachtete ihre kleine Gruppe mit zusammengekniffenen Augen.

Fulke fasste sich als erster wieder. Er glitt vom Pferd und kam auf Erik zu.

»Bruder, du bist zurück und so unerwartet!«

»Das sehe ich.« Er umarmte Fulke, schob ihn von sich und betrachtete ihn.

»Du siehst gut aus. Deine Wunde ist verheilt?«

Fulke nickte.

»Ja, es geht mir ausgezeichnet. Bin noch nicht wieder ganz so kräftig, aber das wird schon.«

Megan sah, wie Erik sie aus dem Augenwinkel beobachtete, als Pascal ihr aus dem Sattel half. Ihre Wangen brannten. Pascal hatte ihr schon so oft vom Pferd geholfen, aber plötzlich erschien es Megan unpassend und ungehörig. Erik kam zu ihr herüber und machte eine knappe Verbeugung.

»Lady Megan.«

»Willkommen zurück«, war alles, was ihr einfiel. Sie fühlte, wie sie unter seinem Blick förmlich schrumpfte.

»Und wer sind Sie?«

»Mein Name ist Pascal de Fleur. Ich bin Barde und hier, um das Lob der schönen Lady Megan zu singen.«

So sehr sie Pascals Schmeicheleien in der letzten Zeit genossen hatte, jetzt wünschte sie sich, er möge augenblicklich damit aufhören.

»Wie lange sind Sie schon auf Radwick?« Erik gab sich nicht die geringste Mühe, auch nur annähernd höflich zu sein.

»Oh, vielleicht zwei Wochen?«

Anette war zu Megan getreten und zupfte sie am Ärmel.

»Sie sollten hineingehen, sonst bekommen Sie noch eine Erkältung, Milady!«

Eriks durchdringender Falkenblick traf nun auf ihre Freundin. Anette streckte das Rückgrat noch ein bisschen weiter durch. Aber Erik sagte nichts.

»Komm schon Megan, nichts wie weg hier«, flüsterte Anette ihr ins Ohr und zog sie in Richtung Eingangshalle. Sie eilten die Stufen hinauf. Als sie in der Burg waren, verlangsamte sich ihr Schritt.

»Puh, war das unangenehm!«

Megan nickte.

»Herr Erik war alles andere als begeistert von unserem Ausflug.«

Megan nickte wieder. Ja, das hatte sie geahnt. Warum nur hatte sie sich überhaupt darauf eingelassen?

»Er glaubt, das Leben besteht nur aus Pflicht und Arbeit. Jetzt wird er uns bestimmt alles vermiesen.«

Megan sagte nichts. Sie hatte das Gefühl, dass die ganze Angelegenheit eine viel größere Dimension hatte und das dicke Ende noch kommen würde.

Sie hatte sich gerade zum Abendessen umgezogen, als es an der Tür klopfte und ein Page den Kopf hereinsteckte.

»Verzeihung, Milady, Herr Erik bittet Sie um eine Unterredung.« Nach einer kleinen Pause räusperte sich der junge Mann unsicher.

»Wenn es Ihnen möglich ist, bitte sofort. Ich kann Sie führen.«

Megan spürte einen Kloß im Hals. Sie nickte und folgte dem Pagen. Ihre Gedanken rasten. Das war ganz und gar nicht gut. Was konnte er wollen? Sie wusste, was er wollte! Jetzt würde sie sich für ihr ungehöriges Betragen rechtfertigen müssen. All die Argumente und Erklärungen, die sie sich in der letzten Zeit ausgedacht hatte, um ihr Verhalten zu rechtfertigen, klangen plötzlich schal und unglaubwürdig. Vor Erik würden sie niemals bestehen. Megan war übel. Als sie den Gang im Erdgeschoss hinunterliefen, sah sie Anette aus einem Zimmer kommen. Ihre Augen waren gerötet, sie hatte geweint. Ihre Blicke trafen sich kurz, aber dann huschte sie in die entgegengesetzte Richtung davon. Sie erreichten eine schwere Eichentür, und der Page öffnete sie. Sie konnte seinem Gesicht ansehen, dass er froh war, nicht in ihrer Haut zu stecken. Megan trat ein, und die Tür schloss sich hinter ihr.

Der Raum war einfach eingerichtet mit einem großen Tisch, einem Lehnstuhl dahinter und zweien davor. In einer Ecke stand eine hölzerne Truhe. Erik lehnte hinter dem Tisch an der gegenüberliegenden Wand.

»Setzten Sie sich bitte, Lady Megan!«

Es klang nicht wie eine Bitte, und obwohl Megan lieber gestanden hätte, setzte sie sich auf die Kante des linken Stuhls.

»Wie Sie wissen, ist es meine Aufgabe als Steward von Radwick, die Interessen der Burg und die meines Herrn, Lord Albert, zu vertreten.«

Sie fand es bemerkenswert, dass er die Interessen von Radwick als erstes nannte. Sie nickte.

»Haben Sie eine Idee, warum ich meinen Herren bei einem wichtigen Treffen mit dem König allein gelassen und Hals über Kopf zurück nach Radwick geritten bin?« Seine Stimme war ruhig, aber Megan hörte den unterdrückten Zorn darin, und der machte ihr Angst. Sie schüttelte unsicher den Kopf.

»Ihnen fällt gar nichts ein?«

Ihr fielen viele Dinge ein, aber sie schwieg.

»Gut, dann werde ich es Ihnen sagen.« Er umrundete den Tisch und stand nun nahe bei ihr.

»Ich kam zurück, weil mir berichtet wurde, dass die Frau meines Herrn eine Affäre mit einem Spielmann hat.«

Megan schüttelte den Kopf. Ihre Augen füllten sich mit Tränen.

»Ich kam zurück, weil ich gehört habe, dass die Herrin von Radwick in aller Öffentlichkeit die Gunstbezeugungen eines dahergelaufenen Barden ermutigt.«

Megan schüttelte wieder den Kopf, jetzt rannen Tränen über ihre Wangen.

»Sie soll ohne angemessene Begleitung und Schutz täglich wie eine Zigeunerin durch die Lande geritten sein und obendrein ihr ehrloses Verhalten durch Lügen gedeckt haben.«

Sie hatte die ganze Zeit über ein schlechtes Gewissen gehabt. Nun aber, da Erik ihr ihr Verhalten ins Gesicht schleuderte, wurde ihr bewusst, wie pflichtvergessen und einer Lady Solvey unwürdig ihr Benehmen war.

»Haben Sie den Barden in Ihr Bett gelassen?« Seine Stimme war hart.

Megan weinte so sehr, dass sie keine Luft mehr bekam. Was für ein grauenvoller Alptraum!

»Haben Sie den Barden in ihr Bett gelassen, will ich wissen!«, brüllte Erik und schlug wütend mit der Faust auf den Tisch. Aus seinen hellen Augen schossen Blitze.

»Nein.«

»Lügen Sie mich nicht an!«

»Ich habe ihn nicht in mein Bett gelassen, ich schwöre es.«

Er betrachtete das schluchzende Häufchen Elend auf dem Stuhl vor sich und atmete tief durch.

»Also, was war hier los?«

Megan versuchte sich zu beruhigen. Sie wusste nicht, was sie sagen sollte, was ihr Verhalten entschuldigen könnte.

»Wir haben uns nichts Böses dabei gedacht«, stotterte sie unglücklich. »Pascal, also der Spielmann …«

»Nennen Sie ihn ruhig weiter bei seinem Vornamen«, sagte Erik ätzend. Megan schluckte.

»Also, Pascal kam kurz nach Ihrer Abreise hier an. Alle waren begeistert, einen Barden am Hof zu haben. Selbst Dame Agnes …«

»Lenken Sie nicht ab, Lady Megan. Mich interessiert nicht,

was Dame Agnes getan hat, ich will wissen, was Sie getan haben.«

»Ich habe gar nichts getan!« Megan brach erneut in Tränen aus. Erik seufzte. Er musste sein Temperament zügeln, sonst würde er hier nicht weiterkommen.

»Also, der Barde kam an die Burg«, half er Megan weiter. Sie nickte kläglich.

»Und dann?«

»Dann weiß ich auch nicht. Es hat sich einfach so ergeben, dass Fulke, Anette und ich öfter etwas mit ihm unternommen haben.«

»Es hat sich so ergeben?«

»Ja.«

»Anette gehört nicht zu Ihrem Gefolge und sollte es auch nicht, denn es wäre nicht standesgemäß. Warum also ziehen Sie mit der Tochter des Waffenschmieds über die Lande, anstatt mit einer ihrer Hofdamen?«

»Weil Anette die Einzige ist, die nett zu mir ist!«

Es entstand eine Pause. Der letzte Satz war unvermittelt aus Megan hervorgebrochen.

»Ich weiß nicht, was Ihre Vorstellung von Ihren Aufgaben hier ist, aber Sie sind jetzt Lady Solvey. Die Herrin von Radwick umgibt sich nicht mit Handwerkertöchtern, nur weil sonst keiner nett zu ihr ist. Dass Ihr Gefolge Sie nicht respektiert, ist Ihre eigene Schuld. Ihr Verhalten hat auch keinen Respekt verdient!«

Megan glaubte, sie müsse vor Scham im Boden versinken.

»Und Ihnen ist nicht in den Sinn gekommen, dass Ihre ungehörigen Ausflüge Anlass zu Gerede geben könnten?«

Sie schwieg unglücklich. Natürlich war ihr der Gedanke gekommen, aber sie hatte so viel Spaß gehabt, sie hatte es einfach verdrängt. Dafür musste sie nun bitter bezahlen. Erik betrachtete sie eine Weile mit undurchdringlicher Miene und ging dann wieder um den Tisch herum auf die andere Seite des Raumes.

»Ihr Verhalten, Lady Megan, war einer Herrin von Radwick unwürdig. Und nicht nur das, es war gefährlich obendrein.« Er zog etwas aus der Tischschublade und legte es auf den Tisch. Es war eine kleine Goldmünze.

»Wissen Sie, was das ist?«

Megan starrte auf das kleine Metallstück. Ihre Augen weiteten sich. Es war genauso ein Plättchen, wie sie es auf der Schwelle zur Wendeltreppe des alten Trakts gefunden hatte. Unbewusst schloss sich ihre Hand um den ledernen Beutel, der an ihrem Gürtel hing.

»Sie wissen, was es ist!«

Eriks Augen bohrten sich in ihre. Es waren die Augen eines Raubvogels, der im Begriff war, auf seine Beute niederzustoßen.

Megan saß schreckensstarr und schüttelte den Kopf.

»Was ist in Ihrem Beutel?« Fordernd streckte er die Hand über den Tisch. Megan drückte sich in ihren Stuhl. Jetzt fürchtete sie sich tatsächlich vor ihm. Sie hatte nichts getan, warum starrte er sie so an?

»Geben Sie her!« Seine Stimme war bedrohlich leise.

Wie in Zeitlupe streckte Megan den Arm aus und legte ihren Beutel auf den Tisch. Erik nahm ihn und schüttete den Inhalt auf das polierte Holz. Megan fühlte sich nackt und völlig ausgeliefert. Der Beutel einer Dame war wie ein kleines Heiligtum, ihr Innerstes. Jetzt lagen all die kleinen Dinge, die sie täglich mit sich herumtrug und die nur für ihre Augen und ihren Gebrauch bestimmt waren, vor Erik auf dem Tisch. Er wühlte ein bisschen in dem kleinen Haufen und nahm schließlich die Goldmünze heraus. Den Rest klaubte er mit der Hand zusammen, tat ihn wieder in den Beutel und schob ihn zurück zu Megan über den Tisch. Wie betäubt starrte sie auf das mit einem Band zusammengezogene Stück Leder. Es war ihr plötzlich fremd geworden und sie wollte es nicht wiederhaben.

»Woher haben Sie das?« Erik hielt ihr die Münze entgegen.

»Ich habe es gefunden.«

»Wann?«

»Am Tag nach dem Turnier.«

»Sind Sie sicher?«

»Ja.«

»Wo haben Sie es gefunden?«

Nun würde doch alles herauskommen. Es war inzwischen auch egal.

»Bei der Tür zur Wendeltreppe zum alten Trakt.«

Erik zog erstaunt die Augenbrauen hoch.

»Was haben Sie da zu suchen gehabt?«

»Ich bin spazieren gegangen.«

Der laute Knall, als Eriks Faust erneut wütend auf den Holztisch fuhr, ließ Megan erschrocken zusammenzucken.

»Wenn Sie glauben, Spielchen mit mir treiben zu können, Lady Megan, dann muss ich Sie warnen.« Er hielt die Münze hoch.

»Dies hier ist das Erkennungszeichen von Lord Varmourth' Spionen. Ich habe es gerade in Ihrem Beutel gefunden. Ich würde Ihnen also raten, mir ganz genau zu erklären, wie Sie dazu gekommen sind, oder es könnte Sie den Kopf kosten!«

Megan hatte das Gefühl, den Boden unter den Füßen zu verlieren. In was für einen furchtbaren Alptraum war sie bloß geraten!

»Ich hatte mich verlaufen und bin die Wendeltreppe hinuntergegegangen. Als ich in den Hof trat, lag die Münze dort auf der Schwelle, und ich habe sie aufgehoben und einsteckt.

Ich habe mich eben erst wieder daran erinnert, als Sie mir die andere Münze gezeigt haben.« Megan holte tief Luft. Wieder bohrten sich Eriks Augen in die ihren.

»Einmal angenommen, Sie haben sich tatsächlich verlaufen: Wie sind Sie dann in einen so abgelegenen Teil der Burg gelangt wie den alten Trakt?«

Er glaubte ihr nicht, schoss es Megan durch den Kopf. Sie fühlte Panik in sich aufsteigen. Ohne eine Antwort abzuwarten, fuhr er fort: »Warum waren Sie überhaupt allein in der Burg unterwegs?«

»Ich war auf einem Rundgang mit Dame Agnes. Sie wurde fortgerufen und sagte mir, ich solle auf sie warten. Doch als sie auch nach einer ganzen Weile immer noch nicht wiederkam, bin ich den Weg allein zurückgegangen.«

»Wieso ist sie nicht wiedergekommen?«

»Das weiß ich nicht, aber mir wurde kalt, und deshalb habe ich nicht länger gewartet.«

»Und warum sind Sie in den alten Trakt gegangen anstatt weiter geradeaus? Normalerweise sind dunkle Gänge ja nicht gerade die erste Wahl, wenn man sich verlaufen hat.«

»Ich war neugierig. Dame Agnes hatte nur gesagt, dass es hier zum alten Trakt ging.«

Es herrschte Schweigen. Er musste ihr doch glauben!

»Ich wollte nichts Böses, ich wollte mich nur umsehen.« In ihrer Stimme schwang Verzweiflung mit.

Eriks Finger trommelten lautlos auf der Tischplatte. Nach einer kleinen Weile fragte er: »Und das war das einzige Mal, dass Sie im alten Trakt waren?«

Es half nichts, es war besser, die ganze Wahrheit zu sagen.

»Nein.«

»Das dachte ich mir.«

Erik lehnte sich in seinem Stuhl zurück.

»Ich glaube Ihnen, Lady Megan.«

Megan, die die Luft angehalten hatte, atmete erschöpft aus.

»Aber Ihr Verhalten hat es einem Spion ermöglicht, Radwick gründlich auszukundschaften. Unsere Feinde wissen jetzt bestens über unsere Verteidigung, unsere Vorräte, unser Waffenarsenal und alles andere Bescheid.« Sein Ton war bitter, und es schnitt Megan ins Herz.

»Ich habe die andere Münze bei Ihrem Spielmann gefunden.«

Die Art, wie er »Ihren Spielmann« gesagt hatte, traf sie wie ein Schlag ins Gesicht.

»Er ist ein Spion unseres mächtigsten Feindes.«

Megan schloss qualvoll die Augen. Es war alles viel, viel schlimmer, als sie es sich je hätte ausdenken können. Es ging gar nicht mehr nur darum, dass sie sich ungebührlich verhalten hatte. Ihre Gunstbezeugungen für Pascal hatten ihm Privilegien und Zugang zur Burg gewährt. Sie hatte den Feinden von Radwick in die Hände gespielt.

»Morgen wird Lord Albert zurück sein. Er wird einen Prozess gegen den vermeintlichen Barden führen.« Er lehnte sich wieder vor. »Und Sie, Lady Megan, werden zu Ihrem Fund hier aussagen.«

»Hat er zugegeben, dass er ein Spion ist?«, flüsterte Megan.

»Nein, er ist ein zäher Bursche. Er behauptet, dass er direkt aus Frankreich gekommen und noch nie zuvor in dieser Gegend gewesen ist.«

»Vielleicht …«

»Es ist nur verständlich, dass Sie hoffen, Ihr Günstling sei unschuldig, aber Sie haben gerade selbst den Beweis erbracht, dass er es nicht ist.« Eriks Ton war schneidend, und Megan schrumpfte in ihrem Stuhl zusammen.

»Die Erkennungsmünzen werden einzeln geprägt. Jeder

Spion erhält eine eigene Prägung zur Identifizierung. Diese beiden Münzen sind identisch. Sie haben dieses Zeichen bereits einen Tag nach dem Turnier hier gefunden. Es beweist, dass der Mann lügt, wenn er behauptet, dass er noch nie zuvor auf Radwick war.«

Erik stand auf.

»Sie dürfen mit niemanden über das sprechen, was ich Ihnen gesagt habe, verstanden?«

Megan nickte.

»Sie können jetzt gehen. Vergessen Sie Ihren Beutel nicht.«

Sie stand auf, nahm das ihr völlig fremde Lederobjekt vom Tisch und verließ den Raum.

Erik saß noch nachdenklich am Tisch, als Lambert hereinkam.

»Nun?«

»Besser als erwartet!« Er schob seinem Freund die kleine Münze zu, die Megan gefunden hatte.

»Was ist das?«

»Ein Beweis, dass unser Barde lügt.«

»Woher hast du das?«

»Lady Megan hat es gefunden.«

»Lady Megan?«

»Ja.«

»Wo?«

»An der nördlichen Wendeltreppe.«

Lambert runzelte die Stirn.

»Ja, es ist seltsam, aber ich bin mir sicher, dass sie nicht lügt.«

»Warum?«

»Wenn sie in diese Sache verwickelt wäre, wäre es ihr ein Leichtes gewesen, die Entdeckung der zweiten Münze zu verhindern. Sie hätte sie erst gar nicht in ihren Beutel gesteckt und mitgebracht.«

»Könnte sie nicht einfach einen Fehler gemacht haben?«

»Es ist unwahrscheinlich, dass sie so dumm wäre, wenn sie in Varmourths Dienst stände. Nein, sie war ehrlich geschockt, als ich ihr davon erzählt habe.«

Lambert nickte und kratzte sich am Kinn.

»Das ist ein echter Glücksfall.«

»Allerdings. Jetzt muss ich es nur noch richtig anstellen, dass Albert den Barden zum Tod verurteilt.«

»Na dann viel Glück!«

»Ich weiß auch schon wie.«

»Du weißt schon wie? Nichts in der Welt wird Albert dazu bewegen, den Mann köpfen zu lassen. Wobei es bitter nötig wäre, dass er ein Exempel statuiert, wenn er nicht auch den letzten Rest von König Henrys Respekt verlieren will.«

Erik nickte. Wenn es ihm nicht augenblicklich gelänge, das Ruder herumzureißen, würde es zu spät sein. Alles deutete auf einen Sturm, wie ihn Radwick noch nicht erlebt hatte.

»Genau deswegen muss ich sicherstellen, dass der Barde den Kopf verliert.«

Lambert blickte Erik erwartungsvoll an.

»Nein, ich kann es jetzt noch nicht sagen, ich habe noch nicht alles genau durchdacht.« Wieder trommelte er lautlos mit den Fingern auf dem Holz.

»Also, Lambert, wie schlimm steht es um den Ruf von Lady Megan?«

»Eins muss man ihnen lassen, die vier haben sich die größte Mühe gegeben, diskret zu sein. Da fast alle der Moralwächter mit der Grippe im Bett lagen, ist es keinem recht aufgefallen, was vor sich ging.«

»Gut.«

»Ich bin sicher, Lady Megan war erleichtert, das zu hören.«

»Du glaubst doch nicht, dass ich ihr oder dem jungen Tunichtgut und seinem frechen Mädel das gesagt habe!«

Lambert lachte.

»Kein Wunder, dass Fulkes Gesicht vorhin ausgesehen hat wie zehn Tage Regenwetter.«

»Nein, ich will ihnen keine Entwarnung geben. Und Fulke werde ich mir noch einmal gesondert vornehmen. Es war leichtsinnig und unverantwortlich von ihm und er soll ruhig noch ein wenig über sein Verhalten nachdenken.«

Außerdem würde er seine Trumpfkarte noch brauchen, dachte Erik. Er war sehr zornig gewesen, als er Lamberts Nachricht über die Vorgänge auf Radwick erhalten hatte. Er war sofort aufgebrochen, um zu sehen, was wirklich an dem Verdacht dran war, dass Lady Megan einen Spielmann begünstigte. Für einen Moment hatte er gedacht, dass er sich in ihr getäuscht hatte und dass sie ein leichtfertiges Weib war. Es war eine brennende, alte Wut in ihm aufgestiegen. Doch er hatte in ihre Augen gesehen und war sich jetzt sicher, dass sie Albert nicht betrogen hatte. Die Beweggründe für ihr Verhalten konnte er zwar nicht gutheißen, aber nachvollziehen. Ihre Verletzlichkeit und Verzweiflung hatten ihn seltsam berührt. Als sie dort auf dem Stuhl so herzzerreißend geweint hatte, hatte er das Bedürfnis verspürt, sie in die Arme zu nehmen und zu trösten. Auch ein altes, tief vergrabenes Gefühl, das er lange nicht mehr empfunden hatte. Ungeduldig wischte er das Bild beiseite. Immerhin, er hatte Glück im Unglück gehabt, und es gab einen Beweis, dass der Barde ein Spion war. Bei dem Gedanken an den Schaden, den der Spielmann angerichtet hatte, knirschte Erik jedoch mit den Zähnen.

~ 13 ~

In der Zwischenzeit war es dunkel geworden. Megan vermied die hell erleuchteten Hauptgänge und erreichte so unerkannt ihr Schlafzimmer. Sie hatte keine Tränen mehr und sie fühlte sich völlig taub. Pascal war ein Spion. Sie konnte es noch immer nicht begreifen. War alles, was er zu ihr gesagt hatte, gelogen? Es musste so sein und doch weigerte sie sich, es zu glauben. Er war ihr Freund gewesen, sie hatte ihm vertraut. Sie hatte ihm Dinge erzählt, die sie noch nie mit jemandem geteilt hatte. Vielleicht war alles nur ein schrecklicher Irrtum, und Erik täuschte sich. Bei dem Gedanken an Erik zog sie instinktiv den Kopf ein. Sein Zorn war entsetzlich. Sie hatte sich vor ihm gefürchtet. Es wäre schrecklich, ihn zum Feind zu haben. Glücklicher Albert, der ihn zum Freund hatte. Was würde ihr Ehemann zu der ganzen Sache sagen? Womöglich würde er sie auch verstoßen, wie Lady Barbara? Megans Herz begann erneut zu rasen. Das wäre eine noch viel größere Katastrophe! Dann hätte sie nicht nur ihr Leben, sondern auch die Zukunft ihrer Brüder zerstört. Megan wurde ganz schwindelig und sie setzte sich auf die Bettkante. Sie konnte nichts tun, sie konnte nur abwarten. Sie hatte ihren Ehemann nicht betrogen. Sie hatte überhaupt niemanden betrogen, sie war ja schließlich noch immer Jungfrau! Der Einzige, der je Interesse an ihr gezeigt hatte, hatte gelogen und sie nur für seine Zwecke ausnutzen wollen. Plötzlich begann Megan tonlos zu kichern. Sie brauchte sich gar keine Sorgen um ihren Ruf zu machen, es wollte sowieso niemand ihr Bett teilen. Nach einer Weile verwandelte sich ihr lautloses Lachen jedoch in ein lautloses Schluchzen.

Der nächste Tag brach an und versprach, genau so schön zu werden wie der vorige. Doch an diesem Tag hatte Megan keine Augen für den blauen Himmel und das bunte Laub. Es war das erste Mal seit über einer Woche, dass Ella ihr aufwartete. Megan stieg mühsam aus dem Bett und setzte sich an den Ankleidetisch.

»Du liebe Güte, Milady! Sie sehen ja noch immer ganz krank aus, Sie sollten lieber noch im Bett bleiben.«

Megan starrte in den Spiegel. Sie war blass und hohlwangig, und unter ihren Augen lagen tiefe Ringe. Nein, sie würde sich nicht im Bett verkriechen und ihr Schicksal erwarten. Sie musste wissen, was vor sich ging.

»Ich fühle mich besser, auch wenn ich nicht so aussehe. Ich glaube, es täte mir gut, wieder ein bisschen Bewegung zu haben und in Gang zu kommen.« Es schmerzte sie, Ella derart anzulügen. In den vergangenen Tagen war es ein Spaß gewesen, sich fortzuschleichen und mit ihren kleinen Unwahrheiten davonzukommen. Aber jetzt erschien es Megan nur noch kindisch und niederträchtig. Während ihre Zofe mit hohem Fieber das Bett gehütet hatte, hatte sie nur krank gespielt und war ihrem Vergnügen nachgegangen. Ella war noch zu schwach, um durchzusetzen, dass Megan wieder zu Bett ging, und so erschien sie wenig später beim Frühstück.

»Ah, wie ich sehe, sind auch Sie genesen, Lady Megan!«

Silja war wirklich die Letzte, mit der sich Megan jetzt unterhalten wollte. Aber sie kam schon mit ihrem Teller zu ihr herüber.

»Sie sehen ja noch immer ganz erschöpft aus. Aber ich habe Nachrichten, die sie aufheitern werden!«

Megan blickte auf und zwang sich, einen Ausdruck von Interesse anzunehmen.

»Seine Lordschaft kommt heute zurück!«

Megan blinzelte.

»Oh, Sie wussten es schon, richtig?«

Sie nickte.

»Und wissen Sie, was ich noch erfahren habe, Milady?«

Sie schüttelte den Kopf. Siljas Ton senkte sich etwas.

»Herr Erik hat den Barden einkerkern lassen!«

»Warum?«

»Er ist ein Spion! Der Bursche, der das Wasser holt, hat mir erzählt, dass er die ganze Nacht seine Schreie gehört hat!«

»Seine Schreie?«

»Ja, weil er nicht zugeben will, dass er ein Spion ist. Da musste Herr Erik ihn foltern.«

Megan spürte, wie ihre Beine unter ihr nachgaben. Sie ließ den Teller fallen, und er zerschellte mit einem lauten Klirren auf dem steinernen Fußboden.

»O Milady, es tut mir so leid, ich wollte Sie nicht erschrecken.« Wie durch dichten Nebel drang die Stimme der Dienerin zu Megan durch.

»Es ist gut, Silja, ich habe sie schon.« Ein starker Arm legte sich um Megan und schob sie zu einer der gepolsterten Fensterbänke. Einen Augenblick später blickte sie in Eriks prüfende Augen.

»Sind Sie krank?«

»Nein.« Sie setzte sich auf.

Erik sah sie zweifelnd an. Er hoffte, dass er sie nicht überforderte. Sie musste durchhalten.

»Ich muss mit Ihnen sprechen.«

Verschreckt blickte sie ihn an. Es traf ihn, dass sie sich jetzt augenscheinlich vor ihm fürchtete. Ihre Hände zitterten.

»Silja, lass uns allein.«

»Jawohl, Herr Erik.«

Als sich die Tür hinter der Dienerin schloss, setzte er sich neben Megan auf die Fensterbank.

»Wir erwarten Lord Albert gegen Mittag.«

Megans Gesicht wurde noch eine Spur weißer, und Erik befürchtete, dass sie wieder ohnmächtig werden würde. Schnell fuhr er fort: »Ich denke, es wäre unklug, ihm alle Details der Angelegenheit mit dem Barden zu unterbreiten. Vor allem jene, die Ihr Verhalten in dieser Sache betreffen.«

Megan starrte ihn verwirrt an.

»Es ist nicht im Interesse von Radwick, dass es Zweifel an der Tugend seiner Herrin gibt.«

Sie starrte ihn noch immer an, als versuche sie, einen gefährlichen Gegner einzuschätzen.

»Ich habe kein Interesse daran, Sie zu ruinieren, Lady Megan«, sagte Erik ungeduldig. »Mein einziges Interesse ist das Wohl Radwicks.« Wann würde sie endlich aufhören, ihn so anzusehen, dachte er und fügte hinzu: »Lord Albert wird über den Barden zu Gericht sitzen. Es ist äußerst wichtig, dass er bestraft wird. Alles andere wäre fatal.« Erik sah Megan nun direkt an. Sie saß dicht neben ihm, und ihm fiel auf, dass sie ungewöhnlich lange Wimpern hatte.

»Ja?«

»Deshalb müssen Sie mir eine Sache versprechen. Wenn Sie das tun, können wir alles andere einfach vergessen.«

»Und was ist das?«

»Die Herrin von Radwick hat das Privileg, einen Pardon auszusprechen. Sie hat das Recht, Gnade walten zu lassen, wenn sie von einem Verurteilten darum gebeten wird.«

»Und ich soll keine Gnade walten lassen?«

»Genau. Und zwar unter keinen Umständen. Das ist das Einzige, was Sie tun müssen.«

»Aber warum? Lord Albert wird doch sicher ein gerechtes Urteil fällen?«

»Ja, das wird er. Aber der Barde wird um Gnade betteln, und wenn Sie ihm die gewähren, so wäre das Öl auf das Feuer all der Gerüchte, die wir zu vermeiden versuchen.«

Megans nickte.

»Aber kann ich nicht einfach der Gerichtsverhandlung fern bleiben?«

»Das würde keinen guten Eindruck machen und so aussehen, als wollten Sie sich drücken.«

»Ja.«

»Also, Sie werden unter keinen Umständen einen Pardon aussprechen, habe ich Ihr Wort?«

»Ja, Sie haben mein Wort.«

»Gut.« Erik stand auf. »Geht es Ihnen wieder besser?«

»Ja.«

Er hatte die Tür schon fast erreicht, als sie ihm hinterherrief.

»Herr Erik?«

Er drehte sich um.

»Haben Sie Pascal de Fleur foltern lassen?«

»Warum wollen Sie das wissen?«

Sie zuckte hilflos mit den Schultern.

»Je weniger Sie sich mit dem Spion beschäftigen, desto besser.« Er wandte sich wieder zum Gehen, überlegte es sich dann aber doch anders.

»Ich lasse nicht foltern. Wenn es Not tut, dann foltere ich selbst. Aber beruhigen Sie sich, ich habe ihm höchstens ein paar seiner zarten Musikerfinger gebrochen.«

Wie Erik gesagt hatte, erreichte Lord Albert die Burg gegen Mittag. Megan war, wie es sich gehörte, zu seiner Begrüßung in den Hof gekommen.

»Megan, Sie sehen aber gar nicht gut aus, waren Sie krank?«

Als Megan die Besorgnis in Alberts Stimme hörte, hatte sie erneut ein schlechtes Gewissen. Er war um ihr Wohl besorgt, und sie hatte ihn hintergangen.

»Viele lagen mit der Grippe darnieder, aber jetzt geht es den meisten wieder besser.«

»Oho, da bin ich aber froh, nicht da gewesen zu sein!«, lachte Albert und ging mit ihr die Treppe zur Eingangshalle hinauf.

Im Laufe des Tages verschlechterte sich die Laune von Lord Solvey jedoch, nachdem sein Steward ihn darüber informiert hatte, dass er einen Spion gefasst habe, über den nun zu richten sei.

»Bist du dir auch sicher?«, fragte Albert Erik zum wiederholten Mal.

»Ich bin mir ganz sicher.«

Der Burgherr betrachtete unschlüssig seine Fingernägel.

»Lambert hat einen Kurier zu Lord Varmourth abgefangen. Er hat gestanden, für den Barden zu arbeiten. Es ist also eindeutig bewiesen, dass de Fleur einer von Varmourth' Leuten ist«, fügte Erik hinzu.

Lambert ergriff das Wort: »Milord, daran kann kein Zweifel bestehen. Wir haben ihn nach einem Erkennungszeichen durchsucht und in seinem Schwertgriff diese Münze gefunden.« Er schob die kleine goldene Münze über den Tisch zu Albert, der sie widerwillig betrachtete.

»Die Außenseite ist blank, aber auf der Rückseite ist das Wappen von Varmourth eingraviert. Es dient seinen geheimen Gefolgsmännern als Erkennungszeichen.«

»An dem Schwertgriff«, Erik schob nun Pascal de Fleurs Kurzschwert über den Tisch, »fehlt an dieser Stelle eine zweite

Münze. Die fehlende Münze hat Lady Megan bereits einen Tag nach dem Turnier zufällig gefunden. Das kann nur bedeuten, dass er schon einmal hier gewesen sein muss.«

»Vermutlich hat er sich unter die Gäste gemischt und war bei Lord Varmourths Gefolge dabei«, warf Lambert ein.

»Er behauptet jedoch steif und fest, noch nie auf Radwick gewesen zu sein. Er lügt also.«

Albert seufzte.

»Ist es bewiesen, dass es tatsächlich sein Schwert ist?«

»Sein Name ist darauf eingraviert.«

»Nun gut, setzt die Verhandlung für morgen früh an.« Sie standen vom Tisch auf. Auf einen Wink von Erik verließ Lambert das Zimmer.

»Du musst ihn zum Tode verurteilen.«

Bei diesen Worten zuckte Albert zusammen, und sein Gesicht nahm einen schmerzhaften Ausdruck an.

»Es ist unbedingt erforderlich. Du musst ein Zeichen setzen!«

Erik bekam ein gequältes Stöhnen zur Antwort.

»Vergiss nicht, es gibt noch immer den Pardon der Herrin von Radwick.«

Alberts Gesicht hellte sich auf. Natürlich! Er würde mit der vollen Härte durchgreifen, und Megan konnte dann, dank ihres tradierten Rechtes, eine mildere Strafe erwirken.

»Gut, so machen wir es.« Erleichtert öffnete er die Tür und ging hinaus.

Erik sah ihm nach. Hoffentlich würde Lady Megan die Nerven bewahren.

~ 14 ~

Der nächste Morgen brachte die Verhandlung. Lord Solvey als der Landesherr würde das Urteil sprechen. Er saß erhöht am Kopfende der großen Halle auf einem kunstvoll geschnitzten Sessel, der nur zu Anlässen wie diesem benutzt wurde. Alberts Gefolgsmänner standen rechts und links von ihm, Megan saß schräg hinter ihrem Mann. Ein Teil der Burgbewohner, soweit sie sich von seinen täglichen Aufgaben entfernen konnten, drängte sich am Rande des Saals.

Albert erklärte die Verhandlung für eröffnet, und Lambert, der die Anklage übernahm, trat vor und sprach: »Ich klage Pascal de Fleur, den Spielmann, an, ein geheimer Gefolgsmann des Lord Varmourth zu sein. Er hat sich auf Radwick eingeschlichen, um uns zu schaden!«

Auf einen Wink von Albert wurde der Angeklagte in die Mitte des Saales geführt. Megan erschrak und musste sich zwingen, nicht die Augen abzuwenden. Pascal sah furchtbar aus. Seine dunklen Locken hingen ihm wirr ins Gesicht, und seine sonst so ordentliche Kleidung war zerdrückt und schmutzig. Er hielt den rechten Arm dicht vor der Brust, und die Finger seiner Hand waren zu einer Klaue zusammengekrümmt. Tränen stiegen in Megan auf, und sie musste sich hart in den Unterarm kneifen, um die Fassung zu bewahren.

»Und was sagst du zu den Anschuldigungen, Pascal de Fleur?«, fragte Albert nun.

»Ich bin unschuldig.«

»Herr Lambert, welche Beweise gibt es für die Schuld des Angeklagten?«

Lambert trat vor und reichte Albert ein Tablett, auf dem das Kurzschwert und eine der beiden Goldmünzen lagen.

»Dies ist das Schwert des Angeklagten. An seinem Griff befand sich diese Goldmünze, ein geheimes Erkennungszeichen, das ihn als Gefolgsmann von Lord Varmourth ausweist.«

»Ist das dein Schwert, Spielmann?«

»Ja, es ist mein Schwert.«

»Trägst du es immer bei dir oder verleihst du es auch an andere?«

»Nein, ich habe es immer bei mir.«

»Warum befindet sich eine Goldmünze mit dem Geheimzeichen von Lord Varmourth im Griff?«

»Das weiß ich nicht. Ich kenne Lord Varmourth nicht einmal.«

»Aber es ist dein Schwert?«

»Ja.«

»Wie lange besitzt du dieses Schwert schon?«

»Noch nicht so lange, vielleicht ein Jahr.«

Ein Raunen ging durch die Menge. Albert wandte sich wieder an Lambert: »Vielleicht hat der Spielmann unwissentlich ein Schwert erworben, das einmal einem Gefolgsmann von Lord Varmourth gehört hat?«

»Das muss tatsächlich in Betracht gezogen werden«, entgegnete Lambert, »aber in diesem Fall verhält es sich nicht so. Vor drei Tagen habe ich einen Kurier von Pascal de Fleur an Lord Varmourth abgefangen. Dieser hat gestanden, dass der Spielmann ein Spion ist und dass er ein geheimes Erkennungszeichen bei sich trägt. Er hat genau diese Münze beschrieben, die wir nun vor uns sehen und die sich im Griff des Schwertes des Spielmanns befand.«

»Und wo ist dieser Kurier jetzt?«

»Ich habe ihn für seine Informationen ziehen lassen.«

»Es steht hier Wort gegen Wort.« Albert wandte sich wieder Pascal de Fleur zu: »Und du bestreitest, Lord Varmourth zu kennen?«

»Ja.«

»Was hat dich nach Radwick geführt?«

»Ich war auf der Suche nach einem huldvollen Gönner und einem Platz am Feuer.«

»Du hast meinem Steward beim Verhör gesagt, dass du noch nie zuvor in dieser Gegend warst. Ist das richtig?«

»Das ist richtig.«

Megans Herz setzte einen Schlag aus. Die Falle war zugeschnappt. Die ganze Zeit über hatte sie gehofft, dass es noch etwas geben müsste, das alles erklären würde, aber jetzt war es zu spät.

»Der Angeklagte lügt, denn es gibt Beweise, dass er wahrscheinlich bereits während Ihrer Hochzeit einmal auf Radwick war, Milord.«

Erneut entstand Gemurmel im Saal. Megan sah, wie Pascal erbleichte. Mit dieser Wendung im Prozess hatte er nicht gerechnet. Seine Mundwinkel zuckten nervös. Lambert brachte ein weiteres Tablett herbei, auf dem die zweite Münze lag, und erklärte: »Am Griff des Schwertes ist zu sehen, dass sich dort eine weitere Münze befunden hat. Sie muss verlorengegangen sein, denn ihr Platz ist leer.« Dann deutete er auf die Münze vor sich auf dem Tablett und fuhr fort: »Dies ist die fehlende Münze, sie passt exakt.«

»Woher stammt diese zweite Münze?«, fragte Albert.

»Lady Megan hat sie gefunden.«

Es entstand ein aufgeregtes Getuschel, und aller Augen richteten sich auf Megan. Sie saß stocksteif auf ihrem Stuhl. Pascal starrte sie an, sein Gesicht war kreideweiß. Albert hatte sich nur kurz zu ihr umgewandt, dann richtete er das Wort wieder an Lambert.

»Wo hat Lady Megan diese Münze gefunden?«

»An der nördlichen Wendeltreppe.«

»Und wann hat sie sie gefunden?«

»Am Tag nach dem Turnier anlässlich Ihres Hochzeitsfestes, Milord.«

Jetzt drehte sich Albert wieder zu Megan um und fragte leise: »Entspricht das der Wahrheit?«

Megan nickte für alle sichtbar.

»Was hast du dazu zu sagen, Spielmann?«

»Das muss eine Verwechslung sein.« Pascals Stimme zitterte. Jetzt klang er nicht mehr so ruhig und überzeugend wie eben noch. Albert rief nach Meister Eadwin, dem Waffenschmied. Anettes Vater löste sich aus der Menge und trat vor.

»Meister Eadwin, passt die Münze in den Schwertgriff?«

Der Waffenschmied legte die Münze in die leere Fassung und betrachtete den Griff mit zusammengekniffenen Augen sehr nah vor seinem Gesicht. Dann sah er wieder auf und sagte: »Es passt haargenau, Herr.«

»Dann reiche das Tablett herum, so dass sich die Anwesenden davon überzeugen können.«

Während das Beweisstück seine Runde durch die Hände der Anwesenden machte, die von Rang waren, stand Pascal verloren in der Mitte der großen Halle. Er war leicht nach vorn übergebeugt und hielt den rechten Arm noch immer gegen die Brust gepresst. Megan konnte kaum hinsehen, so sehr schmerzte sie der Anblick des einst stolzen und schönen Mannes, der vorgegeben hatte, ihr Freund zu sein. Schließlich hatten alle den Schwertgriff untersucht und die Aussage von Meister Eadwin bestätigt. Als Albert erneut das Wort ergriff, herrschte angespannte Stille.

»Es ist somit bewiesen, dass du gelogen hast, Pascal de Fleur. Du bist ein Spion unseres Feindes und hast uns geschadet. Dafür wirst du den Kopf verlieren. Der wird deinem Herrn geschickt werden. Der Rest deines Körpers wird den wilden Tieren zum Fraß vorgeworfen.«

Es war Albert anzusehen, welche Anstrengung es ihn gekostet hatte, dieses Urteil zu fällen. Megans Augen weiteten sich vor Entsetzen. Dieses Urteil hatte Erik entschieden, Albert wäre niemals auf eine solch grausame Bestrafung verfallen. Mit einem markerschütternden Schluchzen fiel Pascal auf die Knie.

»Lady Megan, ich flehe Euch an, rettet mich! Das könnt Ihr nicht zulassen, ich flehe Euch an, habt Gnade mit mir!«

Er rutschte auf den Knien näher, bis die Wachen dazwischentraten.

»O holde Frau, erbarmt Euch meiner, Lady Megan, ich flehe Sie an!«

Megan konnte sich nicht rühren, wie unter Schock starrte sie auf die erbarmungswürdige Gestalt, die sich zu ihren Füßen wand. Sie öffnete den Mund, aber brachte keinen Ton hervor.

»Megan?« Albert lehnte sich zu ihr hinüber. »Willst du ihm Gnade schenken?«

Es lag ein flehender Unterton in seiner Stimme. Wie in Trance stand sie auf. Alle Anwesenden starrten sie an und schienen zugleich den Atem anzuhalten. Plötzlich legte sich warnend eine große Hand auf ihren Unterarm. Erik war von der Seite an sie herangetreten. Megan bekam keine Luft mehr, ihre Lippen zitterten, aber als sie schließlich sprach, war ihre schwankende, dünne Stimme doch im ganzen Saal zu hören.

»Ich schenke dir Gnade, Pascal de Fleur.« Sie schluckte hart. Die Hand auf ihrem Arm drückte schmerzhaft zu.

»Ich schenke dir die Gnade eines christlichen Begräbnisses

und die Gnade, dass dein Körper nicht den wilden Tieren vorgeworfen wird.«

Die angespannte Stille entlud sich in einem lärmenden Tumult, durch den Megan noch Pascals verzweifelte Schreie hören konnte. Sie schwankte. Erik hob sie vom Podest und schob sie aus dem Saal. Megan bekam keine Luft mehr, sie konnte sich kaum noch aufrecht halten und alles verschwamm vor ihren Augen.

»Atmen Sie tief durch, Megan, tief durchatmen!«

Sie versuchte Eriks Anweisungen zu befolgen, aber ihr Herz raste und ihr Atem ging schnell und flach. Kurzerhand hob er sie hoch und trug sie in das angrenzende Zimmer. Der Raum war leer. Erik legte sie auf eines der breiten Sofas und setzte sich auf den Rand.

»Megan, schauen Sie mich an. Atmen Sie tief ein und wieder aus, ein und wieder aus.« Er legte seine Hand auf ihr Brustbein und zählte ihr die Atemzüge vor. Seine Stimme beruhigte sie, und nach einer Weile fand sie ihren eigenen Rhythmus wieder.

»Ein christliches Begräbnis ist mehr, als ich ihm gegönnt hätte.«

Er nahm seine Hand weg, und an der Stelle, wo sie gelegen hatte, schien Megans Haut zu brennen.

»Er hat Sie benutzt, Sie belogen und Ihr Vertrauen missbraucht, vergessen Sie das nicht. Er hat den Tod verdient.«

Dann stand er auf und verließ den Raum.

Megan setzte sich auf. Erik hatte sie gegeneinander ausgespielt, sie und Albert. Sie hätte ihm nicht ihr Wort gegeben, wenn sie gewusst hätte, dass er Albert überredet hatte, Pascal zum Tode zu verurteilen. Und Albert hätte nicht zugestimmt, wenn Erik ihn nicht glauben gemacht hätte, dass sie eine Begnadigung aussprechen würde. Sie hatte wieder das Bild von Pascal vor Augen, wie er sie um Gnade anflehte. Und das Einzige, was sie ihm hatte gewähren können, war ein christliches Begräbnis. Sie hoffte, dass Gott sein Richter sein würde.

Die Tür öffnete sich und Albert kam herein. Er war sehr blass und setzte sich wortlos neben Megan auf das Sofa. Nach einer Weile fragte er: »Warum haben Sie keine Gnade walten lassen, Megan?«

»Das habe ich doch.« Ihre Stimme war tonlos.

»Hat er mit dem, was er getan hat, wirklich sein Leben verwirkt? Gäbe es nicht eine andere Bestrafung, die angemessener wäre?«

Megan dachte an all die schönen, sorgenfreien Tage, die sie in Pascals Begleitung verbracht hatte. Sie sah ihn vor sich, wie er am Feuer saß und auf seiner Laute spielte und dazu sang. Oder wie er eine Heldengeschichte erzählte und die Spannung sie alle in ihren Bann gezogen hatte. Und doch war er ein Spion und seine Freundschaft nur geheuchelt gewesen. Jetzt im Nachhinein fiel ihr auf, wie wenig sie über ihn wusste. Sie hatte ihm alles über sich erzählt, hatte aber kaum etwas über ihn erfahren. Sie war so sehr mit sich und ihrer eigenen Geschichte beschäftigt gewesen, dass ihr das nicht aufgefallen war. Ja, Erik hatte Recht, der Spielmann war schuldig, aber musste er sterben?

»Megan?«

»Er ist ein Spion und verdient den Tod.«

Ihre Stimme klang fremd in ihren Ohren. Albert schüttelte unglücklich den Kopf und stand auf. Sein Schritt war schleppend, als er zur Tür ging und das Zimmer verließ. Megan sah ihm nach. Ohne Erik hätte Albert die Burg schon lange verloren. Ja, er hatte ein deutliches Zeichen setzen und den Verräter Pascal de Fleur bestrafen müssen. Doch dass ausgerechnet sie das Urteil hatte fällen müssen, machte Megan das Herz unendlich schwer.

Die Hinrichtung Pascal de Fleurs fand am nächsten Tag statt. Sofort nach der Urteilsverkündung hatte man damit begonnen, auf dem großen Platz vor der Burg ein hölzernes Schafott zu errichten. Dort sollte der Spielmann im Morgengrauen enthauptet werden. Die schnelle Vollstreckung des Urteils hatte sicher Erik zu verantworten, dachte Megan. Albert hatte sie nach ihrer kurzen Unterredung nach dem Prozess nicht wieder gesehen, er war nicht zum Abendessen erschienen.

Die Nacht war langsam und zäh dahingekrochen, und bis auf wenige Momente, in denen sie erschöpft eingenickt war, hatte Megan wach gelegen. Trotzdem war sie hellwach, als sie im Morgengrauen die Stufen der breiten Treppe zum Burghof hinunterschritt. Es war neblig und feucht, und die Kälte kroch an ihren Beinen hoch. Obwohl es so früh war, hatte sich schon eine kleine Menschenmenge um das hölzerne Schafott versammelt. Sie sah Fulke und Anette auf der anderen Seite des Burghofes stehen, doch ihren Gemahl konnte sie nirgends entdecken. Neben dem Schafott begann nun ein in schwarz gekleideter Mann ein großes Beil zu schärfen. Das kreischende Geräusch des Schleifsteins auf dem Metall ging Megan durch Mark und Bein. Jetzt sah sie Erik hinter dem Schafott hervortreten und dem Scharfrichter letzte Anweisungen geben. Als er sie erblickte, runzelte er die Stirn und kam zu ihr herüber.

»Was machen Sie hier?«

»Ich bin hier, um die Hinrichtung zu sehen.«

»Weshalb? Das ist nicht nötig.«

Sie blickte in seine Augen und sagte mit fester Stimme: »Doch, es ist nötig. Ich habe ihn immerhin zum Tode verurteilt.«

Megan hatte die ganze Nacht mit sich gerungen, ob sie der Enthauptung wirklich beiwohnen sollte. Erst als es bereits zu tagen begann, hatte sie sich dafür entschieden. Erik hatte gesagt, ihr Gefolge hätte keinen Respekt vor ihr. Sie selbst hätte keinen

Respekt mehr vor sich, wenn sie feige der Hinrichtung ferngeblieben wäre, die sie selbst mit zu verantworten hatte.

Erik blickte sie einen Moment lang prüfend an, dann drehte er sich um und ging zu Fulke und Anette hinüber. Kurz darauf kam Anette auf Megans Seite und stellte sich neben sie. Wortlos fassten sie einander bei den Händen.

Unter dem dumpfen Schlag einer Trommel wurde Pascal de Fleur aus dem Verließ geführt. Er sah noch schlimmer aus als am Tag zuvor bei der Verhandlung. Sein Atem ging stoßweise und war weiß in der kalten Morgenluft zu sehen. Wie ein wildes Tier blickte er suchend um sich. Er hatte das Schafott fast erreicht, als er Megan entdeckte. Er versuchte auszubrechen und schrie ihren Namen, flehte sie um Gnade an. Megan stand da wie gelähmt. Erik brachte den Spielmann schließlich zum Schweigen, indem er ihn mit einem mächtigen Fausthieb bewusstlos schlug. Man schleifte ihn die Treppe des Schafotts hinauf und legte seinen Hals auf den Richtblock. Der Henker fragte Erik etwas, und der schüttelte den Kopf. Wahrscheinlich hatte er wissen wollen, ob er den Verurteilten erst noch mit einem Eimer Wasser wieder zu Bewusstsein bringen sollte. Das Gemurmel in der Menge erstarb, und es legte sich eine angespannte Stille über den Platz. Der Henker nahm sein Beil und stellte sich in Position. Megan spürte, wie Anette neben ihr zitterte. Sie selbst war wie erstarrt. Auf ein Nicken von Erik ließ der Henker sein schweres Beil fallen und trennte Pascal mit einem Hieb den Kopf ab. Anette wandte sich ab und begann zu weinen. Der Kopf fiel in einen Korb vor dem Richtblock, Blut spritzte aus dem Halsstumpf. Pascal de Fleur war tot. Sicher hatte ihn jemand geliebt, dachte Megan. Seine Mutter würde weinen. Sie hatte ihn vor Jahren auf den Knien gewiegt. Jetzt war er tot. Sein Gesang, sein Witz, seine lachenden Augen, alles unwiederbringlich verloren. Anette hatte Megans Hand losgelassen und schluchzte jetzt hemmungslos. Megan drehte sich um und ging langsam wieder die Treppe zur Burg hinauf. Hatte es tatsächlich keine angemessenere Strafe für ihn gegeben als den Tod? Er war ein Spion gewesen, der zum Nutzen seines Herrn dessen Feind ausgekundschaftet hatte. Er war jedoch kein Verräter. Verrat war es, seine eigenen Leute auszuliefern. Er hatte ihr Vertrauen ausgenutzt und er hatte ihr etwas vorgespielt. Hatte er den Tod dafür verdient? Nein, er musste sterben, weil es politisch notwendig war. Sein Tod würde immer auf ihrem Gewissen lasten.

Megan ging in die Kapelle. Der hohe Raum war kalt und leer. Der modrige Geruch des Holzmobiliars lag schwer in der Luft. Sie ging langsam den Mittelgang hinunter, ging an dem Altar mit dem großen Kreuz vorbei und trat in die seitliche Nische des Marienaltars. Sie blickte auf die hölzerne Mutter Gottes, die den kleinen Jesus auf dem Arm trug. Auch eine Mutter, die den Tod ihres Sohnes hatte beweinen müssen. Mit klammen Fingern zündete Megan eine Kerze an. Das kleine gelbe Licht leuchtete in die Dämmerung. Sie nahm noch eine Kerze und zündete sie an, und dann noch eine und noch eine. Wenig später hatte sie alle Kerzen, die sie in der Kapelle finden konnte, entzündet. Es war eine geradezu außerordentliche Verschwendung, aber das war Megan in diesem Moment gleichgültig. Die kleine Nische war hell in warmes Licht getaucht, das von der goldenen Bemalung der Marienstatue widergespiegelt wurde. Sie kniete nieder und betete. Seitdem sie auf Radwick angekommen war, war nichts so gekommen, wie sie es sich gewünscht hatte. Ihr Ehemann wollte sie nicht, ihr Gefolge hatte keinen Respekt vor ihr, und ihre einzige Freundin war nicht standesgemäß. Zu allem Überfluss hatte sie auch noch einem Feind geholfen, die Burg auszuspionieren. Und nun hatte Pascal de

Fleur sterben müssen, weil sie ihm keine Gnade hatte schenken können – oder wollen. Sie hätte eine Begnadigung aussprechen können, aber ihre Angst vor Eriks Zorn war zu groß gewesen. So musste Pascal de Fleur sterben. Weil sie zu feige war. Megans Augen brannten, aber sie hatte keine Tränen mehr.

~ 15 ~

Sie war ins Gebet vertieft, als sie plötzlich ein Geräusch hinter sich hörte. Sie wandte den Kopf. Erik lehnte in dem schmalen Durchgang zur Mariennische. Das unwirkliche goldene Licht ließ ihn wie einen Kämpfer aus einer alten Sage aussehen, mächtig und unverwundbar. Seine hellen Augen hatten jetzt die Farbe von Bernstein. Er betrachtete sie nur und sagte nichts.

»Ja?« Ihre Stimme war ihr fremd, sie klang müde und resigniert.

»Es ist kalt hier, kommen Sie.« Er streckte die Hand aus.

Steif von der Kälte erhob sich Megan, ihre Füße und Hände waren taub. Seine große warme Hand schloss sich um die ihre, und er führte sie aus der Kapelle. Hatte er nach ihr gesucht? Woher wusste er, dass sie in der Kapelle war? Widerstandslos folgte sie ihm den Gang hinunter.

»Sie sollten sich aufwärmen und etwas essen, Lady Megan.« Damit schob er sie in den Raum, in dem die Damen üblicherweise frühstückten. Es war noch immer sehr früh, und nur Dame Evelyn und zwei andere Hofdamen waren anwesend. Dame Evelyn drehte den Kopf, als Megan hereinkam, wandte sich dann aber wortlos wieder ihrem Früchtekuchen zu.

»Wollen Sie sich nicht erheben, wenn Ihre Herrin den Raum betritt, Dame Evelyn?« Eriks Stimme war schneidend. Dame Evelyn hatte ihn hinter Megan nicht gesehen. Erschrocken sprang sie auf, und das Kuchenstück landete auf dem Fußboden. Die anderen beiden, die ins Gespräch vertieft gewesen waren, beeilten sich ebenfalls aufzustehen und knicksten tief. Unwillkürlich war Megan einen Schritt zurückgetreten und stieß gegen Erik. Für einen winzigen Moment lehnte sie sich an ihn. Sie wollte sich nicht allein zu den Damen setzen, sie wollte bei ihm bleiben. Aber er schob sie unerbittlich durch die Tür.

»Ich werde später noch einmal wiederkommen, ich muss etwas mit Ihnen besprechen, Lady Megan.«

Die Tür schloss sich hinter ihm. Megan ging zum Tisch, nahm sich das nächstbeste Stück Kuchen und setzte sich schnell auf einen der freien Stühle. Die drei Damen hatten sich ebenfalls wieder hingesetzt. Das Paar auf der Fensterbank unterhielt sich leise weiter, und Dame Evelyn starrte böse zu Megan herüber. Diese blickte stattdessen auf ihren Teller. Rosinenkuchen, den mochte sie nun überhaupt nicht. Warum hatte sie auch nicht besser hingesehen, schalt sie sich. Lustlos pickte sie ein wenig an dem Kuchen herum. Sie hatte getan, was sie versprochen hatte. Was konnte Erik jetzt noch von ihr wollen? Sie wunderte sich über ihre widerstreitenden Empfindungen. Es war seltsam, dass sie ihn einerseits fürchtete und doch andererseits bei ihm Zuflucht suchen wollte.

Megan beschloss, in den Garten zu gehen, denn Dame Evelyns Blicke machten sie nervös. Als sie die flache Treppe, die in den Garten führte, hinunterging, atmete sie tief durch. Inzwischen war es Herbst geworden, auf den Wegen lagen Blätter, und die Luft roch würzig und ein bisschen nach Pilzen. Wie sollte es weitergehen? Ihre Gedanken schweiften zu ihrer missglückten Hochzeitsnacht, und Megan erschauerte. Sie mochte gar nicht daran denken. Aber Sie musste! Es musste ihr unbedingt gelingen, mit Albert noch einmal das Bett zu teilen. Was hatte sie nur falsch gemacht? Es konnte nur so sein, dass er sie nicht anziehend fand und sie deshalb nicht mehr aufsuchte. Pascals Worte fielen ihr wieder ein: Sie war erst auf den zweiten Blick schön. So hatte er es nicht ausgedrückt, aber sinngemäß hatte er es so gemeint. Und selbst das war gelogen, wie sich jetzt herausgestellt hatte, denn er hatte ihr nur schmeicheln wollen, um sich in ihr Vertrauen zu stehlen. Bedrückt drehte Megan ihre Runde im Garten, als sie plötzlich Erik den Kiesweg entlanggehen sah. Unschlüssig blieb sie stehen und beobachtete ihn, wie er zügig das Rosenbeet umrundete. Er erinnerte sie tatsächlich an einen Bären. Das wurde zwar oft über starke Männer gesagt, doch noch nie war es so zutreffend gewesen. Jede seiner Bewegungen war gebündelte Kraft, und er hatte einen eisernen Willen. Jetzt hatte er sie erreicht.

»Sind Sie allein, Lady Megan?«

»Ja.«

»Sie sollten hier nicht ohne Begleitung herumspazieren.«

Megan wollte protestieren. Aber dann fiel ihr ein, dass sie Pascal hier getroffen hatte. Fremde konnten demnach leicht hierhergelangen.

»Es sind unsichere Zeiten, und Radwick ist von Feinden umgeben. Gehen Sie kein Risiko ein, Lady Megan.«

Er schob sie ohne großes Zeremoniell zur nächsten Bank.

»Setzen Sie sich, ich muss etwas mit Ihnen besprechen.«

Gehorsam ließ sich Megan auf die Bank sinken. Erik stand für einen kurzen Moment unschlüssig da, dann setzte er sich neben sie.

»Radwick braucht einen Erben«, sagte er unvermittelt und ohne jede Einleitung.

Megan hatte seit ihrer letzten Begegnung gerätselt, was er wohl mit ihr besprechen wollte, aber das hatte sie nicht erwartet. Sein Falkenblick ruhte auf ihr, während sie unsicher ihre im Schoß gefalteten Hände studierte.

»Lord Albert teilt nicht Ihr Bett. Warum?«

Megan fühlte eine Flut heißer Scham in sich aufsteigen. Wie konnte er sie so etwas bloß fragen? Was sollte sie darauf antworten? Sie schwieg und blickte weiter auf ihre Hände.

»Wollen Sie es mir nicht sagen, Lady Megan?«

Megan schüttelte den Kopf.

»Nun gut. Es ändert nichts an der Tatsache, dass das Haus Solvey einen Erben braucht und zwar sofort.«

»Ich weiß.«

»Ach ja? Mir scheint, dass Ihnen die Dringlichkeit dieser Angelegenheit nicht bewusst ist.«

Jetzt klang es so, als würde sie nicht schwanger werden wollen!

»Ich kann ja schlecht ein Kind herbeizaubern!«, brach es aus ihr heraus.

»Lady Megan, ich glaube zu wissen, warum Lord Albert nicht Ihr Bett teilt.«

Entsetzt blickte sie auf. Hatte Albert Erik erzählt, wie hässlich und ungeschickt sie war?

»Aber ich weiß, was zu tun ist.«

»Ja?«

»Wir befinden uns in einer verzweifelten Lage, die außergewöhnliches Handeln erfordert.« Erik räusperte sich. »Ich kann Ihnen anbieten, Ihr Bett zu teilen.«

Megan blinzelte. Hatte sie richtig gehört, Erik wollte anstelle seines Herrn mit ihr das Bett teilen?

»Sind Sie von Sinnen?«

»Es ist meine Aufgabe, Radwick zu sichern, und dafür bin ich bereit, zu tun, was nötig ist.«

Megan starrte ihn ungläubig an, aber sein Blick war fest und er meinte, was er sagte.

»Aber das können Sie doch unmöglich ernst meinen?«

»Haben Sie einen anderen Vorschlag?«

»Nein, ich weiß nicht. Ich meine, das geht doch nicht.« Megan schwieg verwirrt.

»Lady Megan, der Grund, warum Lord Albert Sie geheiratet hat, war, dass Sie ihm einen Erben gebären. Offenbar ist er von diesem Ziel genauso weit entfernt wie vor Ihrer Hochzeit. Sie wollen sicher nicht, dass es Ihnen so ergeht wie Lady Barbara, oder?«

Nein, das wollte Megan auf gar keinen Fall. Das wäre das Schlimmste, was ihr passieren konnte. Wusste Erik, dass ihre Hochzeitsnacht überhaupt nicht stattgefunden hatte? Wie sollte sie Albert eine mögliche Schwangerschaft denn dann überhaupt erklären?

»Es geht nicht.«

»Warum nicht?«

»Weil …« Megan wand sich.

»Weshalb geht es nicht?«

»Weil Albert noch gar nicht mein Bett geteilt hat. Wie könnte ein Kind dann sein Erbe sein?«

Erik nickte bedächtig und sagte dann nach einer kleinen Pause zu Megans Überraschung: »Das lässt sich regeln, machen Sie sich darüber keine Sorgen.«

Megan guckte ihn entgeistert an.

»Wie wollen Sie das regeln?«

»Ich sagte doch, zerbrechen Sie sich darüber nicht den Kopf.«

Megan starrte ihn noch immer ungläubig an.

»Ich weiß, wie wir Albert glauben machen können, er hätte ihr Bett geteilt. Sind wir uns also einig?«

»Nein, wir sind uns nicht einig! Das Ganze ist wahnwitzig. Sie können doch nicht allen Ernstes Ihrem Herrn ein Kuckucksei ins Nest legen wollen!«

»Lady Megan.« Erik blickte ihr in die Augen, und sie sah darin eine Entschlossenheit, die ihr Angst machte.

»Die Zukunft Radwicks hängt von einem Erben ab. Ob Lord Solvey der Vater ist oder nicht, zählt zunächst einmal nicht. Die Arrondals sind seit Generationen die Stewards von Radwick, und unter meiner Wacht werden wir die Burg nicht verlieren.« Erik stand auf.

»Sie haben die Wahl: Entweder Sie stimmen meinem Vorschlag zu, oder ich schicke Sie umgehend wieder zu Ihrem Vater zurück. War das deutlich genug?«

Megan starrte ihn mit vor Schreck geweiteten Augen an und nickte.

»Und jetzt gehen Sie zurück in die Burg, ich will nicht, dass Sie hier allein herumspazieren.«

Megan raffte ihre Röcke und lief, so schnell sie konnte, aus dem Garten.

Erik blickte ihr nach. Vielleicht hätte er etwas behutsamer vorgehen sollen, aber welchen Unterschied hätte das gemacht? Er hatte ihre Reaktion erwartet, und zugegeben, es war ein ungewöhnlicher Vorschlag. Und für eine empfindsame Frau wie Megan bestimmt ein geradezu schockierender. Aber der Erhalt Radwicks für die Solveys war das, was jetzt zählte. Denn seine lang gehegte Befürchtung hatte sich bewahrheitet. Vor einigen Tagen war er Lady Barbara in Westminster begegnet. Sie hatte es gut getroffen. Es war ihr gelungen, das Interesse König Henrys zu wecken, und er hatte sie als seine Geliebte in sein Bett geholt. Das war eine Auszeichnung, die mit vielen Vorteilen verbunden war. Der König sorgte gut für seine Gefährtinnen und seine Bastarde. Lady Barbara würde, solange sie eine Konfrontation mit Königin Eleonore vermied, die Gunst Henrys genießen und alle erdenklichen Annehmlichkeiten haben. Wenn er ihrer Reize überdrüssig wurde, und das war nur eine Frage der Zeit, würde er sie vorteilhaft verheiraten, und sie wäre für den Rest ihres Lebens versorgt. Erik hatte kurz mit ihr gesprochen, und sie hatte ihn mit einer gewissen Schadenfreude wissen lassen, dass sie guter Hoffnung war. Es hatte also nicht an Lady Barbara gelegen, sondern an Albert. Und jetzt mied er sogar das Bett seiner neuen Frau. König Henry wusste natürlich, warum Lady Barbara Radwick hatte verlassen müssen, und wenn Lady Megan nicht bald schwanger werden würde, würde Albert in den Augen des Königs noch tiefer sinken. Es war ein Wettlauf mit der Zeit, denn Henry hatte keine Geduld mit Schwächlingen. In dieser Form als Mann zu versagen, würde dem König, der so viele Frauen hatte, besonders schmählich erscheinen. Daher musste so schnell als möglich ein Erbe gezeugt werden. Er würde Albert eine Gelegenheit geben, das Gesicht zu wahren, aber mehr konnte er nicht für ihn tun. Es ging um das Schicksal Radwicks, und dahinter musste alles zurückstehen.

Megan war jetzt nicht mehr zu sehen. Ihre wehenden Röcke hatten im Herbstlaub einen schmalen Pfad hinterlassen. Albert hatte also noch nicht einmal die Ehe mit seiner Frau vollzogen. Ungläubig schüttelte Erik den Kopf. Der Gedanke, dass Megan noch unberührt war, erregte ihn. Es ging eine seltsame Anziehungskraft von ihr aus. Sie war so zurückhaltend, alles an ihr war verborgen, auch ihre Schönheit. Er hatte sie kaum je entspannt oder gar fröhlich gesehen. Nur das eine Mal bei ihrem ersten Treffen. Wieder sah er sie vor sich. Ihr Blick war offen und erwartungsvoll, in der Hoffung auf etwas Großes und Gutes. Doch das war das einzige Mal gewesen. Jetzt war ihr Blick verschlossen, furchtsam und abwehrend. Von Fulke wusste er, dass sie sich mit Pascal de Fleur angefreundet hatte. Erik ballte unbewusst die Fäuste bei dem Gedanken, dass sie sich dem Spion gegenüber geöffnet hatte. Sowohl Fulke als auch

Anette hatten eine geheime Liebschaft zwischen Megan und dem Spion vehement bestritten. Aber eine Freundschaft hatte bestanden, und Erik wusste nicht, ob er das nicht eigentlich schlimmer finden sollte. Pascal de Fleur hatte dafür mit dem Leben bezahlt. Dafür, dass er es gewagt hatte, sich in das Herz der Herrin von Radwick zu schleichen, und dafür, dass er ihr Vertrauen missbraucht hatte. Und natürlich auch dafür, dass er ein Spion von Lord Varmourth war.

~ 16 ~

Wieder einmal lag Megan nachts wach in ihrem Bett und starrte in den dunklen Baldachin über sich. Obwohl sie es zunächst nicht hatte glauben wollen, wusste sie doch, dass es Erik mit seinem Vorschlag ernst gewesen war. Er verlangte tatsächlich von ihr, dass sie Ehebruch beging. Mit ihm! Das Bett mit einem anderen als dem eigenen Ehemann zu teilen, war eine schwere Sünde. Sie würde es niemals über sich bringen, so etwas Vater Raphael zu beichten. Wusste Albert etwas von dem Plan seines Stewards? Hatte er sich womöglich bei Erik darüber beklagt, dass sie nicht hübsch genug war? Was, wenn sie auch nicht reizvoll genug für Erik war? Ihre Hände klammerten sich einen Moment verzweifelt an der Bettdecke fest. Erik würde alles für den Erhalt von Radwick tun. Selbst wenn es bedeutete, dass er dafür seinen Herrn hintergehen und eine schwere Sünde begehen musste. Oder Megan dazu zwang, dasselbe zu tun. Er hatte gedroht, sie wieder nach Hause zu schicken, wenn sie nicht einwilligte. Das war schlimmer als alles, was sie sich vorstellen konnte. Selbst Gottes Zorn konnte nicht so schlimm sein wie der ihres Vaters. Gott würde ihr vergeben, ihr Vater nicht. Bei dem Gedanken an die Reaktion ihres Vaters lag Megan einen Moment stocksteif und hielt den Atem an. Nein, es durfte unter gar keinen Umständen geschehen, dass sie von der Burg weggeschickt wurde. Dann würde sie lieber in Sünde leben.

Aber was, wenn sie sich bei Erik ebenso ungeschickt anstellen würde wie bei Albert? Was dann? Er hatte beschlossen, sich für die Interessen der Burg und letztendlich auch diejenigen seines Herrn zu opfern und das Bett mit dessen Frau zu teilen. Aber was, wenn es ihr nicht gelingen würde, ihm zu gefallen? Dann würde sie in jedem Fall verstoßen werden. War sie denn so unzulänglich? Gab es irgendeinen Trick, eine List, den Männern zu gefallen und schwanger zu werden, die sie nicht kannte? Megan überlegte, ob sie Anette fragen sollte, vielleicht konnte sie ihr einen Rat geben. Aber sie hatte Anette seit der Hinrichtung nicht mehr gesehen. Erik hatte ihr bestimmt die Freundschaft mit Megan verboten. Und sonst gab es niemanden, den sie hätte fragen können.

Megan hatte die Vorhänge des Bettes nicht ganz zugezogen. Ihr Blick wanderte zur Tür. Im gleichen Augenblick wurde die Türklinke heruntergedrückt. Megans Herz stand für eine Sekunde still. Und tatsächlich, jetzt wurde die Tür geöffnet. Megan wusste sofort, dass es Erik war. Jetzt konnte sie ihn im Dunkeln erkennen. Sie setzte sich auf und zog die Bettdecke enger um sich. Lautlos durchquerte er den Raum und stand nun vor ihrem Bett. Er trug nur eine Hose und ein Hemd. An seinen Füssen waren weiche Lederschuhe, die keine Geräusche auf dem Fußboden machten.

»Darf ich?«

Ohne eine Antwort abzuwarten, streifte er die Schuhe ab und setzte sich auf das Fußende des Bettes. Dort saß er mit unterschlagenen Beinen und lehnte mit dem Rücken an dem Bettpfosten.

»Sie brauchen keine Angst zu haben, Lady Megan.«

Megan schluckte. Sie hatte das Gefühl, ein großes, wildes Tier hätte es sich gerade am anderen Ende ihres Bettes bequem gemacht. Eriks Präsenz füllte den gesamten Raum aus, Megan spürte seine Gegenwart fast körperlich, obwohl er sie nicht berührte.

»Haben Sie sich entschieden?«

»Habe ich denn eine Wahl?« Ihre Stimme war kaum mehr als ein Krächzen.

»Natürlich.«

»Aber Sie sind doch schon hier.«

»Ich werde Sie nicht berühren, wenn Sie mir nicht die Erlaubnis dazu geben.«

»Vielleicht könnte ich ja doch noch versuchen, meinen Gatten ...« Ihre Stimme erstarb unter Eriks Blick.

»Was wollen Sie versuchen?«

»Ich meine, möglicherweise gibt es etwas, das ich tun könnte.«

»Was meinen Sie?«

»Ich weiß es nicht.« Megan ließ den Kopf hängen. »Ich weiß nicht viel über das alles.«

»Wenn es einer Frau wie Lady Barbara nicht gelungen ist, Albert in ihr Bett zu locken, dann werden Sie es sicher auch nicht schaffen.«

Megan versteckte sich hinter ihrem langen Haar, aber Erik sah Tränen auf die Bettdecke fallen.

»Lady Megan, Sie haben mich missverstanden. Ich meine damit nur, dass Alberts erste Frau eine sehr selbstsichere, und sagen wir, weltliche Frau ist. Sie weiß sicher erheblich mehr als Sie von diesen Dingen, und es ist ihr trotzdem nicht gelungen.«

Megan schwieg. Ihr glattes, seidiges Haar glänzte im Kerzenlicht. Erik musste daran denken, wie Fulke gesagt hatte, ein Engel hätte ihn gerettet. Er konnte sich jetzt gut vorstellen, wie sein Bruder auf diese Idee gekommen war.

»Nun?«

Megan blickte auf. Tränen hingen an ihren langen Wimpern, und ihre Augen glänzten. Albert war ein Narr, dachte Erik.

»Also?«, wiederholte er.

»Was, wenn es nicht gelingt?«

»Wenn was nicht gelingt?«

Beschämt biss sich Megan auf die Lippen, und Erik verstand, was sie meinte. Er lachte leise.

»Lassen Sie das ruhig meine Sorge sein.«

»Muss es jetzt sein?«

»Nein, aber es sollte bald sein.«

Er saß ganz entspannt an den Bettpfosten gelehnt und beobachtete sie. Obwohl seine Anwesenheit in ihrem Schlafzimmer eigentlich eine Ungeheuerlichkeit war, war sie nicht schockiert. Sie wusste, dass das die einzige Möglichkeit war, und ein Teil in ihr war froh, ihm dabei die Führung zu überlassen. Und noch ein anderer Teil empfand sogar ein wenig erwartungsvolle Aufregung.

»Ich werde morgen wiederkommen«, sagte er schließlich und stand auf. Er streifte sich die Schuhe wieder über und verließ das Schlafzimmer. Megan saß unbeweglich und blickte in die Dunkelheit. Sie fröstelte, es war, als hätte er die Wärme mit aus dem Zimmer genommen. Schnell zog sie die Decke fester um sich und legte sich wieder hin. Sie dachte erneut an den Traum, den sie am Morgen ihres Hochzeitstages gehabt hatte. Sie wünschte sich, in Eriks Armen zu liegen, und gleichzeitig fürchtete sie sich davor.

Am frühen Nachmittag des nächstens Tages überquerte Megan den großen Hof, als sie Thomas den Holzsammler sah. Ein Gefühl der Schuld überkam sie. Nachdem sie noch ein zweites Mal nach seiner Frau Darlene gesehen hatte und diese auf dem Wege der Besserung gewesen war, hatte sie sich nicht mehr weiter um sie gekümmert. Pascal de Fleur war auf der Burg erschienen, und sie hatte nur noch an ihr eigenes Vergnügen gedacht. Eilig machte sie kehrt und fing Thomas am Tor ab.

»Thomas!«

Überrascht drehte er sich um und machte eine tiefe Verbeugung.

»Wie geht es Darlene?«

»Es geht ihr wieder besser, Milady.«

Etwas in seiner Stimme sagte Megan jedoch, dass da noch etwas anderes war.

»Hilft sie wieder in der Küche?«

Thomas schüttelte den Kopf.

»Nein, Milady. Frau Edla hat sie nicht wieder haben wollen, weil sie noch zu schwach war, die schweren Wassereimer zu tragen.«

Megan schüttelte ungläubig den Kopf, sie wusste nicht, was sie sagen sollte. In diesem Augenblick trat Erik zu ihnen. Sie hatte ihn nicht kommen sehen und drehte sich überrascht um.

»Nun, Thomas, was gibt es?«

Wieder machte Thomas eine seiner tiefen Verbeugungen.

»Milady hat sich nur nach meiner Darlene erkundigt.«

»Tatsächlich?« Eriks Blick bohrte sich in Megan, die unsicher auf ihre Füße starrte.

»Und, geht es ihr besser?« Er wandte sich wieder an Thomas.

»Ja, Herr.«

»Gut.« Mit einem Nicken entließ er Thomas, der froh war, der Befragung zu entkommen, denn er hatte Lady Megan ja versprochen, nichts über ihren Besuch zu sagen. Sie wollte gerade das Gleiche tun, als Erik sie am Arm zurückhielt.

»Sie kennen Darlene?«

»Flüchtig.«

Erik seufzte.

»Halten Sie mich doch bitte nicht für einfältig, Lady Megan. Was hatten Sie mit den Leuten zu tun?«

Es nützte nichts, sie musste ihm von ihrem Besuch erzählen. Er würde es für einen Fehler halten, wie alles, was sie tat, seinen Unmut zu erregen schien.

»Ich bin vor einiger Zeit bei Darlene gewesen und habe einen Krankenbesuch gemacht.«

Fast ein bisschen trotzig sah Megan ihn an, aber sein Ausdruck war unergründlich.

»Allein?«

Megan wurde rot, sie konnte Anette nicht verraten, aber er wäre sicher noch böser, wenn sie sagte, dass sie allein gegangen war. Daher sagte sie nichts.

»Sind Sie allein gegangen?«, wiederholte er mit einer Stimme größtmöglicher Geduld.

»Das kann ich nicht sagen.«

»Es ist ja ehrenhaft, dass Sie Anette schützen wollen, aber ich kann mir denken, dass sie Sie begleitet hat.«

Megan nickte. Wie dumm von ihr, es nicht gleich zuzugeben.

»Warum machen Sie daraus ein Geheimnis? Sie können jederzeit einen Krankenbesuch machen, es ist ja nichts Verbotenes.«

»Ich hatte das Gefühl, es würde nicht gern gesehen werden.« Megan kam sich jetzt sehr albern vor.

»Nicht gern gesehen werden? Von wem?«

»Von Dame Agnes.«

Erik fasste Megan an den Armen und zwang sie, ihn anzusehen.

»Lady Megan, Sie sind die Herrin von Solvey, nicht Dame Agnes. Wann werden Sie das endlich begreifen? Wenn Sie einen Krankenbesuch bei Ihren eigenen Leuten machen möchten, dann tun Sie das auch.« Er sah jetzt richtig verärgert aus, und Megan zog unwillkürlich den Kopf ein.

»Und was hat Thomas Ihnen eben noch erzählt?«

»Nichts von Wichtigkeit.« Doch noch ehe Erik den Mund aufmachen konnte, besann sich Megan eines Besseren und sagte: »Darlene hat ihren Posten in der Küche verloren, weil sie noch zu schwach war, die Wassereimer zu tragen.«

»Und nun?«

»Bitte?«

»Ich sehe Ihnen doch an, dass Sie damit nicht einverstanden sind. Was wollen Sie dagegen unternehmen, Lady Megan?«

»Die Wirtschafterin bitten, Darlene doch wieder zurückzunehmen?«

Erik gab ein ungeduldiges Schnauben von sich.

»Ich dachte, Sie hätten auf der Burg ihres Vaters gewirtschaftet, aber dem war wohl nicht so. Sie werden Frau Edla nicht bitten, Darlene wieder einzustellen, Sie werden es ihr befehlen!«

Megan nickte unsicher.

»Sie wird dann tausend Gründe finden, warum das nicht geht. Aber dann werden Sie sagen ...«

Megan blickt nach wie vor zweifelnd zu ihm auf.

»Was werden Sie dann erwidern, Lady Megan?«

»Dass sie bitte trotzdem einen Platz finden möge?«

»Nein, Sie werden sagen, dass Frau Edla einen Platz für Darlene zu finden hat, weil Sie es so wollen.«

»Aber ...«

»Kein Aber. Sie sind die Herrin von Radwick und Sie gehen jetzt in die Küche und sagen Frau Edla, was Sie wünschen.«

»Jetzt?«

»Jetzt.«

Megan kam sich wie eine dumme Gans vor, als Erik sie energisch in Richtung Küche schob. Vor der Tür blieb er stehen.

»Gehen Sie hinein und sprechen Sie mit der Wirtschafterin! Das kann ja wohl nicht so schwer sein.«

Megan schluckte, dieser Gang fiel ihr schwer. Sie hob die Hand, um zu klopfen, doch Erik hielt sie zurück.

»Es ist Ihre Burg, Lady Megan, gehen Sie einfach hinein.«

Megan öffnete die Tür. Sie trat in den kleinen Vorraum, in dem sich die Wirtschafterin die meiste Zeit über aufhielt. Auch heute war sie da, und als sie Megan sah, erhob sie sich und knickste.

»Milady, womit kann ich Ihnen behilflich sein?« Ihrem Gesicht und ihrer Stimme war jedoch anzumerken, dass sie diesen Besuch ihrer Herrin nicht schätzte.

»Ich bin wegen Darlene gekommen. Wie ich höre, hat sie ihre Stellung in der Küche verloren?«

»Ja, das ist richtig. Aber es ist nichts, worum Sie sich zu kümmern brauchen, Milady. Woher wissen Sie davon?«

Mit einer Gegenfrage hatte Megan nicht gerechnet und sie zögerte. Aber sie durfte jetzt nicht klein beigeben und sich rechtfertigen. Außerdem stand Erik bestimmt noch vor der Tür und hörte, was sie sprachen.

»Das tut nichts zur Sache. Ich möchte, dass sie wieder angestellt wird.«

Frau Edla blickte überrascht, erwiderte aber: »Das tut mir leid, aber ich habe Darlenes Posten vergeben, und das neue Mädchen macht sich wirklich gut. Ich würde sie ungern wieder wegschicken.«

Plötzlich wurde Megan ungeduldig. Sie wollte sich nicht länger hier in der Küche mit ihrer Wirtschafterin abgeben müssen.

»Ich wünsche aber, dass Darlene ihre Stelle wiederbekommt.«

»Sehr wohl, Milady.« Frau Edlas Ton war eisig, als sie erneut in einen Knicks versank. Megan verließ die Küche und sah Erik an einer Säule gelehnt auf sie warten.

»Nun?«

Megan lachte erleichtert auf.

»Geschafft!«

»Bravo!« Er lächelte, und Megans Herz tat einen Sprung.

Die Nacht war ganz still, und nur der Schrei eines Käuzchens war von draußen zu hören. In der Burg war es ruhig, nichts regte sich. Wie gebannt starrte Megan schon seit geraumer Zeit auf ihre Zimmertür, die sich schemenhaft im Dunkeln abzeichnete. Sie war so aufgeregt, dass es ihr schwerfiel, still zu liegen. Was, wenn er nicht kommen würde? Wenn er es sich anders überlegt hatte? Nein, er hatte gesagt, dass er heute Nacht wiederkommen würde, also würde er das auch tun. Megan war so aufgeregt, dass sie es kaum ertragen konnte. Sie fürchtete sich davor, diese Sünde zu begehen, und gleichzeitig ersehnte sie es. Erik würde sie zu einer Frau machen. Sie war begierig, dass Mysterium hinter all dem kennenzulernen.

Plötzlich öffnete sich die Tür, und Erik kam herein. Megans Herz schlug schneller. Genau wie in der Nacht zuvor, streifte er die Schuhe ab und setzte sich im Schneidersitz an das Fußende ihres Bettes. Augenblicklich spürte sie seine Gegenwart und Wärme.

»Hier, ich habe uns etwas mitgebracht.«

Er zog den Korken aus einer Flasche, nahm einen Schluck und reichte sie Megan. Es berührte sie seltsam, wie er »uns« gesagt hatte.

»Was ist das?«

»Kosten Sie!«

Er lehnte wieder am Bettpfosten und betrachtete sie. Megan hob die Flasche an die Lippen und nahm vorsichtig einen kleinen Schluck. Die Flüssigkeit war fruchtig-süß und brannte auf ihrer Zunge.

»Was ist das?«, fragte sie wieder.

»Feigenbranntwein.«

»Es schmeckt gut.« Megan nahm kühn noch einen weiteren Schluck und lächelte ihn schüchtern an. Er erwiderte ihr Lächeln.

Sie beugte sich vor, um Erik die Flasche zurückzugeben. Er hielt ihre Hand fest und beugte sich ebenfalls vor. Sein Gesicht war nun ganz dicht vor dem ihren.

Wie gebannt starrte Megan in seine Augen. Er nahm ihr die Flasche aus der Hand, und sie sank langsam in ihre Kissen zurück. Erik folgte ihr, wie ein Raubtier über seiner Beute.

»Sie müssen nur Nein sagen, und ich lasse Sie los«, flüsterte er in Megans Ohr. Sie schloss die Augen und spürte seinen Atem auf ihrem Gesicht. Dann berührten seine Lippen ihren Mund. Noch niemals war Megan einem anderen Menschen so nahe gewesen wie in diesem Moment. Sein Kuss war zunächst sanft, und als sie nachgiebig ihre Lippen öffnete, wurde er leidenschaftlicher und fordernder. Sie war wie Wachs in seinen Händen. Sie wusste nicht recht wie, aber im nächsten Augenblick hatte er sich nicht nur seiner eigenen Kleider entledigt, sondern ihr auch das Nachthemd ausgezogen, und sie lagen nackt nebeneinander unter der Decke. Er ließ ihr keine Zeit für Schamhaftigkeit und Zweifel, seine Hände waren überall. Sie streichelten ihre Brüste, glitten ihren Bauch entlang und wanderten dann über die Innenseite ihrer Schenkel. Ganz anders als in ihrer Hochzeitsnacht hatte Megan nicht das Bedürfnis, ihre Beine schützend zusammenzudrücken. Unter seinen Liebkosungen wurden sie weich und öffneten sich für ihn. Nein, Erik verhielt sich ganz anders als Albert, und sie spürte ihn deutlich und fest zwischen ihren Beinen. Sie brannte vor Begehren und wollte ihn in sich spüren, sie wollte alles. Sie schmiegte sich an ihn, und ihre Hände strichen über seinen Rücken. Seine

Muskeln unter der glatten Haut waren hart, als wären sie aus Stein gemeißelt.

»Ja, ich will«, hauchte Megan in sein Ohr. Er stöhnte, und seine Arme schlossen sich um sie. Sein Gewicht raubte ihr fast den Atem, aber es störte sie nicht weiter. Als er sich mit ihr vereinigte, fühlte sie völlige Hingabe, sie ließ sich ganz und gar gehen, als gäbe es nur sie und ihn. Er führte sie zu einer Explosion in ihrem Körper, die ihr fast die Sinne raubte. Keuchend klammerte sie sich an ihn.

Schließlich lag sie erschöpft in seinem Arm. Erik strich ihr mit einem Finger das Haar aus dem Gesicht.

»Doch nicht ganz so schlimm, wie?«

Megan wurde rot und verbarg ihr Gesicht an seiner Schulter. Er lachte leise und küsste sie auf die Stirn.

»Ich muss gehen.«

Er rollte sich vom Bett und hob die Kleidungsstücke auf, die auf dem Fußboden lagen. Megan sah ihm zu, wie er sich anzog. Er war ein Hüne und konnte doch unerwartet zärtlich sein. Als er fertig war, kam er zu ihr ans Bett und gab ihr ihr Nachthemd.

»Hier, ziehen Sie das an, sonst wird Ihnen kalt.«

Er zögerte kurz, dann beugte er sich zu ihr hinunter und gab ihr einen Kuss auf die Wange. Ohne sich nochmals umzudrehen, verließ er das Zimmer.

~ 17 ~

Nicht wahr, Lady Megan?«

Die Stimme, die endlich zu Megan vordrang, war etwas schrill und gehörte unerfreulicherweise Dame Evelyn. Megan blickte von ihrer Stickerei auf, die unbearbeitet in ihrem Schoß lag.

»Wie bitte? Ich habe nicht zugehört.«

»Oh, na dann wiederhole ich es gerne zum dritten Mal.«

Seit Erik Dame Evelyn zurechtgewiesen hatte, war sie noch unausstehlicher geworden.

»Ich sagte, dass es ein schöner Tag für einen Ausflug wäre.« Jetzt redete sie extra laut, als sei Megan schwerhörig.

»Wie schade, dass unser Spielmann nicht mehr unter uns weilt, er machte doch immer so gerne Ausflüge.«

Megan schwieg, die Erwähnung von Pascal schmerzte sie, und die Andeutung, die in dieser Bemerkung lag, war unverschämt. Megans Groll gegen Dame Evelyn wuchs.

»Nicht wahr, Lady Megan?«, wiederholte Dame Evelyn mit einer Penetranz, die kaum zu ertragen war.

»Sicher.«

Damit stopfte Megan ihre Handarbeit in ihren Korb und ging aus dem Zimmer. Noch ehe sie die Tür hinter sich geschlossen hatte, hörte sie Gekicher.

An diesem Vormittag hatte sie weder Erik noch Albert gesehen. Ihre Gefühle waren in Aufruhr, und sie konnte sich auf nichts konzentrieren. Ihre Nacht mit Erik hatte sie mit einem solchen Glück erfüllt, dass ihr nun alles andere dagegen grau vorkam. Sie war ihm so nahe gewesen. Ihr ganzer Körper sehnte sich nach seiner Berührung. Und gleichzeitig wusste sie, dass ihr nächtliches Geheimnis etwas Verbotenes war, eine große Sünde, von der niemand wissen durfte. Ziellos wanderte Megan durch die Burg. Sie wäre gerne in den Garten gegangen, aber ohne Begleitung war es ihr jetzt verboten. In die Kemenate wollte sie auch nicht zurück, denn sie hatte nicht den Wunsch, Dame Evelyn heute noch einmal zu begegnen. Gedankenverloren schlenderte sie in die große Halle, als sie dort am anderen Ende Erik sah. Megan fühlte sofort ein Kribbeln im Bauch, und ihr Herz schlug schneller. Sie blieb stehen. Er war damit beschäftigt, einige Schwerter zu begutachten, die Anettes Vater gemacht hatte. Er hatte sie nicht bemerkt. Sie studierte ihn ganz genau, wie sich die Muskeln in seinen gewaltigen Armen spannten, als er die Waffe durch die Luft schwang. Sie sah, wie seine Brauen sich konzentriert zusammenzogen, als er die Klinge betrachtete, und wie ihm sein blondes Haar in die Stirn fiel, als er sich nach einem weiteren Schwert bückte. Plötzlich blickte er auf. Einen Moment sah er direkt in ihre Augen, aber dann wandte er sich wieder den Waffen zu. Megan eilte zurück den Gang hinunter und biss sich auf die Lippen. Sie hatte eine überwältigende Sehnsucht nach ihm. Aber er war nicht ihr Ehemann, und ihre Zeit mit ihm war nur gestohlen.

Der Tag verging zäh und unendlich langsam. Nach dem gemeinsamen Abendessen forderte Albert Megan zu einer Partie Schach auf.

»Sie sind heute anscheinend etwas unkonzentriert, meine Liebe.« Mit diesen Worten schlug er ihren Springer.

»Oh, das ist ärgerlich, ich habe nicht aufgepasst«, entschuldigte sie sich. Sie war eine gute Schachspielerin, und es war ein dummer Fehler gewesen.

»Ist alles in Ordnung, Megan? Haben Sie etwas auf dem Herzen?«

Ihr stockte der Atem. Wusste Albert etwa von der gestrigen Nacht?

»Nein, es ist nichts.« Sie lächelte Albert an und kam sich wie eine Verräterin vor. Erik hätte sich niemals so einfach abspeisen lassen. Aber Albert nickte nur und wandte sich wieder dem Spiel zu. Megan blickte auf ihren Ehemann, und ihr schlechtes Gewissen nagte an ihr. Er war ein so freundlicher, gutmütiger Mann, und hinter seinem Rücken betrog sie ihn.

Nachdem sie das Spiel beendet hatten, entschuldigte sich Albert mit der Begründung, dass er eine Unterredung mit Erik zu führen habe. Wieder durchfuhr es Megan. Würde Erik sie verraten? Albert musste den fragenden Ausdruck auf ihrem Gesicht bemerkt haben, denn er sagte: »Es ist mal wieder die unerfreuliche Politik, mit der ich mich beschäftigen muss. Wahrlich nichts, das ich gern tue.« Er küsste ihre Fingerspitzen und verließ den Raum. Nachdenklich blickte sie ihm nach. Er sagte das so leicht dahin. Aus den Bemerkungen, die Erik ihr gegenüber gemacht hatte, hatte sie jedoch geschlossen, dass die Lage mehr als bedrohlich war. Wollte Albert der Wahrheit einfach nicht ins Gesicht sehen oder wollte er nur, dass sie sich nicht ängstigte? Wenn Erik eine lange Besprechung mit Albert hatte, würde er wohl diese Nacht nicht zu ihr kommen. Ihre Enttäuschung beschämte Megan, und sie beschloss, in die Kapelle zu gehen und zu beten.

Megan fuhr erschrocken aus dem Schlaf hoch, als die Tür aufging. Sie setzte sich auf und zog den Vorhang beiseite.

»Machen Sie die Tür zu.«

Erik stand in ihrem Schlafzimmer, er stützte Albert, der sich kaum aufrechthalten konnte. Obwohl sie noch gut zwei Meter von ihrem Bett entfernt waren, roch Megan schon den Alkohol. Sie lief zur Tür und schloss sie schnell. Inzwischen hatte Erik Albert auf ihr Bett gelegt und begann ihn auszuziehen.

»Was machen Sie da?«

Er drehte sich um.

»Wonach sieht es aus?«

Megan starrte Erik noch immer mit einer Mischung aus Erstaunen und Entsetzen an.

»Ich könnte übrigens ein bisschen Hilfe gebrauchen«, sagte er und fuhr fort, den halb besinnungslosen Albert zu entkleiden. Zögernd kam Megan näher. Sie hatte eine seltsame Scheu davor, Albert wieder nackt zu sehen, und sie wollte ihn auch nicht anfassen. Erik drehte sich ungeduldig zu ihr um.

»Lady Megan, Albert muss heute Nacht in Ihrem Bett schlafen, denn nur so können wir eine Schwangerschaft erklären und Ihren Gatten und alle Welt glauben machen, das Kind sei von ihm. Packen Sie also bitte mit an!«

Megan nahm sich zusammen, kletterte auf die andere Seite des Bettes und half Erik. Schließlich war Albert nackt, und sie schoben ihn unter die Decke. Er begann sofort lautstark zu schnarchen. Megan kniete neben ihm auf der Decke.

»Er wird sich morgen früh an nichts erinnern, wenn er in Ihrem Bett aufwacht. Es ist an Ihnen, Albert davon zu überzeugen, dass sie das Bett mit ihm geteilt haben. Ich werde ihm dann bestätigen, dass ich ihn in Ihr Schlafzimmer gebracht habe.«

Megan nickte.

»Er wird lange schlafen, und vermutlich wird Ihre Zofe ihn noch zu Gesicht bekommen. Wenn nicht, müssen Sie etwas nachhelfen und sie früher rufen. Wie ich gehört habe, ist sie eine Person, die gerne klatscht, und das kann uns nur recht sein.«

Erik ging zur Tür, und Megan schlüpfte zaghaft unter die

Decke und legte sich auf den äußersten Rand des Bettes, um Albert nicht zu berühren. Erik blickte sie stirnrunzelnd an.

»Er ist Ihr Ehemann, vergessen Sie das nicht!« Damit verließ er das Schlafzimmer. In dem Moment, in dem sich die Tür geschlossen hatte, glitt Megan wieder aus dem Bett, griff ihre Wolldecke und setzte sich in ihren Sessel am Fenster. Sie starrte auf den fremden Körper in ihrem Bett. Diese schnarchende Gestalt unter ihrer Decke war ihr Ehemann. Sie gehörte zu ihm und nicht zu Erik. Aber ihr Gefühl sagte ihr etwas anderes.

Es begann zu tagen, und das Gezwitscher der ersten Vögel war zu hören. Wieder hatte Megan eine Nacht durchwacht und erhob sich steif aus dem Sessel. Albert hatte sich nicht gerührt und lag wie tot. Vorsichtig ging sie um das Bett herum und blickte ihn an. Sein Mund war leicht geöffnet, und etwas Speichel war auf seiner Wange und dem Kissen getrocknet. Er war ihr völlig fremd, nichts verband sie mit dem Mann in ihrem Bett, und er übte keinerlei Reiz auf sie aus. Sie ging zurück auf ihre Seite, legte sich unter die Decke und wartete. Es dauerte noch eine geraume Weile, bis sie die Schritte von Ella hörte. Die Tür öffnete sich, Ella kam herein, blieb aber sogleich abrupt stehen. Nach einem kurzen Moment entfernte sie sich wieder und schloss die Tür leise hinter sich. Megan fragte sich, wie lange sie wohl noch warten musste, bis Albert endlich aufwachte. Das konnte noch Stunden dauern! So beschloss sie, ihn zu wecken. Sie wollte es endlich hinter sich bringen. Sie begann sich im Bett hin und her zu wälzen und stieß ihn dabei ein paar Mal an. Albert gab daraufhin zwar einige unverständliche Laute von sich, nickte aber gleich wieder ein. Erik hatte gestern ganze Arbeit geleistet, dachte Megan. Schließlich stand sie auf und ging wieder zu ihrem Sessel zurück. Sie hatte Durst und freute sich auf ihre morgendliche, warme Milch, die Ella bedauerlicherweise wieder mitgenommen hatte. Von draußen drangen die Geräusche des beginnenden Tages hinein, und Megan wollte nichts lieber als dieses quälende Schauspiel mit Albert zu Ende bringen. Aber erst nach einiger Zeit hörte sie Ella wieder vorsichtig die Tür öffnen. Dieses Mal steckte die Zofe nur den Kopf herein und wollte gerade wieder gehen, als sie Megan am Fenster entdeckte.

»Milady, ich habe Ihre Milch«, flüsterte sie leise und kam zu Megan hinüber.

»Soll ich etwas für seine Lordschaft bringen?«

»Ich glaube, einen Krug Dünnbier würde mein Mann zu schätzen wissen, wenn er erwacht.«

Ella unterdrückte ein Kichern und verschwand. Dass Albert sich noch immer in Megans Bett befand, würde ganz sicher schon die Runde gemacht haben. Obwohl sie gestern Nacht mit Eriks Plan ganz und gar nicht einverstanden gewesen war, sah sie jetzt, dass es die einzige Möglichkeit war, um alle zu täuschen. Endlich würde Dame Agnes aufhören, mit prüfendem Blick morgens ihr Bett zu inspizieren. Sie dachte an den vorigen Abend und an das, was Erik zu ihr gesagt hatte. Albert war ihr Ehemann, und das sollte sie besser nicht vergessen. Ihre Beziehung zu Erik diente allein dem Zweck, einen Erben zu zeugen. Das war der Grund dafür, dass er ihr Bett geteilt hatte und sonst nichts. Aber diese eine Nacht hatte in Megan etwas ausgelöst, das sie nicht rückgängig machen konnte. Sie hatte sich vom ersten Moment an zu Erik hingezogen gefühlt, und nun, da sie in seinen Armen gelegen hatte, gab es kein Zurück mehr. Sie hatte ihr Herz an ihn verloren, was alles nur noch viel schlimmer machen würde.

Geschlagene zwei Stunden später erwachte Albert schließlich. Megan nahm den Krug Bier, den Ella ihr in der Zwischenzeit gebracht hatte, und ging zu ihm hinüber.

»Albert?«

Er blinzelte und starrte sie dann verständnislos an.

»Möchten Sie etwas trinken, Albert?«

Sie reichte ihm das Bier, und er leerte es begierig in einem Zug. Mühsam richtete er sich auf.

»Sie sehen ja ganz krank aus, legen Sie sich doch lieber wieder etwas hin.«

Stöhnend sank er in die Kissen zurück.

»Wo bin ich?«

»Sie sind in meinem Schlafzimmer.«

Er runzelte die Stirn, und Megan nutzte die Gelegenheit, ihm zu erklären, was geschehen war.

»Und Erik hat mich hergebracht?«

»Ja, ich war natürlich ein bisschen überrascht. Er sagte, Sie hätten darauf bestanden, mich in meinem Schlafzimmer aufzusuchen, und er begleitete sie, da er fürchtete, dass Sie sich sonst auf dem Weg verlaufen könnten. Sie waren immerhin etwas betrunken.«

»Nur etwas?«

»Nun, ziemlich. Aber es hat mich nicht gestört.« Sie lächelte ihn an und war im gleichen Moment schockiert, wie leicht ihr diese Lügen über die Lippen kamen.

»Megan, es tut mir leid, wenn ich Ihnen Ungemach bereitet habe.«

»Aber ganz und gar nicht. Ich habe doch darauf gewartet, dass Sie wieder zu mir kommen und mein Bett teilen.« Sie erwartete jeden Augenblick, dass Gott sie mit einem Blitz für ihre Lügen strafen würde. Albert lächelte unsicher und ein bisschen verwirrt.

»Ich werde Ihrem Diener sagen, dass Sie hier sind.« Sie erhob sich von der Bettkante und ging zur Tür.

»Megan?«

»Ja?«

Er blickte sie einen Augenblick zögernd an, schüttelte dann aber den Kopf.

»Es ist nichts. Ja, bitte sagen Sie Samuel Bescheid.«

Sie schlüpfte durch die Tür und atmete tief durch. Wie ein Tier mit langen, scharfen Zähnen fraß das schlechte Gewissen an ihr. Sie beauftragte eines der Mädchen, Alberts Diener darüber in Kenntnis zu setzen, wo sein Herr abgeblieben war. Dann machte sie sich, den Kopf voller trüber Gedanken, auf den Weg zur beheizten Kemenate. Obwohl es regnete, nahm sie einen Umweg über den großen Hof in der Hoffnung, Erik zu begegnen. Aber sie hatte kein Glück. Missmutig trat sie ins Frauengemach und sogleich schlug ihr Dame Evelyns affektiert glucksendes Lachen entgegen. Sie amüsierte sich über irgendeinen, zweifelsohne gemeinen Witz. Als Megan eintrat, erhoben sich alle und knicksten. Megan nickte nur. Sie hatte das Gefühl, dass diese Geste der Ehrerbietung so übertrieben war, dass es schon fast lächerlich war. Mit ihrem Handarbeitskorb setzte sie sich ans Fenster, aber anstatt weiter an ihrer Stickerei zu arbeiten, starrte sie in das Grau des regnerischen Tages. Sie saß mit dem Rücken zu den anderen Frauen und hoffte, dass es selbst für Dame Evelyn deutlich genug sein möge, dass sie mit niemandem zu sprechen wünschte. Megans Gedanken wanderten durch alle Höhen und Tiefen ihrer schwierigen Situation, als sie plötzlich Anettes Namen hörte.

»Ich sehe sie immer nur mit Fulke Arrondal.«

»Du glaubst doch nicht im Ernst, dass Herr Erik seinen Bruder eine Handwerkertochter heiraten lassen würde.«

»Dann wird sie sich aber ganz schnell jemand anderen suchen müssen, ich habe nämlich gehört, dass sie guter Hoffnung ist.«

»Ich sage dir, die treibt es mit jedem. Wer weiß, wer wirklich der Vater ist.«

Mit einem Krachen setzte Megan ihren Korb auf dem Fußboden ab und trat vor die kleine Gruppe Frauen.

»Dame Evelyn, ich habe jetzt endgültig genug von Ihrem bösen Geschwätz. Ich möchte Sie nicht mehr in meiner Gesellschaft haben und deshalb werden Sie dieses Zimmer augenblicklich verlassen.«

Die Frauen starrten sie mit offenen Mündern an. Megan war so wütend, dass ihre Hände zitterten.

»Fühlen Sie sich nicht wohl, Milady?« Dame Evelyns Ton war vorsichtig.

»Hinaus, sofort! Und nehmen Sie ihre gehässige Schleppenträgerin von einer Freundin gleich mit!«

Zögerlich, als wolle sie nicht recht glauben, was sich gerade abspielte, stand Dame Evelyn auf. Megan war mit ihrer Geduld am Ende.

»Wenn Sie nicht augenblicklich verschwinden, werde ich die Wache rufen und Sie entfernen lassen«, zischte sie.

Eilig verließen die beiden Damen den Raum. Megan ging zu ihrem Stuhl zurück und nahm ihre Stickerei wieder auf. Im Zimmer war es totenstill.

Erleichterung überkam sie. Wenn sie für ihre Stellung als Lady Solvey schon sündigen, lügen und betrügen musste, dann würde sie nicht auch noch diese Giftnatter um sich dulden. Plötzlich fiel ihr Erik ein. Was er wohl von ihrem kleinen Ausbruch halten würde? Bei dem Gedanken musste Megan lächeln, und ihr Zorn verpuffte. Aber war das Gerücht von Anettes Schwangerschaft wahr? Sie musste unbedingt sofort mit ihrer Freundin sprechen.

Als sie kurz darauf in die Werkstatt von Anettes Vater kam, schlug ihr eine Mischung aus Rauch und Wasserdampf entgegen. Meister Eadwin dengelte gerade ein Schwert, und Megan musste zweimal rufen, bis er sie durch das laute Hämmern hörte. Er zog seine Mütze und verneigte sich. Es war nicht die Verbeugung eines unterwürfigen Leibeigenen, sondern die eines stolzen Handwerkers.

»Meister Eadwin, können Sie mir sagen, wo Anette ist?«

»Anette ist in der Burgsiedlung einige Besorgungen machen. Darf ich ihr etwas ausrichten, wenn sie zurückkommt?«

»Ja, das wäre nett. Sagen Sie ihr bitte, dass ich sie gerne sprechen möchte.«

»Das mache ich.« Er wischte sich die Hände an seiner Lederschürze ab.

»Ich bin Milady sehr dankbar, dass Sie so freundlich zu meiner Anette sind.«

Megan war gerührt.

»Sie ist mir eine liebe Freundin.«

Er verbeugte sich wieder, und Megan verließ die Schmiede. Anette hatte ihr erzählt, dass sie als einzige Tochter unter fünf Söhnen der Liebling ihres Vaters war. Es war deutlich zu sehen, wie sehr der Schmied an Anette hing. Ganz anders als ihr eigener Vater, der wenig Interesse an seinen Söhnen hatte und gar keines an seiner Tochter.

»Da bist du!« Anette trat ins Turmzimmer.

»Ich musste eine Weile suchen, du hast dich gut versteckt. Was ist das für eine Aufregung in der Kemenate?«

»Weshalb?«

»Ich habe klammheimlich den Kopf hineingesteckt, ich habe da ja nichts verloren, aber Dame Evelyn scheint einen nervösen Zusammenbruch zu haben.«

»Das geschieht ihr recht.«

»Megan!«

»Ich kann sie nicht ausstehen und deshalb habe ich sie des Zimmers verwiesen.«

»Du hast was?« Auf Anettes Gesicht spiegelte sich ungläubiges Erstaunen wider.

»Ich habe sie des Zimmers verwiesen.«

»Du?«

»Ja, ich.«

Anette brach in Gelächter aus.

»Was gibt es da zu lachen?«

»Das ist großartig. Bravo, Megan, das hast du gut gemacht. Ich wünschte, ich hätte ihr Gesicht sehen können!«

Megan schmunzelte.

»Was hat sie denn gesagt, ist sie einfach gegangen? Warum hast du sie überhaupt weggeschickt? Gott, was gäbe ich, wenn ich hätte dabei sein können.«

»Ich hatte einfach genug von ihrem gehässigen Geschwätz.«

»Sie muss dich aber sehr geärgert haben, dass du sie hinausgeworfen hast.«

Megan nickte nur.

Anette hatte sich neben sie auf die Fensterbank gesetzt und nahm jetzt ihre Hand.

»Wir haben uns so lange nicht gesehen, wie geht es dir?«

»Es geht, es hat sich sehr viel ereignet in den letzten Tagen.«

»Ja, das stimmt. Ich hätte mich nicht von dir ferngehalten, aber Herr Erik hat mir verboten, dich zu besuchen.«

»Ja, das dachte ich mir.«

Anette biss sich auf die Lippen.

»Er war sehr, sehr böse.«

»Und wie!«

»Aber ich glaube zu Recht.«

»Ja, leider.«

Sie schwiegen eine Weile und Megan ahnte, was es war, das Anette nicht zu fragen wagte.

»Ich musste Erik versprechen, Pascal nicht zu begnadigen. Ich wusste nicht, dass Albert ihn zum Tode verurteilen würde.«

Anette seufzte.

»Fulke hat mir erklärt, warum er sterben musste, aber es war trotzdem furchtbar.«

Wieder schwiegen sie einen Augenblick, bis Megan fragte: »Steht es denn so schlimm um Radwick?«

Anette zögerte.

»Ich möchte nichts gegen Lord Albert sagen, aber es scheint, dass er seinen Feinden nicht gewachsen ist. Herr Erik hat Alarmbereitschaft angeordnet, mein Vater arbeitet Tag und Nacht, und ich weiß, dass die Vorräte für eine mögliche Belagerung aufgestockt werden.«

Megan war erstaunt, dass sie davon bisher nichts mitbekommen hatte.

»Es geschieht aber alles möglichst im Geheimen, um Unruhe auf der Burg zu vermeiden. Ich weiß es nur, weil Fulke es mir erzählt hat.«

»Wie geht es Fulke?«

»Es geht ihm gut, er ist wieder vollständig genesen. Leider können wir uns nicht mehr so häufig sehen, weil Herr Erik ihn mächtig eingespannt hat.«

Megan wusste nicht recht, wie sie es anfangen sollte. Sie wollte Anette nicht direkt fragen, aber sie wollte doch wissen, was los war.

Doch Anette schien zu ahnen, was ihrer Freundin auf dem

Herzen lag, und sie sagte: »Es ist wahr, Megan. Ich bin guter Hoffnung.«

Megan presste Anettes Hand und sagte zögerlich: »Und? Ist das eine gute Nachricht?«

»Ja und Nein.« Anette lächelte schief.

»Ja, weil es das Kind des Mannes ist, den ich liebe. Und nein, weil ich fürchte, dass Herr Erik gegen diese Verbindung sein wird.«

»Aber wenn er dagegen wäre, meinst du nicht, er hätte schon früher etwas unternommen?«

»Ich weiß nicht recht. Es ist ja nichts Ungewöhnliches, dass ein Mann von Fulkes Stellung Kinder mit einer Frau zeugt, die nicht standesgemäß ist.«

»Wie denkt denn Fulke darüber?«

»Fulke möchte mich heiraten.«

Megan konnte sich vorstellen, dass es nicht leicht werden würde, diesen Wunsch durchzusetzen, sollte Erik Einwände haben. Und dass er etwas gegen diese Verbindung hatte, war ziemlich wahrscheinlich.

»Wir werden abwarten müssen«, sagte Anette in ihrer pragmatischen Art. »Herr Erik hat mir befohlen, mich von dir fernzuhalten. Ich bin ein paar Mal im Garten gewesen in der Hoffnung, dir zu begegnen, rein zufällig selbstverständlich, aber du warst nicht da.«

Meine Güte, sie tat auch wirklich immer das, was ihr befohlen wurde, dachte Megan. Erik hatte ihr gesagt, nicht mehr allein in den Garten zu gehen, und natürlich war sie nicht mehr gegangen.

»Erik hat gesagt, der Garten sei nicht sicher.«

»Vermutlich hat er recht, aber wenn man ganz in der Nähe der Mauer bleibt, sollte einem doch eigentlich nichts geschehen können.«

Megan nickte. Erst jetzt fiel ihr auf, wie sehr sie sich nach Anettes Gesellschaft gesehnt hatte, und der Garten war immer ihre einzige Zuflucht vor den Hofdamen gewesen.

»Dann wollen wir uns doch morgen Vormittag dort treffen, unter der großen Kletterrose, einverstanden?«

»Einverstanden.«

~ 18 ~

Ist alles gut verlaufen heute Morgen?«

Erik saß wieder auf seinem Platz am Fußende von Megans Bett und betrachtete sie.

»Ja. Ich weiß aber nicht, ob er es wirklich geglaubt hat.«

»Es ist nicht wichtig, ob er es geglaubt hat. Es ist nur wichtig, dass er eine Möglichkeit hat, das Gesicht zu wahren.«

»Wird er denn damit einverstanden sein, dass sein Erbe das Kind eines anderen Mannes ist?«

Eriks Gesicht war ernst, und zum ersten Mal konnte sie sehen, wie schwer es ihm fiel, seinen Herrn zu hintergehen.

»Natürlich wird er darüber nicht erfreut sein. Aber wenn er einen Erben zeugen könnte, hätte er es ja schon getan.«

»Weiß er, dass Sie es sind, der mein Bett teilt?«

»Er wird es annehmen.«

Megan blickte unglücklich drein.

»Ich habe ein schlechtes Gewissen, ihn zu belügen.«

»Ich habe mein ganzes Leben lang ihm und seiner Familie gedient. Glauben Sie mir, es fällt mir auch nicht leicht«, entgegnete Erik heftig, und Megan zuckte zusammen.

»Es tut mir leid«, flüsterte sie erschrocken.

Er schüttelte den Kopf.

»Sie können ja nichts dafür, und ich weiß, dass ich Ihnen viel abverlange.«

Megan zuckte hilflos mit den Schultern. Ja, sie fühlte sich elend, dass sie Albert etwas vorspielen musste. Aber mit Erik die Nacht zu verbringen, war alles andere als ein Opfer für sie. Und dass sie so fühlte, machte ihr ein noch schlechteres Gewissen.

»Was ist heute in der großen Kemenate vorgefallen?«, wechselte Erik das Thema.

»Ihnen entgeht aber auch nichts.«

»Natürlich nicht, ich bin der Steward, ich weiß alles.«

»Ich könnte mir vorstellen, dass nicht jeder Steward so gut über die Vorgänge auf seiner Burg im Bilde ist wie Sie.«

Erik lächelte schief.

»In diesem Fall war es aber nicht zu überhören, denn Dame Evelyn hat eine sehr durchdringende Stimme.«

Megan war die ganze Sache inzwischen ein wenig unangenehm.

»Wollen Sie mir nicht erzählen, was geschehen ist? Sie haben Dame Evelyn aus dem Zimmer geschickt. Das allein ist schon erstaunlich genug. Warum haben Sie das getan?«

»Sie hat sich herablassend über Anette geäußert.«

»Was hat sie gesagt?«

Megan runzelte die Stirn, sie wollte Dame Evelyns Bemerkung nicht laut aussprechen, besonders nicht vor Erik.

Er winkte ab.

»Ich weiß schon, was sie gesagt hat. Sie hat Anette vermutlich eine Dirne genannt und ausgeplaudert, dass sie guter Hoffnung ist. Richtig?«

»Ja, das hat sie getan.« Megan blickte Erik verdutzt an.

»Hat sie gesagt, dass das Kind von meinem Bruder ist?«

»Sie hat gesagt, dass jeder der Vater sein könne.«

Erik lachte.

»Das wäre allerdings eine Leistung!«

Megan war überrascht. Sie hatte erwartet, dass er über Anettes Schwangerschaft sehr verärgert sein würde.

»Nun, Fulke ist sich sicher, dass es sein Kind ist. Wenn er sich sicher ist, was schert es mich?«

Megan fragte sich vorsichtig weiter: »Er will Anette sicher heiraten.«

»Ja, das hat er erwähnt.«

»Und Sie haben nichts dagegen?«, platzte es aus ihr heraus.

Erik kratzte sich am Kinn.

»Er könnte natürlich eine viel bessere Partie machen, aber ich mag Anette. Sie ist ein aufgewecktes Mädchen und sie hat das Herz am rechten Fleck. Und sie ist mutig. Ich schätze außerdem Meister Eadwin als einen ehrenwerten Mann. Nein, ich habe nichts dagegen.«

Megan starrte ihn völlig entgeistert an.

»Was? Warum sind Sie so überrascht?«

»Ich weiß nicht, ich hatte einfach gedacht, dass Sie gegen diese Verbindung wären.«

»Warum sollte ich? Es ist Fulkes Leben.«

»Das wird Fulke und Anette aber freuen!« Es war Megan anzusehen, dass auch sie sich freute, denn sie strahlte über das ganze Gesicht.

»Sie sehen gerade sehr hübsch aus.«

Megan wurde rot und schlug verwirrt die Augen nieder.

»Sollten wir nicht lieber dafür sorgen, dass Sie auch Grund zur Freude haben, Megan?« Er kam zu ihr herüber und glitt unter die Decke.

Wenn sie die Augen schloss, konnte sie noch seine Hände auf ihrem Körper spüren. Megan lehnte an der Mauer unter der großen Kletterrose im Garten und genoss die Erinnerung an die vergangene Nacht. Sie war über sich selbst erstaunt, wie sehr sie sich Erik hingeben konnte. Sie war nicht länger unsicher und vertraute sich ihm vollständig an. Niemals hätte sie gedacht, dass die körperliche Begegnung zwischen Mann und Frau so erfüllend sein könnte. Sie war ein bisschen mutiger gewesen und hatte Erik gestreichelt, wie er sie gestreichelt hatte. Sein offenkundiges Wohlgefallen daran hatte Megan beglückt.

Heute war es stürmisch, und der Wind trieb die Wolken schnell über den Himmel. Zwischendurch kam aber immer wieder die Sonne durch und schien Megan warm ins Gesicht. Sie war zu früh für ihre Verabredung mit Anette. Sie hatte sich darauf gefreut, ihrer Freundin die gute Nachricht von Eriks Zustimmung zu ihrer Ehe mit Fulke zu überbringen. Doch dann war ihr eingefallen, dass sie ihr Wissen gar nicht teilen konnte. Wie sollte sie erklären, dass sie mit Erik darüber gesprochen hatte und dass er ihr gegenüber so offen gewesen war? Denn immerhin hatte er es noch nicht für nötig befunden, Fulke seine Zustimmung mitzuteilen. Anette würde sicher erfahren wollen, warum Erik ausgerechnet mit Megan darüber gesprochen hatte. Nein, es war Eriks Sache, es Fulke zu sagen. So musste sie diese erfreuliche Nachricht leider für sich behalten. Megans Blick streifte über den herbstlichen Garten, als sie am anderen Ende die Wirtschafterin sah. Schnell drückte sie sich in den Schatten der überhängenden Rose. Frau Edla kam raschen Schrittes auf die Treppe zu, sie war offensichtlich verärgert. Megan hielt den Atem an und stand ganz still. Ohne auch nur aufzusehen, marschierte Frau Edla an Megan vorbei die Treppen hinauf und in Richtung Burghof. Megan atmete mit einem Seufzer der Erleichterung aus.

Was hatte die Wirtschafterin dort hinten zu suchen gehabt? Das Ende des Gartens fiel steil bis hinunter zum Wasser ab, dort wo der Fluss in den Burggraben überging. Sie wusste nicht weshalb, aber Megan hatte ein ungutes Gefühl. Hoffentlich kam Anette bald. Sie musste noch einige Minuten warten, bis sie ihre Freundin endlich die Treppe herunterkommen sah.

»Hallo, Megan. Wartest du schon lange?«

»Es macht nichts, ich war zu früh.«

»Was ist denn geschehen? Du siehst so nachdenklich aus.«

Megan berichtete Anette von ihrer Beobachtung.

»Ich wüsste nicht, was sie dort gewollt haben könnte. Komm, lass uns nachsehen.«

»Ich weiß nicht, ich denke, wir sollten lieber in der Nähe der Burg bleiben.«

»Nun sei nicht so ein Hasenfuß!«

Megan dachte daran, was Erik über Anette gesagt hatte und dass er ihren Mut schätzte.

»Also gut, gehen wir!«

Sie nahmen den Seitenweg, der von der Burg aus schlecht einzusehen war. Das Laub raschelte unter ihren Füßen.

Schließlich erreichten sie den hinteren Teil des Gartens, in dem der große Schuppen des Gärtners stand. Anette lauschte an der Holzwand.

»Nichts zu hören.«

»Der Riegel ist vorgezogen.«

»Sie wird doch wohl nicht heimlich hier jemanden eingesperrt haben?« Anette machte ein übertrieben erschrockenes Gesicht.

Megan musste lachen.

»Vielleicht hat Sie einen Liebhaber?«

»Den muss sie dann aber auch einsperren, damit er nicht wegläuft.«

Sie lachten beide über die absurde Vorstellung, und Anette zog den Riegel der Tür zurück.

»Ist da jemand?«

Im Inneren des Schuppens war es dunkel, und man konnte nur schemenhaft etwas erkennen. Es war still und roch nach getrockneten Pflanzen.

»Wir sind gekommen, um Sie zu retten!«

Nichts rührte sich.

Anette zog die Tür wieder zu und schob den Riegel vor.

»Hier ist niemand.«

Megan ging umher und suchte den Boden nach einem Hinweis ab, was Frau Edla in diese entlegene Ecke des Gartens geführt haben konnte. Sie trat an die Stelle, wo es hinab zum Burggraben ging. Als Begrenzung war eine Dornenhecke gepflanzt worden, aber da der Untergrund steinig und der Boden arm war, war die Hecke nicht sehr dicht.

»Hier könnte leicht jemand hindurchschlüpfen«, stellte Megan fest.

»Ja, aber wie sollte er hier heraufkommen?« Anette beugte sich über die Kante und blickte hinab.

»Man bräuchte ein Boot.«

»Was kann sie bloß hier gemacht haben?« Nachdenklich drehte Megan an ihrem Rubinring.

»Sie sah nicht sehr froh aus, als sie an mir vorbeiging. Das würde gegen einen Liebhaber sprechen.«

»Da spricht auch anderes dagegen«, gluckste Anette.

»Wir sollten nichts ausschließen.«

»Ja. Aber anscheinend gibt es hier nichts für uns zu finden. Lass uns zurückgehen, Megan.«

Den Nachmittag verbrachte Megan in der Kemenate umgeben von ihren Hofdamen. Es herrschte eine angespannte Stimmung und es wurde nur geflüstert. Von Dame Evelyn und ihrer Freundin, deren Namen Megan noch immer nicht kannte, fehlte jede Spur. Sie hatte gerade eine komplizierte Ranke zu Ende gestickt, als die Tür aufging und besagte Freundin hereinkam. Sie ging geradewegs auf Megan zu.

»Kann ich Sie einen Augenblick sprechen, Lady Megan?«

»Ja.«

»Unter vier Augen?«

Megan erhob sich und folgte ihrer Hofdame aus dem Damenzimmer in eine kleine Kemenate am Ende des Ganges. Sie traten ein, und Megan sah Dame Evelyn am Kamin sitzen. Megan runzelte unwillig die Brauen. »Unter vier Augen« hatte es geheißen und nun sollte sie sich hier mit der unangenehmen Evelyn auseinandersetzen.

»Dame Evelyn möchte sich bei Ihnen entschuldigen, Lady Megan.«

Megan war nicht nachtragend, aber dieser Überfall ärgerte sie. Wieso sollte sie aufstehen und zu Dame Evelyn gehen, damit diese sich vor den anderen Damen nicht die Blöße zu geben brauchte, sich bei ihr zu entschuldigen? In den letzten Tagen war etwas mit ihr geschehen, das Megan sich selbst nicht recht erklären konnte. Und so hörte sie sich jetzt sagen: »Wenn Sie sich bei mir entschuldigen wollen, Dame Evelyn, dann tun Sie das bitte in aller Öffentlichkeit. Immerhin haben Sie in der Vergangenheit ihre Boshaftigkeiten auch in der Anwesenheit aller geäußert.«

Damit machte Megan auf dem Absatz kehrt und ging hinaus.

»Lady Megan!« Die schrille Stimme folgte ihr den Gang hinunter. Megan drehte sich um und wartete, bis Dame Evelyns Freundin sie erreicht hatte.

»Wäre es nicht ein Zeichen von Milde und Nachsicht, Dame Evelyn zu vergeben?«

»Ich habe hier auf Radwick bisher auch keine Milde oder Nachsicht erfahren.«

Mit diesen Worten, und es fiel Megan schwer zu glauben, dass es ihre eigenen waren, ließ sie Dame Evelyns Fürsprecherin stehen.

Megan wusste, dass sie allein war. Sie starrte in das Dunkel des Schuppens. Es war kaum etwas zu erkennen, und ihre Augen gewöhnten sich nur langsam an das mangelnde Licht. Sie starrte und starrte. Sie hatte etwas gesehen, aber sie wusste nicht, was es war. Da! Jetzt konnte sie es erkennen. Es war ein Mann, der hinter einem Strohballen hockte. Sie sah ihm direkt in die Augen. Der Schreck schnürte Megan den Hals zu. Sie wollte schreien, aber sie konnte nicht, sondern stand da wie gelähmt. Der Mann kroch jetzt hinter dem Ballen hervor und kam näher, noch immer in einer seltsam gebückten Haltung. Er hatte ein Messer, und in seinem Blick lag Häme. Megan wollte weglaufen, aber ihre Beine schienen aus Blei zu sein. Jetzt hatte er sie fast erreicht, er wollte sie töten!

Mit einem erschrockenen Keuchen wachte Megan auf. Kalter Schweiß stand ihr auf der Stirn. Schwer atmend setzte sie sich auf. Welch ein furchtbarer Alptraum! Sie blickte sich um, sie war in ihrem Schlafzimmer, alles war, wie es sein sollte. Es war nur ein Traum gewesen. Sie zog die Decke fester um sich, als langsam eine grauenhafte Erkenntnis in Megan hochstieg: Sie hatte tatsächlich einen Mann im Schuppen gesehen! Furcht durchströmte ihren ganzen Körper, und sie wagte kaum zu atmen. Ja, sie war sich ganz sicher, sie hatte jemanden erkannt. Warum fiel es ihr erst jetzt auf? Sie hatte den Mann nicht so deutlich gesehen wie in ihrem Traum, eher schemenhaft, aber sie war sich jetzt ganz sicher, dass dort ein Mensch hinter den Strohballen gehockt hatte. Es dauerte eine Weile, bis sich ihre Nerven soweit beruhigt hatten, dass sie sich wieder hinlegen konnte. Vielleicht hatte alles eine harmlose Erklärung, versuchte sie sich einzureden. Aber ihr Gefühl sagte ihr etwas anderes. Was führte Frau Edla im Schilde? Sie musste darüber morgen mit Erik sprechen! Dann fiel ihr ein, dass er ihr verboten hatte, in den hinteren Teil des Gartens zu gehen. Und offensichtlich hatte er Recht gehabt. Es war eines, sich heimlich mit Anette davonzustehlen, aber etwas ganz anderes, ihm in die Augen zu sehen und es zu beichten. Aber sie würde mit Anette sprechen! Eine Unruhe hatte von Megan Besitz ergriffen, die sich nicht wieder abschütteln ließ, und so war sie froh, als sie endlich das erste Grau des Morgens durch das Fenster sah.

Es war bereits Nachmittag, als Megan endlich Gelegenheit hatte, mit Anette zu sprechen. Den Vormittag über war sie mit der Anprobe neuer Gewänder beschäftigt gewesen. Megan war stolz auf sich, dass sie Ella und der Schneiderin eine lindgrüne Robe mit blauem Webmuster ausgeredet hatte. So würde sie Erik ganz sicher nicht unter die Augen treten! Dann war sie mit Albert ausgeritten, und nach dem Mittagessen hatte sie sich hingelegt, da Anette in der Burgsiedlung zu tun hatte. Nun war es schon nach der Nachmittagsmesse, als sie sich endlich mit ihrer Freundin unter der großen Kletterrose traf.

»Aber wenn ich dir doch sage, ich habe jemanden gesehen!«

Anette sah sie zweifelnd an.

»Dann sollten wir noch einmal hingehen und nachsehen.«

»Nein, das werden wir nicht tun, es ist zu gefährlich.«

»Aber was dann? Wir können ja schlecht nur mit einem Verdacht und einem wagen Gefühl zu Herrn Erik gehen.«

Missmutig schwiegen sie eine Weile.

»Was, wenn es tatsächlich nur der Liebhaber von Frau Edla ist?«, schlug Anette vor.

Megan schüttelte den Kopf.

»Ich weiß nicht. Warum war dann der Riegel vorgezogen? Nein, es sollte so aussehen, als wenn niemand da ist. Jemand hält sich da versteckt.«

»Eben, ihr Liebhaber.«

»Aber warum sollte sie ihren Liebhaber verstecken?«

»Vielleicht ist er ein entlaufener Leibeigener.«

Ja, das konnte sein, dachte Megan. Es konnte viele Erklärungen dafür geben, dass sich ein Mann im Schuppen aufhielt. Es widerstrebte ihr, großes Aufsehen um etwas zu machen, was sie nichts anging. Vielleicht hatte sie sich doch geirrt? Jetzt am helllichten Tag kam es ihr selbst ein wenig merkwürdig vor, und Anettes Zweifel an ihrer Geschichte verunsicherten sie noch mehr.

»Warum fragen wir nicht Fulke, ob er uns begleitet? Dann müssen wir nicht allein gehen?«

Anette schüttelte den Kopf.

»Das geht nicht.«

»Warum nicht?«

»Wir haben uns gestritten.«

»Gestritten? Weshalb?«

»Es war nicht wichtig, aber ich habe ihm gesagt, dass ich so lange nicht mit ihm rede, bis er sich entschuldigt.«

»Und wie lange dauerte so etwas im Allgemeinen?«

»Ach, nicht lange«, lachte Anette. »Aber du siehst ein, dass ich ihn jetzt unmöglich um einen Gefallen bitten kann.«

Nein, das sah Megan zwar anders, aber sie nickte trotzdem.

»Gut, dann fragen wir ihn morgen, wenn ihr euch wieder vertragen habt, einverstanden?«

»Einverstanden.«

~ 19 ~

Megan wusste nicht, was sie geweckt hatte, aber es musste ein Geräusch gewesen sein. Sie wollte sich gerade zur anderen Seite drehen, als sie plötzlich das Gefühl hatte, nicht allein im Raum zu sein. Sie lauschte angestrengt, aber es war alles still, und nur das Licht des Mondes erhellte den Raum ein wenig. Und doch spürte sie die Anwesenheit einer anderen Person. Es konnte sicher nicht Erik sein, denn er würde sich nicht anschleichen. Und Albert war zu seiner Jagdhütte geritten. Sie wagte kaum zu atmen und horchte angestrengt in die Stille hinein. Angst stieg in ihr auf, und sie dachte an ihren Traum und an den Mann im Schuppen. Warum bloß hatte sie Erik nichts davon erzählt? Megans Nerven waren bis zum Zerreißen gespannt. Dann hörte sie leise Schritte. Sie kamen auf ihr Bett zu. Megan wurde von Panik erfasst. Sie wusste nicht, was sie tun sollte. Ihr Herz schlug schnell und laut. Jetzt hatten die Schritte ihr Bett erreicht. Sie sah, wie der Bettvorhang sich bewegte und dann mit einem Ruck zur Seite gerissen wurde. Megan erkannte eine weiße Hand mit einem Messer und im selben Augenblick rollte sie sich auf die andere Seite des Bettes. Sie hörte ein unterdrücktes Fluchen, und wie der Angreifer nun um das Bett eilte. Megan warf sich wieder zur anderen Seite des Bettes. Dann sprang sie auf, stürzte zur Tür, riss sie auf und eilte hinaus auf den stockfinsteren Gang in Richtung Haupthalle. Sie hörte die Schritte ihres Verfolgers dicht hinter sich. Sie zweifelte nicht eine Sekunde daran, dass er ihr nach dem Leben trachtete, und versuchte, ihre Schritte noch zu beschleunigen. Schließlich erreichte Megan die große Treppe zur Haupthalle und wäre fast gefallen, hätte sie sich nicht gerade noch am Geländer festhalten können. Ihr Verfolger wurde von diesem unerwarteten Halt überrascht, glitt auf dem glatten Steinboden aus und stürzte die steinernen Stufen hinunter in die Dunkelheit. Sie hörte, wie er dumpf auf den Stufen aufschlug und laut aufstöhnte. Megan raffte ihr Nachthemd und flüchtete den Gang hinunter in die Richtung, aus der sie gekommen war. Schließlich stand sie völlig außer Atem und am ganzen Körper zitternd vor Eriks Tür und klopfte.

Er öffnete und war sofort hellwach, als er Megan erkannte.

»Was ist geschehen?«, fragte er und zog sie ins Zimmer.

»Da war ein Mann in meinem Zimmer, mit einem Messer.«

»Bist du verletzt?«

»Nein.«

»Wo ist er jetzt?«

»Er ist die Treppe zur Haupthalle hinuntergefallen.«

»Ist er tot?«

»Ich weiß es nicht.«

Erik hatte sich angezogen und schob sie zum Bett.

»Leg dich hin. Hier bist du sicher.« Megan gehorchte, und Erik deckte sie zu.

»Ich werde jetzt nachsehen.«

»Sei vorsichtig!«, rief Megan hinter ihm her, als er schon durch die Tür war. Dann hörte sie, wie sich der Schlüssel im Türschloss drehte und Eriks Schritte sich entfernten.

Megan ließ sich erschöpft in die Kissen sinken. Allmählich beruhigte sie sich etwas. Hier in Eriks Zimmer fühlte sie sich sicher. Sie lauschte, ob vom Gang her etwas zu hören war, aber alles blieb ruhig. Wer war der Fremde und weshalb hatte er versucht, sie zu töten? Soviel sie auch darüber nachgrübelte, ihr fiel keine Antwort ein. Nach einer Weile beschloss sie, noch etwas zu schlafen, aber sie fand keine Ruhe. Sie schnupperte an Eriks Bettzeug, sein Geruch war überall. Dann setzte sie sich im Bett auf und sah sich im Zimmer um. Dies war eindeutig das Gemach eines Mannes. Es war einfach, aber gemütlich eingerichtet. Es gab keinen Kamin, und im Winter würde es sicher sehr kalt sein. Aber jetzt im Herbst und unter einer dicken Decke war es angenehm. Das Bett hatte keinen Betthimmel, nur Vorhänge, die nicht zugezogen waren. Megan sah nach oben und betrachtete die Deckenbemalung. Die Farben waren etwas verblichen und an einigen Stellen abgeblättert. Hier also wohnte Erik.

In der Ecke links von ihr lehnte ein großes Schwert, sein wollener Umhang hing über der Stuhllehne und auf dem Tisch lag eine Bibel. Es erstaunte sie, dass Erik lesen konnte. Eigentlich beschäftigten sich nur Mönche und Kirchenfürsten damit. Megan hatte aber gehört, dass auch König Henry das Lesen und Schreiben beherrschte. Auf dem Nachttisch stand ein rechteckiges Holzkistchen. Der Deckel war mit Intarsien verziert. Es war eine wunderschöne Arbeit, die sicher von weit her kam. Megan rang einen Augenblick lang mit sich, dann hob sie vorsichtig den Deckel hoch und blickte hinein. In dem kleinen Holzkasten befanden sich einige Schmuckstücke. Besonders ein Ring erregte ihre Neugierde. Er war nur aus Gold gearbeitet, ohne einen Stein. Er zeigte ein verschlungenes Muster, das bei genauerem Hinsehen eine Schlange oder auch ein Drachen sein konnte. Es musste ein sehr altes Stück sein, denn diese Art Verzierung war lange vor den Normannen üblich gewesen. Sie nahm den Ring und steckte ihn an ihren Zeigefinger. Er gefiel Megan um einiges besser als all die schweren, mit Zierrat überladenen Ringe, die sie täglich mit sich herumtrug.

All diese Dinge hier gehörten Erik! Megan verspürte den

übermächtigen Wunsch, auch ein Teil seiner Welt zu sein. Sie wollte hierhergehören, zu Erik. Sie schloss die Augen und stellte sich vor, sie wäre seine und nicht Alberts Frau. Jede Nacht würde sie mit ihm in diesem Bett schlafen, ihm nahe sein. Sie wäre nicht länger nur ein heimlicher Besucher.

Megan war gerade dabei, sich einen Namen für ihr erstes gemeinsames Kind auszudenken, als sie hörte, wie die Tür wieder aufgeschlossen wurde. Schnell steckte sie ihre Hand mit dem Ring unter die Decke.

Erik kam herein. Nachdem er die Tür wieder geschlossen hatte, setzt er sich auf den Stuhl an der Wand und betrachtete Megan. Sie hatte sich im Bett aufgesetzt und blickte ihn fragend an.

»Wir haben niemanden gefunden.«

»Aber da war ein Mann in meinem Zimmer!«

»Das glaube ich dir auch, aber wir haben trotzdem niemanden gefunden.«

»Vielleicht hat er sich wieder im Gärtnerschuppen versteckt.«

»Im Gärtnerschuppen?« Erik sah sie durchdringend an, und Megan zog unglücklich die Decke bis zum Kinn.

»Nun?«

»Ich wollte mit dir darüber sprechen, aber ich war mir nicht sicher.«

»Über was wolltest du mit mir sprechen?«

»Ich weiß, ich hätte es nicht tun sollen, aber …«

»Erzähle doch einfach, was passiert ist«, unterbrach Erik sie ungeduldig.

»Gut. Gestern habe ich mich mit Anette im Garten getroffen.«

Eriks Brauen zogen sich zusammen.

»Sie hat aber keine Schuld, ich war bei Meister Eadwin und

habe nach ihr gefragt. Als Dame Evelyn erwähnte, dass Anette guter Hoffung sei, da musste ich einfach mit ihr sprechen. Und dann haben wir uns verabredet.« Megan holte Luft.

»Was hat das alles mit dem Mann im Schuppen zu tun?«

»Entschuldigung.«

»Du warst also mit Anette im Garten?«

»Ja.«

»Und dann?«

Megan kam sich sehr einfältig vor, Erik musste sie für eine absolute Gans halten. Sie nahm sich zusammen.

»Ich war etwas zu früh und wartete bei der großen Kletterrose. Dann sah ich Frau Edla aus dem Garten in Richtung Treppe kommen. Sie hat mich nicht gesehen und ging hinauf in die Burg.«

Erik betrachtete Megan aufmerksam, sagte aber nichts. Sie fuhr fort: »Dann kam Anette, und wir wunderten uns, was Frau Edla im hinteren Teil des Gartens wohl gemacht haben könnte. Wir sind dann hingegangen, um nachzusehen.«

Megan blickte Erik unsicher an. Jetzt klang dieser Plan überaus unvernünftig. Aber Erik sagte immer noch nichts.

»Es war nichts zu sehen. Wir haben in den Schuppen geschaut und gerufen, aber es kam keine Antwort. Dann sind wir zurückgegangen.« Megans Finger kneteten nervös den Bettdeckenrand.

»Gestern Nacht überkam mich plötzlich der Gedanke, dass ich doch etwas gesehen hatte. Ich weiß auch nicht, warum es mir an dem Nachmittag nicht aufgefallen ist, aber jetzt weiß ich, dass ich schemenhaft einen Mann hinter den Strohballen im Schuppen erkannt habe.« Sie erschauderte bei dem Gedanken daran.

»Ist das derselbe Mann, der heute Nacht in deinem Zimmer gewesen ist?«

»Ich weiß es nicht, aber ich denke schon.«

»Weshalb?«

»Ich hatte geträumt, dass er mit einem Messer auf mich losginge, und das ist dann tatsächlich passiert.«

Sie versuchte in seinem Blick zu lesen, was er von dieser etwas mysteriösen Begründung hielt, aber sein Gesicht war unergründlich.

»Und dann?«

»Dann habe ich das gestern Anette erzählt und wir wollten mit Fulke noch einmal nachschauen gehen.«

»Warum hast du mir nichts davon gesagt?«

Megan ließ den Kopf hängen.

»Ich wollte nicht zugeben, dass ich gegen dein Verbot im Garten war.«

Erik seufzte.

»Und ihr habt beim zweiten Mal nichts gefunden?«

»Wir sind nicht da gewesen.«

»Weshalb nicht?«

»Anette und Fulke hatten sich gestritten.« Megan schämte sich jetzt für ihr kindisches Verhalten.

Erik hatte sich im Sessel zurückgelehnt und starrte vor sich hin. Seine Finger trommelten lautlos auf der Lehne. Nach einer Weile sagte er: »Was ich nicht verstehe: Wie habt ihr euch die Anwesenheit eines Fremden im Gärtnerschuppen erklärt?«

Megan wand sich. Sie wusste aber, dass Erik sich nicht ohne eine Antwort zufrieden geben würde.

»Wir dachten, dass der Fremde vielleicht Dame Edlas Liebhaber sei.«

»Und weshalb würde er sich dann im Schuppen verstecken?«

»Wir dachten, er sei ein geheimer Liebhaber, vielleicht ein entlaufener Leibeigener.«

»Ah.«

Megan wollte sich vor Scham unter der Decke verstecken. Was hatten Anette und sie sich nur für eine unsinnige Geschichte zusammengereimt! Erik hatte jedes Recht, ungehalten zu sein. Aber anstatt sie zu schelten, begann er plötzlich zu lachen. »Eine sehr romantische Geschichte«, meinte er schließlich.

»Ich weiß, es war dumm, so etwas zu vermuten. Es tut mir leid.«

Er stand auf.

»Komm, ich bringe dich zurück in dein Schlafzimmer. Du kannst hier nicht bleiben.«

»Ich fürchte mich dort allein.«

»Eine Wache wird vor deiner Tür postiert. Wo immer sich der Mann versteckt hält, wir werden ihn morgen bei Tageslicht finden, wenn er noch hier ist.«

Widerstrebend verließ Megan das Bett und wickelte sich wieder in ihre Decke.

»Und kann ich bitte den Ring meiner Mutter zurückhaben?«

Megan lief dunkelrot an. Über ihren Bericht hatte sie den Ring, der noch immer an ihrem Finger steckte, völlig vergessen.

»Es tut mir leid, ich wollte ihn nicht stehlen. Ich habe ihn nur übergestreift und dann …«

»Und dann bin ich hereingekommen, und du hast die Hand schnell unter der Decke versteckt«, beendete Erik ihren Satz. Megan zog den Ring vom Finger und gab ihn Erik, der ihn zurück in das Kästchen legte.

Sie ließ den Kopf hängen. Sie hatte wirklich eine Gabe, sich lächerlich vor ihm zu machen. Erik kam zu ihr herüber. Mit einem Finger hob er ihr Kinn und lachte leise.

»Nun sei nicht so zerknirscht. Ich weiß, dass du neugierig bist. Das bin ich auch. Aber ich bin schlauer und lasse mich nicht ständig erwischen.«

Megan musste lächeln.

Sie gingen durch die stillen Gänge zurück in Megans Schlafzimmer. Die Nacht war schon fast vorüber, und bald würde es tagen.

»Wie bist du dem Angreifer eigentlich entkommen?«

»Er muss ein Geräusch gemacht haben, als er ins Zimmer kam. Das hat mich geweckt. Als er den Vorhang beiseite riss, habe ich mich auf die andere Seite des Bettes gerollt. Und als er dann hinter mir herkam, habe ich mich noch einmal gedreht und bin über das Bett zur Tür geflüchtet. Das hat mir einen kleinen Vorsprung verschafft.«

Erik stieß einen kleinen Pfiff zwischen den Zähnen aus.

»Das war sehr mutig«, lobte er sie.

Seine Anerkennung ließ Megan innerlich erglühen, und sie schwor sich in diesem Moment, ihm nie wieder einen Grund zur Klage zu geben.

Sie erreichten ihr Schlafzimmer. Ein Bewaffneter stand vor ihrer Tür und salutierte. Unwillkürlich klammerte Megan sich an Eriks Arm, als er die Tür öffnete. Er sah sie an und sagte dann: »Ich werde noch einmal persönlich nachsehen, ob alles in Ordnung ist, Milady.« Damit ging er ihr voraus in das Schlafzimmer und schloss hinter ihnen die Tür. Alles sah aus wie immer. Erik hielt die Lampe hoch und ging umher. Er blickte unter und hinter alles, das als Versteck für einen Angreifer dienen könnte.

»Es ist niemand hier.«

Megan stand in der Mitte des Raumes und rang unglücklich mit den Händen.

Erik setzte die Lampe ab und fasste sie an den Schultern.

»Es ist niemand hier. Du bist vollkommen sicher.«

Die Wärme seiner Hände strahlte durch ihren ganzen Körper. Noch ehe sie wusste, was sie tat, lehnte sie sich an seine Brust. Sie wollte nicht, dass Erik sie hier allein ließ. Er streichelte kurz über ihren Rücken, schob sie aber dann von sich.

»Du musst stark sein. Schaffst du das?«

Megan nahm sich zusammen und nickte.

»Die Nacht ist bald um. Morgen werden wir mehr wissen.« Er verließ das Zimmer. Mit jeder Faser ihres Körpers wünschte sie ihn zu sich zurück. Langsam ging sie zu ihrem Sessel am Fenster und setzte sich. Es blieb nichts zu tun, als darauf zu warten, dass es Tag werden und sie Erik wiedersehen würde.

~ 20 ~

Am Morgen ließ Erik die gesamte Burg durchsuchen, doch Megans nächtlicher Verfolger blieb verschwunden. Weshalb man einen Eindringling auf Radwick vermutete, war verschwiegen worden und brachte die Gerüchteküche auf der Burg zum Brodeln.

Gegen Mittag trafen sich Megan und Anette im Turmzimmer.

»Hast du schon gehört, dass Frau Edla verschwunden ist?«, fragte Anette Megan atemlos, als sie ins Zimmer kam.

»Nein, woher weißt du das?«

»Ich habe Dame Agnes auf dem Gang darüber sprechen hören, als ich auf dem Weg hierher war«, entgegnete Anette.

Megan schwieg. Etwas kam ihr seltsam an Frau Edlas Verschwinden vor, aber sie wusste nicht was.

»Glaubst du, der Angreifer wusste, dass du die Herrin von Radwick bist, und wollte dich deshalb töten? Oder meinst du, er hat bemerkt, dass du ihn im Schuppen gesehen hattest?«, fragte Anette sie.

»Ich weiß es nicht.«

»Es ist ein großes Glück, dass du ihm entkommen konntest! Glaubst du, er versucht es noch einmal?«

»Anette!«

»Entschuldige bitte, das war dumm von mir. Aber ich glaube nicht, dass jetzt noch jemand unbemerkt in die Burg gelangen kann. Herr Erik hat Wachposten an allen Eingängen aufstellen lassen, und jeder wird überprüft, der die Burg betreten oder verlassen will.« Anette spielte mit ihren langen Zöpfen. »Wenn er hier war, um dich zu töten, dann ist er bestimmt einer von Varmourth Leuten«, überlegte sie weiter.

Megan hörte nur mit einem Ohr zu. Darüber nachzudenken, weshalb der Mann versucht hatte, sie zu töten, machte sie nur noch nervöser. Sie wusste nicht warum und würde es wahrscheinlich auch niemals erfahren. Plötzlich durchfuhr sie ein Gedanke. Sie wusste jetzt, was mit Frau Edla geschehen war.

»Sie ist tot«, sagte sie laut.

Anette starrte Megan entgeistert an.

»Wer ist tot?«

»Frau Edla.«

»Woher weißt du das?«

»Ich weiß es einfach.«

»Bist du sicher?«

»Ja.«

Bedrückt schwiegen sie für einen Augenblick.

»Du musst es Herrn Erik sagen.«

Megan zögerte. Sie wollte nicht, dass er sie für sonderbar hielt. Aber zugleich wollte sie nicht erneut einen Fehler machen.

»Das ist mein Ernst, Megan.«

Megan stand auf.

»Du hast recht. Ich werde es ihm sagen. Weißt du, wo ich ihn finden kann?«

»Ich schätze, er ist im Waffenarsenal. Ich führe dich hin.«

Sie kamen gerade die Treppe zum Quergang hinunter, als Megan Dame Agnes sah, die mit einer fülligen Frau mittleren Alters sprach. Schnell huschten sie an den beiden vorbei, ohne gesehen zu werden. Schließlich erreichten sie das Waffenarsenal. Anette blieb vor der Tür stehen.

»Geh du allein hinein, Megan. Ich bleibe lieber hier, sonst falle ich bei Herrn Erik gleich wieder in Ungnade.«

Megan sah in das ungewohnt sorgenvolle Gesicht ihrer Freundin, dann zog sie die schwere Tür auf und trat ein. Das Waffenarsenal lag in den unteren Gewölben der Burg, und Licht drang nur durch schmale, querliegende Öffnungen im Mauerwerk, die auf den Hof hinausgingen. Am Ende des langen Kellers war eine Tür angelehnt, und ein Lichtschein drang aus der dahinterliegenden Kammer. Megan bahnte sich ihren Weg an Rüstungen, Schwertern und Bögen vorbei. Sie klopfte an die angelehnte Tür und trat ein. Erik saß mit Lambert an einem Holztisch und beugte sich über eine Landkarte. Überrascht blickte er auf.

»Entschuldigen Sie, wenn ich störe«, sagte Megan leise.

»Sie stören nicht, Lady Megan. Was kann ich für Sie tun?«

Es war seltsam, dass er sie jetzt wieder siezte, nachdem er sie die gesamte gestrige Nacht über mit du angesprochen hatte. Megan blickte in die ernsten Gesichter der beiden Männer und kam sich albern vor. Was würde Erik zu ihrer Vermutung sagen? Sie hatte keinerlei Beweise, gar nichts. Sie wünschte, sie wäre nicht gekommen.

»Wie kann ich Ihnen helfen?«, wiederholte Erik und sah sie forschend an. Megan gab sich einen Ruck.

»Es betrifft Frau Edla.«

»Haben Sie sie gefunden?«

»Nein. Sie ist tot.«

»Sie ist tot?«, wiederholte Lambert überrascht.

»Ja.«

»Woher wissen Sie das?«

»Ich weiß es eben.«

Erik betrachtete sie mit gerunzelter Stirn. Hätte sie nur nichts gesagt, dachte Megan.

»Was glauben Sie, wie lange sie schon tot ist?«

Megan überraschte seine Frage, und auch Lambert sah Erik verdutzt an.

»Ich bin mir nicht sicher. Eben im Turmzimmer musste ich plötzlich an sie denken, und da wusste ich, dass sie nicht mehr lebt.« Megan schloss für einen Moment die Augen.

»Ich glaube, sie ist schon länger tot.«

Lambert starrte Megan fasziniert an.

»Fällt Ihnen sonst noch etwas ein, Lady Megan?«

Megan schüttelte den Kopf.

»Gut. Bitte behalten Sie Ihr Wissen für sich.«

Megan nickte und verließ das Zimmer. Sie hörte Lambert verwundert fragen: »Und du glaubst ihr?«

Megan hielt inne. Sie fürchtete sich vor Eriks Antwort.

»Es gibt viele Dinge zwischen Himmel und Erde, die man nicht erklären kann. Sie wäre nicht gekommen, wenn sie sich nicht ganz sicher gewesen wäre. Wir müssen den Burggraben und den Fluss absuchen, Lambert.«

Eine Welle der Erleichterung durchflutete Megan. Erik glaubte ihr, und das war das Einzige, was zählte.

Am Nachmittag wurde Frau Edlas Leiche aus dem Burggraben gefischt. Jemand hatte ihr die Kehle aufgeschlitzt. Inzwischen war die gesamte Burg in Aufruhr, und Erik hatte für den Abend eine Versammlung in der großen Halle anberaumt. Megan saß mit einigen Hofdamen in der Kemenate, als Erik hereinkam.

»Lady Megan, kann ich Sie sprechen?«

Sie wollte gerade aufstehen, als Eriks gerunzelte Augenbrauen sie förmlich an ihren Sitz hefteten. Sie schluckte, holte tief Luft und sagte laut und deutlich: »Lassen Sie uns bitte allein!«

Die Damen erhoben sich und verließen den Raum. Erik hielt

ihnen die Tür auf und schloss sie dann hinter der letzten. Als er sich wieder zu Megan umdrehte, stand ein Lächeln in seinem Gesicht.

»Du hast dazugelernt, Megan.«

Kaum dass sie allein waren, sprach er sie wieder vertraulich mit du an. Megan errötete. Er kam zu ihr herüber und setzte sich neben sie.

»Ich werde nachher auf der Versammlung nicht sagen, dass der Fremde dich in deinem Bett überfallen hat. Ich bin mir nicht sicher, weshalb der Mann dich töten wollte. Die einzige Erklärung ist, dass jemand verhindern will, dass du dem Hause Solvey einen Erben schenkst. Es würde ein wenig dauern, bis ich für Albert eine neue Frau gefunden hätte, und in der Zwischenzeit wäre die Gelegenheit günstig, die Burg anzugreifen.«

Megan runzelte die Stirn. Sie hatte immer gedacht, dass Dame Agnes sie als Braut für Albert ausgesucht hatte, nicht Erik.

Dieser fuhr fort: »Wenn es sich so verhält, wie ich vermute, bedeutet das aber auch, dass unsere Feinde vorbereitet sind und etwas im Schilde führen.« Einen Moment starrte Erik gedankenversunken vor sich hin.

»Was ich allerdings nicht verstehe, ist, warum der Eindringling Frau Edla umgebracht hat. Sie war doch seine Verbündete. Schließlich konnte er nicht ahnen, dass du sie im Garten gesehen hattest.«

»Wenn ich es recht bedenke, sah Frau Edla sehr erzürnt aus, als sie an mir vorbeistürmte.«

»So?« Wieder trommelte Erik lautlos mit den Fingern auf die Lehne.

»Vielleicht war sie gar nicht seine Verbündete. Vielleicht hatte sie nur den Verdacht, dass sich jemand im Schuppen verstecken könnte«, schlug Megan vor. »Und vielleicht hält sich der Verbündete des Angreifers noch immer auf der Burg auf …« Ihre Stimme erstarb.

Erik nickte bedächtig.

»Ich möchte, dass ab sofort deine Zofe mit dir in deinem Gemach schläft.«

Megans erster Gedanke war, dass Erik sie dann nicht mehr besuchen kommen würde.

Er schien ihre Gedanken zu erraten. »Glaub mir, es ist besser, wenn du nicht mehr allein bist.«

Sie nickte und versuchte ihre Enttäuschung zu verbergen.

»Ich möchte, dass du nachher bei der Versammlung dabei bist und Albert vertrittst. Du musst dich nicht zu all dem äußern, aber es ist von Bedeutung, dass du anwesend bist.«

Eine Stunde später saß Megan auf einem der schweren Holzstühle, die für offizielle Anlässe wie diese genutzt wurden.

Sie beobachtete Erik, der neben ihr stand und zu den Burgbewohnern sprach. Seine Stimme war klar und deutlich, und es war außerordentlich still im Saal. Ihr Blick schweifte über die versammelte Menschenmenge, die ihm aufmerksam zuhörte. Es waren seine Leute, und er war ihr Herr. Noch nie hatte sie es so deutlich empfunden wie in diesem Augenblick. Ihr Blick wandte sich wieder zu Erik. Und sie war seine Frau! Er war der einzige Mann, der sie je besessen hatte. Und nach altem Brauch war es die Hochzeitsnacht, die eine Ehe bindend machte. Sie blickte wieder in die Menge und plötzlich begriff sie zum ersten Mal, dass dies auch ihre Leute waren. Sie war die Herrin der Burg. Nicht weil sie Lady Solvey war, sondern weil sie Eriks Bett teilte und damit seine Frau war. Megan streckte ihren Rücken und setzte sich aufrechter hin. Sie hatte endlich begriffen, was es hieß, Herrin von Radwick zu sein.

Am Vormittag des folgenden Tages beschloss Megan, in die Küche zu gehen und nach dem Rechten zu sehen. Frau Edla war tot, und man würde eine neue Wirtschafterin benennen müssen. Als sie in den Vorraum trat, der Frau Edlas Refugium gewesen war, saß dort eine ältere Frau am Tisch. Überrascht hielt Megan inne. Es war die Frau, die sie gestern mit Dame Agnes im Gang gesehen hatte. Jetzt blickte die Fremde auf.

»Kann ich Ihnen helfen?«

Megan war verwirrt. Sie hatte das Gefühl, dass es an ihr gewesen wäre, diese Frage zu stellen. Wer war die Frau, und was tat sie in ihrer Küche?

»Nun«, begann Megan. Sie dachte an Erik und daran, dass sie sich geschworen hatte, endlich ihrer Rolle als Herrin von Radwick gerecht zu werden.

»Wer sind Sie bitte?«

»Ich bin Anna Herrington, die neue Wirtschafterin. Und wer sind Sie?«

Der Ton, den die Frau ihr gegenüber angeschlagen hatte, war anmaßend. Mit welchem Recht hatte Dame Agnes einfach eine neue Wirtschafterin eingestellt, ohne sie zu fragen oder ihr diese Person auch nur vorzustellen? Megan war verärgert.

»Ich bin Megan von Solvey, und es ist mir nicht bekannt, eine neue Wirtschafterin benannt zu haben.«

Anna Herrington sprang so schnell auf, dass der Stuhl, auf dem sie eben noch gesessen hatte, umkippte. Sie knickste tief und sagte jetzt in einem einschmeichelnden Ton: »Milady! Ich bitte vielmals um Entschuldigung, ich habe Sie nicht erkannt. Leider hatten wir noch nicht das Vergnügen. Dame Agnes meinte, Sie wären zu beschäftigt, um sich jetzt auch noch um das Gesinde zu kümmern.«

Die Bestellung einer neuen Wirtschafterin oblag der Herrin von Radwick. Megan wusste das, Dame Agnes wusste das und

Anna Herrington wahrscheinlich ebenfalls. Nein, Dame Agnes hatte sie wissentlich übergangen und wollte ihr die Herrschaft über das Gesinde nicht überlassen.

»Es tut mir sehr leid, wenn ich Sie nicht mit dem nötigen Respekt begrüßt habe, Milady. Ich bitte untertänigst um Vergebung.«

Megan war das kriecherische Gebaren der neuen Wirtschafterin zuwider. Sie hatte eben erlebt, wie Anna Herrington mit Menschen umging, von denen sie annahm, dass sie sie nicht mit Respekt behandeln müsste.

»Wo ist Dame Agnes?«, fragte Megan brüsk.

»Sie ist in der Waschküche und begutachtet das Linnen.«

Megan wusste nicht einmal, wo die Waschküche war. Wie leicht sie sich hatte die Fäden aus der Hand nehmen lassen! Dann fiel ihr ein, dass sie Dame Agnes zu sich bestellen lassen würde, anstatt selbst zu ihr zu gehen.

»Sagen Sie ihr, ich möchte sie sprechen. Sofort!«

»O Milady, Sie werden mich doch nicht entlassen? Es tut mir sehr leid, dass ich Sie nicht gleich erkannt habe, aber ich war Ihnen ja noch nicht vorgestellt worden. Wir wollten Sie nicht stören, wo doch gerade so viel Unruhe auf der Burg herrscht. Bitte, Sie wollen mich doch nicht entlassen?«

Unter anderen Umständen hätte Megan sofort versichert, dass dem nicht so sei. Aber sie hatte das wahre Gesicht von Anna Herrington gesehen, und es hatte ihr nicht gefallen.

»Wir werden sehen.«

Daraufhin drehte sich Megan abrupt um und verließ die Küche.

Wenig später klopfte es an der Tür des Turmzimmers, und Dame Agnes trat ein. Es war Megan unangenehm, die Waffen ausgerechnet mit ihr kreuzen zu müssen, aber es war unabwendbar und hätte früher oder später so kommen müssen. Sie wünschte, sie hätte eine Gelegenheit gehabt, Erik um Rat zu fragen. Aber dafür war keine Zeit gewesen.

Dame Agnes' spitzer Mund war fest zusammengepresst und sie sah abweisend aus.

»Setzen Sie sich doch, Dame Agnes.«

»Ich stehe lieber.«

»Auch gut.« Megan konnte die Feindschaft, die ihr entgegenschlug, fast körperlich spüren.

»Was kann ich für Sie tun, Lady Megan?«

»Wir haben eine neue Wirtschafterin?«

»Das ist richtig.«

»Warum haben Sie mich davon nicht in Kenntnis gesetzt?«

»Ich dachte, Sie wären beschäftigt.«

»Sie wissen sehr gut, dass Sie mich hätten konsultieren müssen, Dame Agnes.«

»Sie haben sich ja zuvor auch nicht um die Belange des Gesindes gekümmert.«

Megan hatte genug. Sie stand auf und ging um den Tisch herum auf Dame Agnes zu. Sie blieb vor ihr stehen und sah ihr fest in die Augen.

»Ich bin die neue Herrin von Radwick und ich werde nicht dulden, dass Sie über meinen Kopf hinweg Entscheidungen fällen, die zu treffen nur mir zustehen.«

Dame Agnes schwieg.

»Mir gefällt die neue Wirtschafterin nicht, die Sie ausgewählt haben, und ich will nicht, dass sie bleibt.«

»Lady Megan, ich habe mich all die Jahre auf der Burg um das Gesinde gekümmert, und es hat sich nie jemand beklagt.«

»Das ist mir einerlei. Ich traue dieser Frau nicht.«

»Dann finden Sie doch eine Bessere«, entgegnete Dame Agnes aufgebracht.

»Das werde ich auch.« Megan ging zurück zu ihrem Stuhl und setzte sich.

»Das ist alles, Dame Agnes.«

Als sich die Tür etwas zu lautstark hinter Dame Agnes geschlossen hatte, atmete Megan tief durch. Ihr Herz raste, und sie hatte Mühe, sich zu beruhigen. Sie hatte den Bruch mit Dame Agnes gewagt, und jetzt gab es kein Zurück mehr.

Kurze Zeit später klopfte es erneut und diesmal steckte Anette den Kopf herein.

»Was ist mit dir, du siehst besorgt aus?«, fragte sie, als sie Megans Gesichtsausdruck sah.

»Ich habe gerade die neue Wirtschafterin entlassen.«

»Die neue Wirtschafterin?«

»Dame Agnes hat sie ernannt.«

»Das ging aber schnell.«

Megan erzählte Anette, was am Morgen vorgefallen war.

»Meinst du, ich habe richtig gehandelt? Hätte ich sie nicht doch behalten sollen?«

»Nein, das hättest du nicht!«, sagte Anette mit Nachdruck. »Ich wette, Dame Agnes war ziemlich aufgebracht.«

Megan nickte bedrückt.

»Megan, du hast das Richtige getan. Dame Agnes muss endlich einsehen, dass du jetzt das Sagen auf Radwick hast.«

»Das ist alles sehr unschön. Jetzt muss ich eine neue Wirtschafterin finden.«

»Weshalb? Soll sich doch Dame Agnes darum kümmern und dir diejenigen vorstellen, die für diesen Posten in Frage kommen.«

»Ich habe aber gesagt, dass ich es tun würde. Du weißt doch, wie es ist, wenn ein Wort das andere gibt.«

Anette ging im Zimmer auf und ab.

»Megan, ich bin davon überzeugt, dass du richtig gehandelt hast. Aber von nun an wird Dame Agnes gegen dich sein und wahrscheinlich versuchen, die Dienerschaft gegen dich aufzubringen. Wir müssen uns auf einen Krieg vorbereiten!«

Megan verzog das Gesicht. Sie wusste, dass Anette vermutlich Recht hatte.

»Dame Agnes hat zwar die Zügel fest in der Hand, aber beliebt ist sie nicht. Die Leute haben Angst vor ihr«, fuhr Anette fort. »Du musst dich von nun an viel mehr um das Gesinde kümmern.«

»Das mache ich gern.«

»Gut. Alle wichtigen Posten müssen mit deinen Verbündeten besetzt werden.« Anette klang, als plane sie einen Feldzug.

»Ich kenne leider niemanden, dem ich diese Arbeiten überantworten könnte«, warf Megan ein.

»Das müssen wir ändern. Ich kenne viele Leute, die dafür geeignet wären. Aber als erstes brauchen wir eine Wirtschafterin, die auf deiner Seite ist.«

~ 21 ~

Am späten Nachmittag kehrte Albert auf die Burg zurück. Er machte ein sorgenvolles Gesicht und verschwand, kaum dass er vom Pferd gestiegen war, um sich mit Erik zu besprechen. Megan sah ihn erst beim Abendessen wieder.

»Megan, das ist ja schrecklich, was ich da hören musste. Ich bin sehr froh, dass Ihnen nichts passiert ist.«

»Glücklicherweise bin ich rechtzeitig aufgewacht.«

»Die arme Frau Edla.« Er schüttelte bedauernd den Kopf. »Haben wir schon eine neue Wirtschafterin?«

Megan war sich nicht sicher, wie viel sie Albert erzählen sollte. Sie wollte nicht, dass er für Dame Agnes Partei ergriff. Zweifelsohne würde er Megan raten, sich um nichts zu kümmern und Dame Agnes nur machen zu lassen. Ja, es war seine Art, die Dinge aus der Hand zu geben. Deshalb war auch Erik der wahre Herr von Radwick, denn er lenkte die Geschicke der Burg. Aber Megan wurde immer deutlicher, dass sie nicht so sein wollte wie Albert.

»Nein, noch nicht. Ich bin mir aber sicher, dass wir bald einen Ersatz gefunden haben werden.«

Albert nickte geistesabwesend, er war in Gedanken schon mit etwas anderem beschäftigt. Megan betrachtete ihn. Seine Stirn lag sorgenvoll in Falten, und die Brauen waren leicht zusammengezogen. Sie wusste nicht, worüber sie sich mit ihm unterhalten sollte. Die Dinge, die sie wirklich beschäftigten, konnte und wollte sie nicht mit Albert teilen. Auch er ließ sie nicht an seinen Gedanken teilhaben. Sie lebten in zwei völlig verschiedenen Welten. Albert war ihr als ein freundlicher Fremder begegnet und er war ein Fremder geblieben. Jetzt sah er auf.

»Ich habe gehört, dass es einen Vorfall mit Dame Evelyn in der Kemenate gab?«

Überrascht blickte Megan auf. Dame Evelyn hatte sie zwischenzeitlich ganz vergessen.

»Ja. Ich habe sie des Zimmers verwiesen.«

»Darf ich fragen, weshalb?«

»Natürlich. Sie hat eine gehässige Bemerkung über jemanden gemacht, der nicht anwesend war.«

Albert nickte.

»Und das nicht zum ersten Mal.« Megan hatte das Gefühl, sich vor ihm rechtfertigen zu müssen. Außerdem hatte sie ein schlechtes Gewissen, weil sie sich nicht einen Moment lang gefragt hatte, wo Dame Evelyn sich jetzt, da ihr der Zutritt zur Kemenate verwehrt war, den ganzen Tag über aufhielt.

»Sie hat kein einfaches Leben gehabt«, bemerkte Albert.

»Deshalb muss sie trotzdem nicht so über andere sprechen.«

Er nickte erneut.

»Wenn sie sich entschuldigt, kann sie gerne wieder mit den anderen in der Kemenate sitzen. Das weiß sie auch«, setzte Megan nach.

»Ich wollte nicht Ihre Entscheidung in Frage stellen, Megan.« Er lächelte sie an. »Ich bin sicher, Sie werden das zu regeln wissen.«

Megan zweifelte plötzlich, ob sie richtig gehandelt hatte. War sie zu hart gewesen? Warum war Dame Evelyn nicht noch einmal zu ihr gekommen, um sich zu entschuldigen? Sie verbrachte so wenig Zeit bei ihren Hofdamen, dass ihr ihre Abwesenheit gar nicht aufgefallen war.

»Was meinen Sie damit, dass Dame Evelyn kein einfaches Leben gehabt hat, Albert?«

»Nun, soweit ich weiß, war ihr erster Mann alles andere als freundlich zu ihr. Kurz vor seinem Tod hat er bestimmt, dass die gemeinsamen Kinder in der Obhut seines Bruders aufwachsen sollen. Aber Dame Evelyn selbst war dort nicht willkommen.«

»Wie ist sie nach Radwick gelangt?«

»Mit ihrem zweiten Ehemann. Er war sehr viel älter und ein Gefolgsmann meines Vaters. Aus dem letzten Kreuzzug ist er nicht zurückgekehrt.«

»Ich wusste nicht, dass sie Witwe ist.«

»Das ist auch nicht gewiss, aber sehr wahrscheinlich.«

Megan drehte an ihren Ringen. Nein, Dame Evelyn war in einer bedauernswerten Lage. Sie konnte nichts tun als warten, ob ihr Mann nicht doch noch zurückkehren würde. Eine neue Heirat war ihr verbaut.

»Hat sie keine Kinder aus der zweiten Ehe?«

»Nein, ich glaube nicht.«

Bevor Megan ihrem Mann noch weitere Fragen stellen konnte, klopfte es an der Tür und Erik kam herein. Er nickte Megan kurz zu, ging zu Albert und flüsterte ihm etwas ins Ohr. Dann verließ er das Zimmer wieder. Albert erhob sich.

»Entschuldigen Sie mich, Megan, ich muss mich um etwas Dringendes kümmern.«

Obwohl es unsinnig war, kränkte es sie doch, wie gleichgütig Erik sich ihr gegenüber verhalten hatte. Er hatte Albert etwas zugeflüstert, als könne er ihr nicht trauen. Natürlich entsprach das dem angemessenen Verhalten eines Stewards, der seinem Herrn etwas Wichtiges mitzuteilen hatte. Aber dennoch versetzte es ihr einen Stich. Sie hatte Erik seit der Versammlung im großen Saal nicht mehr gesehen. Jetzt da Albert zurück war und ihre Zofe Ella in ihrem Zimmer schlief, würde sich auch sicher nicht so bald eine Gelegenheit bieten, mit ihm allein zu sein. Der Gedanke gab Megan einen weiteren scharfen Stich.

Megan beschloss, in die Kemenate zu gehen und bei ihren Hofdamen zu sitzen. Die Geschichte, die Albert ihr über Dame Evelyn erzählt hatte, hatte ihr bewusst gemacht, wie wenig sie über ihr Gefolge wusste. Nachdem sie anfänglich Ablehnung gespürt hatte, hatte sie sich nicht weiter darum bemüht, mit den Damen bekannt zu werden. Obwohl das als die neue Lady Solvey ihre Pflicht gewesen wäre. Erik hatte auch in diesem Fall Recht gehabt, sie hatte sich nicht wie die Herrin von Radwick benommen. Sie war nur damit beschäftigt gewesen, sich selbst zu bedauern.

Megan hatte das Damenzimmer fast erreicht, als im gleichen Augenblick Dame Evelyns Freundin um die Ecke bog. Sie knickste steif und wollte schon weitergehen, als Megan sie aufhielt.

»Entschuldigen Sie, ich weiß nicht, wie Sie heißen.«

»Ich heiße Roberta, Milady.«

»Roberta, wo ist Dame Evelyn?«

»Sie ist krank.«

»Krank? Wie lange denn schon?«

»Eigentlich schon, seit wir alle mit der Grippe darnieder lagen. Es ging ihr auch schon besser, aber seit ein paar Tagen plagt sie wieder der Husten.«

»Führen Sie mich bitte zu ihr.«

Roberta starrte Megan überrascht an.

»Sie wollen Evelyn besuchen?«

»Warum nicht?«

»Natürlich, Milady, bitte folgen Sie mir.«

»Wie lange leben Sie schon auf Radwick, Roberta?«

»Ich kam hierher im Gefolge von Lady Barbara.«

Megan spürte, dass die andere ihr nicht mehr von sich erzählen wollte, und drängte sie nicht weiter. Als sie den Südflügel der Burg erreichten, blieb Roberta vor einem der Wohnräume stehen.

»Hier, dies ist Dame Evelyns Schlafzimmer.«

»Danke.« Megan entließ Roberta mit einem Nicken. Für einen Moment stand sie unschlüssig vor der Tür und atmete tief durch. Sie wusste nicht, was Dame Evelyn von ihrem Besuch halten würde. Sie wusste selbst nicht einmal, was sie sich davon versprach. Schließlich klopfte sie aber doch an und hörte von drinnen ein leises »Ja, bitte«. Megan trat ein. Das Zimmer lag im Halbdunkel, Bastmatten waren vor die Fenster gehängt worden, um die Herbstluft abzuhalten. Es war trotzdem kühl und ein wenig feucht. Dame Evelyn lag in ihrem Bett unter mehreren Decken. In der Luft hing abgestanden der Geruch von Kräutern. Es war klamm und ungemütlich in dem Gemach.

»Lady Megan!« Dame Evelyn versuchte sich aufzurichten.

»Bleiben Sie bitte liegen.« Megan trat an das Bett.

»Darf ich mich zu Ihnen setzen?«

»Wenn Sie möchten.«

Megan überhörte die Abweisung in Dame Evelyns Stimme und zog den einzigen Stuhl im Raum heran und nahm Platz.

»Sie sind krank. Was fehlt Ihnen?«

Dame Evelyn beäugte Megan misstrauisch und hustete kurz.

»Ich habe einen schlimmen Husten.«

»Hat Doktor Hilbert schon nach Ihnen gesehen?«

»Den Quacksalber lasse ich nicht an mich heran!«

»Das hat Ihnen sicher drei Quart Blut und das Leben gerettet.«

Wider Willen musste Dame Evelyn lachen, was sofort zu einem Hustenanfall führte. Megan betrachtete die blasse, dünne Gestalt vor sich. Sie dachte daran, was Albert ihr über sie erzählt hatte.

»Möchten Sie wieder zu den anderen Damen in die Kemenate zurückkehren, Dame Evelyn?«

»Aber ich habe mich noch nicht bei Ihnen entschuldigt.«

»Sie müssten sich eigentlich auch nicht bei mir, sondern bei Anette entschuldigen.«

Dame Evelyn schwieg.

Megan blickte sich im Zimmer um. »Es ist ausgesprochen ungemütlich hier.«

»Es tut mir leid, was ich gesagt habe«, brach es nun unvermittelt aus Dame Evelyn hervor.

Megan lächelte.

»Es ist gut. Vergessen wir das alles einfach. Ich habe ein sehr gutes Rezept gegen Erkältungen. Ein Mädchen wird Ihnen einen Kräutertrunk bringen.« Megan stand auf. »Bis Morgen, Dame Evelyn. Ich hoffe, es geht Ihnen bald besser.«

Ohne eine Antwort abzuwarten, ging sie hinaus. Dame Evelyn blickte ihr mit offenem Mund hinterher. Megan machte sich in Richtung Küche auf und lächelte zufrieden. Das hatte sie gut gemacht und es war nicht so schwer gewesen, wie sie befürchtet hatte.

Sie war so in Gedanken versunken, dass sie fast mit Erik zusammengeprallt wäre, als er gerade den alten Trakt verließ. Abrupt blieb sie vor ihm stehen.

»Erik.« Ihre Stimme klang atemlos.

»Megan.«

Eine Welle von Sehnsucht überkam sie. Sie wollte sich in seine Arme werfen und an ihn schmiegen. Sie wollte wieder seine Lippen und seine Hände auf ihrer nackten Haut spüren. Erik räusperte sich.

»Ich habe gehört, es gab Streit mit Dame Agnes?«

Megan blinzelte und nahm sich zusammen.

»Ja, sie hat ohne mein Einverständnis eine neue Wirtschafterin eingestellt.«

»Sie hat bisher immer das Gesinde ausgesucht.«

Sofort wurde Megan unsicher. Hatte sie sich falsch verhalten?

»Aber hätte sie nicht vorher meine Erlaubnis einholen müssen?«, fragte Megan zaghaft.

»Ja, das hätte sie sicher tun sollen.«

Er sah sie forschend an. »Hast du einen Augenblick Zeit?«

Sie nickte.

»Dann komm und erzähl mir, was vorgefallen ist.«

Sie folgte Erik in einen Raum, der zwischen seinem und Fulkes Schlafzimmer lag. Er schob ihr einen Stuhl zurecht und setzte sich dann vor ihr auf die Tischkante.

»Nun?«

Megan berichtete von ihrer Begegnung mit Anna Herrington und ihrem Gespräch mit Dame Agnes. Als sie die Geschichte wiederholte, kam erneut Unwille in ihr auf, einfach übergangen worden zu sein.

»Natürlich ist es dein Recht als Hausherrin, deine Leute selbst auszuwählen. Aber Dame Agnes hatte so lange das Sagen in diesem Bereich, dass es nicht leicht für sie ist, dass nun du die Entscheidungen triffst. Und sie hat immer eine gutes Auge bei der Wahl des Gesindes bewiesen.«

»Nicht bei Anna Herrington.«

Erik legte den Kopf schief und sah Megan eindringlich an.

»Ich traue ihr nicht!«, sagte Megan mit Nachdruck. Es entstand eine Pause, und das Verlangen, in seinen Armen zu liegen, kehrte zurück. Sie blickte auf und sah in seine Augen.

Erik reichte ihr die Hand und zog sie vom Stuhl. Jetzt stand sie ganz dicht vor ihm.

»Wollen wir diese Gelegenheit nutzen?«, fragte er leise, und seine Stimme war plötzlich rau.

Megan bot ihm ihr Gesicht dar, und er nahm es in seine Hände und küsste sie zärtlich. Die Welt um Megan herum versank, nichts zählte mehr, es gab nur noch Erik für sie. Er hob sie hoch und trug sie in das angrenzende Schlafzimmer. Ungeduldig entledigten sie sich ihrer Kleider. Mit jedem Mal, dass sie sein Bett teilte, wurde Megan mutiger und leidenschaftlicher. Sie erkundete mit ihren Händen seinen Körper, strich über die glatte Haut auf der Innenseite seiner muskulösen Schenkel und weiter nach oben. Was sie fand, war warm und fest und voller Kraft. Sie wollte wieder eins mit ihm sein und drängte sich an ihn.

Schließlich lag sie an seiner Schulter und sein Arm lag schwer auf ihrem Nacken. Megan schloss die Augen und wünschte, dass die Zeit stehen bliebe. Für wenige Atemzüge schien ihr Wunsch in Erfüllung zu gehen, doch dann nahm Erik seinen Arm weg und rollte sich vom Bett. Widerwillig setzte Megan sich auf. Er reichte ihr ihr Unterkleid. Während sie noch auf dem Bett saß und ihr Haar ordnete, beobachtete sie ihn. Ihr Herz schien vor Liebe überzuquellen. Er bemerkte ihren Blick und sah auf.

»Ist etwas?«

»Nein, es ist nichts.«

»Komm, beeil dich.«

Megan glitt von Bett. Erik kam zu ihr herüber und strich ihr Kleid glatt.

»Du machst das fast so gut wie Ella.«

Er grinste.

»Kann ich dann jede Nacht in deinem Zimmer schlafen?«

»Aber sicher.«

»Ein sehr verlockendes Angebot.«

Er küsste sie auf die Stirn, dann ging er zur Tür und spähte hinaus.

»Du nimmst die Wendeltreppe.« Er schob sie in Richtung Treppe und verschwand dann selbst in die entgegengesetzte Richtung. Wenig später stand Megan im Hof. Inzwischen war es dunkel. Wie sollte nur alles weitergehen?

Sie wollte sich gerade auf den Weg zur Kemenate machen, als ihr einfiel, dass sie Dame Evelyn einen Kräutertrunk versprochen hatte. Also ging Megan zur Küche. Es war bereits spät und die Mehrzahl der Bediensteten war zu ihren Quartieren in der Burg oder ihren Hütten in der Siedlung zurückgekehrt.

»Ist jemand hier?«, rief Megan in die dämmrige Wärme der Küche hinein und lauschte. Jetzt hörte sie das Geräusch von Holzschuhen auf dem Steinfußboden näherkommen.

»Ja bitte?« Eine Frau kam zur Tür, ihre weiße Haube leuchtete im Halbdunkeln. Jetzt erkannte sie Megan und knickste tief.

»Milady?«

»Guten Abend. Wie heißt du bitte?«

»Ich bin Amabel, Milady.«

»Amabel, es tut mir leid, so spät noch zu stören. Ich möchte gerne einen Trunk bereiten. Ich brauche Milch und Honig. Außerdem möchte ich sehen, was ihr an Kräutern habt.«

»Ich mache Licht. Einen Moment bitte, Milady.«

Im Licht der Öllampe konnte Megan ihr Gegenüber besser erkennen. Amabel war älter, als ihre Stimme klang, sie mochte bereits um die vierzig sein. Ihre Wangen waren gerötet, und sie war von kräftiger Statur, aber doch schlank. Ihre grauen Augen hatten einen freundlichen Ausdruck. Sie brachte Megan ein großes Tablett mit Gewürzen und Kräutern und ging dann zum Herd, um das Feuer zu schüren. Als sie die Milch aufgesetzt hatte, trat sie an den Küchentisch, an dem Megan nun saß.

»Hier. Wir brauchen je eine Messerspitze von diesen dreien und eine gute Prise von diesem hier.« Megan schob das Tablett zu Amabel hinüber. Mit großer Sorgfalt folgte sie den Anweisungen.

»Die Milch darf nur leicht köcheln. Es braucht ein wenig.«

Amabel rührte gleichmäßig in dem kleinen Kupferkessel.

»Wie lange arbeitest du schon in der Küche, Amabel?«

»Seitdem ich ein kleines Mädchen war, Milady.«

»Welche Aufgaben hast du?«

»Ich habe schon vieles gemacht, aber jetzt bin ich für die Vorräte zuständig.«

Megan wusste nicht recht, wie sie es anfangen sollte. Sie wollte mehr über die Verhältnisse in der Küche wissen. Sie musste eine neue Wirtschafterin finden, und es war wichtig, dass sie eine gute Wahl traf.

»Darf ich Sie etwas fragen, Milady?«

»Selbstverständlich.«

»Warum haben Sie Anna Herrington weggeschickt?«

»Weshalb fragst du? Hältst du meine Entscheidung für falsch?«, fragte sie vorsichtig.

»Nein, ich glaube, es war richtig.«

Megan war überrascht, wie klar diese Antwort gekommen war. Sie war sich sicher, dass Amabel ihr nicht zugestimmt hätte, wenn sie es nicht so gemeint hätte.

»Ich habe sie weggeschickt, weil ich ihr misstraut habe.«

Amabel nickte und rührte weiter im Topf. Eigentlich sollte sie nicht so vertraulich mit dem niederen Volk reden, schalt sich Megan und dachte im gleichen Moment, wie unsinnig dieses Gebot war. Sie war hier die Herrin und sie würde reden, mit wem und wie es ihr passte.

»Kanntest du Anna Herrington eigentlich?«

»Nein, keiner von uns hatte sie je zuvor gesehen.«

»Wer, glaubst du, wäre geeignet, Frau Edlas Posten einzunehmen?«

»Wer dafür geeignet wäre?« Amabel war überrascht, eine solche Frage gestellt zu bekommen.

»Ja, wenn du dir eine Wirtschafterin aussuchen könntest, wen würdest du wählen?«

»Oh, da muss ich nachdenken, Milady.«

Megan wartete, während Amabel nachdenklich die Milch umrührte. Das hatte sie von Erik gelernt. Sie würde nicht so energisch auf einer Antwort bestehen wie er, aber eine Antwort würde sie bekommen. Schließlich sagte Amabel: »Das ist keine leichte Frage, Milady. Es sollte jemand sein, der die Verhältnisse auf Radwick kennt. Jemand mit guten Beziehungen, dem die Leute vertrauen.«

Es fiel Megan auf, dass Amabel gesagt hatte, »dem die Leute vertrauen« und nicht »dem die Leute gehorchen«.

»Es müsste jemand sein, der mit Dame Agnes auskommt.«

Oder jemand, der Dame Agnes gewachsen war, dachte Megan.

»Oder zumindest jemand mit genug Standfestigkeit«, fuhr Amabel fort, als hätte sie Megans Gedanken gelesen.

»Fällt dir so jemand ein?«

»Nein.«

Megan war enttäuscht. Dame Agnes stand ihr bei der Benennung einer neuen Wirtschafterin im Weg, denn niemand wollte sich mit ihr auseinandersetzen müssen.

»Frau Edla ist aber doch auch mit Dame Agens zurechtgekommen.«

Amabel lächelte schief und meinte: »Das sah nur so aus. Sie haben sich nicht gut verstanden.«

Megan stand auf.

»Ich glaube, die Milch ist jetzt genau richtig.«

Amabel nahm den Kessel vom Feuer und goss die heiße Flüssigkeit in einen Tonkrug.

»Lass das bitte hinauf zu Dame Evelyn bringen.«

»Sehr gerne, Milady.«

~ 22 ~

Erik saß über einer Aufstellung aller schweren Geschosse, aber er war nicht bei der Sache. Ungeduldig trommelten seine Finger auf die Tischplatte. Die Entscheidung, Megan anzubieten, ihr Bett zu teilen, war ihm nicht leicht gefallen. Er hatte Albert damit die Treue gebrochen, aber es galt, Radwick um jeden Preis zu halten. Nachdem er sich erst einmal zu diesem Schritt durchgerungen hatte, war es alles andere als unangenehm gewesen, mit Megan einen Erben zu zeugen. Doch die Art, wie sie ihn jetzt ansah und wie sie sich ihm hingab, hatten die Dinge nicht leichter gemacht. Vorhin, als sie in seinen Armen gelegen hatte, hatte er sich für einen Moment vorgestellt, sie gehöre ihm. Erik schlug mit der flachen Hand auf den Tisch. Er musste sofort damit aufhören. Es durfte nicht sein, und mit einer Schwangerschaft Megans würde ihre Beziehung sofort enden müssen. Energisch wandte er sich wieder seiner Aufstellung zu.

»Meine Güte, hast du schlechte Laune«, beschwerte sich Fulke, der Erik wenig später im Waffenarsenal aufsuchte.

»Wer zu diesem Zeitpunkt keine schlechte Laune hat, hat nicht verstanden, wie schlecht es um uns alle steht!«

Fulke setzte sich und betrachtete seinen Bruder nachdenklich.

»Ist es wirklich hoffnungslos?«

Erik seufzte.

»Es ist nicht völlig hoffnungslos, aber es braut sich ein Sturm zusammen, wie ihn Radwick noch nicht erlebt hat.«

»Varmourth?«

»Nicht nur er. Barton hat mit ihm einen Pakt geschlossen. Lambert glaubt, Varmourth hat ihm das Land südlich des Forthcreek versprochen.« Erik schnaubte verächtlich.

»Aber was wird König Henry dazu sagen? Das ist doch Landfriedensbruch?«

»Ich glaube, es wäre ihm nur Recht, wenn Radwick an Varmourth fiele.«

Fulke starrte Erik mit offenem Mund an.

»Alles, was ich das letzte Mal in Westminster in Erfahrung bringen konnte, deutet darauf hin, dass er bei einer Belagerung nicht eingreifen würde.«

»Aber das kann er nicht tun!«

»Weshalb nicht?«

»Das ist nicht rechtens.«

»Wenn erst einmal Tatsachen geschaffen sind, dann wird es viel einfacher sein, das Lehen an einen anderen zu vergeben. Und wenn Albert bei dem Angriff fällt, steht dem König nichts mehr im Wege, einen neuen Lehensherrn zu ernennen.«

Blankes Entsetzen stand in Fulkes Blick. Noch nie hatte er Erik in dieser Weise über die bevorstehende Gefahr sprechen hören.

»Und was wird aus uns?«

»Sollte Radwick fallen, sind wir beide nicht mehr am Leben.«

Fulke schluckte. Natürlich war es ihre Pflicht, die Burg bis aufs Letzte und mit ihrem Leben zu verteidigen. Er wusste, dass sein Bruder bis zum letzten Blutstropfen kämpfen würde, und er schämte sich, dass er plötzlich Furcht in sich spürte. Erik war Fulkes Blick nicht entgangen, und so schlug er einen anderen Ton an.

»Aber noch ist nicht aller Tage Abend. Es müsste schon mit

dem Teufel zugehen, wenn wir Varmourths Belagerung nicht standhalten könnten.« Er schob seinem Bruder die Aufstellung zu.

»Hier, überprüfe das bitte, ich muss etwas mit Lambert besprechen.«

Fulke nickte erleichtert, griff nach der Liste und ging wieder.

Am nächsten Morgen traf Megan sich mit Anette im Turmzimmer.

»Kennst du Amabel aus der Küche?«, fragte Megan ihre Freundin.

»Natürlich kenne ich Amabel, sie hat mich einmal vor einer Tracht Prügel bewahrt!«

»Meinst du, sie wäre eine gute Wirtschafterin?«

Anette stutzte.

»Ist das dein Ernst?«

Megan wurde unsicher.

»Ich habe sie gestern in der Küche kennengelernt, und sie machte einen vernünftigen Eindruck auf mich.«

Anette fasste Megan am Arm.

»Das wäre großartig! Amabel wäre genau die Richtige, sie ist schon so lange hier und kennt sich gut aus auf der Burg. Und außerdem ist sie mutig.«

»Mutig?«

»Immerhin war sie mutig genug, Frau Edla davon abzuhalten, mich zu verprügeln.«

Megan blickte ihre Freundin verdutzt an.

»Das ist schon eine Weile her.«

»Das dachte ich mir.«

»Ernsthaft, Megan. Amabel ist sehr gut für diesen Posten geeignet. Wieso bin ich da nicht selbst draufgekommen?«

»Gerade schienst du mir aber erstaunt über meinen Vorschlag zu sein. Weshalb?«

»Nun ja, ihre Familie gehört nicht zu den Freien. Sie ist eine Leibeigene.«

Megan drehte an ihren Ringen und grübelte. Der Posten der Wirtschafterin auf Radwick war eine wichtige Stellung und konnte nicht an eine Leibeigene vergeben werden. Sie musste Albert überzeugen, Amabel die Freiheit zu schenken, sonst hätte sie einen schweren Stand gegen Dame Agnes.

»Hast du sonst noch einen Vorschlag, wen ich zur Wirtschafterin ernennen könnte?«

Anette schüttelte energisch den Kopf.

»Nein, ich glaube, Amabel wäre die Richtige!«

»Dann muss ich nachher mit Albert darüber sprechen.«

Allerdings wollte sie erst Erik um seine Meinung fragen, ehe sie zu Albert ging.

Es dauerte bis zum Nachmittag des nächsten Tages, bis Megan Gelegenheit hatte, mit Erik zu sprechen. Er war in Eile und kurz angebunden. Nein, es gab nichts gegen Amabel einzuwenden, aber wer die neue Wirtschafterin würde, war gerade eine seiner geringsten Sorgen. Megan war gekränkt, dass er ihrem Ansinnen so wenig Beachtung schenkte, aber natürlich hatte er anderes im Kopf. Doch für sie war diese Ernennung vor großer Bedeutung. Sie beschloss, mit Albert zu sprechen. Sie fand ihn in dem Kaminzimmer, das an sein Schlafgemach grenzte. Die Tür stand offen, und es war ein großes Bett mit dunkelblauen Vorhängen zu sehen. Megan wurde bewusst, dass sie das Schlafzimmer ihres Gatten noch nie betreten hatte. Sie hatte zweimal klopfen müssen, um eine Antwort zu bekommen. Albert saß in einem etwas abgewetzten Sessel und starrte in den leeren Kamin. Er hatte nicht aufgesehen, als Megan hereingekommen war.

»Albert?«

Megan trat an den Sessel. Er wandte den Kopf, und sie erschrak. Er sah mitgenommen aus.

»Megan, was kann ich für Sie tun?«

Sie setzte sich auf den Fußschemel und nahm seine Hand.

»Ist Ihnen nicht wohl? Sie sehen nicht gut aus, Albert.«

Er schwieg, und in seinen Augen stand große Traurigkeit. Seine Hand lag kalt und schlaff in der ihren.

»Kann ich etwas tun? Soll ich nach dem Doktor rufen?«

Albert schüttelte den Kopf. Es schien ihm unmöglich, sich aus seiner Melancholie zu befreien. Er saß nur da und schwieg. Megan hielt seine Hand und schwieg ebenfalls. Nach einer ganzen Weile fragte er plötzlich.

»Glauben Sie, Gott hat uns erschaffen, einander zu bekriegen?«

»Nein. Gott will, dass wir uns lieben.«

»Warum gelingt es dann nicht?«

Darauf wusste Megan keine Antwort.

»Wussten Sie, dass ich einen älteren Bruder hatte?«

Megan schüttelte den Kopf.

»Er starb, als er noch sehr klein war. Er hätte Radwick bekommen sollen. Das war Gottes Plan. Warum hat er ihn nur geändert und mich zum Erben gemacht?«

Albert seufzte tief und sprach weiter.

»Vater Raphael sagt immer, Gottes Wege sind unergründlich. Ich kann ihm nur zustimmen, denn ich kann Gottes Plan nicht erkennen.«

Es schmerzte Megan, Albert so verzweifelt zu sehen, und sie drückte seine Hand.

»Und jetzt habe ich auch Sie noch mit in all das hineingerissen, Megan.«

»Bitte Albert, sagen Sie so etwas nicht. Ich bin Ihre Frau und werde an Ihrer Seite stehen.« Als die Worte über Megans Lippen kamen, klangen sie schrill und falsch in ihrem Ohr. Hier saß Albert, er war ihr Ehemann und er brauchte ihre Unterstützung und Loyalität, und nichts davon schenkte sie ihm. Sie liebte einen anderen, sie betrog ihn mit seinem engsten Vertrauten, und dabei war er stets freundlich zu ihr gewesen. Das Gefühl der Schuld, das sie überkam, raubte ihr fast den Atem. Wie selbstsüchtig sie war! Sie schämte sich ihrer Lust und ihres Verlangens nach Erik. Nachdem sie einmal beschlossen hatte, ihren Ehebruch Vater Raphael nicht zu beichten, hatte sie die Sündhaftigkeit ihres Tuns einfach aus ihrem Kopf verbannt. Sie wusste jetzt, dass ihre Beziehung zu Erik schon lange nicht mehr dem Zweck diente, das Fortbestehen des Geschlechts der Solveys zu sichern.

Albert sah sie aus müden Augen an.

»Wir tun alle, was wir tun müssen, Megan.«

Sie blieb stumm, außerstande zu sprechen. Aber sie hätte auch nicht gewusst, was sie ihm hätte erwidern sollen.

»Was war es, weswegen Sie gekommen sind?«

Megan stand auf.

»Es war nicht wichtig.«

Albert nickte und starrte wieder ins Feuer.

Megan ging gedankenschwer in Richtung Küche. Die Ernennung der neuen Wirtschafterin schien ihr nun nicht mehr von Bedeutung. Sie würde Amabel bitten, den Posten zu übernehmen, bis sich eine Lösung gefunden hatte. Als Megan in den Vorraum der Küche trat, stieß sie auf Dame Agnes. Sie sah noch strenger und abweisender aus als sonst und fragte Megan mit eisiger Stimme: »Haben Sie schon eine neue Wirtschafterin bestimmt, Milady?«

»Nein, noch nicht.«

»Ich hoffe, dass Sie bald Erfolg haben werden, denn die zusätzliche Arbeit hält mich von meinen eigenen Aufgaben ab.«

»Amabel wird die Vertretung übernehmen. So wird keine zusätzliche Arbeit mehr für Sie entstehen«, entgegnete Megan kühl.

»Amabel? Das kann nicht Ihr Ernst sein!«

»Doch, das ist mein voller Ernst.« Megan reckte das Kinn.

»Ich bin mir nicht sicher, ob ich mit ihr zusammenarbeiten kann«, entgegnete Dame Agnes hochmütig. »Sie ist schließlich eine Leibeigene.«

»Das hoffe ich aber, sonst werde ich auch einen Ersatz für Sie finden müssen, Dame Agnes.« Megan konnte selbst nicht glauben, was sie soeben gesagt hatte. Dame Agnes starrte sie an.

»Wie bitte?«, zischte sie.

»Sie haben mich verstanden.«

»Ich bin seit fast dreißig Jahren im Dienst auf Radwick. Wie können Sie es wagen, mir zu drohen, Sie dummes, junges Ding!« Dame Agnes trat einen Schritt auf Megan zu.

Jetzt hieß es Angriff oder Flucht. Entgegen ihrer sonstigen Gewohnheiten entschied sich Megan für Angriff. Wenn sie jetzt klein beigeben würde, hätte sie für immer verloren.

»In Anbetracht Ihrer Erregung werde ich Ihre Unverschämtheit dieses eine Mal überhören.« Megan trat nun ihrerseits einen Schritt auf Dame Agnes zu und sah auf die um einiges kleinere Frau hinab.

»Jeder kann ersetzt werden, auch Sie Dame Agnes. Wenn sich Lady Barbara nicht um die Hauswirtschaft auf Radwick gekümmert hat, dann ist das ihre Entscheidung gewesen. Ich werde mich aber kümmern, und es wäre besser für Sie, wenn Sie das endlich einsehen würden.«

Dame Agnes drehte sich auf dem Absatz um und marschierte ohne ein weiteres Wort hinaus.

Megan ließ sich erschöpft auf die Holzbank an der Wand sinken. Sie wusste nicht, ob sie diesen Machtkampf gewonnen hatte. Sie blickte auf ihre Hände. Sie zitterten. Sie wusste, dass das Ganze noch nicht ausgestanden war. Zu ihrer eigenen Überraschung stellte sie jedoch fest, dass sie imstande war, einen solchen Kampf auszutragen. Noch vor Kurzem wäre so etwas für Megan undenkbar gewesen. Es hatte sich viel ereignet in diesen wenigen Wochen auf Radwick.

»Milady, ist alles in Ordnung?«, riss Amabel Megan aus ihren Gedanken. Megan erhob sich.

»Ja, es ist alles in Ordnung. Amabel. Komm, ich muss etwas mit dir besprechen.« Megan ging um den Tisch herum, an dem Frau Edla zu sitzen pflegte, setzte sich in den Sessel und deutete Amabel, auf der Bank Platz zu nehmen.

»Ich möchte, dass du die Stellung von Frau Edla übernimmst.«

»Ich danke Ihnen Milady, aber ich bin mir nicht sicher, ob ich mir das zutraue.«

»Aber ich traue es dir zu.«

Amabel lächelte erfreut.

»Allerdings muss ich dich gleich warnen, dass ich diese Entscheidung gegen den ausdrücklichen Wunsch von Dame Agnes gefällt habe. Sie wird vermutlich nicht sehr hilfsbereit oder freundlich sein.«

»Nein, das glaube ich auch nicht. Es ist eine verantwortungsvolle Aufgabe, und sie hatte Anna Herrington schon eingestellt, als Frau Edla noch nicht einmal unter der Erde war.«

»Gut, wenn Dame Agnes dir Steine in den Weg legen und deine Arbeit behindern sollte, dann wende dich an mich.«

Amabel nickte.

»Vielen Dank für Ihr Vertrauen, Milady.«

»Ich weiß, es ist gerechtfertigt.«

Ihre Auseinandersetzung mit Dame Agnes ließ Megan nicht so schnell wieder los. Aber sie musste jetzt die Nerven bewahren und durfte sich nicht verunsichern lassen. Nachdenklich blickte sie aus ihrem Schlafzimmerfenster. Auch Albert machte ihr Sorgen. Sie hatte ihn noch nie so bedrückt und entmutigt gesehen. In dieser Krise schien er seinen Aufgaben als Landesherr nicht gewachsen zu sein. Erik hatte Albert die Befehlsgewalt über Radwick aus den Händen genommen, und ihr Gemahl hatte es geschehen lassen. Er konnte die berechtigten Erwartungen seines Stewards und seiner Leute nicht erfüllen, was ihn in eine tiefe Verzweiflung gestürzt hatte. Auch von Megan hatte Erik erwartet, dass sie sich ihrer Stellung entsprechend verhielt, und für ihn war sie über sich selbst hinausgewachsen. Aber sie hatte es getan, weil sie ihn liebte. Sie liebte ihn so sehr, dass sie es kaum ertragen konnte, und es gab nichts, was sie nicht für ihn tun würde. Sie würde alles für ihn geben, dachte sie, selbst ihr Leben.

~ 23 ~

Lambert klopfte vernehmlich an die Tür und trat ein. Erik blickte auf.

»Du bringst schlechte Nachrichten«, stellte er fest. Lambert ließ sich auf einen der Stühle fallen und seufzte laut. Dann sah er Erik in die Augen und sagte: »Es sieht nicht gut aus. Sie haben schweres Geschütz: Zwei Belagerungstürme, Katapulte, Rammböcke, alles, was du dir vorstellen kannst. Varmourth ist bestens gerüstet, und seine Männer haben sich bereits in Marsch gesetzt. In drei oder vier Tagen werden sie hier sein, und dann gnade uns Gott.«

Erik nickte bedächtig.

»Ja, Varmourth muss sich sehr stark fühlen, um im Herbst mit einer Belagerung zu beginnen.«

»Er ist stark! Barton wird ihm zu Hilfe kommen, und sie werden völlig in der Übermacht sein.«

»Es wird eine teure Eroberung werden.«

»Wir werden die Burg doch halten können?«

Erik zuckte mit den Schultern.

»Dank des Spions ist Varmourth bestens über Radwick informiert. Und wir sind in der Unterzahl.« Er schüttelte den Kopf. »Nein, ich weiß nicht, wie lange ich Radwick halten kann.«

»Wie lange?« Lambert beugte sich vor und starrte Erik fassungslos an. Erik blickte in seine Augen.

»Wir werden alle sterben, mein alter Freund. Wir können

nur hoffen, viele von Varmourth Leuten mit in den Tod zu ziehen.«

Megan wanderte ziellos auf dem Wehrumlauf der Burgmauer umher und starrte in die Ferne. Die unterschwellige Unruhe auf Radwick machte sie rastlos. Obwohl sich Erik große Mühe gegeben hatte, das Rüsten geheim zu halten, war zwischenzeitlich jedem klar, dass etwas bevorstand. Sie fürchtete sich vor dem, was kommen würde. Sie hatte noch nie eine Schlacht miterlebt. Würde Radwick einem Angriff standhalten können? Die Burg hatte bisher allen Eroberungsversuchen widerstanden. Aber es würde Opfer geben, viele Opfer. Und was, wenn Erik fallen würde?

»Megan!«

Erik kam mit zügigem Schritt auf sie zu. »Was machst du hier oben?«

»Nichts, ich gehe nur spazieren.«

Er blickte über die Zinnen in die Ferne und sog die frische Herbstluft ein. Einen Augenblick standen sie nebeneinander und blickten in die weite Landschaft, die sich vor ihnen erstreckte.

»Vermisst du deine Heimat, Megan?«

Überrascht wandte sie den Kopf, aber seine hellen Augen blickten in den Horizont.

»Ein wenig.«

»Ich bin hier geboren und vor mir mein Vater und vor ihm sein Vater und davor dessen Vater. Ich glaube, ich könnte niemals woanders leben.«

»Dann wärst du nicht mit König William gezogen, wärst du ein Normanne?«

»Nein, vermutlich nicht. Herren kommen und gehen, aber die Menschen des Landes bleiben.«

»Aber glaubst du nicht, dass ein Herr sich auch in seinem Land zu Hause fühlt?«

»Natürlich. Aber liebt er es auch? Und was ist er bereit, dafür zu geben? Es ist sein Besitz, aber ist es auch sein Leben?«

Megan wusste darauf nichts zu sagen. Sie selbst hatte noch nie so starke Gefühle für einen Ort gehabt. Sie vermisste die Heimat ihrer Kindheit, aber nach dem Tod ihrer Mutter war ihr Zuhause kalt und abweisend gewesen. Sie folgte Eriks Blick über die Hügel in der Ferne. Sie hatte gerade begonnen, sich hier zu Hause zu fühlen.

Erik räusperte sich und fuhr in einem anderen Tonfall fort: »Du wirst Radwick heute Nachmittag mit Lord Albert verlassen.«

»Was?«

»Es muss sein.«

»Aber weshalb?«

»Weil uns eine Belagerung bevorsteht und die Gefahr zu groß ist.«

»Aber wohin sollen wir denn?«

»Ihr werdet euch in Sicherheit bringen.«

»Aber …«

»Megan, es ist schon beschlossen.«

»Aber Albert kann doch jetzt nicht die Burg verlassen?«

»Weshalb? Gerade jetzt muss er gehen.«

Megan starrte Erik ungläubig an und versuchte zu verstehen, was er meinte.

»Albert kann doch Radwick nicht im Stich lassen!«, brach es schließlich aus ihr hervor.

»Das tut er auch nicht.«

»Das tut er doch, wenn er die Burg jetzt verlässt.«

»Wenn Albert fällt, haben wir Radwick verloren, ob wir der Belagerung standhalten oder nicht.«

Eriks Begründung leuchtete ein, aber dennoch spürte sie, dass es falsch war. Forschend sah sie in sein Gesicht. Und dann wurde ihr bewusst, dass sie ihn nie wiedersehen würde, wenn sie Radwick mit Albert jetzt verließ. Sie fasste ihn mit beiden Händen am Arm.

»Aber ich will nicht fort. Ich will bei dir bleiben.«

Sie spürte, wie sich die Muskeln unter ihren Händen für einen Augenblick anspannten, aber Eriks Stimme war ruhig, als er sagte: »Megan, nicht ich, sondern Albert ist dein Gemahl.«

Ihre Hände lösten sich von seinem Arm, als er fortfuhr: »Es ist das Beste für Radwick, wenn Albert sich in Sicherheit bringt, solange noch eine Gelegenheit dazu besteht. Und dein Platz ist an seiner Seite.«

Megan fühlte sich plötzlich ganz kalt und taub. Sie verstand jetzt, dass Eriks Liebe einzig der Burg galt. In seinem Herzen war kein Platz für sie. Wortlos drehte sie sich um und ging, um ihre Sachen zu packen.

Erik blickte ihr nach. Er ballte die Fäuste so fest, dass seine Knöchel weiß hervortraten. Bisher hatte Radwick jeder Belagerung standgehalten, aber diesmal war es anders. Erik spürte es genau, sie waren von Feinden umzingelt, und er war sich sicher, dass es einen Verräter unter ihnen gab. Megan konnte nicht bleiben. Wenn sie bliebe, würde sie sterben, und das durfte er nicht zulassen. Radwick würde fallen, und sie alle waren dem Tod geweiht.

Die Nachricht von Megans bevorstehender Abreise hatte Ella schon erreicht, und so war die Zofe bereits dabei zu packen, als Megan in ihr Schlafzimmer kam. Es war deutlich, dass Ella heilfroh war, der bevorstehenden Belagerung zu entkommen, und sie plapperte aufgeregt über die bevorstehende Reise. Megan hörte nicht hin, sie ging rastlos im Zimmer auf und ab. Dann fiel ihr ein, dass sie sich von Anette verabschieden musste, und sie machte sich sofort auf die Suche nach ihrer Freundin. Sie fand sie in der Schmiede ihres Vaters, wo sie eimerweise Wasser in einen der großen Bottiche goss. Als Anette Megan erblickte, stellte sie den Eimer ab und kam zu ihr herüber.

»Megan, du bist meine Rettung! Es ist ein Tollhaus hier. Komm, lass uns gehen.« Sie zog Megan mit sich in eine Nische des überdachten Umlaufs, der den Burgbewohnern bei Regen einen trockenen Weg um den Burghof ermöglichte. Erst jetzt bemerkte sie den verlorenen Ausdruck in Megans Augen.

»Du meine Güte, Megan, was ist geschehen?«

»Albert und ich werden Radwick verlassen.«

»Radwick verlassen?«

»Es wurde beschlossen, dass es das Beste sei, Albert und mich in Sicherheit zu bringen.«

»Wirklich?«

»Sollte Lord Albert fallen, würde König Henry Radwick sofort an Lord Varmourth geben«, gab Megan Eriks Begründung wieder.

Anette runzelte die Stirn.

»Das stimmt natürlich, und schließlich wird Herr Erik die Burg verteidigen. Und wenn alles ausgestanden ist, dann werdet ihr zurückkommen.«

Megan nickte mechanisch.

»Wann reist ihr denn ab?«

»Heute Nachmittag.«

»Heute Nachmittag schon?«

»Ja, ich bin gekommen, um mich zu verabschieden.«

»Ich werde dich vermissen, Megan!« Anette umarmte ihre Freundin.

»Ich dich auch.«

Wieder hatte sie das Gefühl, ihre Freundin nie wiederzusehen, wenn sie jetzt ging. Anette blickte forschend in ihr Gesicht.

»Du siehst so merkwürdig aus, Megan. Ist alles in Ordnung?«

»Ich bin ein wenig besorgt, das ist alles.«

Anette lachte.

»Das hier ist nicht die erste Belagerung von Radwick. Bisher hat die Burg allem standgehalten. Ich habe zwar noch keinen Angriff miterlebt, aber mein Vater sagt, dass Radwick uneinnehmbar ist.«

Megan nahm sich zusammen und sagte nichts. Sie umarmte ihre Freundin nochmals und winkte ihr zum Abschied zu, als sie zurück in ihr Schlafzimmer eilte, um sich reisefertig zu machen.

Eine Stunde später war sie zur Abreise bereit. Ihre Reisegesellschaft bestand aus nur fünf Personen. Neben Albert, Ella und Megan waren noch Josh und ein weiterer junger Mann dabei, der sich als Ben vorstellte. Sie hatten bereits aufgesessen, als Erik kam, um seinen Herrn zu verabschieden. Er sprach für einen Moment mit Albert und Josh, dann trat er zu Megan.

»Auf Wiedersehen, Lady Megan.«

»Leb wohl, Erik.«

Er blickte in ihre Augen und wusste, dass sie verstanden hatte. Es würde kein Wiedersehen geben. Der Trupp setzte sich in Bewegung und trabte zum Tor hinaus. Die Bewohner der Burgsiedlung verbeugten sich tief und zogen die Mützen, aber in ihren Augen standen Sorge und Verwunderung. Albert blickte starr geradeaus. Der Herr von Radwick verließ die Burg im Augenblick einer Bedrohung. Megan dachte an Eriks Worte: »Herren kommen und gehen, aber die Menschen des Landes bleiben«. Megan schämte sich für Albert und für sich selbst. Sie schlugen ein scharfes Tempo an. Keiner sprach ein Wort, und selbst Ella schwieg. Schon bald senkte sich die Sonne im Westen, und es wurde dunkel. Sie mussten das Tempo verlangsamen. Wie Diebe schlichen sie sich davon. Das war das Ende ihrer kurzen Zeit als Herrin von Radwick. Megan vermutete, dass sie bei Verwandten von Albert Zuflucht suchen würden. Und dort würden sie vorerst bleiben, als ungebetene Gäste, die man aus Takt nicht vor die Tür setzen konnte. Erik war sich so sicher, dass Radwick fallen würde. Hatte er Albert fortgeschickt, um wenigstens seinen Herrn zu retten? Nein, es verhielt sich anders. Die Burg war Eriks Leben, und er würde sie niemals kampflos einem anderen überlassen. Dieser Kampf war Eriks Kampf, er war der wahre Herr von Radwick und er wollte nicht zulassen, dass die Burg in die Hände von Lord Varmourth fiel. Albert jedoch würde sich mit Varmourth auf Verhandlungen einlassen, und das konnte Erik auf keinen Fall dulden. Deshalb hatte er ihn fortgeschickt und ging selbst sehenden Auges in den Tod.

Megan wurde aus ihren Gedanken gerissen, als ihre Stute in der Dunkelheit über eine Wurzel stolperte. Sie musste besser aufpassen, schalt sie sich und richtete von nun an ihre ganze Aufmerksamkeit auf den Weg, der noch vor ihnen lag.

Nach einem mehrstündigen Ritt erreichten sie schließlich ein kleines Gut, das sehr hübsch an einem See gelegen war, in dem sich jetzt der Mond spiegelte. Es war alles dunkel, aber als Josh ein Klopfzeichen an dem großen Holztor machte, öffnete sich dieses sofort. Man hatte sie bereits erwartet. Sie ritten in den Hof, der an zwei Seiten mit Holzpalisaden befestigt war. An den beiden anderen Seiten befanden sich das Wohnhaus und die Stallungen. Im Licht einer Fackel wurden ihnen die Pferde abgenommen und sie selbst in das Haus geleitet. Sie kamen in eine Wohndiele, in deren mächtigem Kamin ein Feuer prasselte. Der Tisch war gedeckt und es roch nach Braten und frischem Brot. Megan und Ella folgten einem Mädchen die Treppen hinauf in ein Schlafgemach. Kurz darauf brachte ein Bursche ihr Gepäck.

»Wir mussten so viel zurücklassen, Milady. Ich fürchte, wir haben keine Auswahl, was die Kleider betrifft.«

»Es ist nicht wichtig.«

»Nun, es ist immer von Bedeutung, wie man gekleidet ist. Aber ich habe die besten Sachen mitgenommen. Wer weiß, wann wir wieder zurückkehren können.«

Ober ob sie jemals zurückkehren können, dachte Megan. Sie ließ sich von Ella zum Abendessen umziehen und ging dann zurück in die Wohndiele.

»Wo ist Lord Albert?«

»Er wollte nicht zu Abend essen, Milady. Er ist gleich zu Bett gegangen.«

Megans Brauen zogen sich sorgenvoll zusammen. Alberts Gesicht hatte vorhin ganz grau ausgesehen. Er hatte tiefe Schatten unter den Augen und hatte mit keinem ein Wort gesprochen. Nun saß Megan allein an dem großen Tisch. Das Mädchen servierte ihr, was sicherlich das Beste des Hauses war, aber Megan verspürte keinen Hunger. Wohin waren sie unterwegs, fragte sie sich. Alles war so schnell gegangen, und sie hatte während des ganzen Rittes nicht ein Wort mit Albert gesprochen. Megan zerpflückte ein Stück Weißbrot in kleine Fetzen, die sich auf ihrem Teller auftürmten. Bald würde es keine Burg mehr geben, die einen Erben brauchte oder eine Herrin, dachte sie. Dann wanderten ihre Gedanken zu Erik und zu Radwick, und die große Traurigkeit, die sie den ganzen Tag über zu unterdrücken versucht hatte, brach nun mit Macht über sie herein. Auch wenn Erik sie nicht liebte, so war er doch für eine kurze Zeit ihr Geliebter gewesen. Ein Leben ohne ihn würde kalt und grau sein. Durch ihn hatte sie auch Radwick lieben gelernt. Durch ihn hatte sie verstanden, was es bedeutete, die Herrin einer solchen Burg zu sein. Aber nun war es zu spät. Wütende Verzweiflung überkam Megan. Sie wollte sich nicht heimlich davonstehlen und von nun an auf Almosen angewiesen sein. Wenn sie Erik nicht haben konnte, dann wollte sie wenigstens mit ihm für Radwick kämpfen oder sterben!

Megan fuhr sich mit der Hand über die Augen. Erik hatte gesagt, dass ihr Platz an Alberts Seite war. Aber Albert hatte sie nie zu seiner Frau gemacht, sie war Eriks Frau! Aber er empfand das nicht so, er hatte sie weggeschickt. Und sie wusste, dass sie nicht einfach allein zurück nach Radwick reiten konnte. Was sollte sie auch ausrichten, sie wäre vermutlich nur im Weg.

Am nächsten Morgen erwachte Megan, als Ella die Fensterläden öffnete und frische Morgenluft ins Zimmer strömen ließ. Megan hielt die Augen fest geschlossen. Sie hatte geträumt. Und es war von großer Bedeutung gewesen. Sie zog sich die Decke über den Kopf und versuchte sich zu besinnen, was es gewesen war.

»Es tut mir leid, Milady, aber Sie müssen aufstehen. Herr Josh sagt, wir müssen zeitig aufbrechen.« Ella zog an der Decke. Frustriert öffnete Megan die Augen und setzte sich auf. Jetzt war ihr Traum ins Dunkel zurückgeglitten und wahrscheinlich für immer verloren.

»Das Wetter ist leider nicht mehr so gut wie gestern. Es nieselt, aber vielleicht klart es ja noch auf. Am besten, ich packe das grüne Cape aus.«

Aber Megan hörte nicht zu, sondern sah aus dem Fenster in die graue Landschaft hinaus. Über dem See lag Nebel, und die bunten Herbstblätter sahen jetzt stumpf und schmutzig aus.

Als sie kurz darauf in ihrem Reisekleid die Treppe hinunterging, saßen Josh und Ben in der Diele und frühstückten. Sie erhoben sich ehrerbietig, als Megan das Ende der Treppe erreicht hatte.

»Ist Lord Albert auch bereit?«, fragte Josh.

Megan stutzte.

»Ich weiß es nicht.«

»Ist er nicht bei Ihnen gewesen, Milady?«

»Nein, ich habe ihn das letzte Mal gestern Abend gesehen, als wir ankamen.«

»Ich dachte, er wäre bei Ihnen, denn auf mein Klopfen heute Morgen hat er nicht geantwortet.« Josh sah besorgt aus. Er setzte seinen Krug auf dem Tisch ab und ging an Megan vorbei die Treppe hinauf. Ein ungutes Gefühl überkam Megan, und sie folgte Josh die Treppe hinauf. War Albert krank? Er hatte gestern Abend sehr schlecht ausgesehen. Josh öffnete Alberts Zimmertür, doch der Raum war leer, und das Bett war unberührt.

»Was hat das zu bedeuten?«

Megan zuckte hilflos mit den Schultern. Josh stürmte die Treppe hinunter.

»Ben, sind alle Pferde bereit?«

Ben sprang überrascht auf.

»Ja, gesattelt und aufgezäumt, zum Abritt bereit. Was ist geschehen?«

»Lord Albert ist verschwunden.«

»Was?«

»Sein Bett ist unberührt, und er ist nicht in seinem Zimmer.«

»Wo kann er denn sein?«

Josh ging in der Diele auf und ab und überlegte: »Vielleicht wollte er gestern Abend noch einen Spaziergang machen und hat sich verlaufen oder gar verletzt?«

Ben nickte. Josh wandte sich an Megan.

»Milady, wir müssen nach Lord Albert suchen. Ich werde die Leute hier bitten, uns zu helfen.«

»Ich kann auch suchen.«

»Nein, es wäre mir lieber, wenn Sie hierblieben. Es ist sicherer. Wir werden ihn bestimmt bald gefunden haben«, fügte er hinzu, um sie zu beruhigen.

»Ella kann zumindest im Garten mitsuchen.«

»Danke Milady, das wäre gut.«

Die beiden Männer verließen die Diele, und Megan ging zurück in ihr Schlafzimmer, um Ella von den Neuigkeiten zu berichten.

Schließlich waren alle auf der Suche nach Albert, und im Haus war es gespenstisch still. Wo konnte Albert nur sein, fragte sich Megan. War er gestern noch nach draußen gegangen, lag jetzt verletzt im Wald? Hoffentlich hatte er sich nicht etwas gebrochen. Der Morgen war quälend langsam vergangen und jetzt war es schon fast Mittag. Das Wetter war nach wie vor grau und es hatte nicht aufgehört zu nieseln. Megan wanderte ziellos durch das Haus und stieg schließlich wieder die Treppe zu ihrem Schlafgemach hinauf. Ella hatte bereits all ihre Sachen gepackt, und die Bündel lagen abreisebereit in der Mitte des Raumes. Sie trat wieder hinaus und blickte den Gang hinunter. Die Tür zu Alberts Zimmer war angelehnt. Langsam schritt Megan darauf zu. Plötzlich überkam sie ein merkwürdiges Gefühl. Zögernd betrat sie das Schlafzimmer. Alles war so, wie sie und Josh es am Morgen vorgefunden hatten. Das Laken des Bettes war glatt und unberührt, genau so, wie die Hausherrin es mit besonderer Sorgfalt für den hohen Gast zurechtgezogen hatte. Nur an einer Stelle war es etwas eingedrückt. Es sah so aus, als hätte Albert sich dort für einen Moment niedergelassen. Links davon am Kopfende stand sein Gepäck. Es waren eine Reisetruhe und ein Bündel. Megan setzte sich an die Stelle, an der wohl auch Albert gesessen hatte, auf das Bett und sah sich um. Die Antwort auf Alberts Verschwinden lag hier, da war sie sich sicher. Megan versuchte den Raum auf sich wirken zu lassen. Ihr Blick wanderte von der Tür an der Wand entlang zum Fenster, hinauf zu den groben Deckenbalken. Nachdenklich drehte sie an ihren Ringen. Sie spürte etwas, aber was war es? Megan stand auf und ging auf und ab. Aber sie fand keinen Hinweis auf Alberts Verbleib. Seufzend trat sie ans Fenster und beugte sich hinaus. Unter ihr lag der Gemüsegarten, das meiste war schon abgeerntet, ein paar Streifen schon umgegraben. Herbstgeruch lag in der Luft. Sie blickte auf den Weg, der um den Hof führte. Dahinter lag der See. Plötzlich bekam Megan eine Gänsehaut. Sie starrte auf das graue Wasser. Die Erkenntnis traf sie wie ein Schlag. Sie wusste, wo Albert war. Er war tot. Er lag auf dem Grund des Sees. Ihre Finger klammerten sich am Fensterrahmen fest. Sie keuchte. Das war es, was sie am Morgen geträumt hatte. Sie hatte geträumt, dass Albert schwimmen gehen wollte. Sie selbst war auch da gewesen. Sie hatte ihm zugerufen, dass er vorsichtig sein solle, aber er war immer weiter ins Wasser hineingegangen, bis er schließlich ganz verschwunden war. Megan konnte ihren Blick nicht vom Wasser abwenden. Er hatte sich das Leben genommen. Das war eine Todsünde! Megan erschauerte und zitterte nun so sehr, dass sie sich aufs Bett setzen musste. Wie furchtbar! Was für eine schreckliche Tragödie. Albert hatte keinen Ausweg mehr gesehen. Auch er wusste, dass Radwick verloren war, aber er hatte nicht den Mut gehabt, im Kampf um die Burg zu sterben. Er hatte sich von Erik fortschicken lassen. Und die Schmach nicht ertragen können.

Eine Flut von Schuldgefühlen brach über Megan herein. Sie war so sehr mit sich selbst beschäftigt gewesen, dass sie seine Not nicht gesehen hatte. Mit gefalteten Händen saß Megan regungslos auf dem Bett und betete.

Das Knarren des Fußbodens ließ sie erschrocken hochfahren.

»Verzeihung, Milady!«

Es war das Mädchen, das ihr am Abend aufgewartet hatte.

»Die Herren sind von der Suche zurück.«

Jetzt waren in der Diele unter ihr die Geräusche von schweren Stiefeln zu hören. Die Suche war zu Ende, und natürlich war sie vergeblich gewesen. Megan stand mühsam auf. Als sie die Treppe hinunterkam, sah sie Josh und Ben vor dem Feuer stehen. Ihre Gesichter waren besorgt und angespannt.

»Wir haben Milord nicht gefunden, Milady.«

»Ich weiß.«

»Ist er wieder hier?«

»Nein.«

Josh blickte Megan verwirrt an.

»Ich habe geträumt, dass er im See schwimmen gegangen ist«, sagte sie tonlos. »Ich habe mich gerade erst wieder daran erinnert.«

»Schwimmen gegangen?«, fragte Josh tonlos.

Megan nickte.

»Lord Albert war seit Tagen sehr niedergeschlagen. Ich bin davon überzeugt, dass wir ihn auf dem Grund des Sees finden werden.«

Im Raum herrschte mit einem Mal Totenstille. Schließlich fragte Josh mühsam: »Sind Sie sich sicher, Milady?«

»Nein, ich bin mir nicht völlig sicher, aber meistens trügen mich meine Ahnungen nicht.«

Josh wandte sich an Ben, der Megan noch immer mit weit aufgerissenen Augen anstarrte.

»Ben, wir brauchen Stangen und einen Kahn.«

Als der Nachmittag fast vorüber war und man noch immer nichts gefunden hatte, hoffte Megan schon, dass ihre Ahnung sie dieses Mal getäuscht hatte. Aber kurz vor Einbruch der Dunkelheit zogen die Männer dann tatsächlich Alberts leblosen Körper aus dem Wasser in das Boot. Megan warf sich ihren Schal um die Schultern und eilte hinaus. Es war feucht, und sie fröstelte. Den ganzen Nachmittag lang hatte sie darüber nachgedacht, was zu tun sei, sollte Albert seinem Leben tatsächlich ein Ende gemacht haben. Mit solch einer Wendung der Ereignisse hatte niemand gerechnet, selbst Erik nicht. Aber eines war Megan klar: Alberts Tod musste unter allen Umständen geheim bleiben, sonst wäre alles verloren.

~ 24 ~

Man bahrte Albert in der besten Stube des Hauses auf.

Die Gastgeber standen an dem langen Tisch, auf dem der Leichnam lag, und in ihren Gesichtern spiegelte sich blankes Entsetzen.

Megan wischte Albert das nasse Haar aus dem bleichen Gesicht. Er sah jetzt ganz friedlich aus. Sie schluckte. Sie war ihm keine gute Frau gewesen.

»Er hatte so sonderbare Gewohnheiten, wie nachts schwimmen zu gehen. Ich habe ihn immer wieder gewarnt, dass das zu gefährlich ist«, sagte sie, um ihre Gastgeber glauben zu machen, Albert sei beim Schwimmen ertrunken.

»Ein tragischer Unfall!«, stellte Josh vernehmlich fest, als er an den Tisch trat.

»Ja, ein schreckliches Unglück!«, bestätigte der Hausherr sogleich, erleichtert, nicht einen sündigen Selbstmörder vor sich zu haben.

»Es tut uns sehr leid, Milady. Ich habe schon nach dem Pfarrer gerufen«, versicherte er Megan.

»Hast du gesagt, wer der Tote ist?«, fragte Josh ihn.

»Nein, Herr.«

»Gut, es darf zu diesem Zeitpunkt unter keinen Umständen bekannt werden, dass Lord Albert tot ist. Das würde unseren Feinden nur in die Hände spielen. Ist auf deine Leute Verlass?«

»Jawohl, Herr.«

»Wir müssen ihn umkleiden, ehe der Pfarrer kommt.«

Megan, Ella und die Hausherrin übernahmen die Totenpflege. Als der Pfarrer aus dem drei Meilen entfernten Dorf eintraf, lag Albert in einem schlichten braunen Kittel und einer Hose ohne jeden Schmuck auf dem Tisch. Auch Megan trug nur ein einfaches Kleid.

Der Priester war ein beleibter Mann mit einem freundlichen Gesicht. Er sprach Megan sein Beileid aus und beklagte voller Mitgefühl das frühzeitige Ableben ihres Mannes. Dann sprach er in Unkenntnis der Persönlichkeit, die vor ihm auf dem Tisch lag, ein kurzes Trauergebet, um sich zügig wieder zu verabschieden.

Inzwischen war es Nacht geworden.

»Wir müssen besprechen, wie wir weiter vorgehen wollen, Milady«, wandte sich Josh nun an Megan.

Sie bedeutete ihm, sich zu ihr ans Feuer zu setzen.

»Wir haben einen ganzen Tag verloren, und auf der Strecke lauern überall Varmourth' Männer. Wir müssen morgen sehr zeitig aufbrechen, um einen kleinen Vorsprung nach Halberton zu gewinnen.«

»Wir werden nicht nach Halberton reisen, wir werden nach Radwick zurückkehren.«

»Aber Milady, das geht nicht.«

»Wir werden Lord Alberts Leichnam nach Halberton schicken, damit er angemessen bestattet werden kann. Welcher von Lord Alberts Verwandten lebt dort?«

»Es ist eine Tante seiner Lordschaft. Aber Sie können nicht nach Radwick zurückkehren, Milady.«

»Weshalb nicht?«

»Der Plan war, Sie und Lord Albert nach Halberton in Sicherheit zu bringen.«

»Ich ziehe es aber vor, auf meiner eigenen Burg zu sein.«

»Aber das kann ich nicht zulassen. Wer weiß, ob wir überhaupt noch rechtzeitig vor einer Belagerung zurückkehren.«

»Josh, wo wären Sie lieber, in Halberton in Sicherheit oder auf Radwick?«

»Natürlich würde ich lieber für Radwick kämpfen.«

»Und weshalb sollte ich anders fühlen?«

Josh starrte auf seine Stiefelspitzen.

»Herr Erik hat mir den Auftrag gegeben, Sie und Lord Albert nach Halberton zu bringen«, sagte er unglücklich.

»Lord Albert ist tot. Und es war nie mein Wunsch, nach Halberton oder wohin auch immer zu flüchten. Mein Platz ist auf Radwick und Ihrer ist es auch.«

Megan hoffte, ihn überzeugt zu haben. Sie wusste nicht, was sie sonst noch hätte sagen können. Sie brauchte seine Hilfe, denn allein konnte sie nicht zurückreiten.

»Aber Herr Erik hat mir befohlen, Sie in Sicherheit zu bringen.«

Megan starrte ins Feuer. Erik hatte sie immer dazu angehalten, sich wie die Herrin von Radwick zu benehmen, und das würde sie jetzt tun.

»Josh, es ist mir völlig gleichgültig, was mein Steward Ihnen befohlen hat. Ich bin Lady Solvey, Ihre Herrin, und ich sage, wir reiten bei Morgengrauen nach Radwick zurück.«

Josh sah sie überrascht an.

»Und wenn sich Erik Arrondal über unsere Rückkehr beschwert, schicken Sie ihn bitte zu mir.«

Damit erhob sie sich und schritt würdevoll die Treppe hinauf in ihr Schlafzimmer.

Dort teilte sie Ella ihre Entscheidung mit. Ihre Zofe wollte jedoch unter keinen Umständen zurück nach Radwick, und erst als Megan es ihr freistellte, Ben nach Halberton zu begleiten, willigte sie missmutig ein, mit Megan zu gehen.

Der nächste Morgen kam schnell, und die kleine Gesellschaft traf sich mit ihrem Gastgeber in der Diele. Es war kalt, denn das Feuer im Kamin war noch nicht entzündet worden.

»Sind Sie sicher, Milady, dass Sie nicht lieber nach Halberton reiten wollen?«, fragte Josh ein letztes Mal.

»Ich bin mir ganz sicher.«

»So sei es denn. Ben, du hältst dich an die geplante Route. Herr Erik hat die Quartiere ausgesucht, es sind vertrauenswürdige Leute. Versuche aber dennoch, Lord Alberts Tod so lange wie möglich geheim zu halten.«

Josh gab Ben einen Beutel mit Münzen und ein Empfehlungsschreiben.

»Je weiter du dich von Radwick entfernst, desto sicherer werden die Straßen werden und desto schneller wirst du vorankommen.« Josh blickte zu Megan.

»Für uns wird es leider umgekehrt sein.«

Megan nickte nur. Zu Ellas Entsetzen war beschlossen worden, den Großteil von Megans Gepäck zurückzulassen und auf das Packpferd zu verzichten. Josh machte sich große Sorgen um ihre Sicherheit und wollte möglichst schnell vorankommen. Das bedeutete auch, dass Megan weiterhin das schlichte Wollkleid vom Vorabend trug, um nicht aufzufallen. Sie hatten einen ganzen Tag verloren, an dem sich die Truppen der Angreifer weiter um Radwick zusammengeschlossen hatten. Hoffentlich würden sie noch eine Lücke finden, um den sich schließenden Belagerungsring durchbrechen zu können. Sie verabschiedeten sich von ihren Gastgebern, stiegen auf die Pferde und machten sich auf den Weg. Es begann gerade zu tagen, und die Welt lag im fahlen Grau des Morgennebels vor ihnen. Das Hufgeklapper der Pferde wurde von dem nassen Laub gedämpft, und sie kamen zunächst gut voran.

Megan hatte die vergangene Nacht über mit sich gerungen, ob sie die richtige Entscheidung getroffen hatte. Erik würde über ihre Rückkehr sicher nicht erfreut sein, aber nun, da Albert tot war, hatte sie keinen Ehemann mehr, bei dem sie hätte bleiben müssen. Ihr war auch der Gedanke gekommen, zu ihrem Vater zurückzukehren, aber sie hatte ihn schnell wieder verworfen. Nein, sie musste zurück nach Radwick, dort war ihr Platz und dort war Erik. Auch wenn er sie nicht liebte, so wollte sie doch zumindest bei ihm sein. Und würde er sterben, so würde sie mit ihm gehen.

Mit der aufgehenden Sonne waren jetzt auf der Hauptstraße die Spuren zahlreicher Reiter zu erkennen. Josh hielt sein Pferd an und stieg ab, um sich die Hufabdrücke zu besehen. Er richtete sich wieder auf und blickte sich suchend um.

»Wir müssen querfeldein reiten. Ich bin mir nicht sicher, ob die Spuren zu Truppen unserer Feinde gehören, aber wir können kein Wagnis eingehen.«

Sie lenkten die Pferde von der Straße durch den Graben und in das angrenzende Gelände. Es ging jetzt über den schweren Boden der abgeernteten Felder. Die Pferde sanken mit jedem Schritt in den weichen, feuchten Untergrund, was sie viel Zeit kostete. Den ganzen Morgen begegnete ihnen kein Mensch. Es war, als hielte das Land den Atem an. Sie waren an einem kleinen Gehöft vorbeigekommen, dessen Fenster und Türen verrammelt waren. Die Bauern hatten sich aus Angst vor Plünderungen verbarrikadiert und ihr Hab und Gut versteckt. Es war jetzt Mittag, und Josh gab das Zeichen zum Halt.

»Die Pferde brauchen eine Pause.«

»Wir auch!«, ließ Ella vernehmen, die umständlich aus dem Sattel stieg.

»Wo befinden wir uns eigentlich? Müssten wir nicht bald die Burg erreicht haben?«

Durch die zahlreichen Ausflüge, die Megan mit Fulke, Anette und Pascal unternommen hatte, hatte sie einen guten Überblick über die Ländereien von Radwick bekommen. In dieser Gegend war sie jedoch noch nie zuvor gewesen, und es schien ihr, als sei die Burg noch ein gutes Stück Wegs entfernt.

»Wir sind einen großen Bogen geritten, um die Hauptstraße zu umgehen. Bis nach Radwick sind es noch gut drei Stunden.«

Der Tag war grau, und die Sonne war nur als schemenhafter, heller Fleck am Himmel zu erkennen. Megan breitete ihren Umhang auf dem Gras am Feldrand aus und setzte sich darauf. Ella packte das Proviantpaket aus. Es gab kalten Braten, Brot, Käse und Äpfel.

»Wenn alles gut geht, dann können wir im Nordwesten zur Burg vorstoßen. Ich weiß zwar noch nicht, wie wir den Fluss überqueren sollen, aber bis dahin fällt mir sicher etwas ein«, erklärte Josh, nachdem sie ihr Mahl beendet hatten.

»Warum können wir nicht von Osten kommen?« Ellas Enttäuschung, dass sie noch drei Stunden von ihrem Ziel entfernt waren, war ihr deutlich anzusehen.

»Im Osten stehen die Truppen aus Barton Valley und würden uns den Weg abschneiden.« Josh seufzte tief. »Ich wünschte, Lord Albert hätte dem feigen Hund letzten Sommer den Garaus gemacht, anstatt sich auf einen Vertrag einzulassen.«

Dann blickte er zu Megan. »Verzeihung, Milady.«

Sie zuckte mit den Schultern.

»Im Nachhinein ist man immer klüger.«

Josh öffnete den Mund, schloss ihn aber gleich wieder.

Vermutlich hatte Erik versucht, eine andere Lösung zu finden, aber Albert hatte sicher auf einem Vertag bestanden, dachte Megan.

»Von welcher Seite wird Lord Varmourth kommen?«, wandte sie sich an Josh.

»Von Süden, über die große Straße. Wenn er nicht schon da ist. Als wir Radwick vor zwei Tagen verließen, war er nur noch wenige Tage entfernt. Allerdings führt er schweres Gerät mit sich, da kommt man nicht so schnell vorwärts.«

Megan betrachtete Josh. Niedergeschlagenheit stand in seinem Gesicht. Von einigen Bemerkungen, die Fulke gemacht hatte, wusste Megan, dass Albert unter den jungen Männern der Burg wenig Ansehen genossen hatte. Letztendlich gaben sie ihm die Schuld an der fatalen Lage, in der Radwick sich nun befand. Damit hatten sie auch nicht Unrecht, dachte Megan. Und Albert hatte das gewusst.

»Haben sie genug gerastet, Milady? Dann sollten wir jetzt aufbrechen, denn wir müssen durch den Wald, und da ist es besser, wenn es noch hell ist.«

Megan erhob sich und schüttelte ihren Rock aus. Ella faltete Megans Umhang und machte ihn am Sattel fest. Sie stiegen auf und ritten weiter. Bald kamen sie in den Wald, und es ging noch langsamer voran als zuvor. Das Unterholz war dicht, und vorsichtig lenkten sie die Pferde um riesige, alte Wurzeln und umgestürzte Bäumen. Ella blickte sich immer wieder nervös um.

»Was ist, glaubst du, uns folgt jemand?«, fragte Megan.

»Ganz sicher folgt uns jemand. Hier wimmelt es bestimmt nur so von Trollen und Waldgeistern!«

Megan lachte, aber Ella war es ernst.

»Sie lachen, Milady. Aber warten Sie, bis es dunkel wird, dann kommen all die gottverlassenen Seelen hervorgekrochen.«

»Wenn es dunkel wird, haben wir uns eher vor Bären und

Wildschweinen vorzusehen«, warf Josh ein. Ella schwieg düster. Aber an ihrem Reittier war zu sehen, wie unwohl sie sich fühlte, denn es tänzelte nervös hinter den anderen Pferden her.

Die Schatten wurden länger, und noch immer war der Fluss nicht in Sicht. Megan machte sich Sorgen, dass sie sich verirrt haben könnten, wollte Josh aber nicht fragen. Schließlich wusste sie auch nicht, in welcher Richtung sie sich halten sollten. Das plötzliche, erschreckte Wiehern von Ellas Pferd hinter ihr ließ Megan zusammenfahren. Mit einem Satz brach das Tier aus und stürmte seitlich davon. Ella kreischte und hielt sich verzweifelt am Sattel fest.

»Die Zügel, Ella, die Zügel!«, rief Megan ihr hinterher. Ella riss die Zügel an sich und brachte das Pferd schnaubend zum Stehen. Schwer atmend und äußerst ungehalten befand sie sich gut zwanzig Meter von Megan und Josh entfernt im Wald.

»So ein dummes, schreckhaftes Tier.«

Megan und Josh blickten einander an. Josh grinste.

»Ist alles in Ordnung? Hast du dir wehgetan, Ella?«

»Es ist nichts passiert, Milady. Ich habe mir zwar das Kleid zerrissen und die Arme aufgeschrammt, aber ansonsten ist alles bestens. Machen Sie sich keine Sorgen um mich, Milady, ich kann alles durchstehen, was Sie von mir verlangen.«

Josh unterdrückte ein Lachen, und auch Megan hatte Mühe, ernst zu bleiben. Ella bahnte sich langsam ihren Weg zurück zu ihnen. Sie hatte sie fast erreicht und war gerade dabei, die Vorteile eines bequemen Hauses wie Halberton mit den Unannehmlichkeiten des Waldes zu vergleichen, als es plötzlich laut krachte und Pferd und Reiterin im Boden verschwanden.

~ 25 ~

Ich kann nicht glauben, dass er sich tatsächlich einfach davongestohlen hat!« Fulke polierte sein Schwert kraftvoller, als es nötig gewesen wäre.

»Megan sagte mir, dass Lord Albert um jeden Preis in Sicherheit sein müsse, ehe es zum Kampf kommt. Denn sollte er fallen, dann hätte Herr Erik keinen Anspruch mehr auf die Burg.«

»Trotzdem, es ist falsch. Was für einen Eindruck macht das auf seine Gefolgsleute?«

»Die Männer kümmert das nicht, solange dein Bruder sie führt, Fulke.«

»Verdammt, er trägt die Schuld an dieser fatalen Lage und sitzt nun irgendwo bequem im Sessel, während uns die Pfeile um die Ohren sausen werden.«

Es führte zu nichts, mit Fulke darüber zu streiten, und wenn sie ehrlich war, empfand Anette Lord Alberts Abreise auch als feige.

»Megan wollte wohl hoffentlich auf Radwick bleiben und hatte nur keine andere Wahl, als mit Lord Albert zu reisen, oder?«

»Natürlich wollte sie bleiben!« Anette sah ihn empört an. Fulke nickte nur.

»Aber er ist nun mal ihr Gemahl.«

»Zuerst dachte ich, sie passen gut zusammen.«

»Megan und Lord Albert?«

Fulke hielt inne.

»Ja, als ich sie das erste Mal gesehen hatte, dachte ich, sie sei ebenso feige wie er.«

»Fulke! Du solltest nicht so über Lord Albert sprechen. Wenn dich einer hört!«

»Pah und wenn schon. Es denkt doch jeder wie ich. Aber in Megan habe ich mich getäuscht. Erik hat das gleich gewusst. Megan hat ihm von Anfang an gut gefallen.«

»Sie hat Erik gefallen?«, echote Anette und starrte Fulke mit offenem Mund an.

»Ja, weshalb?«

»Das ist das erste Mal, dass ich höre, dass deinem Bruder eine Frau gefällt.«

»So hat er das auch nicht gesagt.«

»Natürlich nicht.«

Anette strich sich über ihren leicht gewölbten Bauch, und Fulke legte sein Schwert nieder und setzte sich neben sie.

»Wie wollen wir ihn nennen?«

»Ihn? Vielleicht wird es ein Mädchen.«

»Ach was, es wird ein Junge.«

»Ich hätte aber auch nichts gegen ein Mädchen einzuwenden.«

»Das nächste kann dann ein Mädchen werden, aber erst einmal brauchen wir einen Jungen.«

»Hast du deinen Bruder wegen der Hochzeit gefragt?«

Fulke schüttelte den Kopf.

»Er ist zu beschäftigt mit der bevorstehenden Belagerung und sehr angespannt.« Er blickte Anette an und lächelte.

»Ich werde ihn fragen, aber ich möchte lieber einen günstigeren Zeitpunkt abwarten, damit er gleich zustimmt. Denn wenn er erst einmal Nein gesagt hat, wird es äußerst schwierig werden, ihn umzustimmen.«

»Wir haben Nachricht von Truppenbewegungen im Nordosten. Das kann nur der alte Herford sein«, meldete Lambert.

»Ah, die Aasfresser beziehen Position«, erwiderte Erik, ohne von der Karte aufzublicken, die vor ihm auf dem Tisch lag.

»Wann lässt du die Burgsiedlung räumen?«

»Heute Abend.«

»Hoffentlich gelingt es Josh, nach Halberton zu gelangen.«

»Josh ist ein findiger Bursche, er schafft das.«

Lambert betrachtete seinen Freund mit gerunzelter Stirn. Erik bemerkte seinen Blick und sah auf.

»Was ist?«

»Bist du tatsächlich der Meinung, dass wir Radwick nicht halten können?«

Erik richtete sich auf und sein Gesicht war ernst.

»Wir sind von drei Seiten umzingelt, und im Nordwesten ist nur Wald. Wir haben keine Verbündeten, nur Gegner, und der König will Lord Albert stürzen. Jeder kleine Adlige in der Nachbarschaft wird unsere Feinde unterstützen, um sich selbst ein Stück Land zu sichern.« Er ging nun vor dem Tisch auf und ab.

»Wir werden einer Belagerung eine gewisse Zeit über standhalten können, aber irgendwann werden uns Waffen und Nahrung ausgehen und wir können von nirgendwoher Verstärkung erwarten. König Henry hat Albert fallen lassen, und damit sind auch all die Absprachen, die ich mit einigen der großen Häuser getroffen habe, hinfällig.«

Lambert fuhr sich mit der Hand über die Augen und ließ sich auf einen der Stühle fallen.

»Und wie du weißt«, fuhr Erik fort, »haben wir einen Feind innerhalb der Burg, von dem wir nicht wissen, wer es ist. Vermutlich wird er uns in einem nicht vorhersehbaren Moment den Todesstoß versetzen.« Er war stehen geblieben, stützte sich nun mit seinen großen Händen auf die Tischplatte und sah zu Lambert hinüber.

»Nur ein Wunder kann uns retten, und da ich nicht an Wunder glaube, Lambert, hier nun die Antwort auf deine Frage: Radwick wird fallen.«

»Ich habe noch nichts von Plünderungen im Süden gehört«, sagte Lambert nach einem Moment des Schweigens.

»Das zeigt nur, wie siegesgewiss Varmourth ist. Er betrachtet das Land schon als sein eigenes und will den Wert nicht durch unnötige Zerstörung mindern.«

»Verdammt, ich wünschte, du hättest ihm den Hals durchgeschnitten.«

»Ja, das wünschte ich auch. Ich hoffe aber, in naher Zukunft eine Gelegenheit dazu zu bekommen.«

»Ella!«

Megan glitt vom Pferd und eilte zu der Stelle, an der ihre Zofe samt Reittier verschwunden war.

»Vorsicht Milady, gehen Sie nicht zu nah heran!« Josh hielt sie am Arm fest.

»Es ist wahrscheinlich eine Bärengrube.«

Sie hörten das erbärmliche Wiehern des Pferdes.

»Ella?«

Josh nahm einen Stock und stieß ihn langsam vorwärts gehend in den Boden, um das Ausmaß der Grube zu erkunden. Er blieb stehen und zog das Netz, das unter dem Laub verborgen war, beiseite und blickte in das tiefe Erdloch.

»Verdammt!«

Megan trat an seine Seite und starrte in das große Loch im Boden. Ellas Pferd war auf den großen, spitzen Holzpfahl gestürzt, der am Boden des Lochs eingegraben worden war. Blut lief aus seinen Nüstern, und seine Augen waren bereits glasig.

»Ella?«

Jetzt hörten sie ein Stöhnen unter dem Pferd.

»Sie lebt!«, stellte Josh erleichtert fest. Er blickte sich suchend um und ging dann zu einem kräftigen Ast, der auf dem Waldboden lag. Gemeinsam zogen sie den Ast zur Grube und ließen ihn hinab. Kurz darauf stand Josh neben dem Pferd und versuchte, dessen Körper von Ella zu wuchten.

»Ist sie verletzt?«, fragte Megan von oben.

»Ich weiß es nicht. Wer, verdammt noch mal, gräbt hier Bärenfallen mitten im Wald!«

»Soll ich nicht doch auch hinunterkommen und helfen?«

»Nein, bleiben Sie oben, Milady. Sonst sitzen wir womöglich alle hier fest.«

Megan war so damit beschäftigt, Josh in der Grube zuzusehen, dass sie den Mann, der nun hinter ihr aus dem Wald trat, gar nicht bemerkt hatte. Plötzlich spürte sie eine Eisenspitze in ihrem Rücken.

»Was machen Sie hier?«

Sie stieß einen erschreckten Laut aus und drehte sich um. Vor ihr stand ein großer Mann, seine Hände und sein Gesicht waren rußbedeckt und seine schlichte Kleidung ebenfalls. Dunkle Augen funkelten sie misstrauisch an.

»Was ist geschehen?«, hörte sie Joshs Stimme.

Der Mann trat einen Schritt auf den Grubenrand zu und richtete den Speer nun auf Josh.

»Bleib ruhig, Bursche.«

Josh, der sich eindeutig in der schlechteren Position befand, hatte die Hand an den Schwertgriff gelegt.

Überrascht stellte Megan fest, dass es sich bei dem Fremden um einen alten Mann handelte, obwohl seine Bewegungen noch erstaunlich kräftig und flink waren.

»Verzeihung, aber wir haben uns verirrt, und meine Begleiterin ist mitsamt ihrem Pferd in diese Grube gestürzt. Bitte, wir müssen sie befreien«, wandte sich Megan nun an ihn.

»Langsam, langsam. Wer sind Sie überhaupt?«

»Ich heiße Megan und wer sind Sie, bitte?« Megan hatte beschlossen, sich nicht einschüchtern zu lassen. Ihr Gespür sagte ihr, dass der Fremde nicht darauf aus war, sie zu überfallen oder zu ermorden.

»Ich bin der Köhler.«

»Josh, es ist der Köhler«, rief sie in die Grube hinab.

»Brendan?«

Der Mann blickte Josh nun neugierig an.

»Nein, das ist mein Sohn.«

»Ich bin Joshua von der Burg. Ich kenne deinen Sohn. Die Frau, die neben dir steht, ist Lady Megan, und das hier unten ist ihre Zofe.«

»Was machen Sie alle um diese Zeit im Wald?«

»Das erkläre ich dir später, erst einmal müssen wir die Frau hier unter dem Pferd hervorholen.«

Der Köhler stieß seinen Speer in den Waldboden und kletterte zu Josh in die Grube. Mit vereinten Kräften schoben sie das tote Pferd so weit zur Seite, dass sie Ella befreien konnten.

»Ella, bist du verletzt? So sag doch etwas!«, rief Megan von oben herunter. Aber ihre Zofe wimmerte nur. Schließlich gelang es den Männern, sie aus der Grube zu heben und ins Gras zu legen. Megan kniete neben ihr nieder und tastete sie ab. Es schien nichts gebrochen zu sein, aber Ellas linkes Bein und ihr linker Arme waren bereits dick angeschwollen. Jetzt blinzelte sie und öffnete die Augen.

»Ella! Sieh mich an! Wie geht es dir?«

Aber Ella rollte nur mit den Augen und sagte nichts. Megan stand auf.

»Ich glaube, sie muss mit dem Kopf hart aufgeschlagen sein.

Sie ist noch nicht wieder bei Bewusstsein. Herr Köhler, wo ist deine Hütte?«

»Es ist nicht weit, hier entlang.«

Josh und der Köhler trugen Ella, und Megan führte die verbleibenden beiden Pferde am Zügel hinterher. Tatsächlich befand sich die Köhlerhütte ganz in der Nähe. Allerdings wäre sie außerordentlich schwer zu finden gewesen, selbst wenn man danach gesucht hätte. Das Gelände fiel abrupt etwa drei Metern nach unten ab und bildete eine große, von den hohen Bäumen des Waldes umstandene Senke. In deren Mitte befand sich der Kohlenmeiler. Die Hütte des Köhlers schmiegte sich an den scharfen Absatz des Geländes. Sie folgten dem Köhler am Rand der Senke entlang zu einer ausgetretenen, natürlichen Treppe. Der Geruch der Holzkohle brannte scharf in Megans Nase.

»Hier entlang.«

Der Köhler stieß mit dem Fuß die Holztür zur Hütte auf. Die Männer legten Ella auf eine niedrige Schlafstatt aus Stroh.

»Ich bräuchte frisches Wasser, bitte.« Megan kniete neben Ella und tätschelte ihre Wange.

»Ella!«

Erst ein nasser Lappen auf ihrer Stirn brachte Ella schließlich wieder zu Bewusstsein. Nachdem sie zunächst nicht wusste, wo sie sich befand, klärten sich ihre Sinne allmählich und sie wurde sich der zahlreichen Prellungen an ihrem Körper bewusst. Das hatte ein weinerliches Jammern über die Übel der unbedachten Reise ihrer Herrin zur Folge, dem Megan nur mitfühlend beipflichten konnte.

Nachdem sie Ella, so gut es ging, verarztet hatte, trat Megan aus der Hütte. Josh wartete in einiger Entfernung, und der Köhler war damit beschäftigt, die Brenntemperatur des Meilers zu regulieren.

»Ella kann vorerst nicht weiterreiten«, antwortete Megan auf Joshs fragenden Blick.

»Wir haben Glück im Unglück. Wir befinden uns ganz in der Nähe des Flusses. Zwar sind wir ein Stück zu weit nördlich, aber es gibt ein Boot, mit dem der Köhler die Holzkohle in die Siedlung bringt. Die Landung ist etwas außerhalb der Burgsiedlung.«

»Können wir Ella mitnehmen?«

»Nein, nicht wenn sie nicht selbst gehen kann. Das Ufer ist sehr steil.«

Megans ahnte, dass Josh vorschlagen würde, sie solle bei Ella bleiben, während er versuchen würde, zur Burg zu gelangen. Und obwohl sie Ella nur ungern allein zurücklassen wollte, so musste sie doch nach Radwick.

»Glauben Sie, dass der Köhler vertrauenswürdig ist, Josh?«

Er nickte.

»Ich kenne seinen Sohn, Brendan, ein guter Mann. Er gehört zur Mauerbesatzung. Zugegeben, sein Vater macht zunächst einen eher abweisenden Eindruck, aber er lebt fast das ganze Jahr über allein im Wald. Da wird man misstrauisch und pflegt seine Manieren nicht richtig.«

Sie blickten hinüber zu dem Köhler, der jetzt von dem Holzmeiler stieg und in ihre Richtung kam. Auf ihm lag eine neue Schicht Ruß. Kein Wunder, dass er zunächst so bedrohlich gewirkt hatte, dachte Megan.

»Verzeihung, Milady, aber wenn der Meiler ruft, muss ich selbst König Henry stehenlassen, sonst war die ganze Arbeit umsonst.«

Megan lächelte.

»Das verstehe ich. Wir müssen dringend zurück zur Burg, solange noch Zeit ist. Meine Zofe Ella jedoch kann nicht mit uns kommen, sie ist noch zu schwach. Kann sie hierbleiben, bis ich jemanden schicke, sie zu holen?«

»Milady!«

Megan hob die Hand und ließ Josh nicht weitersprechen. An den Köhler gewandt fuhr sie fort: »Ellas Verletzungen sind nicht schwer, aber sie braucht einige Tage Bettruhe. Sie wird dir nicht zur Last fallen.«

Der Köhler kratzte sich am Kinn.

»Gut, von mir aus. Ich glaube aber nicht, dass eine Dame wie Ihre Zofe gerne in meiner kleinen Hütte bleiben möchte.«

»Ja, das glaube ich auch nicht, aber es lässt sich nicht ändern.«

Megan ging in Richtung Hütte, und Josh eilte hinter ihr her.

»Milady, Sie können nicht ohne Ihre Zofe reisen. Wollen Sie nicht lieber hier bei ihr bleiben und warten, bis Herr Erik jemanden schickt, um sie zu holen?«

Sie blieb stehen.

»Vermutlich ist Ella hier sicherer als auf der Burg. Ich weiß, dass Herr Erik Sie beauftragt hat, mich in Sicherheit zu bringen, aber mein Platz ist auf Radwick.«

Josh machte ein unglückliches Gesicht und trat von einem Fuß auf den anderen.

»Sie werden mich nicht aufhalten können, Josh. Entweder wir gehen zusammen, oder ich werde Ihnen allein folgen.« Megan hoffte, dass er ihr glauben würde, denn sie war sich nicht sicher, ob es ihr gelingen würde, sich tatsächlich allein zur Burg durchzuschlagen.

»Nun gut, wenn Sie es unbedingt wünschen«, willigte Josh ein und seufzte. »Aber wir sollten bald aufbrechen, es dämmert schon.«

Wie zu erwarten stieß Megans Plan, Ella allein in der Köhlerhütte zurückzulassen, bei ihrer Zofe auf heftigen Widerspruch. Aber wie sehr sie ihre Herrin auch bat, sie mitzunehmen, Megan ließ sich nicht umstimmen. So musste sich Ella fügen und versuchte sich zu erklären, was mit ihrer ehemals so fügsamen Herrin geschehen war.

Der Pfad, auf dem sie dem Köhler nun in Richtung Fluss folgten, schlängelte sich von der Hütte durch den Wald und dann an dem steilen Flussufer entlang. Schließlich gelangten sie an die Stelle, die hinunter an den Strand führte, auf dem der Kahn lag. Der Abstieg war mühsam und nicht ungefährlich. Nein, Ella hätte das in ihrem Zustand nicht bewältigt, dachte Megan bei sich.

»Der Kohlekahn hat ein Leck, ich habe es noch nicht geflickt.« Der Köhler stieß mit dem Fuß an ein langes, sehr flaches, fast floßartiges Boot.

»Aber ich habe noch ein kleines Ruderboot. Es ist hier drüben.«

Mit Joshs Hilfe zog er das Boot unter einem Busch hervor.

»Eine echte Nussschale!«, stellte Josh fest.

»Mehr kann ich nicht bieten.«

»Das reicht völlig aus, wir werden mit der Strömung treiben, und es ist nicht weit bis Radwick.« Josh schob das Boot ins Wasser.

»Ich danke dir, Herr Köhler. Gib gut auf Ella acht! Ich werde jemanden schicken, sobald ich kann.«

»Das werde ich, Milady.«

Er half Megan ins Boot und stieß sie ab.

»Grüßen Sie meinen Sohn von mir!«, rief er ihnen nach.

Josh winkte zum Abschied und legte sich dann in die Riemen.

Es ging schnell voran den Fluss hinunter.

»Nach der Schneeschmelze ist die Strömung noch viel stärker als jetzt, keuchte Josh, während er versuchte, das Boot auf die andere Seite des Flusses zu manövrieren. Sie erkannten die Landung in der Dämmerung erst in allerletzter Minute, und Josh versuchte mit schnellen Ruderschlägen, das leichte Boot an den Strand zu bringen. Als er allerdings an Land springen wollte, trieben sie augenblicklich weiter. Sie hatten fast das Ende des Strandes erreicht, wo das Gelände wieder anstieg, als Megan kurzerhand aus dem Boot sprang. Das Wasser war bitterkalt und reichte ihr bis zur Taille. Sie griff das Seil und zog, unterstützt von Joshs Ruderschlägen, in Richtung Ufer.

»Es tut mir leid, Milady. Ich hätte Ihnen dieses Bad gerne erspart«, entschuldigte sich Josh bei ihr, als sie endlich an Land waren.

»Es ist nicht schlimm.« Megan klapperte mit den Zähnen. Ihr Wollkleid tropfte und hing schwer an ihr hinunter. Sie begann den Stoff, so gut es ging, auszuwringen.

»Hier«, Josh legte seinen Umhang um Megan. »Es ist nicht mehr weit, kommen Sie, Milady.«

Sie folgten dem Weg von der Landung bergauf in Richtung Burgsiedlung. Bald hörten sie Stimmen und sahen das Licht von Fackeln.

»Weshalb ist die ganze Siedlung um diese Zeit noch auf den Beinen?«, fragte Megan erstaunt.

»Der Feind muss ganz in der Nähe sein. Herr Erik lässt die Burgsiedlung räumen«, antwortete Josh grimmig.

Sie schlossen sich dem Zug der Leute an, die ihr weniges Hab und Gut in Bündel oder auf kleine Wagen geladen hatten. Josh nickte dem Wachhabenden zu, als sie durch das große Tor kamen. Megan wurde in ihrem schmucklosen, eher zerzausten

Zustand von niemandem erkannt. Sie bahnten sich ihren Weg durch die Menschenmenge im großen Hof in Richtung Waffenarsenal. Joshs Vermutung, dort Erik anzutreffen, war richtig gewesen, denn auf ihr Klopfen antwortete der mit lauter Stimme: »Herein.«

~ 26 ~

Megan und Josh traten ein. Erik war in einer Besprechung mit einigen Hauptmännern. Er blickte auf.

»Was zum Teufel?«

Alle Blicke richteten sich auf Josh und Megan.

»Wir sprechen nachher weiter.« Erik entließ seine Männer mit einem Nicken und schloss die Tür hinter ihnen.

»Was hat das zu bedeuten, Josh? Was macht sie hier?«

Josh schluckte.

»Und wo ist Lord Albert?«

»Albert ist tot«, sagte Megan. Erik stutzte und starrte sie durchdringend an.

»Wie ist das geschehen?«

»Er hat sich im See ertränkt.« Megans Stimme war leise, aber klar. Josh zog den Kopf ein und war froh, dass sie Erik diese Nachricht überbracht hatte.

Eriks Gesicht zuckte kurz, und sie konnte den Schmerz in seinen Augen sehen. Einen Moment später hatte er sich wieder im Griff.

»Wer weiß davon?« Er wandte sich an Josh.

»Unsere Gruppe und die Leute der ersten Herberge.«

»Was habt ihr mit der Leiche gemacht?«

»Ben ist auf dem Weg und bringt sie nach Halberton.«

»Warum ist Lady Megan nicht auch auf dem Weg nach Halberton?«

»Sie hat sich geweigert.«

»Sie hat sich geweigert? Und du konntest sie nicht davon überzeugen, dass das der einzig richtige Aufenthaltsort für sie ist?« Eriks Ton war schneidend, und Josh blinzelte nervös.

»Sie hat darauf bestanden, nach Radwick zurückzukehren, und gedroht, allein zu gehen, wenn ich sie nicht begleite.«

Eriks Blick bohrte sich jetzt wieder in Megan.

»Tatsächlich.«

Megan reckte das Kinn. Ihr war von Anfang an klar gewesen, dass Erik ihre Rückkehr nicht begrüßen würde, aber seinen Unwillen zu spüren, war erneut unangenehmer, als sie es sich ausgemalt hatte. Er betrachtete sie schweigend und sagte schließlich: »Josh, melde dich bei deinem Hauptmann!«

Erleichtert verließ Josh den Raum.

Erik wandte sich wieder Megan zu, die noch immer stumm und tropfend vor ihm stand.

»Das war dumm, Megan. Ich habe dich fortgeschickt, damit du in Sicherheit bist. Hier gibt es nichts, was du tun könntest. Du hättest bei deinem Mann bleiben sollen.«

»Albert ist tot. Und du warst es doch, der gesagt hat, ich solle mich wie die Herrin der Burg benehmen, und die Herrin von Radwick schleicht sich nicht in einem Augenblick der Gefahr davon.«

»Aber das heißt nicht, dass du dein Leben geben sollst.«

»Du bist doch auch bereit, deines zu geben.«

»Das ist etwas anderes.«

»Weshalb?«

Erik schloss für einen Moment die Augen, und Megan wusste, dass er mit seiner Geduld gleich am Ende war.

»Wir sprechen später darüber. Jetzt solltest du dich umziehen, damit du dir nicht den Tod holst und dann keine Gelegenheit mehr hast, deinen unsinnigen Heldenmut unter Beweis zu stellen.«

Er öffnete die Tür und schob sie vor sich durch das Gewühl.

»Wo ist deine Zofe abgeblieben? War sie schlau genug, sich zu weigern, mit dir zu kommen?«

»Ella ist in eine Bärengrube gestürzt und hat sich verletzt. Sie ist bei dem Köhler im Wald, bis ich sie abholen lasse.«

»Gute Güte.« Er schüttelte den Kopf. »Ich will, dass du mir alles ausführlich berichtest, wenn du wieder trocken bist und etwas gegessen hast. Ich werde Anette zu dir schicken.«

Er schob sie die Treppen hinauf zum Wohntrakt und ging dann zurück in Richtung Waffenarsenal. Megan blickte ihm nach. Deutlich spürte sie die Stelle, an der seine Hand auf ihrem Rücken gelegen hatte, und sie vermisste schmerzlich seine Berührung. Mit jeder Faser ihres Körpers sehnte sie sich nach ihm. Auch wenn es kein Anzeichen dafür gab, dass er etwas anders als ungehalten über ihre ungeplante Rückkehr war, so war es doch besser, hier bei ihm zu sein als in Sicherheit in Halberton. Sie trat in ihr Zimmer und stellte überrascht fest, dass man allerlei Gegenstände dort gelagert hatte, um anderswo Platz für die vielen Flüchtlinge zu machen. Sie schob einige Kästen und Bündel zur Seite und setzte sich erschöpft auf ihr Bett. Erst jetzt bemerkte sie, wie anstrengend dieser Tag gewesen war. Seufzend sah sie sich um. Doch, sie hatte die richtige Entscheidung gefällt, sie war am richtigen Platz, sie gehörte hierher.

Einen Moment später, Megan war gerade damit beschäftigt, sich ihre nassen Schuhe auszuziehen, öffnete sich die Tür. Anette stürmte hinein und schloss sie in die Arme.

»O Megan, du bist wieder da, das ist wunderbar. Was ist geschehen, wo sind Lord Albert und die anderen? Herr Erik hat mir nichts gesagt.«

Während sie sich umkleidete, erzählte sie Anette, was vorgefallen war.

»Es darf aber niemand wissen, dass Albert tot ist, und schon gar nicht, dass er seinem Leben selbst ein Ende gesetzt hat.«

Anette bekreuzigte sich sogleich.

»Armer Lord Albert.«

»Ja, armer Albert. Er muss sehr verzweifelt gewesen sein, um einen solchen Schritt zu tun.«

Megan blickte traurig auf ihre nassen Schuhe, die vor ihr in einer Wasserpfütze standen.

»Und ich habe nicht erkannt, wie schlimm es um ihn stand.«

»Aber das konntest du doch nicht ahnen, Megan. Ich meine, das hat doch niemand erwartet.«

»Ja, niemand hat mehr etwas von ihm erwartet, das war wahrscheinlich das Problem.«

»Aber das ist doch nicht deine Schuld.«

»Wie ist es dir in der Zwischenzeit ergangen?«, wechselte Megan schnell das Thema.

»Die morgendliche Übelkeit ist lästig, aber das wird sich hoffentlich bald geben.«

»Und hat Fulke etwas bezüglich der Hochzeit unternommen?«

»Nein, noch nicht.« Anette setzte sich neben Megan aufs Bett. »Ich will ihn aber auch nicht drängen.«

»Aber heiraten willst du ihn schon?«

»Natürlich! Aber ich will nicht, dass es heißt, ich hätte ihn eingefangen.«

»Aber er will dich doch auch heiraten, warum zögert er dann?«

»Wegen seines Bruders. Momentan ist nicht die beste Zeit, um ihn um sein Einverständnis zu bitten.« Anette lächelte schief.

Megan wusste, dass Erik nichts gegen eine Heirat von Fulke und Anette einzuwenden hatte. Die Zeit drängte, und die beiden mussten schnell heiraten. Denn sollte Fulke in der Schlacht fallen, würde Anette nicht als Witwe eines angesehenen Mannes, sondern als unverheiratete Mutter zurückbleiben.

Die Stimmung auf Radwick war sehr angespannt. Die Menschen wussten, dass es diesmal um mehr ging, als nur einer Belagerung zu trotzen. Megan konnte nicht recht verstehen, weshalb Fulke nicht seine Angelegenheiten in Ordnung bringen wollte, solange noch Gelegenheit dazu war.

»Ich denke nicht, dass Erik etwas gegen eure Heirat einzuwenden hat.«

»Meinst du? Ich weiß nicht. Er ist doch sonst immer gegen alles.«

»Aber meistens hat das gute Gründe.« Megan verspürte das Bedürfnis, Eriks Entscheidungen vor ihrer Freundin zu verteidigen. Anette sah sie zweifelnd an.

»Anette, eure Heirat duldet keinen Aufschub mehr. Bald wird es zum Kampf kommen, und dann ist es wichtig, dass deine Stellung geklärt ist.«

Anette war anzusehen, dass sie an eine Niederlage nicht einmal denken wollte.

»Woher weißt du, dass Herr Erik nicht gegen eine Heirat ist? Hat er es dir gesagt?«, fragte sie Megan jetzt.

»Ja.«

»Tatsächlich? Wann denn?«

»Es ist schon etwas her.«

Anettes Blick war unsicher.»Vielleicht sollten wir bis nach der Belagerung warten«, meinte sie zaghaft.

»Aber vielleicht gibt es für einen von euch kein ›nach der Belagerung‹, Anette.«

Für ihre lebensfrohe Freundin war das wie ein Schlag ins

Gesicht. Sie brauchte einen Moment, bis sie sich wieder gefasst hatte.

»Du hast Recht, Megan, selbst mein Vater hat schon eine solche Bemerkung gemacht. Ich mag aber gar nicht daran denken, dass Fulke etwas zustoßen könnte.« Anette stand auf. »Du gehst jetzt besser zum Abendessen. Wir sehen uns dann später.«

Megan blieb allein zurück. Der Gedanke, dass Erik fallen könnte, war ihr unerträglich. Und doch schien er genau damit zu rechnen. Wäre es nicht besser, sich einfach dem übermächtigen Feind zu ergeben und am Leben zu bleiben? Aber was für ein Leben würde das dann sein? Megan dachte an Albert. Es reichte nicht, nur am Leben zu sein, das Leben musste auch wert sein, gelebt zu werden. Nein, eine Kapitulation war völlig ausgeschlossen.

Schweren Herzens machte sie sich auf den Weg in den Speisesaal. Doch als sie dort ankam, musste sie feststellen, dass der Saal nun als Lazarett diente. Erik hatte während ihrer Abwesenheit wahrlich ganze Arbeit geleistet. Megan wusste, dass es auch ihre Aufgabe als Burgherrin gewesen wäre, dafür zu Sorge zu tragen, dass auf der Burg alles für eine Belagerung bereit wäre, und seufzte.

»Lady Megan, was machen Sie denn hier?«, riss Dame Agnes sie aus ihren Gedanken. Sie klang alles andere als erfreut.

»Ich hielt es für meine Pflicht, nach Radwick zurückzukehren.«

»Wo ist Lord Albert?«

»Er ist nicht mit mir mitgekommen.«

»Wo hält er sich denn auf?«

Megan wollte gerade antworten, als ihr in den Sinn kam, dass es sicherlich einen Grund gab, warum Erik niemanden über ihr Ziel informiert hatte.

»Das kann ich nicht sagen.«

»Ich bitte Sie, Lady Megan! Ich stehe nunmehr seit dreißig Jahren im Dienste der Familie Solvey, da habe ich doch wohl ein Recht darauf zu erfahren, wo mein Herr sich aufhält.«

»Dann fragen Sie bitte Erik Arrondal.«

»Das werde ich auch«, antwortete Dame Agnes kalt und verließ mit wehenden Röcken den Saal.

Es kostete Megan noch immer all ihre Kraft, sich gegen Dame Agnes zu behaupten, aber sie stellte fest, dass es ihr immer weniger ausmachte, der älteren Frau die Stirn zu bieten. Nachdenklich wanderten ihre Augen über die Strohlager auf dem Steinboden. Ein Bild von Blut und Verwüstung stieg in ihr auf, und sie verließ schnell den Saal. Die Begegnung mit Dame Agnes hatte Megan vor Augen geführt, dass sie sich noch keine Geschichte zurechtgelegt hatte, um ihre Rückkehr und Alberts Fernbleiben zu erklären. Es wäre sicherlich besser, das mit Erik zu besprechen, bevor sie sich den Fragen der Hofdamen in der großen Kemenate aussetzte.

Als Megan gerade in Eriks Beratungsraum treten wollte, kam Lambert zur Tür heraus.

»Willkommen zurück, Milady.« Er verneigte sich kurz.

Sie lächelte ihn an. Lambert schien ihre Rückkehr zu begrüßen, und sie war dankbar für die Bestätigung ihrer Entscheidung.

»Hast du etwas gegessen?«, fragte Erik sie, nachdem sie die Tür hinter sich geschlossen hatte.

Megan schüttelte den Kopf, und er schob ihr wortlos ein Tablett mit Brot und Käse über den Tisch. Während sie sich je ein Stück davon abschnitt, ruhte sein durchdringender Blick auf ihr. Sie biss in das Brot und schaute ihn fragend an.

»Ich kann nicht begreifen, warum du zurückgekommen bist.«

Megan kaute und schwieg.

»In Halberton wärst du in Sicherheit gewesen.«

Sie schluckte ihren Bissen herunter.

»Ich wollte aber nicht in Halberton sein.«

»Das ist doch völlig irrelevant, ob du da sein willst oder nicht.«

»Nicht für mich. Und offenbar auch nicht für Albert.«

Wieder flackerte für einen Augenblick Schmerz in Eriks Augen auf.

»Soll das heißen, dass ich Schuld an seinem Tod bin?«

Impulsiv legte Megan ihre Hand auf seine.

»Nein, das habe ich nicht gemeint.«

Durch ihre Berührung war sofort eine Verbindung zwischen ihnen entstanden, eine Art Fluss, der ihre beiden Körper miteinander verband. Eine Sehnsucht durchflutete Megan, die sie kaum ertragen konnte. Sie blickte auf seine Hand. Diese große, kräftige Hand mit den hellen Haaren auf dem Handrücken, hatte sie zärtlich liebkost. Was würde sie geben, dass er sie noch einmal so berührte. Abrupt zog er den Arm zurück.

»Ich würde dich sofort wieder fortschicken, wenn es nicht schon zu spät wäre.«

»Ich weiß.«

»Aber es ist zu spät, wir sind umzingelt. Deine Zofe kann von Glück reden, dass sie in die Bärengrube gefallen ist.«

Wieder schwieg er und betrachtete sie, während sie weiter von ihrem Brot aß.

»Megan, du hattest dein ganzes Leben noch vor dir. Weißt du, was den Besiegten droht?«

Sie nickte. Oftmals gab es vor allem für die Herrscherfamilie keine Gnade. Die Frauen wurden geschändet, die Männer gefoltert und schließlich allesamt getötet. Besonders in Fällen wie diesem, wo es galt, den Herrschaftsanspruch eines ganzes Geschlechts zu zerschlagen. Das niedere Volk konnte mit einem blauen Auge davonkommen, da die Leibeigenen einen Wert für die Sieger darstellten. Sie würden einen neuen Herrn bekommen, und das Leben ging weiter.

»Ich hätte nicht gedacht, dass du so unvernünftig bist.«

»Ich auch nicht.«

»Es klingt fast so, als wärst du auch noch stolz darauf.«

»Bin ich auch.«

Eriks Faust sauste auf den Tisch nieder. Der Knall ließ Megan zusammenfahren.

»Verdammt, verstehst du nicht, dass wir alle sterben werden?«

»Doch, das habe ich verstanden.«

Er ließ sich in seinen Stuhl zurückfallen und atmete tief ein. Dann beugte er sich wieder vor und schüttelte leicht den Kopf.

»Du hast dich sehr verändert.«

»Ist das ein Kompliment?«

»Ich weiß es nicht«, brummte er unwillig.

Sie wusste, dass es eines war und lächelte.

»Gut, nun müssen wir uns etwas ausdenken, um erklären zu können, weshalb Albert nicht mit dir auf die Burg zurückgekehrt ist«, sagte er jetzt in einem ruhigeren Ton.

»War Dame Agnes schon hier, um dich danach zu fragen?«

Erik schüttelte den Kopf.

»Ich habe sie im Lazarett getroffen. Sie wollte wissen, wo Albert sich aufhält, aber ich habe sie an dich verwiesen.«

»Das hast du gut gemacht. Wir werden sagen, dass Albert krank und deshalb nicht zurückgekommen ist. Und dass es von vornherein geplant war, dass ihr zurückkehrt.«

Megan nickte und schüttelte ein paar Krümel von ihrem Kleid.

»Ich finde, Fulke und Anette sollten noch vor der Schlacht heiraten«, wechselte sie dann unvermittelt das Thema.

»So, findest du das?« Erik blickte sie mit einer Mischung aus Überraschung und Amüsement an.

»Ja, ich denke es ist wichtig, dass Anette unverzüglich Fulkes Frau wird. Denn wer weiß, was uns allen noch bevorsteht, und dann kann es zu spät sein.«

So kam es, dass Fulke Arrondal und Anette, Tochter des Waffenschmieds Eadwin, zwei Stunden später in der Burgkapelle zum Altar schritten. Da alle Gebrauchsgüter bereits streng rationiert waren, wurde die hohe Kapelle nur von den beiden Altarkerzen erleuchtet. Die Zeremonie hatte mit Megans Hochzeit wenig gemein. Es waren nur Meister Eadwin, Erik und Megan als Gäste anwesend. Während Vater Raphael die Liturgie las, wanderte Megans Blick über das dunkle, leere Gestühl. Ihre eigene Hochzeit erschien ihr wie aus einem anderen Leben und lange her zu sein. Es war kalt in der Kapelle, und sie saß dicht neben Erik. Auf der anderen Seite des Mittelgangs saß Meister Eadwin mit stolzgeschwellter Brust. Hoffentlich würde er die Geburt seines Enkelkindes erleben dürfen, dachte sie. Hoffentlich würde auch Fulke das Glück erfahren, Vater zu sein. Sie spürte Erik neben sich. Es war, als säße sie an einem Feuer – die ihm zugewandte Seite warm und wohlig, die abgewandte Seite kalt. Megan schloss die Augen und dachte daran, wie er ihr Bett geteilt hatte. Selbst wenn sein Herz nicht ihr gehörte, würde er nochmals eins mit ihr werden wollen? Bot die kommende Nacht die letzte Gelegenheit dafür? Verstohlen warf Megan ihm einen Blick zu und sah, dass er sie beobachtete. Sie errötete und sah zu Boden. Dann hörte sie Vater Raphael den Segen sprechen, und sie folgten den Frischvermählten in den Vorraum, um zu gratulieren.

»Hier, Anette, ich möchte, dass du ihn trägst.« Megan drückte ihr den großen Rubinring in die Hand, den sie für gewöhnlich am Mittelfinger trug. Es war eines ihrer wenigen persönlichen Schmuckstücke, und seitdem sie für die Reise allen Schmuck abgelegt hatte, das einzige, das sie bei sich hatte.

»Megan, das kann ich nicht annehmen.«

»Doch, das kannst du. Ich befehle es dir.« Sie schob den Ring auf Anettes Finger.

»Aber woran wirst du dann herumdrehen, wenn du nervös bist?«, wollte Anette wissen.

»Mache ich das?« Megan blickte zuerst Anette, dann Erik fragend an.

Beide lachten und nickten.

Die kleine Hochzeitsgesellschaft stand noch für einen Moment zusammen im Vorraum der Kapelle. Dann machten sich Anette und Fulke auf den Weg zu Fulkes Freunden, die fast alle auf ihren Posten waren, um ihnen die freudige Nachricht ihrer Hochzeit zu überbringen. Auch Meister Eadwin verabschiedete sich, und Vater Raphael ging zurück in die Kapelle. Megan und Erik blieben allein im Vorraum zurück. Keiner von beiden sprach ein Wort.

Megan konnte die Spannung zwischen ihnen kaum ertragen. Wenn sie jetzt nichts unternahm, würde sie es für immer bereuen. So trat sie dicht an Erik heran, nahm sein Gesicht in ihre Hände, zog es zu sich herunter und küsste ihn. Ihre Lippen schmiegten sich an die seinen, und ihre Zunge öffnete sanft seinen Mund. Sie spürte, wie er mit sich rang, aber sie wollte ihn spüren und würde sich nicht abweisen lassen. Ihre Hände streichelten über seinen Rücken, sie drängte sich an ihn. Mit einem unterdrückten Stöhnen gab er schließlich nach. Seine Umarmung raubte ihr fast den Atem. Er hob sie hoch, und sie waren sich ganz nah. Sein Kuss war so leidenschaftlich, dass

Megan sich wunderte, weshalb sie jemals befürchtet hatte, er könne sie abweisen.

Plötzlich waren die schlurfenden Schritte Vater Raphaels im Mittelgang zu hören. Augenblicklich schob Erik Megan von sich, drehte sich auf dem Absatz um und stürmte hinaus. Megan stand atemlos da und starrte ihm nach.

»Sind die anderen schon gegangen, Milady?«

Megan schluckte.

»Ja, Vater Raphael, außer mir ist niemand mehr hier.«

~ 27 ~

Es war ein Glück gewesen, dass Vater Raphael aus der Kapelle gekommen war, dachte Erik, als er energisch die Tür zur Waffenkammer hinter sich zuzog. Vor seinem geistigen Auge sah er noch immer Megans Gesicht vor sich: ihre Pupillen geweitet und ihre Augen fast schwarz, die Lippen weich und einladend geöffnet und ihr Blick zärtlich. Er wusste, dass sie sich in ihn verliebt hatte. Und er liebte sie mit einer Leidenschaft, wie er sie noch nie gespürt hatte. Von Anfang an hatte er das Gefühl gehabt, dass in der devoten jungen Braut seines Herrn mehr schlummerte, als es zunächst den Anschein hatte. Dass Albert nicht ihr Bett teilen wollte, war ihm unbegreiflich gewesen. Bereits nach seiner ersten gemeinsamen Nacht mit Megan hätte er ahnen müssen, dass ihre Verbindung kein gutes Ende nehmen würde. Er hätte den Plan, mit Megan einen Erben für die Solveys zu zeugen, nach dieser einen Nacht verwerfen sollen. Aber er hatte sein Verlangen nach ihr nicht zügeln können. Und vielleicht war es da auch schon zu spät gewesen. Die Art und Weise, wie sie selbstsicherer wurde, immer mehr aus sich herauskam, wie sie begonnen hatte, ihm zu vertrauen, hatte ihn fasziniert und angezogen. Er hatte sich geschworen, dass er nach Bianca niemals wieder eine Frau lieben würde. Und trotzdem war es geschehen, und diese Frau war ausgerechnet die Gemahlin seines Herrn. Selbst jetzt, da Albert tot war, blieb Megan unerreichbar für ihn. Sie war eine Lady, und ihre Verbindung wäre eine Mesalliance, die Megan vollständig ruinieren würde. Er würde nicht zulassen, dass sie sich selbst schadete. Erik lachte bitter auf. Wenn sie denn überhaupt noch Gelegenheit dazu hätte, denn der Kampf um Radwick stand unmittelbar bevor.

Die Nacht war sternenklar. Obwohl tiefe Stille auf der Burg herrschte, schliefen nur die wenigsten ihrer Bewohner. Radwick hielt den Atem an, es war die Ruhe vor dem Sturm. Die Wachposten machten schweigend ihre Runde. Megan hatte versucht zu schlafen, aber es war ihr nicht gelungen. Sie hatte mit dem Gedanken gespielt, Erik noch einmal aufzusuchen. Aber obwohl er sie offenkundig begehrte, hatte sie nicht sein Herz. Sie hatte die Enge ihres Schlafzimmers nicht mehr ausgehalten und war hinaus auf die Mauer gestiegen. Dort saß sie nun und starrte in die Nacht. In regelmäßigen Abständen kam der Wachhabende vorbei. Zuerst hatte er sie von der Mauer vertreiben wollen, aber nachdem er sie erkannt hatte, hatte er sich respektvoll vor ihr verneigt. Am frühen Morgen kam Lambert und fragte, ob er sich zu ihr setzen dürfte.

»Gerne.«

»Die Leute sind sehr froh, dass Sie zurückgekommen sind, Milady.«

»Tatsächlich?«

»Ja, weshalb überrascht Sie das?«

»Nun, ich hatte nicht das Gefühl, dass es mir gelungen war, ihr Herz gewinnen.«

»Aber gute Taten sprechen sich schnell herum.«

»Ich habe nicht viel getan.«

»Viel mehr als Lady Barbara.«

Megan sah Lambert verwundert an.

»Ich dachte, Lady Barbara wäre sehr beliebt gewesen?«

»Das war sie sicherlich bei ihrem Gefolge. Aber nicht so sehr bei ihren Leuten.«

Megan schüttelte den Kopf. Die ganze Zeit über hatte sie sich so viele Sorgen darüber gemacht, Lady Barbaras Platz nicht ausfüllen zu können. Tatsächlich hatte Megan in ihrem unmittelbaren Gefolge auch keine Freunde gefunden. Aber die Beziehung zu ihren Leuten, zu den Menschen, deren Herrin sie war, hatte ihr von Anfang an so viel mehr bedeutet. Sie hätte stets sie selbst sein sollen, das war ihr jetzt klar.

»Ich bin froh, das zu hören, Lambert.«

»Das dachte ich mir. Ich weiß, dass Erik nicht erfreut war, dass Sie nach Radwick zurückgekehrt sind, aber wir anderen sind es schon.« Nach einer kurzen Pause fügte er hinzu. »Erik macht sich Sorgen um Sie, Milady. Das ist der Grund.«

»Ja, ich weiß. Ich mache mir auch Sorgen um ihn und um uns alle hier. Aber Lambert, sagen Sie mir, was denken die Leute? Wollen sie, dass wir uns der Übermacht unserer Feinde ergeben?«

»Sie werden Erik folgen.«

»Und wenn eine Verteidigung aussichtslos ist?«

»Dann werden wir alle zumindest einen ehrenvollen Tod sterben.«

Von Osten her begann es zu tagen. Gegen das schwache Licht hoben sich schwarz zwei Belagerungstürme auf der anderen Seite des Burggrabens ab. Megan wusste, dass die Stunde des Kampfes gekommen war. Sie verließ ihren Aussichtspunkt und eilte in die Küche. Auf dem Weg begegnete ihr Dame Agnes, die ebenfalls schon wach war. Sie nickte Megan kurz zu und rauschte an ihr vorbei in Richtung Lazarettsaal. Wie kleinlich dieser Machtkampf zwischen ihnen angesichts der Bedrohung war! Megan seufzte und betrat die Küche. Der Raum war vollgepackt mit Vorräten. Dicke Holzfässer mit Wasser standen neben dem Brunnenloch, Bündel mit Getreide und

Kohl waren säuberlich gestapelt. Sie würden eine Weile ausharren können, dachte Megan. Sie blickte sich um, ob sie Amabel zwischen den Vorräten entdecken konnte, aber sie war nirgends zu sehen. Vielleicht war sie auch im Vorratskeller auf der Westseite, dachte Megan. Als sie zurück in den Hof kam, war die Burg zum Leben erwacht. Viele der Bewohner hatten sich im Hof am großen Tor versammelt und starrten gebannt nach oben. Megan kletterte die Stufen zum Mauerumlauf hinauf, um sich selbst ein Bild von dem zu machen, was sie auf der anderen Seite der Burg erwartete. Hinter den Zinnen standen die Bogenschützen. Keiner wagte es, sich ihr in den Weg zu stellen. Sie blickte über die Zinne, und was sie im ersten Morgenlicht sah, verschlug ihr den Atem. Die beiden riesigen Belagerungstürme wurden von Achtergespannen in Richtung Burg gezogen, sie zählte sechs Katapulte, und der Anblick der Felsbrocken, die daneben aufgetürmt waren, ließ ihr das Blut in den Adern gefrieren. Radwick hatte sich in seiner langen Geschichte noch nie einem Feind gegenübergesehen, der an Zahl und Gerät derart überlegen war. Lord Varmourth' Heer schien bis zum Horizont zu reichen. Ein Herold kam nun langsam den Weg zum großen Tor heraufgeritten. Er trug einen weißen Mantel mit Varmourth' Wappen, der über den Rücken seines Schimmels gebreitet war. Der Reiter hielt in einigem Abstand vor dem Tor an, seine kräftige Stimme durchschnitt die unnatürliche Stille.

»Ich habe eine Nachricht für den Herrn der Burg!«

Die Bogenschützen teilten sich, und Erik trat an die Zinne. Er trug ein ledernes Wams, lederne Hosen und schwere Stiefel. Über seinem Kettenhemd trug er einen Überwurf aus Leinen mit dem Wappen von Radwick. An seiner Seite hing ein langes Schwert und auf der anderen Seite eine Streitaxt. Die blonden Haare glänzten in der aufgehenden Sonne, und seine

Haltung war die eines Königs. Ja, er war wahrlich der Herr von Radwick.

»Ihr seid der Herr der Burg?« Die Stimme des Boten klang herausfordernd. Erik schwieg.

»Nun gut, hier ist meine Nachricht. Mein Herr ist bereit, Eure Leute ziehen zu lassen, wenn Ihr ihm die Burg öffnet. Das gilt jedoch nicht für Lord Solvey oder Euch und Eure Hauptmänner. Ihr müsst auf seine Gnade hoffen. Was ist Eure Antwort?«

Erik hob etwas neben sich vom Boden auf und schleuderte es mit aller Kraft dem Boten vor die Füße. Es war ein toter Hund. Blut spritzte auf das weiße Fell des Pferdes, das vor Schreck scheute und fast seinen Reiter abgeworfen hätte. Im gleichen Augenblick, in dem Erik das tote Tier über die Burgmauer geschleudert hatte, erschallte der Kriegsruf der Männer von Radwick, und das rhythmische Krachen der Schwerter auf die Schilder war ohrenbetäubend. Der Reiter wendete sein Pferd. Erik trat von der Zinne zurück und nickte seinen Hauptmännern zu. Jeder wusste, was zu tun war. Der Kampf hatte begonnen.

Megan eilte von der Zinne. Als sie den Hof erreicht hatte, hörte sie bereits das Kriegsgeschrei der Angreifer. Wenige Augenblicke später brach die Schlacht los, als zahllose Brandpfeile über die Mauer geflogen kamen. Die Felsbrocken der Katapulte erschütterten die Wände, und die Sturmböcke rammten unerbittlich das Tor. Von den Zinnen wurden Eimer mit brennendem Öl auf die Angreifer gegossen, und die Schreie der verbrühten Menschen waren markerschütternd. Megan half im Lazarettsaal bei der Versorgung der Verwundeten, deren Zahl im Laufe des Tages stetig zunahm. Kämpfer, aber auch Frauen und Kinder kamen in den Lazarettsaal und konnten sich kaum auf den Beinen halten. Einige brachen auf der Stelle tot zusammen. Megan fiel auf, dass einige der Toten keine Verletzungen hatten. Was hatte das zu bedeuten? War zu allem Überfluss auch noch eine Krankheit auf der Burg ausgebrochen, die sie alle wie die Fliegen dahinraffte? Verzweifelt untersuchte Megan einen kleinen Jungen, der in ihren Armen starb. Was war es? Das hatte Radwick nicht verdient, nicht jetzt!

»Lady Megan!«

Es war Lambert. Seine Rüstung war blutbespritzt, und er hatte einen langen Schnitt am Arm. Sein Blick war ernst.

»Kommen Sie!«

Megan erhob sich. Ihr wurde plötzlich ganz kalt. Erik!

Sie folgte Lambert durch das Chaos, links und rechts zu ihren Füßen lagen Verwundete, überall war Blut und noch immer prasselten Pfeile ohne Unterlass auf Radwick nieder. Sie gelangten zum Beratungsraum am Ende des Waffenarsenals. Auf dem Boden ausgestreckt lag Erik. Blut lief von seiner Brust auf die Steinfliesen. Sein Atem ging flach. Megan stürzte zu ihm. Er hatte die Augen geschlossen.

»Eine Pfeilverwundung. Ich habe die Spitze herausbekommen.« Josh kniete neben Erik und presste eine Leinenbandage auf seine rechte Brust.

»Aber es muss noch etwas anderes sein. Eine solche Verwundung würde ihn niemals außer Gefecht setzen.«

Die furchtbare Krankheit! Nein, nicht Erik! Megan kniete sich auf die andere Seite und beugte sich über ihn.

»Erik? Kannst du mich hören? Erik?«

Seine Lider flatterten, aber sonst regte er sich nicht. Megans Herz krampfte sich zusammen. Sie brauchte ihre Heilmittel.

»Ich bin gleich zurück!« Damit hastete sie wieder hinaus in den Burghof und zum Lazarettsaal. Sie hatte ihn fast erreicht, als sie Dame Agnes aus dem Augenwinkel in der Tür zum Gesindetrakt sah. Sie stand ganz ruhig, ihr Kleid war ordentlich und ihre Hände sauber. Mit unbewegter Miene blickte sie aus der Deckung des überdachten Ganges auf das blutige Schlachtfeld vor sich. Megan verlangsamte ihre Schritte. Wie Blitze trafen sie plötzlich Bilder und Worte aus ihrer Erinnerung: Dame Agnes und die neue Wirtschafterin Anna Herrington am Morgen von Frau Edlas Verschwinden; Frau Edlas grimmiges Gesicht, als sie an Megan vorbei aus dem Garten gestürmt war; Amabels Bemerkung, dass Dame Agnes die neue Wirtschafterin schon eingestellt hatte, als Frau Edla noch nicht einmal unter der Erde war; Dame Agnes heute im Morgengrauen, als sie ihr aus der Küche entgegengekommen war; die Wasserfässer in der Küche. Megan erreichte den Saal und sah, wie Anette mit einem Schöpflöffel Wasser an die Leute verteilte. Das Wasser! Sie brüllte Anette zu, dass sie nichts mehr davon verteilen sollte, aber Anette konnte sie durch den Lärm nicht hören. Megan rannte den Gang zur Küche hinunter. Sie kam in das große Gewölbe, das seltsam still in dem ganzen Tumult lag. Dort standen die Fässer. Entsetzen überkam Megan. Dame Agnes hatte das Wasser vergiftet! Dame Agnes war der Verräter. Sie hörte, wie die Tür hinter ihr geschlossen wurde, und wirbelte herum.

»Sie sind schneller, als ich erwartet hatte, Lady Megan. Leider nicht schnell genug.«

Dame Agnes stand in der Tür, in der Hand hielt sie einen langen Dolch.

»Weshalb tun Sie das?«

»Glauben Sie tatsächlich, dass ich dreißig Jahre meines Lebens in diese nichtsnutzige Familie stecke und mich dann noch von einem dahergelaufenen Nichts zurechtweisen lasse?«

Megan starrte sie fassungslos an.

»Ich bin nicht nur mit Lord Solvey verwandt, sondern auch mit Lord Varmourth; ein so viel fähigerer Mann.«

Dame Agnes kam näher, und Megan verschanzte sich hinter den Fässern. Ihr Fuß stieß an etwas Weiches. Es war Amabel. Sie war tot.

»Lord Varmourth hat mir versichert, dass er für eine Frau von meinen Talenten immer Verwendung hat.«

Megan musste sofort die Leute warnen, das Wasser nicht mehr zu trinken. Und sie musste zurück zu Erik. Dame Agnes genoss es sichtlich, Megan vorzuführen, wie sie gedachte, ihre Stellung zu behalten.

»Was macht Sie so sicher, dass Lord Varmourth Sie nicht ebenso niederträchtig verrät wie Sie Ihren eigenen Herrn?«

Dame Agnes' Mund verengte sich zu einem Strich und sie blickte sie finster an. Megan hatte ins Schwarze getroffen. Sie musste versuchen, nahe genug an Dame Agnes heranzukommen, um sie am Arm zu packen und ihr das Messer entwenden zu können.

»Er hat mir sein Wort gegeben«, schleuderte Dame Agnes ihr entgegen. Megan brachte ein spöttisches Lachen hervor.

»Und Sie denken, auf sein Wort ist Verlass?«

»Halten Sie doch den Mund, Sie dummes Ding!« Dame Agnes stampfte wütend mit dem Fuß auf. »Ich werde hier weiter das Sagen haben, und Sie werden sterben wie Frau Edla und Amabel vor Ihnen!«

Megan wusste, dass ihr die Zeit davonlief. Sie musste jetzt handeln, und so stürzte sie sich mit aller Kraft auf die ältere Frau. Nur knapp entging sie dem Dolch, der auf ihr Herz gezielt hatte. Megan war zwar größer, aber nicht stärker als Dame Agnes, die wie von Sinnen um den Dolch kämpfte. Sie warf sich mit aller Kraft gegen Megan, dass diese rückwärts stolperte und hart gegen die Fässer prallte. Im nächsten Moment wurde ihr der Dolch an die Kehle gepresst.

»Sie werden ihn nicht mehr retten können, Lady Megan«,

zischte Dame Agnes. »Ein Jammer, Erik Arrondal war ein so guter Steward.«

Plötzlich ergriff Megan blinde Wut. Mit beiden Händen packte sie Dame Agnes' Arm. Die Klinge verfehlte Megans Kehle und schnitt in ihre Schulter. Aber Megan spürte keinen Schmerz. Sie schlug Dame Agnes' Arm auf die Kante des Fasses, so dass ihr der Dolch entglitt. Blitzschnell packte Megan ihre Gegnerin an den Haaren und stieß ihren Kopf unter Wasser. Blasen stiegen auf. Dame Agnes ruderte wild mit den Armen, aber Megan ließ nicht locker. Nach einigen Augenblicken, die ihr wie eine Ewigkeit erschienen, hörte das verzweifelte Zappeln auf. Megan ließ Dame Agnes los. Ihr Körper fiel schlaff zu Boden, und ihre Augen starrten leblos ins Nichts. Einen winzigen Moment sah Megan auf die tote Frau, deren Leben sie soeben genommen hatte. Dann raffte sie die Röcke und rannte zurück in den Lazarettsaal.

»Kein Wasser mehr, kein Wasser mehr!«, schrie sie zu Anette hinüber. »Es ist vergiftet!«

Anette starrte sie mit weit aufgerissenen Augen an und ließ die Kelle fallen. Megan kämpfte sich einen Weg durch die Menschen im Hof. Es würde bald dunkel sein, und der Kampf ließ an Intensität nach. Sie erreichte den Beratungsraum.

»Es ist das Wasser! Das Wasser ist vergiftet!«, brach es atemlos aus ihr hervor.

Lambert sprang auf und stürzte an ihr vorbei zur Tür hinaus. Keuchend starrte sie auf die leblose Gestalt am Boden.

»Es tut mir leid, Milady«, sagte Josh tonlos. Er drückte ihr etwas in die Hand.

»Er wollte, dass ich Ihnen das gebe.«

Megan blickte auf den goldenen Ring in ihrer Hand. Er hatte ein kompliziertes Muster aus Schlangen oder auch Drachen. Sie erkannte ihn sofort, es war der Ring von Eriks Mutter. Ihre Finger schlossen sich darum. Mit einem verzweifelten Schluchzer fiel sie neben Erik auf die Knie.

»Nein, nein, nein.« Sie nahm sein Gesicht in ihre Hände und küsste seine kalten Lippen. Ihre Finger strichen über seinen reglosen Körper, ihre Lippen formten lautlose Worte. Josh verließ erschüttert den Raum. Megan bemerkte es nicht. Sie kauerte über Erik, die Hände auf seiner Brust. Ihr Körper wiegte sich kaum merklich vor und zurück. Tränen quollen unter ihren geschlossenen Lidern hervor, und ihre Lippen bewegten sich unablässig im Gebet. Sie bemerkte auch nicht, wie Anette und Fulke wenig später hereinkamen. Bestürzt blieben sie in der Tür stehen. Schließlich trat Fulke an die andere Seite seines Bruders, kniete nieder und nahm seine Hand.

Anette fasste Megan sanft bei den Schultern.

»Megan. Es ist zu spät.«

Megan fuhr herum.

»Es ist nicht zu spät. Er ist noch immer hier. Er wird nicht sterben. Ich werde es nicht zulassen!«, brach es aus ihr hervor.

Anette zuckte erschrocken zurück und blickte hilflos zu Fulke. Er hatte Tränen in den Augen und streichelte die Hand seines Bruders. Plötzlich stutzte er.

»Ich spüre das Leben in seinem Handgelenk!«

Megan hielt inne und legte ihr Ohr auf Eriks Brust. Jetzt konnte sie ganz schwach seinen Herzschlag hören, und mit jedem Atemzug hob und senkte sich nun seine Brust wieder.

Fulke und Anette starrten Megan an. Sie atmete tief durch.

»Ich habe doch gesagt, er ist noch hier!« Ihre Hände strichen über Eriks Gesicht.

»Ich brauche Decken, meinen Kräuterbeutel, Wein oder Bier, wenn wir kein Wasser haben.«

Anette sprang auf und eilte hinaus. Fulke starrte Megan noch immer fasziniert an.

»Wie hast du das gemacht, Megan?«

Sie lächelte ihn müde an.

»Ich habe gar nichts gemacht. Er wollte bleiben.«

Wenig später kam Anette mit den gewünschten Dingen, gefolgt von Lambert.

»Mein Gott, er lebt!«, rief er und kniete sich neben Megan. »Hat er etwas gesagt?«

Megan schüttelte den Kopf und bröselte eine Fingerspitze getrocknete Blätter in den Becher mit Wein. Vorsichtig flößte sie Erik mit einem Löffel eine winzige Menge davon ein. Anette breitete die Decke über Erik. Sein Atem wurde wieder kräftiger, aber er war noch immer bewusstlos. Megan nahm selbst einen Schluck Wein und sah zu Lambert.

»Ist der Kampf für heute beendet?«

»Ich befürchte, der Kampf ist zu Ende, und nicht nur für heute. Der Feind ist noch nicht in der Burg, aber wir haben durch das Wasser zu viele Leute verloren. Sie werden uns morgen überrennen.«

»Es ist völlig unsinnig, all diese Leben zu opfern.«

»Sollen wir uns etwa kampflos ergeben?«

Megan blickte auf Erik, der im Moment völlig wehrlos vor ihr lag.

»Dies war kein ehrenhafter Kampf.«

Lambert schüttelte den Kopf.

»Welchen Sinn hat es, sich einem Gegner zu opfern, der keine Moral oder Ehre hat?«, fragte Megan dann.

»Aber wir sitzen wie die Maus in der Falle, wir haben keine andere Wahl«, entgegnete er aufgebracht.

»Es gibt einen Weg hinaus. Über eine Treppe, die auf der Nordwestseite hinunter zum Wasser führt. Dort liegt ein Boot.«

Alle Augen richteten sich auf Megan.

»Du hast die Treppe gefunden?«, Fulkes Augen glänzten.

»Ich dachte, der Ausgang wäre beim Einsturz des Westturms verschüttet worden«, wunderte sich Lambert, »vielleicht gab es aber auch zwei?«

»Die Treppe jedenfalls, die ich zufällig entdeckt habe, liegt unter der Wendeltreppe im alten Trakt.«

»Aber wir können unmöglich alle Burgbewohner über diesen Weg in Sicherheit bringen«, warf Anette ein.

»Nein, das können wir nicht. Das Boot, das dort liegt, ist alt, und es finden darin wohl nur vier, höchstens fünf Leute Platz.«

Lambert dachte nach, schließlich sagte er: »Wir müssen Erik aus der Burg schaffen. Er ist die Seele und das Herz von Radwick. Solange er noch lebt, werden die Leute Hoffnung haben. Lord Varmourth wird keine unnötigen Opfer machen wollen, wenn er glaubt, dass er gesiegt hat.« Er nickte Megan zu. »Sie sind die Herrin von Radwick, sie müssen mit ihm gehen. Fulke, du bist der nächste in der Arrondallinie, du musst die Burg ebenfalls verlassen und Anette selbstverständlich auch.«

»Aber wo sollen wir denn hin?« Fulke war der Unterhaltung mit offenem Mund gefolgt.

»Wir werden uns flussaufwärts auf der anderen Seite in der Hütte des Köhlers verstecken. Josh und ich haben dort gestern Ella zurückgelassen. Ich denke nicht, dass Lord Varmourth uns dort aufspüren wird«, entgegnete Megan.

»Gut, Josh soll mit Euch kommen, er kennt den Weg.« Lambert stand auf. »Es gibt viel zu tun, und die Zeit ist knapp.«

Anette und Megan wachten bei Erik, während Fulke Lambert in den Hof folgte.

»Du bist erstaunlich, Megan.«

»Ich glaube es selbst kaum, dass er noch lebt.«

Nach einer kurzen Pause sagte sie dann: »Ich habe Dame Agnes getötet.«

»Was?«

»Sie war Varmourth' Spionin und sie war es auch, die das Wasser vergiftet hat.« Megan betrachtete nachdenklich ihre Hände. »Ich habe sie in einem der Fässer ertränkt.«

»O Gott, wie schrecklich!«, entfuhr es Anette.

Megan sah auf.

»Ich musste es tun, sie hat mich mit einem Dolch angegriffen.«

»Aber warum hat sie Radwick nur verraten?«

»Sie konnte es nicht ertragen, ihre Stellung zu verlieren.«

»War sie es auch, die hinter dem Mord an Frau Edla steckte?«

»Ja. Wahrscheinlich hatte Frau Edla die Verschwörung entdeckt.«

Die beiden Frauen schwiegen eine Weile. Dann fragte Anette zögerlich: »Megan, als du vorhin so verzweifelt um Herrn Erik gekämpft hast, da habe ich mich gefragt ...«

»Ich liebe ihn«, sie blickte auf den goldenen Ring an ihrer Hand und lächelte. »Und er liebt mich.«

»Oh, dann werden wir Schwestern!«

Sie hörten ein Stöhnen, und Megan beugte sich sofort über Erik.

»Erik? Hörst du mich?«

Er blinzelte und öffnete mühsam die Augen.

»Wo bin ich?«

»Du bist in deinem Beratungsraum, hinter der Waffenkammer.«

Seine Stimme war rau, und er blickte sich verwirrt um.

Megan stützte seinen Kopf und flößte ihm vorsichtig etwas Wein ein. Er hustete und schloss erschöpft wieder die Augen, als sie ihn zurück auf das Lager gleiten ließ. Unter sichtbarer Anstrengung fragte er schließlich: »Wie steht es um uns?«

»Der Tag ist vorüber. Wir haben die Burg gehalten. Fulke ist unverletzt, Lambert kümmert sich um alles. Es gibt nichts, was du jetzt tun könntest.« Sie strich mit einer Hand über seine Augen. Sein Gesicht entspannte sich, und er glitt zurück in die Bewusstlosigkeit.

»Er wird mit unserem Plan sicher nicht einverstanden sein. Es ist besser, wenn er erst einmal nichts davon erfährt.«

~ 28 ~

Megan überließ Erik Anettes Obhut und ging, um etwas Proviant für den Weg zusammenzupacken und ihr ruß- und blutbeflecktes Kleid zu wechseln. Die Burg war ein Bild des Schreckens. Leichen hingen von den Zinnen, und im Schein der Fackeln suchte man nach Überlebenden. Das Stöhnen der Verwundeten erfüllte die Nachtluft ebenso wie der Gestank von verbranntem Holz und Fleisch. Die Zahl der Opfer war hoch, und unter ihnen waren auch viele Kinder, die von dem vergifteten Wasser getrunken hatten.

Megan lief in ihr Schlafzimmer und zog hastig ein anderes Kleid über. Einen Moment lang stand sie still und starrte auf ihr Abbild, das ihr aus dem dunklen Silberspiegel entgegenblickte. Der Ausdruck auf ihrem Gesicht war ruhig, nicht unsicher, zweifelnd oder ängstlich. Sie lächelte ihrem Spiegelbild kurz zu und lief dann zügig wieder in den Hof hinunter. Auf dem Weg dorthin konnte sie durch die Fenster die Feuer der Feindesarmee sehen. Auch sie hatten Verluste erlitten. Es waren aber weit weniger Opfer zu beklagen als auf Radwick, denn hier hatte neben der Schlacht auch das Gift viele Leben ausgelöscht. Als sie nach einem kurzen Gang in die Küche mit etwas Brot und Wein zurück in den Beratungsraum kam, warteten Lambert, Fulke und Josh bereits auf sie. Gemeinsam nahmen sie ein karges Abendessen zu sich, während Lambert erklärte, wie sie vorgehen würden: »Wir werden den Feind glauben machen, dass Erik gefallen ist und Fulke ebenfalls. Ansonsten wird Lord Varmourth versuchen, ihren Verbleib aus jedem einzelnen von uns herauszufoltern. Zwei Gefallene, die bis zur Unkenntlichkeit verbrannt sind, werden eure Plätze einnehmen. Für die Täuschung brauche ich deinen Siegelring, Fulke, und Eriks Schwert.«

»Eriks Schwert?«, flüsterte Fulke.

Lambert nickte.

»Es muss etwas sein, das eindeutig ihm gehört und das er aus freien Stücken niemals aus der Hand geben würde.«

»Ich möchte nicht derjenige sein, der ihm das erklärt, wenn er wieder zu sich kommt«, brummte Josh.

»Das wird Lady Megan übernehmen, nicht wahr? Schließlich stammt der Plan von ihr.«

»Herzlichen Dank, Lambert!«

Er verbeugte sich ironisch vor ihr.

»Gut. Habe ich an alles gedacht?«

Die anderen nickten und Fulke fragte: »Und wenn wir uns tatsächlich bis in den Wald durchschlagen können, was dann?«

»Dann werden wir weitersehen«, entgegnete Megan mit fester Stimme.

Josh und Fulke legten sich je einen von Eriks Armen über die Schulter und folgten Lambert durch einen wenig benutzten Gang in Richtung der nördlichen Wendeltreppe. Megan und Anette trugen Decken und Proviant. Sie kamen durch die Außentür in den kleinen Treppenvorraum. Lambert hielt eine Fackel hoch, um ihnen den Weg zu weisen.

»Sind Sie sicher, Milady, dass es hier ist? Ich kann nichts erkennen.«

Megan kniete sich unter den Treppenabsatz und drückte gegen die Wand, die lautlos nachgab.

»Herr im Himmel!«, entfuhr es Fulke.

Es war nicht einfach, einen so großen, schweren Mann wie Erik durch die kleine Öffnung zu bekommen. Besonders, wie Fulke bemerkte, wenn Megan ständig »Seid vorsichtig« zischte. Aber schließlich gelang es ihnen, und sie stiegen nacheinander die Treppe hinunter.

Die Mehrzahl der Fledermäuse war jetzt auf der Jagd, und nur einige wenige flatterten hektisch um ihre Köpfe. Anette zog erschrocken den Kopf ein, und Josh fluchte leise. Schließlich erreichten sie den Strand und legten Erik auf einer der Decken ab. Die Männer zogen die schwere Plane vom Boot.

»Es sieht ganz gut aus!«, stellte Lambert im Schein der Fackel fest. Gemeinsam schoben sie das Boot ins Wasser, und Megan und Anette verstauten die Ausrüstung.

»Was geht hier vor sich?«, Erik versuchte taumelnd auf die Füße zu kommen. Fulke fasste ihn am Arm.

»Nichts, Bruder. Setz dich, du bist noch zu schwach, um zu stehen.«

Eriks Blick fiel auf das Boot.

»Was habt ihr vor? Wollt ihr fliehen und die Burg im Stich lassen? Ich werde mich nicht heimlich verkriechen wie eine Ratte!«

Josh griff jetzt seinen anderen Arm, aber Erik wehrte sich so heftig, dass Josh beinahe hingefallen wäre.

»Verdammt, lasst mich los!«, brüllte Erik wütend und versuchte sich zu befreien. Trotz seines geschwächten Zustands konnten die beiden Männer ihn kaum festhalten. So würden sie ihn niemals in das Boot bekommen, und seine Wunde hatte bereits wieder zu bluten begonnen.

Lambert blickte zu Megan. Sie nickte. Mit zwei Schritten war er bei Erik, holte aus und schlug ihn mit einem kräftigen Fausthieb bewusstlos. Erik sackte zusammen. Josh, Fulke und Anette starrten Lambert entsetzt an. Er deutete auf Megan.

»Sie hat es befohlen!«

»Lambert!«

Sie legten Erik in die Mitte des Boots. Megan beugte sich über ihn und strich mit den Händen über sein Gesicht. An seiner Stirn entstand eine Schwellung.

»So hart hätten Sie aber nun auch wieder nicht zuschlagen müssen, Lambert!«

»Sie wollen sicher nicht, dass er im Boot aufwacht und wie ein Berserker dafür sorgt, dass Sie alle untergehen.«

»Ich hoffe, ich bin außer Reichweite, wenn er denn dann tatsächlich aufwacht«, murmelte Fulke, und Josh nickte.

Lambert schob das Boot vom Strand. Megan beugte sich vor und legte ihm die Hand auf den Arm.

»Bitte seien Sie vorsichtig, Lambert!«

»Machen Sie sich keine Sorgen um mich, ich bin nur ein einfacher Gefolgsmann.« Er zwinkerte ihr zu und gab dem Boot einen kräftigen Stoß. Josh und Fulke legten sich in die Riemen. Kaum dass sie aus der verborgenen Grotte heraus waren, hatten die beiden Männer schwer mit der Strömung zu kämpfen. Erst als sie den Felsen Richtung Norden umschifft hatten, wurde es etwas einfacher, das Boot zu lenken. Megan und Anette suchten das Ufer nach Wachposten ab, aber es war nichts zu sehen. Lord Varmourth war sich seiner Sache sehr sicher. Über dem Glucksen des Wassers waren aus der Ferne die Geräusche des Feindeslagers zu hören. Megan blickte zurück. Radwick ragte stumm und schwarz in den Nachthimmel. Sie wusste nicht wie, aber sie mussten die Burg zurückgewinnen. Erik stöhnte.

»Ich schlage ihn nicht besinnungslos, das sage ich gleich!« bemerkte Josh mit Nachdruck.

Megan beugte sich über ihn.

»Nein, er kommt noch nicht zu sich.«

»Gott sei Dank!«, seufzte Fulke und beschwerte sich im gleichen Atemzug: »Sind wir nicht endlich da? Meine Arme halten nicht mehr lange durch.«

Josh warf ihm einen gespielt mitleidigen Blick zu.

»Die Anlegestelle muss bald kommen. Was mir größere Sorgen macht, ist, wie wir Herrn Erik den Steilhang hinaufbekommen.«

Nach einer Weile erreichten sie den kleinen Strand, an dem der Kohlekahn lag. Josh manövrierte das Boot ans Ufer. Sie hoben Erik auf den feinen Sand. Zu ihrem Glück war es fast Vollmond, sonst hätten sie in der Dunkelheit nichts erkennen können. Sie versteckten das Boot unter den Sträuchern, dann standen sie zusammen am Ufer und blickten den steilen Abhang hinauf. Josh schüttelte den Kopf.

»Es wird uns nicht gelingen, ihn hinaufzutragen.«

»Wenn er selbst ein wenig mithelfen kann, könnten wir es schaffen. Wir müssen ihn aufwecken«, beschloss Megan.

Alle sahen sie erwartungsvoll an. Unsicher betrachtete sie Erik, der reglos zwischen ihnen lag. Was, wenn er darauf bestände, sofort umzukehren? Sie musste ihm verständlich machen, dass eine Rückkehr jetzt außer Frage stand. Hoffentlich würde es ihr gelingen, zu ihm durchzudringen. Sie ging zum Ufer, schöpfte mit beiden Händen Wasser und ließ es auf Eriks Gesicht spritzen. Fulke, Josh und Anette traten instinktiv einen Schritt zurück. Erik zuckte und gab ein unwilliges Brummen von sich. Megan kniete sich neben ihn.

»Erik?«

Sein Arm schnellte abwehrend in die Höhe und Megan konnte gerade noch ausweichen.

»Erik! Ich bin es, Megan.«

Sie drückte seinen Arm wieder herunter.

»Wo bin ich?«

»Auf der anderen Seite des Flusses.«

»Was zum Teufel ist in euch alle gefahren? Warum sind wir nicht auf Radwick?« Er stützte sich mühsam auf die Ellenbogen.

»Ich muss sofort zurück.«

Megan stemmte sich mit aller Macht gegen seine Brust.

»Nein, du kannst nicht zurück!«

»Doch, ich muss zurück. Ich bin der Steward, ich muss Radwick verteidigen.«

»Erik, hör mir doch zu, du kannst nicht zurück.«

Er starrte Megan wild an.

»Warum willst du nicht verstehen? Wenn die Burg fällt, dann falle ich auch. Ich werde Radwick nicht im Stich lassen!«

»Tot nützt du Radwick gar nichts!«, fuhr ihn Megan heftig an. Er schloss gequält die Augen, und sie drückte ihn zurück in den Sand. Sein Atem ging stoßweise, aber er hatte nicht die Kraft, sich erneut aufzubäumen.

»Ich werde dir alles erklären. Später. Zuerst müssen wir fort von hier, ehe es Tag wird.«

Die Verzweiflung in seinen Augen schnitt ihr ins Herz. Sie stand auf und blickte in die angespannten Gesichter ihrer Gefährten.

»Lasst es uns versuchen.«

Josh und Fulke halfen Erik auf die Beine. Er würde ihnen keine große Hilfe sein, aber es würde einfacher sein, als einen Bewusstlosen den Steilhang hinaufzutragen. Es war ein beschwerlicher Weg. Megan ging voran, gefolgt von den Männern und Anette. Sorgenvoll blickte sie auf den immer größer werdenden dunklen Fleck auf Eriks Brust. Völlig erschöpft erreichten sie die hohe Uferkante und den Wald. Josh und Fulke legten Erik auf den Boden, und augenblicklich verlor er wieder das Bewusstsein. Nach einem kurzen Moment des Atemholens sagte Josh: »Ich mache mich auf den Weg zur Köhlerhütte. Der Alte wird sicher einen Karren haben.«

»Anette und Megan, ihr solltet mit ihm gehen. Je eher ihr ins Warme kommt und euch ausruhen könnt, desto besser.« Fulke strich Anette besorgt über den Rücken. Sie sah sehr erschöpft aus.

»Ja, geh du mit, Anette. Ich werde mit Fulke bei Erik bleiben.«

»Du solltest auch mit uns kommen, Megan.«

»Nein, ich bleibe hier.«

Josh und Anette machten sich auf den Weg. Megan setzte sich zu Erik und legte seinen Kopf in ihren Schoß. Zärtlich strich sie über sein Gesicht. Es würde wenig nützen, die Pfeilwunde jetzt neu zu verbinden, das musste warten, bis sie die Köhlerhütte erreicht hatten. Fulke saß ihr gegenüber und betrachtete sie voller Erstaunen. Dann räusperte er sich und sagte: »Ich wusste nicht, dass du und Erik ...«

Megan lächelte.

»Als ich Erik zum ersten Mal sah, da dachte ich, er wäre der Herr von Radwick und mein Bräutigam. In dem Augenblick wusste ich, dass ich seine Frau sein wollte. Ich glaubte für einen winzigen Moment, dass ich endlich einmal Glück gehabt hätte.«

»Und dann?«

»Dann erschien Albert.«

Fulke schnaubte verächtlich.

»Nein, du darfst nicht so hart mit ihm sein, Fulke. Er war ein guter Mann, empfindsam und warmherzig.«

»Das sind nicht die Eigenschaften eines Mannes.«

»Aber dennoch sind es auch gute Züge an einem Mann. Vielleicht nur nicht dann, wenn man eine große Verantwortung auferlegt bekommt.«

»Auferlegt? Er besaß Radwick. Das ist keine Bürde, das ist ein Privileg.«

»Du klingst wie dein Bruder.«

»Aber so ist es eben. Die Arrondals waren schon immer die Stewards der Burg.« Fulke blickte auf Erik.

»Ich kann nicht glauben, dass ausgerechnet Erik die Burg verliert. Das wird sein Herz brechen.«

»Wir müssen sie wieder zurückerobern.«

»Aber wie?«

»Das weiß ich noch nicht.«

Nein, sie hatte nicht die geringste Vorstellung, wie sie es anstellen sollten, Radwick zurückzugewinnen. Aber sie wusste, dass darauf zu hoffen ihnen Kraft geben würde. Sie streichelte über Eriks Gesicht. Wenn es keine Hoffnung mehr gab, dann wäre sein Leben zu Ende. Wahrscheinlich würde er sich nicht wie Albert das Leben nehmen, aber sie wollte sich nicht ausmalen, wie er sich verändern würde, müsste er schließlich akzeptieren, die Burg für immer verloren zu haben. Ihr Vater kam ihr in den Sinn, ein verbitterter alter Mann. Er hatte mitansehen müssen, wie sein eigener Vater durch sinnlose Fehden und ein ausschweifendes Leben das Erbe zerstört hatte. Sein Leben bestand aus dem aussichtslosen Kampf, vergangenen Glanz wiederherzustellen. Es wäre besser für ihn gewesen, frei und ohne dieses Erbe zu leben. Genau wie es besser für Albert gewesen wäre.

»Megan.«

Sie blickte auf.

»Heute Nachmittag, als wir alle dachten, er sei tot, was hast du da getan?«

»Das habe ich doch schon gesagt. Ich habe gar nichts getan. Ich habe gebetet.«

Fulke blickte sie zweifelnd an. Nein, sie hatte nicht nur gebetet. Sie hatte gebettelt und gefleht, sie hatte gefordert und gekämpft. Sie hatte seine Seele nicht ziehen lassen. Sie hatte so sehr daran festgehalten, dass es sie fast mitgezogen hatte, und schließlich hatte Gott Erbarmen mit ihr gehabt und ihn ihr zurückgegeben. Aber das konnte sie Fulke nicht erklären.

Am Horizont war das erste, zarte Licht zu erkennen.

»Was, glaubst du, passiert heute auf Radwick?«

Fulke trat mit dem Fuß nach einem Stein, seine Stimme klang bitter: »Ich weiß es nicht. Lambert wird vermutlich die Hauptmänner überzeugen, dass sie die Tore öffnen müssen.«

»Wenn bekannt wird, dass Erik gefallen ist, wird Varmourth denken, er habe gesiegt.«

»Zumindest wird es keine weiteren Opfer geben.«

»Ich würde eher sterben, als Varmourth die Treue zu schwören.«

»Aber ist es gerecht, das auch von den einfachen Leuten zu erwarten?«

Er sprang auf und ging erregt auf und ab.

»Die Leute verehren Erik. Sie gehören zu Radwick und nicht zu der Burg eines ehrlosen Schurken, der ihre Frauen und Kinder vergiften lässt!«

Ja, für einen Mann wie Varmourth stellte das Gesinde nur einen Besitz dar und sonst nichts. Er würde sich nicht darum scheren, was seine Leute von ihm hielten. Er würde niemals eine solche Treue in ihren Herzen entzünden, wie Erik es tat.

Megan hatte sich an einen Baum gelehnt und war eingenickt, als sie das Geräusch von Rädern weckte. Endlich, Josh und der Köhler waren gekommen. Sie hoben Erik, der sich noch immer nicht regte, auf den flachen Schubwagen und machten sich auf den Rückweg.

»Wie geht es Ella, Herr Köhler?«

»Kaum waren Milady fort, ging es ihr besser. Alles hat sie mir durcheinandergebracht mit ihrem Aufräumen und Saubermachen.«

Megan lachte leise.

»Sie haben gut lachen, Milady, aber ich bin das nicht gewohnt!«

Als sie die Hütte erreichten, hatten Ella und Anette schon alles für Erik vorbereitet. Sie betteten ihn auf das Strohlager, und Megan nahm vorsichtig den Verband ab. Die Wunde war angeschwollen und dunkelrot. Dass Erik nur wenig Ruhe gehabt hatte, hatte seinen Preis gehabt. Megan betete zu Gott, dass es zu keiner Entzündung kommen würde, denn das konnte ihn noch immer das Leben kosten. Sie säuberte vorsichtig die Wunde und wechselte den Verband.

Anschließend saßen sie alle draußen vor der Hütte in der Morgendämmerung beisammen und aßen ein Frühstück aus Brot und Milch. Keiner sprach. Es war ihnen gelungen, aus der Burg zu fliehen. Aber wie sollte es weitergehen? Jetzt bei Tagesanbruch würde Lord Varmourth wahrscheinlich siegreich in Radwick einreiten. Der Gedanke brannte wie Feuer in Megan. Sie mussten einen Weg finden, die Burg zurückzuerobern.

»Wir sind jetzt alle zu müde, um Pläne zu schmieden. Wir sollten schlafen und später überlegen, was zu tun ist«, schlug Josh vor.

»Ich werde bei Herrn Erik sitzen, Milady. Sie sollten auch schlafen.« Ella tätschelte liebevoll Megans Arm.

»Wie geht es dir, Ella? Es tut mir leid, dass ich dich zurücklassen musste.«

»Machen Sie sich keine Sorgen um mich, Milady.« Sie schob Megan zurück in die Hütte, wo sie noch ein zweites Strohlager ausgebreitet hatte. Die anderen rollten sich in Decken und legten sich in das Heu des Pferdeunterstandes.

»Weck mich, wenn er sich regt«, murmelte Megan, als sie sich erschöpft auf der Decke ausstreckte. Wenig später war sie eingeschlafen.

~ 29 ~

Die Sonne stand schon hoch, als Megan mit einem Ruck aus dem Schlaf hochfuhr. Sie hörte Ellas Stimme.

»Sie sollten wirklich liegen bleiben, Herr.«

»Unsinn!« Erik klang ungehalten.

Megan sprang auf, um ihrer armen Zofe zu Hilfe zu eilen.

»Geh bitte und hol Wasser, Ella.«

Sie kniete sich neben Eriks Lager und drückte ihn energisch zurück auf die Decke.

»Du kannst nicht einfach aufstehen. Ich muss mir erst die Verletzung ansehen.«

Er sah sie schweigend unter zusammengezogenen Brauen an. Megan legte eine neue Kompresse mit heilenden Kräutern auf die Wunde und machte einen neuen Verband. Dann lehnte sie sich zurück und fragte: »Wie fühlst du dich?«

»Großartig«, gab er wütend zurück.

»Es ist noch nicht alles verloren.«

»Tatsächlich? Varmourth steht in diesem Augenblick auf der Zinne von Radwick und feiert seinen Sieg.«

Megan schwieg unglücklich.

»Warum hast du mir das angetan, Megan? Warum durfte ich nicht für Radwick mein Leben geben? Welchen Sinn hat ein Leben ohne Ehre?«

Fulke streckte zögernd den Kopf durch die Tür.

»Verschwinde, ich will dich nicht sehen!«, fuhr Erik ihn an, und Fulke trat eilig den Rückzug an. Megan seufzte und stand auf.

»Du solltest liegen bleiben. Die Wunde darf sich auf keinen Fall entzünden.«

Am Besten, sie ließen ihn erst einmal allein. Sie trat aus der Hütte und zog die Tür hinter sich zu. Ihre Gefährten kamen auf sie zu und blickten sie besorgt an.

»Ich glaube nicht, dass er im Augenblick mit jemandem sprechen will.«

Megan setzte sich auf einen der Holzblöcke, die rund um die Feuerstelle standen. Die anderen folgten ihr.

»Wir sollten herausfinden, was auf Radwick vor sich geht«, schlug Fulke vor.

»Vielleicht haben wir noch genug Männer, um Varmourth innerhalb der Burg zu überwältigen.«

»Wir könnten ihn als Geisel nehmen!«

»Aber wer sollte ihn auslösen und im Austausch wofür?«

»Für die Burg.«

Anette schüttelte den Kopf.

»Aber dann wären wir ja in der gleichen Lage wie zuvor, nur mit noch viel weniger Männern.«

»Und selbst wenn wir standhielten. Für wen? Lord Albert ist tot.«

»Mir wäre es schon recht, wenn ich nur Varmourth' Hals durchschneiden könnte«, schnaubte Fulke.

»Wir müssen zunächst einmal wissen, was auf der Burg vor sich geht. Die Mannschaft und die Hauptmänner wird Varmourth sicher eingekerkert haben, aber den Rest der Leute? Er wird keine unnötigen Opfer wollen. Immerhin glaubt Varmourth, dass die Bewohner von Radwick jetzt sein Besitz sind.«

»Wer von uns beiden soll gehen. Josh oder ich?«, fragte Fulke in die Runde.

»Ihr seid beide zu bekannt auf der Burg«, gab Anette zu bedenken.

»Aber du bist doch ebenso bekannt. Außerdem will ich nicht, dass du dich in deinem Zustand in Gefahr begibst.« Fulke drückte zärtlich ihre Hand.

»Ich werde gehen.«

Alle Augen richteten sich auf Megan.

»Das kann ich nicht zulassen«, rief Fulke aus.

»Weshalb?«

»Weil du eine Lady bist.«

»Und das ist ein Grund, weshalb ich nicht gehen sollte?«

»Es steht außer Frage, dass du gehst. Erik würde das auch nie erlauben!«, entgegnete Fulke triumphierend.

»Aber er ist im Augenblick nicht in der Verfassung, mich daran zu hindern, nicht wahr?« In Megans Augen stand Entschlossenheit.

Fulke versuchte weiter, sie umzustimmen: »Aber man wird dich erkennen, Megan.«

»Das glaube ich nicht, schon gar nicht, wenn ich mich verkleide.«

Hilfesuchend wandte sich Fulke an Josh: »Nun sag du doch auch mal etwas, Josh! Wir können sie doch nicht allein in die Burg zurückgehen lassen, wo es vor Feinden nur so wimmelt.«

Josh kratzte sich am Kinn. Er wusste, dass man Lady Megan nur schwerlich etwas wieder ausreden konnte, was sie sich einmal in den Kopf gesetzt hatte.

Megan spürte sein Zögern und begann sogleich, auf ihn einzureden: »Wir sollten den gleichen Weg in die Burg nehmen wie beim letzten Mal. So wird es am einfachsten sein, sich unter die Leute zu mischen.«

»Ja, durch die Grotte zu kommen, ist zu gefährlich, wenn wir nicht wissen, was auf der Burg vor sich geht.«

»Verdammt, Josh!«, fiel Fulke ihm ins Wort. »Wir dürfen sie nicht gehen lassen!«

»Was soll ich denn tun? Ich kann Lady Megan ihren Plan wohl schlecht verbieten.«

Ehe Fulke etwas erwidern konnte, hob Megan die Hand.

»Ich werde gehen, es ist entschieden. Wir werden das tun, was uns unserem Ziel am nächsten bringt.«

»Erik wird mich umbringen, wenn er das erfährt«, jammerte Fulke.

»Tröste dich, Fulke, derzeit ist er bereit, uns allen den Hals umzudrehen.«

Megan stand auf und ging zurück zur Hütte. Sie hatten einen Plan. Als sie durch die niedrige Tür trat, saß Erik gegen die Holzwand gelehnt auf dem Lager. Ein Blick auf den umgeworfenen Stuhl, das verschüttete Wasser und die zerknüllte Decke zeigten, dass er vergeblich versucht hatte, aufzustehen. Sie setzte sich zu ihm auf die Decke und nahm seine Hand. Er wollte sie ihr entziehen, aber sie hielt sie fest, und so ließ er sie gewähren.

»Ich dachte, es würde dich interessieren, was wir vorhaben.«

Erik schwieg.

»Einer von uns wird gehen und herausfinden, was auf Radwick vor sich geht.«

»Sie werden alle tot sein, das wird sein, was vor sich geht.«

»Nein, so wird es wohl nicht sein, denn sie werden heute Morgen die Tore geöffnet haben.«

»Radwick hat sich ergeben?« In seinem Blick stand blankes Entsetzen.

»Scheinbar. Radwick hat sich scheinbar ergeben«, beeilte sich Megan ihn zu besänftigen.

»Wie?«

»Wir haben durch das Gift zu viele Leute verloren, die Überlebenden wären allesamt niedergemetzelt worden.«

»Welches Gift?«

Megan sah ihn erstaunt an. Natürlich, davon wusste er nichts. Sie atmete tief durch und begann Erik zu berichten, was sich am Vortag auf der Burg zugetragen hatte: Dass auch er vergiftet worden war, dass Lambert und sie beschlossen hatten, ihn in Sicherheit zu bringen, weil es zu diesem Zeitpunkt gar keinen gerechten Kampf mehr hatte geben können, und dass Radwicks einzige Hoffnung darin bestand, dass Erik noch am Leben war. Er hörte schweigend zu und unterbrach sie nur, um sich bestätigen zu lassen, dass Lambert ihn tatsächlich umgehauen hatte. Als sie fertig war, sah sie ihn ängstlich an. Würde er ihr verzeihen, dass sie derart über ihn verfügt hatte?

»Mein Gott, Megan.« Er schüttelte den Kopf.

»Es musste sein.«

Erik blickte auf den Ring an ihrer Hand.

»Ich war sicher, dass ich sterben würde.«

Megan schluckte, der Gedanke, dass sie ihn fast verloren hätte, war furchtbar.

»Es war seltsam, der Schmerz war verschwunden, und alles schien mir zu entgleiten. Oder eher ich schien allem zu entgleiten. Doch etwas zog mich wieder zurück.« Er blickte sie an. »Das warst du.«

»Du selbst wolltest noch nicht gehen.«

Erik blickte wieder auf das verschlungene Gold an Megans Finger.

»Was ist euer Plan?«

Wohlweislich erwähnte sie nicht, dass sie diejenige war, die Radwick auskundschaften würde.

»Zu allererst müssen wir wissen, wie viele von Varmourth' Männern in der Burg sind, wie viele von unseren eigenen Leuten noch kampffähig sind und wo sie sich befinden.« Er stützte sich ab und rutschte in eine bequemere Lage.

»Verdammt, ich bin schwach wie ein Säugling.«

»Es wird dir bald besser gehen. Ich gehe etwas zu essen holen.«

»Schick mir auch diesen Nichtsnutz von einem Bruder, damit ich ihn mir vornehmen kann«, rief er ihr nach, als sie durch die Tür trat. Wieder erwarteten sie die besorgten Blicke der anderen, als sie aus der Hütte kam.

»Es ist alles gut.«

Ein Seufzer der Erleichterung ging durch die Anwesenden.

»Er will dich sehen, Fulke.«

»Gott steh mir bei.«

Josh lachte.

»Du kommst bestimmt auch noch an die Reihe, mein Lieber«, sagte Fulke im Vorbeigehen. Joshs Lachen erstarb.

Megan ging zu Ella und Anette, die das Abendessen am Herd des Köhlers im Garten bereiteten.

»Wir müssen mich verkleiden.«

Ella schüttelte missbilligend den Kopf, sagte aber zu Megans Erstaunen nichts.

»Wir sollten erst etwas essen und Erik sicher in seinem Bett wissen, ehe wir mit der Maskerade beginnen. Ich will nicht, dass er sich aufregt, und das wird er ganz sicher, wenn er erfährt, dass ich diejenige bin, die mit Josh geht.«

»Und da hat er auch allen Grund zu, Milady«, brummte Ella.

Megan ignorierte ihre Zofe und löste einen Löffel sehr fein gemahlener, dunkelbrauner Kräuter in einem Becher Wasser auf. Anette kam neugierig näher.

»Was ist das?«

»Das wird dafür sorgen, dass Erik heute Nacht Ruhe findet und morgen früh erfrischt und gestärkt erwacht.«

Megan zwinkerte ihrer Freundin zu, und Anette lachte.

Eine halbe Stunde später saß Megan wieder bei Erik auf dem Bett und reichte ihm den Becher, den er erfreulicherweise gleich in einem Zug leer trank. Sie strich mit den Fingern zärtlich über seine Wange.

Er nahm ihre Hand und hielt sie fest.

»Megan, das darf nicht sein.«

»Was darf nicht sein?«

»Du und ich.«

»Warum nicht?«

»Weil es nicht richtig ist.«

»Aber Albert ist tot.«

»Es ist nicht wegen Albert.«

»Weswegen dann?«

»Du bist eine Lady, und ich bin«, er stockte kurz, »und ich bin jetzt ein Niemand.«

»Du bist Erik Arrondal, der Steward von Radwick. Und im Übrigen ist es mir gleichgültig, welche Stellung du hast, du könntest auch der Köhler sein.«

»Aber mir ist es nicht gleichgültig. Ich werde nicht erlauben, dass du dich an mich verschwendest. Du wirst die Frau eines anderen Edelmanns werden und ein standesgemäßes Leben führen.«

»Aber ich will deine Frau sein.«

Sein Griff um ihre Hand spannte sich etwas, aber er sagte: »Das kannst du aber nicht.«

»Das kann ich wohl!«

»Megan.«

»Du bist der einzige Mann, der mein Bett geteilt hat, und du hast mir diesen Ring gegeben. Du hast mich zu deiner Frau gemacht!«

»Megan, nimm doch Vernunft an!«

Aber Megan wollte nicht Vernunft annehmen und gebärdete sich gänzlich uneinsichtig. Sie schmiegte sich an ihn und zog ihn hinunter auf das Strohlager. Er versuchte sie abzuwehren, aber in seinem geschwächten Zustand gelang es ihm nicht, und der Schlaftrunk begann seine Wirkung zu zeigen. Sie küsste Erik hingebungsvoll, während sie seine Arme festhielt. Dies war wahrscheinlich das einzige Mal in ihrem Leben, dass sie ihn gegen seinen Willen festhalten konnte, und sie gedachte diese Gelegenheit zu nutzen. Schließlich gab sie ihn frei und lächelte ihn an.

»Du musst von Sinnen sein«, keuchte er schwach.

»Liebst du mich?«

»Das tut doch nichts zur Sache, Megan.«

»Liebst du mich?«

»Natürlich liebe ich dich.«

Sie beugte sich zu ihm hinunter und küsste ihn zärtlich auf den Mund.

»Dann wird sich alles finden.«

»Ich kann das nicht gutheißen, Milady, ganz und gar nicht!«

Ella reichte Megan eine knöchellange Hose des Köhlers. Darüber zog sie ein mottenzerfressenes Wams aus Wolle. Sie hatten beschlossen, dass Megan sich als Bursche verkleiden sollte, da ein Mann besseren Zugang zu allen Teilen der Burg hatte.

»Und wenn Miss vielleicht so gut wäre, endlich mit dem Lachen aufzuhören, wäre das auch hilfreich«, wandte sich Ella nun an Anette. Diese wischte sich die Tränen aus den Augen, fing dann aber doch wieder an zu kichern.

»Du darfst nicht mehr Miss zu ihr sagen, Ella. Anette und Fulke haben gestern geheiratet. Sie ist jetzt Mistress Arrondal!«, warf Megan ein.

Ella blieb ungnädig und murmelte: »Herr Fulke tut mir leid.«

Schließlich war Megan angezogen.

»Nun?«

»Du siehst zum Totlachen aus«, prustete Anette.

»Was machen wir mit den Haaren?«

»Wir müssen sie, so gut es geht, unter der Kappe verstecken.« Ella versuchte ihr Bestes, aber Megans glattes Haar ließ sich nicht bändigen. Gerade wenn alles unter der Kappe verborgen war, entwischte im nächsten Moment wieder eine Strähne. Ungeduldig zog Megan sie sich vom Kopf.

»Sollte ich die Kappe verlieren, würden mich die Zöpfe sofort verraten. Das geht nicht.« Megan blickte sich suchend um.

»Die Haare müssen ab!«, stellte sie fest.

»Nein!«, kam es von Ella und Anette wie aus einem Mund.

»Warum nicht? Es wächst doch wieder nach.«

Megan ließ sich zu einem zweiten Versuch mit der Kappe bewegen, aber der Erfolg blieb der gleiche.

»Wir verschwenden unsere Zeit. Die Haare kommen ab. Ella, wir brauchen ein scharfes Messer.«

Ella schüttelte den Kopf und verschränkte die Arme vor der Brust.

»Das mache ich nicht, Milady!«

»Anette?«

Anette zögerte. »Bist du sicher, Megan?«

»Es muss sein. Ich würde wirklich sehr ungern auf Radwick an meinen Zöpfen erkannt werden.«

»Das wird Herrn Erik nicht gefallen.«

»Er schläft.«

»Aber morgen, was wird er morgen sagen?«

»Lass das meine Sorge sein, ja?«

Anette schwor sich, in Deckung zu gehen, wenn ihr Schwager am nächsten Tag sah, dass Megan sich die Haare abgeschnitten hatte. Aber wenn ihre Freundin darauf bestand, bitte sehr.

Wahrscheinlich hatte sie auch Recht. Anette blickte an ihren langen, blonden Zöpfen hinunter. Nein, sie würde sich nicht so einfach davon trennen, aber mit Megan war es etwas anderes. Sie schien sich nicht viel aus Äußerlichkeiten zu machen, oder vielleicht hielt sie sich auch einfach nicht für hübsch, dachte Anette. Aber je länger sie Megan kannte, desto einzigartiger und schöner erschien sie ihr. Als Anette mit dem Messer zurückkam, stand Ella noch immer trotzig mit verschränkten Armen vor ihrer Herrin. Erst als Anette sich tatsächlich Megans Zöpfen näherte, schoss Ella plötzlich dazwischen und schubste Anette förmlich aus dem Weg.

»Geben Sie schon her, Miss! Das kann man ja nicht mitansehen.«

Anette überließ Ella das Messer und beobachtete, wie sie geschickt Megans Zöpfe abschnitt. Dann trimmte die Zofe das Haar kinnlang und schnitt zum Schluss einen Pony. Seufzend trat sie zurück und begutachtete ihr Werk.

»So.«

Megan sah fragend zu Anette.

»Meine Güte, du siehst wirklich aus wie ein Junge, Megan.«

»Gut, dann kann es losgehen.«

»O mein Gott!«, entfuhr es Fulke, als Megan zu den Männern ans Feuer trat. Vor ihnen stand ein schlaksiger Knabe mit weichen Gesichtszügen in einem zu weiten Kittel. Josh fand als erster seine Stimme wieder.

»Ausgezeichnet, jetzt wird Sie ganz sicher niemand erkennen, Milady.«

Fulke starrte noch immer mit offenem Mund auf Megan, bis sie schließlich ungeduldig fragte: »Was ist, Fulke?«

»Nichts, nichts.«

Sie wandte sich wieder an Josh: »Sind wir fertig?«

Er nickte. Anette umarmte Megan, bevor sie sich mit Josh auf den Weg zum Fluss machte, und flüsterte: »Bitte sei vorsichtig!«

~ 30 ~

Josh und Megan erreichten die Stelle am Steilufer, an der es zum Strand hinunterging, gerade als die Sonne hinter den Baumwipfeln verschwand. Die Fahrt mit dem Boot dauerte nicht lange, und da sie jetzt wussten, wie die Strömungsverhältnisse waren, erreichten sie unbeschadet das Ufer in der Nähe der Burg.

»Ich werde mich etwas weiter flussaufwärts verstecken. Wir treffen uns dann bei Morgengrauen. Viel Glück, Milady!«

Josh verschwand in der Dunkelheit, und Megan folgte dem Weg hinauf zur Siedlung. Die Leute aus der Burgsiedlung waren in ihre Häuser zurückgekehrt, aber es herrschte eine bedrückende Stille, und Türen und Fenster waren verschlossen. Auf dem Friedhof bei der kleinen Holzkirche gab es viele frische Gräber. Am Haupteingang standen Wachen mit einem fremden Wappen, und auf den Zinnen sah sie ebenfalls Varmourth' Männer. Die Burgmauer war an mehreren Stellen stark beschädigt. In einiger Entfernung lagerte Lord Varmourth' Heer. Es war sehr groß. Das konnten auf keinen Fall alles seine eigenen Leute sein, dachte Megan. Wenn sie versuchen würde, sich heimlich in die Burg zu schleichen, und man würde sie dabei erwischen, würde es ihr schlecht ergehen. Der beste Weg war durch das Haupttor, beschloss sie. Sie kletterte über den Gartenzaun der nächstliegenden Hütte und stahl ein Bündel Pfefferminze, das dort zum Trocken unter dem Dach des Schuppens hing. Damit ging sie zügig auf der Mitte der Straße in Richtung Tor.

»He, Bursche, alle haben nach Einbruch der Dunkelheit in ihren Häusern zu sein.« Es war eine Ausgangssperre verhängt worden. Megan zwang sich, die Nerven zu bewahren.

»Ich soll das hier in die Küche bringen, Herr!«

Der Wachhabende beäugte Megan misstrauisch.

»Wer hat dich geschickt?«

Megan hatte keine Ahnung, wer in der Küche war und ob Lord Varmourth mit seinen eigenen Köchen reiste oder nicht.

»Der Koch, Herr, und es war ihm sehr dringend, weil sonst das Essen des hohen Herrn nicht rechtzeitig fertig wird.« Megan zappelte unruhig hin und her.

»Wie alt bist du?«

»Das weiß ich nicht, Herr.«

Der andere Wachposten kam zu ihnen herüber und guckte Megan abschätzig an.

»Der Wicht hat noch nicht einmal ein einziges Barthaar.«

»Und ist eine rechte Bohnenstange«, lachte der andere, packte Megan hart an der Schulter und schüttelte sie.

»Bitte Herr, ich bekomme Prügel, wenn ich mich verspäte.«

»Nun lass ihn durch, was kann er schon anstellen?«, fragte die zweite Wache und ging wieder auf ihren Posten zurück.

»Na gut, dann geh schon.«

Das ließ sich Megan nicht zweimal sagen und eilte über den Hof in Richtung Küche. Erst als sie außer Sichtweite war, hielt sie an. Ihre Knie zitterten. Wer hätte gedacht, dass ihr Mangel an weiblichen Formen ihr jemals von Vorteil sein würde?

Sie blickte sich im Hof um. Der gestampfte Boden war mit dunklen Flecken von Blut und Asche übersäht. Der überdachte, hölzerne Umlauf war auf der gesamten Westseite verbrannt. Die Balken ragten schwarz aus der Erde wie Grabkreuze. Megan erschauderte, das Ausmaß der Zerstörung war groß. Wie viele Menschen hatten ihr Leben verloren? Dort bei der Treppe war gestern das Kind in ihren Armen gestorben. Megans Augen füllten sich mit Tränen. Sie musste sich zusammennehmen und kniff sich in den Arm. Vorsichtig ging sie den Gang hinunter zur Küche. Den Geräuschen nach zu urteilen, pflegte Lord Varmourth tatsächlich spät zu Abend zu essen. Megan spähte durch die offene Tür in die Küche hinein. Die Fässer waren verschwunden, und die Leichen von Dame Agnes und Amabel ebenfalls. Megan glaubte plötzlich wieder die im Todeskampf zappelnde Dame Agnes zwischen ihren Händen zu spüren, als sie ihr Gesicht unter Wasser drückte. Megan keuchte. Die Rückkehr nach Radwick fiel ihr schwerer, als sie erwartet hatte. Sie hatte noch keine Zeit gehabt, die Geschehnisse der vergangenen Tage überhaupt zu begreifen. Plötzlich sauste eine große Hand auf ihre Schulter nieder.

»He, Bursche!«

Megan erstarrte, sie hatte nicht aufgepasst. Erschrocken ließ sie die Pfefferminze fallen.

»Hier, bring das hinauf, aber schnell!«

Der Mann drückte Megan ein Tablett mit einer Terrine in die Hand. Dann drehte er sich wieder um, hob das Kräuterbündel auf und ging zurück in die Küche. Unverzüglich lief Megan die Treppe zu den Gesellschaftsräumen hinauf. Sie konnte nicht glauben, dass sie ein solches Glück gehabt hatte. Lord Varmourth würde sein Siegesessen sicher im großen Saal abhalten. Sie hatte Recht gehabt, dann als sie sich dem Saal näherte, konnte sie Stimmen, Musik und Gelächter hören. Wie man in Anbetracht so vieler Opfer lachen konnte, war ihr unbegreiflich. Sie erreichte die Tür und spähte hinein. Am Ende der Tafel saß Lord Varmourth in Alberts Sessel, neben ihm lehnte Eriks Schwert. Um ihn herum hatten andere vornehme Herren Platz genommen. Sie glaubte, einige Gesichter von ihrer Hochzeit zu kennen. Einige der Männer amüsierten sich mit leicht bekleideten Dirnen. Dann sah sie an der gegenüberliegenden Wand einige Damen aus ihrem eigenen Gefolge stehen. Sie erkannte Dame Evelyn. Ihr Gesicht war wie versteinert. Mein Gott, was hatten die Frauen wohl durchstehen müssen! Megan wollte es sich nicht vorstellen.

»Nun gib schon her, du Taugenichts!«

Ein junger Mann nahm ihr das Tablett aus der Hand. Sie warf einen letzten Blick auf Lord Varmourth, wie er sich selbstgefällig in Alberts Sessel lümmelte. Erik würde ihn in einem ehrlichen Kampf in Stücke reißen. Dann wandte sie sich um und lief zurück in Richtung Küche, bog aber kurz zuvor in den Westflügel ab. Sie musste herausfinden, wie viele von ihren Leuten noch lebten und wo sie gefangengehalten wurden. Als sie am alten Trakt vorbeikam, war alles dunkel und still. Die Arrondals hatten Radwick verlassen.

Megan hastete weiter in Richtung Stallungen und kam an einigen Bediensteten vorbei, die ihr aber keine Beachtung schenkten. Als sie jedoch in den Nordflügel abbog, in dem sich die Stallungen, das Waffenarsenal und der Kerker befanden, sah sie sich plötzlich im Hof vor dem Kerker Varmourth' Wachen gegenüber.

»Nun mach schon, Opa! Wenn du für deinen neuen Herrn auch so langsam arbeitest, wirst du die Peitsche zu spüren bekommen.« Einer der Bewaffneten gab dem alten Mann einen Tritt mit der Stiefelspitze. Dieser schwankte etwas und kämpfte sich weiter mit seiner Last ab. Er schleifte ein langes Bündel hinter sich her, und Megan erkannte, dass es sich um einen Leichensack handelte. Wieder trat der Mann nach dem gebeugten Alten, der jetzt vornüberfiel. Die Wachen lachten. Megan ballte die Fäuste, aber sie konnte nichts tun. Sie drehte sich um und lief geradewegs einem Hauptmann in die Arme, der ihr im Gang entgegenkam. Ihr Herz blieb stehen. Er packte sie schmerzhaft am Ohr. Doch ehe er etwas zu ihr sagen konnte, hörte sie wieder die Männer draußen lachen. Der Hauptmann schleifte sie mit in den Vorhof.

»Lasst das!«, brüllte er, und die Wachen, die nun dabei waren, den alten Mann mit Stöcken zu traktieren, salutierten eilig.

»Wir haben nicht die ganze Nacht Zeit!«

Er schubste Megan in den Hof und sie fiel auf das schmutzige Stroh, das den Boden bedeckte.

»Los, hilf dem Alten!«

Megan rappelte sich auf, griff nach dem Sack und zog die Last Richtung Nebentor. Wie gut, dass sie darauf bestanden hatte, ihre Zöpfe abzuschneiden, denn sonst wäre sie jetzt ganz sicher entdeckt worden. Der alte Mann trug einen schmutzigen Kittel mit einer großen Kapuze und schnaufte vernehmlich. Megan versuchte, ihm die Last, so gut es ging, abzunehmen, aber das Bündel war sehr schwer. Schließlich erreichten sie eine Tür, die nach draußen führte, und stießen den Sack hindurch. Er rollte den Abhang hinunter und blieb auf einem großen Haufen gleichartiger Säcke liegen. Megan erschauderte. Wie viele Opfer hatte das vergiftete Wasser zusätzlich gefordert? Der alte Mann streckte sich schwerfällig und sah sich um. Die Wachen hatten mit einem Würfelspiel begonnen und waren abgelenkt. Der Alte blickte sie unter der Kapuze an, und Megan trat überrascht einen Schritt zurück. Es war Lambert! Er war ebenso überrascht wie sie.

»Lady Megan, um Gottes Willen, was machen Sie hier?«, flüsterte er.

»Die Lage auskundschaften.«

»Was ist mit Erik?«

»Es geht ihm besser, aber er ist noch sehr schwach.«

»Kommen Sie, wir müssen weitermachen.«

»Sind das alles unsere Toten?«

»Ja.«

Megan schluckte hart und folgte Lambert zurück in Richtung Kerker.

»Aber sie sind nicht alle tot«, murmelte er und grinste unter seiner Kapuze.

Im Vorraum des Kerkers hatte man die Leichen auf einen großen Haufen geworfen. Megan und Lambert griffen einen neuen Sack und zerrten ihn nach draußen. Megan berichtete flüsternd, was sich ereignet hatte, seitdem sie Radwick verlassen hatten.

»Wie haben Sie Erik davon überzeugt, Sie allein nach Radwick zurückkehren zu lassen?«

»Ich habe ihn nicht gefragt.«

Er lachte leise.

»Sie sind eine ungewöhnliche Frau, Lady Megan.«

»Bisher wurde mir eher vorgeworfen, viel zu gewöhnlich zu sein.«

Lambert schüttelte nur den Kopf.

»Was hat sich hier ereignet?«

»Nachdem Sie fort waren, habe ich mich mit den Hauptmännern besprochen. Es hat mich viel Überzeugungskraft gekostet, aber schließlich mussten sie einsehen, dass es nur dann noch Hoffnung gab, wenn sie einer Kapitulation zustimmten.« Lambert stieß einen weiteren Sack den Abhang hinunter.

»Dann fiel mir ein, dass der Feind ja nicht wissen konnte, dass wir das vergiftete Wasser entdeckt hatten. Eine noch höhere Anzahl Toter innerhalb der Burg würde demnach nicht weiter auffallen.«

»Und dabei waren nicht alle tot! Unter den Leichen befanden sich auch lebende Männer«, stellte Megan atemlos fest.

»Genau. Es war nicht ungefährlich, aber das war es wert.

Kurz bevor wir die Tore öffneten, haben wir alle Toten zusammengetragen. Die Lebenden haben sich in Säcken versteckt und wurden mit Leichen bedeckt. Lord Varmourth war derart vom Erfolg seines Giftes überzeugt, dass er den Leichenhaufen nur oberflächlich untersuchen ließ. Man hat einige Male mit Lanzen hineingestochen und weiter nichts.«

»Wie viele Männer haben sich denn versteckt?«

»Nicht viele, um die zwanzig, aber es sind unsere besten Männer.«

Sie hievten einen weiteren Sack durch die Tür, und er rollte den Abhang hinunter.

»Er hat die verkohlte Leiche in Stücke hacken lassen und von der Zinne in den Fluss geworfen.«

»Nicht einmal eine christliche Beerdigung wollte er Erik gönnen?«, Megan war entsetzt.

»Ich glaube, er hat es getan, um den Leuten zu zeigen, dass Erik endgültig fort ist und mit ihm jede Hoffnung.«

»Meine Güte!«

»Unterschätzen Sie ihn nicht, Lady Megan! Lord Varmourth ist ein schlauer Mann. Aber er ist auch hochmütig, und Hochmut kommt vor dem Fall.«

Die Nacht war bereits weit fortgeschritten, als sie die letzten Säcke den Burgwall hinuntergerollt hatten. Varmourth' Wachen hatten sich zu einem warmen Feuer in den Wachunterstand zurückgezogen und schenkten ihnen keine weitere Beachtung. Megan war erschöpft von der schweren Arbeit. Sie setzte sich in eine dunkle Ecke des Hofes ins Stroh. Ihre Beine fühlten sich an, als wären sie aus Wachs, und bei der Vorstellung, wieder das Steilufer hinaufklettern zu müssen, graute ihr. Lambert brachte ihr einen Eimer mit Wasser und eine trockene Brotrinde.

»Es tut mir leid, Milady, aber etwas anderes ließ sich nicht auftreiben.«

»Das macht nichts, es ist mehr, als viele haben.«

Kritisch beäugte sie das Wasser.

»Keine Sorge, es ist frisch. Gott sei Dank hat Varmourth nicht auch den Brunnen vergiften lassen.«

»Im Morgengrauen treffe ich mich mit Josh an der Landung hinter der Siedlung.«

»Ich weiß, ich sollte das nicht vorschlagen, und wenn Erik es erfährt, wird er mich einen Kopf kürzer machen, aber es wäre besser, wenn Sie in der Burg blieben.«

»Ich werde es ihm nicht verraten. Und im Übrigen wartet er schon auf eine Revanche dafür, dass Sie ihn in der Grotte bewusstlos geschlagen haben.«

»O je.«

Megan unterdrückte ein Kichern.

»Ich weiß, ich verlange viel von Ihnen, wenn ich Sie bitte, sich weiter einer solchen Gefahr auszusetzen, aber es gibt zwei gute Gründe dafür: Sie sehen in Ihrer Verkleidung tatsächlich wie ein Knabe aus, der das Mannesalter noch nicht erreicht hat.« Er machte eine entschuldigende Geste, aber Megan lächelte nur.

»Dadurch wird man in Ihnen keine große Gefahr sehen, und Sie haben Zugang zu den Teilen der Burg, in die ich nicht gelange.«

»Und der andere Grund?«

»Wenn Sie jetzt zu Ihrem Lager beim Köhler zurückkehren, schwöre ich Ihnen, dass Erik Sie nicht noch einmal in die Burg zurückkommen lassen wird.«

Megan nickte.

»Wenn ich an seiner Stelle wäre, würde ich das auch nicht zulassen. Man wird vorsichtig mit den Dingen, die einem kostbar sind.«

Megan errötete. Sie dachte an Erik, und ein warmes Glücksgefühl durchflutete sie.

»Ich habe ein Gerücht gehört, dass der König nach Radwick kommt. Wir müssen wissen, wann das sein wird. Ich vermute, er will die Burg in Augenschein nehmen, immerhin ist sie ja eigentlich sein Besitz. Ich muss mich zuvor unbedingt mit Erik besprechen, wie wir am besten vorgehen.«

»Ist es denn sicher, dass der König die Burg an Lord Varmourth geben wird? Könnte nicht auch Erik ihn um Radwick als Lehen bitten?«

»Erik ist der Steward, nicht der Lord.« Nach einer kleinen Pause fuhr Lambert fort: »Zu Lebzeiten Lord Alberts war es nie Eriks Ansinnen gewesen, Herr von Radwick zu werden. Niemals wäre er seinem Herrn derart in den Rücken gefallen. Aber nun ist Lord Albert tot, und alles ist anders.«

Sie beschlossen, dass Lambert sich mit Josh treffen sollte und Megan in der Burg verblieb. Als sie sich trennten, zwitscherten bereits die ersten Vögel. Megan gelangte unbehelligt wieder in den Wohntrakt, in dem auch die Gesellschaftsräume lagen. Alles war still. Sie spähte in den Festsaal. Einige der Männer hatten es nicht mehr in ihre Quartiere geschafft und schliefen unter dem Tisch ihren Rausch aus. Sie wollte gerade ihren Weg fortsetzen, als ihr Blick auf Eriks Schwert fiel. Es lehnte immer noch an dem jetzt leeren Sessel. Ohne weiter nachzudenken, schlich sich Megan in den Saal, vorbei an umgeworfenen Bänken, verstreutem Geschirr und schnarchenden Männern. Es stank nach kaltem Rauch, Bier und Erbrochenem. Megan erreichte den Sessel, nahm das Schwert und schlich wieder zurück zur Tür. Als sie vorsichtig in den Gang spähte, kam eine ältere Frau geradewegs auf sie zu. Sie stutzte, als sie Megan sah. Megan blieb stehen und stellte das Schwert hinter sich.

»Was machst du hier, Junge?«

Megan verfluchte sich, so unvorsichtig gewesen zu sein. Sie war wirklich keine begabte Kundschafterin.

»Ich wollte ...«

»Hast du nach etwas zu essen gesucht? Da hättest du früher kommen müssen, es war Einiges übriggeblieben.«

Die Frau war ungefähr so groß wie Megan, aber wog vermutlich das Doppelte. Sie hatte die kräftigen Arme jetzt in die Hüften gestemmt und beäugte Megan kritisch. Megan kannte ihr Gesicht vom Sehen, es musste eine Bewohnerin von Radwick sein.

»Was versteckst du hinter dem Rücken?«

Megan zögerte.

»Los, zeig her!«

»Es ist das Schwert von Herrn Erik.«

Sie zog die Waffe hinter ihrem Rücken hervor. Die Augen der Frau füllten sich plötzlich mit Tränen. Energisch wischte sie sie mit dem Ärmel ihres Kleides weg.

»Er ist tot!«, herrschte sie Megan barsch an. »Hast du nicht gesehen, wie sie seinen Körper zerhackt und in den Fluss geworfen haben?«

Die Trauer und Mutlosigkeit in ihrer Stimme berührten Megan tief. Sie überlegte für einen winzigen Moment, trat dann nahe an die Frau heran und flüsterte: »Das war nicht Herr Erik.«

Die Frau starrte Megan entgeistert an.

»Er wird bald zurückkehren und dann braucht er sein Schwert.«

»Du weißt nicht, was du sagst, Bursche.«

Megan schüttelte den Kopf.

»Nein, es ist wahr. Wir müssen das Schwert so lange verstecken.«

»Er ist nicht tot?«

»Nein, der Tote war nicht er. Aber es darf keiner erfahren, dass er noch lebt. Du musst es schwören.«

Von einem Moment auf den anderen war die Frau wie verwandelt. Sie straffte die Schulter, der Ausdruck auf ihrem Gesicht war plötzlich wach und aufmerksam.

»Ich schwöre es bei meinem Leben.«

»Wo können wir das Schwert verstecken?«

»Komm mit, hier entlang!«

Megan folgte ihr die Treppe hinunter. Sie wusste, dass es sehr gefährlich war, ihr Geheimnis zu teilen. Aber sie spürte, dass sie der Frau vertrauen konnte, und es würde vieles leichter machen, eine Verbündete innerhalb der Burgmauern zu haben.

Sie ereichten die Wäscherei, und die Frau bedeutete Megan, das Schwert hinter einem großen Haufen schmutziger Wäsche zu verstecken.

»Komm mit in die Küche, ich gebe dir etwas zu essen, du siehst ganz verhungert aus, Bursche.«

Megan bekam Rübenmus und einen Becher stark verdünntes Bier.

»Wie heißt du?«

»Ich heiße Matt.«

»Kommst du aus der Siedlung?«

Megan nickte.

»Warum habe ich dich noch nie zuvor gesehen?«

»Ich bin fast nie auf der Burg. Ich arbeite auf den Feldern.« Um ihrer Geschichte mehr Glaubwürdigkeit zu verleihen, sagte sie: »Ich bin mit Thomas dem Holzsammler verwandt.«

Die Frau nickte.

»Ich heiße Wilma. Woher weißt du, dass Herr Erik noch lebt?«

Megan legte den Finger auf die Lippen.

»Das kann ich dir nicht sagen. Und es darf niemand davon erfahren, sonst ist alles verloren«, flüsterte sie.

Erschrocken presste Wilma die Lippen aufeinander.

»Ich habe gehört, dass der König hierherkommen soll. Weißt du etwas darüber?«

»Nichts Genaues, aber ich kann es herausfinden.«

Megan seufzte erleichtert. Durch die Wärme in der Küche und die Mahlzeit ließ ihre Anspannung etwas nach, und bleierne Müdigkeit legte sich auf sie.

»Komm mit, Bursche, ich werde einen Platz finden, wo du ein paar Stunden schlafen kannst.«

Wie Megan es angekündigt hatte, erwachte Erik am darauffolgenden Morgen einigermaßen bei Kräften. Doch auch die Voraussage, dass er mit Megans Kundschaftermission nicht einverstanden sein würde, traf zu. Fulke konnte sich nicht erinnern, seinen Bruder jemals so wütend gesehen zu haben. Erik drohte, dass, sollte Megan etwas zustoßen, er jedem einzelnen von ihnen Arme und Beine ausreißen würde. Ella nahm diese Drohung zu wörtlich und suchte schluchzend hinter dem Hühnerstall des Köhlers Schutz. Die angespannte Stimmung wurde erst wieder erträglich, als Josh zurückkehrte und ihnen berichtete, was sich in der vergangenen Nacht ereignet hatte. Sie beschlossen, dass die Männer in der Nacht auf die andere Seite des Flusses übersetzen sollten, um Lambert zu treffen.

»Ich habe eine Nachricht von einer Wäscherin erhalten, dass es dem ›Burschen‹ gut geht«, berichtete Lambert, als Erik und er am folgenden Abend gemeinsam in der Dunkelheit eines verlassenen Bootsschuppens am Flussufer saßen.

»Lambert, wenn ihr etwas zustößt, drehe ich dir den Hals um«, sagte Erik grimmig.

»Ihr wird nichts zustoßen. Die Nachricht bedeutet auch, dass sie sich jemandem anvertraut hat.«

»Hoffen wir lieber, dass das zu unserem Vorteil ist.«

»Deine Leute sind dir bedingungslos ergeben, Erik.«

»Verplappern können sie sich trotzdem.«

»Der König wird bereits übermorgen erwartet.«

»Er kann es anscheinend gar nicht abwarten, Radwick diesem unwürdigen Schurken zu überlassen.«

Lambert ließ sich von Eriks bitterem Einwurf nicht beirren.

»Es hat den Vorteil, dass wir uns nicht allzu lange verstecken müssen, und den Nachteil, dass wir wenig Zeit haben, um Vorbereitungen zu treffen.«

»Ich glaube, es ist ein Vorteil.« Erik ließ seinen Blick über die anwesenden Männer schweifen. »Varmourth wird vollauf damit beschäftigt sein, einen guten Eindruck auf König Henry zu machen. Seine Männer haben damit zu tun, die Burg instand zu setzen, und dass du so leicht Männer nach draußen schmuggeln konntest, zeigt, dass Varmourth sich sehr sicher fühlt.«

»So leicht war es nun auch wieder nicht.«

»Immerhin hattest du Hilfe von dem ›Burschen‹. Was werde ich ihr wohl noch alles zumuten müssen?«, brummte Erik, bevor er weiter fragte: »Wie viele Leute befinden sich im Kerker?«

»Zweiundzwanzig.«

»Was ist mit den anderen?«

»Alle anderen, die nicht zu den Kämpfern gehören, dienen auf der Burg oder helfen bei den Aufräumarbeiten. Ich gehöre zu Letzteren. Die meisten stehen unter Bewachung. Aber bei mir Greis war das nicht von Nöten.« Lambert lachte leise.

»Der König wird unseren gefangenen Männern befehlen, Varmourth Gefolgschaft zu schwören. Wo sind die anderen, die es herausgeschafft haben?«

»Sie halten sich verstreut in Häusern und Scheuen auf.«

»Es wäre wichtig, dass wir uns alle an einem Ort versammeln können.«

»Wir könnten die alte Römerruine als Versteck benutzen. Es gibt genug Platz und auch frisches Wasser.«

Fulke, der die ganze Zeit über geschwiegen hatte, rutschte jetzt nervös hin und her. Erik drehte sich zu ihm um.

»Was ist? Warst du etwa mit dem Spielmann, diesem Spion, auch bei der Ruine?«

Fulke nickte schuldbewusst, und Erik warf ihm einen bösen Blick zu.

»Gibt es weitere Vorschläge?«

Sie überlegten eine Weile, aber es fiel ihnen kein Versteck ein, in dem so viele Männer Platz gefunden hätten und das gleichzeitig nahe genug an der Burg lag.

»Wie wäre es, wenn wir uns in der Grotte verstecken?«, fragte Fulke schließlich. Josh dachte an die Fledermäuse und machte ein säuerliches Gesicht.

»Wasser und genug zu essen«, grinste Lambert.

Josh schüttelte sich. Erik stand auf.

»Wenn der König schon übermorgen hier ist, dann ist ein Versteck vielleicht gar nicht nötig. Was wir brauchen, ist ein Sammelplatz, und da wäre die Grotte nicht ungeeignet. Und jetzt bleibt uns noch ein Tag, um zu entscheiden, wie wir es am Besten anstellen, die Burg zurückzuerobern.«

~ 31 ~

Es war bereits Nachmittag, als Megan erwachte. Wilma hatte sie im Linnenschrank untergebracht. Es war ein ausgesprochen komfortables Versteck gewesen, aber jetzt musste Megan alles in Erfahrung bringen, was für Erik und Lambert von Bedeutung sein konnte. Nachdem sie Wilma veranlasst hatte, dem alten Mann im Stall eine Nachricht zu übermitteln, trieb sie sich den Nachmittag über auf der Burg herum. Es war nicht so schwer, unbemerkt zu bleiben, wie sie erwartet hatte, denn sie hatte sich darauf verlegt, immerzu verschiedene Gerätschaften geschäftig durch die Gegend zu tragen. Jeder, der sie so zu sehen bekam, nahm an, dass sie ein Laufbursche sei. So gewann sie einen recht guten Überblick darüber, wer sich auf Radwick aufhielt. Lord Varmourth hatte ein großes Gefolge von Dienern und sogar zwei seiner Mätressen mitgebracht. Sir Barton, Radwicks südlicher Nachbar, hatte nur seinen Kammerdiener und zwei Leibwächter dabei, da er nicht vorhatte, lange zu bleiben. Sein Heer, das zum großen Teil aus Söldnern bestanden hatte, hatte er ausbezahlt und fortgeschickt. Die anderen Verbündeten hatten ebenfalls die meisten ihrer Männer heim auf ihre Felder geschickt und warteten nun in den Gastquartieren der Burg auf die Ankunft des Königs und auf ihren Anteil. So hatte sich das große Heer, das gestern noch vor der Burg gelagert hatte, erheblich verkleinert. Ein Grund war auch, wie Megan in der Küche erfuhr, dass Lord Varmourth nicht willens war, all die hungrigen Mäuler zu stopfen. Ihre Erkenntnisse überbrachte sie Lambert, mit dem sie sich am späten Abend im Stall traf.

»Plant der König, lange zu bleiben?«

»Nein, er lagert zwanzig Meilen von hier mit seinem Gefolge und ist auf dem Wege nach Gloucester. Er wird nur für eine Nacht auf Radwick sein.«

»Und er soll gegen Mittag hier eintreffen?«

»Nein, gegen Nachmittag. Die Küche bereitet ein großes Festessen für den Abend vor.«

»Dann werden wir während des Festmahls zuschlagen. Sie müssen uns das Zeichen geben, wenn die Zeit gekommen ist. Erik wird mit seinen Männern über die Treppe von der Grotte aus in die Burg gelangen. Ich werde eine Gelegenheit finden, die Gefangenen zu befreien. Schaffen Sie das?«

»Ja. Was geschieht dann?«

»Dann werden wir die Burg wieder in unsere Gewalt bringen.«

»Was wohl König Henry dazu sagen wird?«

Lambert zuckte mit den Schultern.

»Das werden wir dann sehen.«

»Wie geht es Erik, was macht seine Verletzung?«

»Er ist fast wieder ganz der Alte, vielleicht noch ein bisschen schwächer, aber ansonsten kommandiert er schon wieder alle herum.«

Megan schüttelte lächelnd den Kopf. Lambert wurde wieder ernst.

»Wenn sich etwas an den Plänen in der Burg ändert, schicken Sie eine Nachricht?«

»Natürlich.«

Er fasste Megan am Arm und blickte ihr in die Augen.

»Diese letzte Möglichkeit haben wir allein Ihnen zu verdanken.«

Sie wehrte ab.

»Ich habe noch niemals in meinem Leben etwas von Bedeutung getan. Ich bin dankbar für diese Gelegenheit.«

Er drückte ihren Arm, und sie trennten sich.

Der nächste Morgen brachte schönes Wetter. Es war kalt, aber die Sonne schien freundlich auf Radwick herab. In der Burg herrschte Hochbetrieb. Megan beobachtete besorgt die große Zahl bewaffneter Feinde, die durch das Tor ein- und ausgingen. Wenn es hart auf hart ging, würden sie jeden Mann und jede Frau brauchen.

»Während des Festessens?«, flüsterte Wilma.

Megan nickte.

»Herr Erik wird kommen und vom König die Burg erbitten.«

Ein Leuchten huschte über Wilmas Gesicht.

»König Henry wird Herrn Erik zum Lord von Radwick machen?«

»Aber nur, wenn er auch tatsächlich die Gelegenheit hat, vor dem König zu sprechen.«

Es war keineswegs sicher, ob Henry sich überhaupt auf eine Unterredung mit Erik einlassen würde. Aber das war zunächst einmal unwichtig. Wichtig war, dass sie alle Reserven mobilisierten, damit ihr kühner Plan überhaupt in die Tat umgesetzt werden konnte.

»Das heißt, wir alle, du und ich und die kleinste Küchenmagd müssen bereit sein, ihm dabei zu helfen.«

Wilma nickte und sah Megan eindringlich an.

»Du bist ein seltsamer Bursche, Matt.«

Zu der allgemeinen Aufregung über den bevorstehenden Besuch des Königs kam nun noch eine unterschwellige Spannung, die bald das gesamte Gesinde erfasst hatte. Dies entging den Fremden auf der Burg jedoch. Mittag zog vorüber, und alles war für den Empfang des Königs von England bereit. Auf den Zinnen flatterte das Wappen von Lord Varmourth, die Sieger waren in ihre besten Gewänder gekleidet, die Rüstungen und Waffen blank poliert. Lord Varmourth war dem König entgegengeritten, um ihn würdig zu empfangen, und kam nun unter Fanfarenklang mit ihm hoch zu Ross durch das große Tor. Die Leute jubelten ihrem König mit einer Begeisterung zu, mit der man einen langersehnten Retter begrüßt.

»Freundliche Leute hier«, brummte Henry, als er vom Pferd stieg.

»Ja, es hat weniger Schwierigkeiten gegeben als erwartet.« Lord Varmourth hatte die Ehre, das Pferd des Königs zu halten. Henry blickte sich im Burghof um. Man hatte sich bemüht, die gröbsten Schäden, so gut es ging, zu beseitigen, aber es würde noch viel Arbeit sein, alles wieder herzustellen.

»Ein schönes Lehen, Varmourth, ich kann deinen Eifer verstehen.«

Unbemerkt hatte sich ein kleines Mädchen durch die Beine der Wachen geschoben und eilte zielstrebig, einen Strauß mit den letzten Herbstblumen in der Hand, auf den König zu. Noch ehe jemand dazwischentreten konnte, hatte es Henry erreicht, machte einen holprigen Knicks und streckte ihm die Blumen entgegen. Henry war ein harter Krieger und skrupelloser Politiker, aber er war auch sehr kinderlieb. Er beugte sich zu dem Mädchen hinab und nahm die Blumen entgegen. Große graue Augen strahlten ihn vertrauensvoll an, aber über die Stirn und die linke Wange lief ein langer Schnitt, der einmal eine hässliche Narbe hinterlassen würde.

»Wie heißt du, mein Kind?«

»Ich heiße Bertha.«

»Und du freust dich, dass der König hier ist?«

Das Mädchen nickte eifrig.

»Sie werden alles wieder gut machen, Herr König.«

Henry erhob sich seufzend, und Lord Varmourth nutzte die Gelegenheit, das Mädchen beiseite zu schieben. Die Wachen scheuchten es zurück in die Menge. Henry setzte seinen Weg fort und verschwand durch die Treppe in die Haupthalle. Megan stand neben Wilma am Fenster des Gesindeganges.

»Wer war das Kind?«

»Das war die Tochter der armen Amabel.«

»Wer immer sie geschickt hat, das war ein großartiger Einfall«, sagte Megan anerkennend. In Henrys Gefolge befand sich auch eine Dame. Sie war verschleiert und stieg nun ebenfalls die Treppen empor.

»Sie wird in Miladys Zimmer übernachten«, schnaubte Wilma verächtlich, »eine Mätresse des Königs!«

Megan sah der kostbar gekleideten Unbekannten nach. Es war sicher nicht das schlechteste Leben, die Geliebte des Königs zu sein.

Während das Gesinde mit den Vorbereitungen des Festmahles beschäftig war, lief Megan auf ihren vorgetäuschten Botengängen durch die Burg, immer ängstlich darauf bedacht, dass alles nach Plan verlief. Erik würde mit seinen Männern schon in der Grotte sein, bereit, gegen eine feindliche Übermacht die Burg zurückzuerobern. Megan war unruhig, hoffentlich würde alles gutgehen. Wenn nicht, so würde Erik doch noch eine Gelegenheit haben, für sein geliebtes Radwick zu sterben. Und dass es dazu kommen könnte, daran wollte sie lieber gar nicht erst denken.

»Bursche!«

Megan blieb stehen.

»Ja?«

»Bring das hinauf in die Gemächer von Milady. Eine Dame aus dem Gefolge des Königs hält sich dort auf.«

Die Frau, die Megan angehalten hatte, drückte ihr ein Leinensäckchen und eine Glasflasche, die mit einem Korken verschlossen war, in die Hand.

»Jawohl, Madame.«

Megan eilte davon. Im Wohnflügel herrschte nicht ganz so viel geschäftiges Treiben, und sie verlangsamte ihren Schritt. Sie schnupperte an dem Säckchen: Lavendel. Sie hatte ihr ehemaliges Schlafzimmer fast erreicht, als sie die Stimme von Lord Varmourth hörte. Erschrocken drückte sich Megan in eine Nische in der Wand.

»Ich kann Ihr Interesse verstehen, meine Liebe.« Seine Stimme klang spöttisch. »Es muss ein seltsames Gefühl sein, wieder hier zu sein. Doch selbst das Gesinde empörte sich, dass die Mätresse des Königs im Bett der Lady Solvey übernachtet. Aber machen Sie sich nichts daraus, er wird sicher gut für Sie sorgen, wenn er Ihrer überdrüssig wird.«

Die Frauenstimme, die ihm antwortete, war eisig.

»Ich habe niemals verstanden, warum diese Burg so besonders sein soll. Aber ich muss sagen, einen Herrn wie Sie hat Radwick auch nicht verdient.«

Lord Varmourth lachte nur höhnisch und Megan hörte die Tür schlagen. Er ging in die entgegengesetzte Richtung davon. Wer war die Frau? Megan wollte gerade ihren Weg fortsetzen, als sich die Tür erneut öffnete und sie sich schnell wieder verstecken musste. Die mysteriöse Dame, die noch immer verschleiert war, kam den Gang hinunter – in Begleitung von Dame Evelyn!

»Ich weiß nicht, ob ich dich jetzt schon mitnehmen kann, Evelyn, aber ich werde versuchen, etwas zu arrangieren.«

Megan hörte Dame Evelyns leise Antwort nicht mehr. Die

Geliebte des Königs konnte nur Lady Barbara sein! Megans Gedanken rasten. Dann ergab auch alles, was Lord Varmourth zu ihr gesagt hatte, einen Sinn. Lady Barbara hatte das Ohr des Königs. Vielleicht würde sie sich nicht für Eriks Sache einsetzen wollen, aber Megan konnte sich vorstellen, dass Lady Barbara Lord Varmourth nicht mochte und ihm seine Unverschämtheit heimzahlen wollen würde. Sie bräuchte eine Gelegenheit, um mit ihr allein zu sprechen. Aber in ihrer Verkleidung würde sie nicht zu ihr vordringen können, ohne sich verraten zu müssen. Das war zu riskant. Megan dachte angestrengt nach, denn es blieb nicht mehr viel Zeit bis zum Festessen. Vielleicht würde Dame Evelyn ihr helfen? Konnte sie Dame Evelyn trauen? Sie könnte Nein sagen, aber sie würde sie wahrscheinlich nicht verraten, weil sie damit auch Erik verraten würde. Dame Evelyn hasste Lord Varmourth, das hatte sie am Abend der Siegesfeier deutlich in ihrem Gesicht gesehen. Megan rang noch immer mit sich, als die beiden Frauen zurückkamen und wieder im Schlafgemach verschwanden. Es war ein Wagnis, aber es musste sein. Sie brauchten jede Hilfe, die sie bekommen konnten. Schließlich trat Megan aus der Nische hervor und klopfte an die Tür. Dame Evelyn öffnete.

»Was hast du solange gebraucht, Bursche?«, fuhr sie Megan in ihrer unfreundlichen Art an.

»Dame Evelyn, ich brauche Ihre Hilfe.«

Evelyn starrte überrascht in ihr Gesicht und nach einem kleinen Moment weiteten sich ihre Augen ungläubig. Sie zog Megan in das Zimmer und schloss die Tür.

»Lady Megan?«

»Ich muss mit Lady Barbara sprechen.«

»Ich dachte, Sie wären tot!«

Megan schüttelte den Kopf.

»Erik Arrondal ist auch nicht tot. Er wird heute Abend vor

den König treten und die Burg zurückfordern. Aber wir brauchen Hilfe.«

»Evelyn, mit wem sprichst du?«

Lady Barbara lag auf dem Bett, eine warme Kompresse über den Augen. Evelyn blickte Megan einen Augenblick unergründlich an und nickte dann. Sie trat ans Bett.

»Milady, hier ist jemand, der Sie zu sprechen wünscht. Es ist sehr dringend.«

Barbara zog sich die Kompresse von der Stirn und richtete sich auf.

»Wer ist es?«, fragte sie neugierig.

»Es ist Lady Megan, die zweite Frau von Lord Albert.«

Megan trat vor.

»Ich bin hier, um Ihre Hilfe zu erbitten.«

Nachdem sie Megan einen Moment ungläubig angestarrt hatte, lachte Lady Barbara laut. Sie war eine ausgesprochen schöne Frau mit kastanienbraunen Locken, die ihr wie ein Wasserfall über die Schultern fielen. Ihre tiefblauen Augen waren von langen, dunklen Wimpern umrahmt und ihre Haut war makellos. Unter ihrem amüsierten Blick fühlte sich Megan in ihrem Aufzug geradezu lächerlich, aber es war ihr egal. Schließlich winkte Lady Barbara sie heran.

»Kommen Sie doch näher, Lady Megan, und sagen Sie mir, wie ich Ihnen behilflich sein kann. Aber bitte erklären Sie mir vorher Ihre seltsame Verkleidung.«

Megan berichtete in stark gekürzter Form, was sich ereignet hatte und was sie planten. Barbara hatte schweigend zugehört und fragte schließlich: »Albert ist tot?«

»Ja.«

»Und warum nehmen Sie dann all das hier auf sich? Sie könnten doch jetzt in Sicherheit sein und ein neues Leben beginnen.«

Megan zögerte einen Moment.

»Sagen Sie mir nicht, dass es wegen Erik Arrondal ist!«

Lady Barbara lachte erneut. »Evelyn, Lady Megan hier hat sich in unseren Steward verliebt.« Sie wandte sich wieder an Megan. »Sie armes Kind, sind Sie sicher, dass er all ihre Opfer auch zu schätzen weiß?«

Megan lächelte, und Barbara beugte sich plötzlich vor und starrte sie forschend an.

»Herr im Himmel, Sie haben ihn eingefangen!«

Megan errötete.

Mit einer theatralischen Geste warf sich Lady Barbara zurück auf das Bett.

»Das glaube ich einfach nicht!« Sie setzte sich wieder auf und rief: »Schau sie dir an, Evelyn! Wenn ich nicht den König von England in meinem Bett hätte, wäre ich jetzt sehr getroffen!« Es war offenkundig, dass es ihr doch einen Stich versetzt hatte.

»Werden Sie uns helfen, Lady Barbara?«

Sie sah Megan für einen Moment mit einem säuerlichen Gesichtsausdruck an und nickte schließlich.

»Ich werde sehen, was ich tun kann, aber versprechen kann ich nichts.«

»Ich danke Ihnen.«

Dame Evelyn öffnete die Tür und spähte hinaus. Sie nickte Megan zu, dass die Luft rein war.

»Ich danke auch Ihnen, Dame Evelyn.«

»Viel Glück, Milady.« Ein Lächeln huschte über ihr hageres Gesicht.

Pünktlich zum festgelegten Zeitpunkt begann das Festmahl. Während den Teilnehmern der erste Gang serviert wurde, eilte Megan in die Waschküche und holte Eriks Schwert. Dann lief sie durch den alten Trakt zur Wendeltreppe. Ihr Herz schlug heftig, als sie die Stufen hinunterstieg. Jetzt ging es um alles: Alles gewinnen oder alles verlieren. Ein Geräusch aus dem Vorraum ließ sie abrupt innehalten. War Erik schon aus dem Versteck gekommen? Aber sie hatten doch verabredet, dass sie das Zeichen geben sollte? Langsam schlich Megan die Treppe weiter hinunter. Die Tür zum Hof war angelehnt, und sie sah die Umrisse eines Mannes. Es war einer der Wachposten. Was machte er hier? Sie wagte kaum zu atmen, denn wenn er Alarm schlagen würde, wäre alles verloren. Sie musste ihn unschädlich machen und trat einen Schritt nach vorne. Doch sie hatte vergessen, dass sie immer noch das Schwert bei sich trug. Bei ihrem Versuch, sich anzuschleichen, schlug es gegen eine Stufe, und die Wache drehte sich um.

»He!«

Megan schob das Schwert hinter sich.

»Verzeihung, Herr.«

»Was machst du hier, Bürschchen?« Er kam in den Vorraum und sah Megan so seltsam an, dass sie eine Gänsehaut bekam.

»Was machst du hier, so ganz allein?« Jetzt grinste er und musterte sie von oben bis unten.

»Willst du hier vorbei, eh? Da musst du aber ein Wegegeld zahlen.« Er lehnte sich breitbeinig an den Türrahmen, packte sich zwischen die Beine und winkte sie zu sich. Sie drehte sich um und hastete die Treppe hinauf. Fluchend folgte er ihr. Sie musste ihn unschädlich machen, koste es, was es wolle. Ihre Hände packten das Geländer, und sie wirbelte herum. Die Wache stürmte hinter ihr die enge Treppe hinauf. Sie trat so fest zu, wie sie konnte, und der Mann verlor das Gleichgewicht und fiel rückwärts. Megan folgte ihm die Treppe hinunter und hielt das Schwert mit beiden Händen umklammert. Er schlug dumpf auf dem Steinboden auf. Eriks Klinge steckte in einer harten Lederscheide. Megan holte aus und schlug ihm damit auf den Kopf. Aber es war nicht hart genug gewesen, denn der Wachposten versuchte sich aufzurappeln. Verzweifelt holte sie erneut aus, als eine große Hand plötzlich ihren Arm festhielt, das Schwert zog und es in einer Bewegung dem Wachposten in die Brust rammte.

»So macht man das, Bürschchen!« Erik grinste sie an. Megan gab einen Seufzer der Erleichterung von sich. Er schob den Toten mit dem Fuß zur Seite und spähte die Treppe empor.

»Der gesamte alte Trakt ist verlassen«, sagte Megan. Eriks helle Augen hielten die ihren für einen Moment gefangen. Er nahm ihre Hand und küsste sie.

»Bleib in Deckung, Megan!«

Dann gab er den Männern ein Zeichen, die sogleich aus dem Versteck kamen und ihm leise die Wendeltreppe hinauffolgten. Megan sah ihnen einen Augenblick nach, dann machte sie sich in Richtung Kapelle auf.

~ 32 ~

Lord Varmourth schenkte König Henry einen Becher Wein ein, als plötzlich ein Tumult am Eingang entstand. Überrascht wandte er den Kopf und sah zwei seiner Wachposten mit durchgeschnittener Kehle in sich zusammensinken. Er richtete sich so schnell auf, dass der Krug zu Boden fiel und zerbrach. Die anderen Ausgänge waren ebenfalls bereits besetzt. Im Hintergrund hörte er die Glocke der Kapelle läuten. Lord Varmourth' entsetzter Blick glitt über die Gäste an den Tischen. Er sah, wie Sir Barton von einem Pagen mit einem Dolch am Aufstehen gehindert wurde und das junge Mädchen, das zu ihrer Unterhaltung gesungen hatte, ein Messer an die Kehle seines Leibdieners hielt. Was zum Teufel ging hier vor sich? Den Mann, der jetzt selbstbewusst durch den Mittelgang geradewegs auf den Tisch des Königs zuschritt, hatte er tot geglaubt. Lord Varmourth ballte die Fäuste. Im Raum erhob sich durchdringender Jubel. Erik erreichte den Tisch und hob die Hand. Es war augenblicklich still. Er fiel auf ein Knie nieder und neigte den Kopf. Seine Stimme war laut und für alle deutlich zu verstehen.

»Ich bin Erik Arrondal, der Steward von Radwick, und ich erbitte von meinem König gehört zu werden.«

Henry war, die Hand am Schwert, aufgesprungen, als er gesehen hatten, wie die Wachen angegriffen worden waren.

»Was hat das alles zu bedeuten?«, donnerte er wütend. »Du wagst es, das Schwert gegen deinen König zu erheben?«

Erik stand auf und bot dem König sein blutiges Schwert auf den Händen dar.

»Nein, Herr. Radwick ist Euch mit Herz und Seele ergeben. Wir beugen uns Eurem Willen, nicht aber dem seinen!« Er machte eine Bewegung mit dem Kopf in Richtung Lord Varmourth, der schräg vor der königlichen Tafel stand und die ganze Szene in fassungsloser Wut mitansah. Henry sah den großen, blonden Mann, dessen helle Augen seinem durchdringenden Blick standhielten, mit gerunzelter Stirn an. Dann setzte er sich wieder.

»Was hast du zu sagen, Erik Arrondal?«

»Ich erbitte die Burg Radwick von Euch.«

Der König zog überrascht die Augenbrauen hoch, und es entstand ein Gemurmel im Saal.

»Das ist eine außerordentlich große Bitte, und warum glaubst du, die Burg verdient zu haben?«

»Ich mag Radwick nicht verdient haben, aber er«, wieder nickte er in Richtung Varmourth, »ist der Burg unwürdig.«

»Weshalb?«

»Weil Lord Varmourth ein ehrloser Mann ist, der die Menschen auf Radwick hinterrücks hat vergiften lassen, anstatt einen ehrenvollen Kampf gegen sie zu kämpfen. Die Leute von Radwick sind Eure Leute, Majestät, sie sind Euch treu ergeben. Lord Varmourth hat keinen Respekt für sie.« Es herrschte einen Augenblick Schweigen.

»Und auch keinen Respekt für die Geliebte des Königs«, flüsterte die verschleierte Frau hinter Henry in sein Ohr. Die Augen des Königs blitzten wütend, und Varmourth, dem das nicht entgangen war, beeilte sich, ihm zu versichern: »Majestät, hört mich an, das sind alles Lügen.«

Aber Henry schnitt Lord Varmourth mit einer Geste das Wort ab und starrte Erik weiter an. Natürlich wusste er, wer der Steward von Radwick war. Henry war stets aufs Beste unterrichtet. Er hatte Erik einige Male bei Hofe bemerkt, wenn er dem nichtsnutzigen Lord Solvey Worte ins Ohr geflüstert hatte, die diesem wieder einmal den Hals gerettet hatten. Er war ein fähiger Mann, sonst wäre es nicht erst jetzt zu einem Machtwechsel auf Radwick gekommen. Aber offenbar hatte dieser so groß von Lord Varmourth angekündigte Machtwechsel noch gar nicht stattgefunden. Henrys Blick fiel jetzt ungnädig auf Lord Varmourth: Ein machtbesessener, skrupelloser Mann. Das an sich waren nicht notwendigerweise schlechte Eigenschaften, aber er hatte mit seiner überheblichen Siegesgewissheit seinen König in eine gefährliche Lage gebracht, und das nahm Henry ihm übel. Erik Arrondal war außerdem ein geschickter Redner, denn Henry konnte nicht öffentlich die Vergiftung seiner Untertanen billigen, was ihm im Übrigen tatsächlich missfiel. Er blickte sich im Saal um, und sein Blick fiel auf die junge Sängerin, die zitternd vor Angst einem sehr viel größeren Mann ein Messer an die Kehle hielt. Es war deutlich, dass die Leute ihrem Steward treu ergeben waren. Sein Blick traf wieder auf Erik. Und dieser Steward war ebenfalls ein loyaler und zuverlässiger Mann, sonst hätte er nicht so lange diesem Nichtsnutz von Lord Solvey beigestanden. Außerdem traute Henry Lord Varmourth nicht eine Handbreit über den Weg. Vielleicht wäre es tatsächlich besser, die Burg dem Steward zu übergeben? Es war allerdings etwas heikel, denn die Verbündeten von Varmourth erwarteten einen Anteil, und er selbst hatte genug von dem Unfrieden in dieser Gegend. Es musste eine klare Entscheidung geben, die nicht anzufechten war. Henry erhob sich.

»Ich werde die Entscheidung in Gottes Hand legen. Morgen bei Tagesanbruch sollt ihr für euren Anspruch gegeneinander antreten. Wen Gott siegen lässt, der soll die Burg bekommen!«

Henry nickte zufrieden, Gottesurteile waren immer eine sehr elegante Lösung.

»Und bis dahin spreche ich einen Burgfrieden aus. Wer sich nicht daran hält, verliert den Kopf!«

Zur gleichen Zeit, als Megan über den Hof in Richtung Kapelle eilte, überwältigten Lambert, Josh und Fulke die Wachen am Kerker. Da keiner der Besatzer mit einem Angriff innerhalb der Mauern gerechnet hatte, wurden sie völlig überrascht. Das unmittelbar darauf folgende Läuten der Kapellenglocke war das Zeichen für alle anderen Bewohner von Radwick, sich zu erheben, und so sahen sich die Fremden plötzlich Küchenmessern, Heugabeln und Hämmern gegenüber. Mit dem Klang der Glocke schloss sich außerdem das Burgtor und schnitt die meisten der Feinde, die vor der Burg lagerten, vom Geschehen innerhalb der Mauern ab. All dies war sehr schnell gegangen, aber ob der Plan von Erfolg gekrönt sein wurde, wusste noch niemand. Megan stand mit Vater Raphael an einem der hohen, schmalen Fester der Kapelle und blickte in den Hof hinunter. Es war eine Szene, als hätte Gott für einen Moment die Zeit angehalten. In die gespenstische Stille kam Henrys Herold die Treppen heruntergelaufen. Er stellte sich in die Mitte des Hofes und rief mit lauter Stimme: »Seine Majestät, König Henry spricht das Friedensgebot über die Burg Radwick aus. Die Missachtung des Friedens wird mit dem Tode bestraft. Bei Anbruch des morgigen Tages werden Pierre de Travis, Lord von Varmourth, und Erik Arrondal, Steward von Radwick, in einem Zweikampf um die Herrschaft über das Lehen Radwick antreten. Die Gunst Gottes wird den Kampf entscheiden.«

Der Jubel und die Erleichterung, die diese Ankündigung auslöste, waren weithin zu hören. Der königliche Herold stieg auf die Zinnen und wiederholte die Botschaft für die Mannschaften vor den Mauern.

Einen Augenblick später kam Erik die Haupttreppe herunter und wurde von seinen Leuten begeistert gefeiert. Er blickte sich suchend um und entdeckte Megan. Sie winkte ihm aus dem Fenster der Kapelle zu, und er verbeugte sich lächelnd vor ihr.

Etwas später traf sich der Kern der Verschwörung in dem Raum hinter der Waffenkammer. Während dem König weiter das Beste, was Radwick zu bieten hatte, aufgetragen wurde, gingen viele der anderen Gäste beim Festsaal plötzlich leer aus.

»Ich bin die schmale Köhlerkost auch schon herzlich leid gewesen.« Fulke schnitt sich ein dickes Stück von dem honigglasierten Wildschweinbraten ab.

Megan saß neben Erik und knabberte an einem Stück Nusskuchen. Er zupfte an ihrem kurzen Haar.

»Es wird Zeit, dass du wieder eine Lady wirst, Bürschchen.«

»Sag nicht Bürschchen zu mir!«, empörte sich Megan.

»Du hättest ihn sehen sollen, als er deine Zöpfe gefunden hat!«, lachte Fulke. »Ich habe gleich gesagt, wir sollen sie verbrennen, aber deine halsstarrige Zofe wollte sie unbedingt aufbewahren.«

Megan blicke Erik an.

»Bist du sehr böse darüber, dass ich meine Haare abgeschnitten habe?«

»Nein, weshalb? Steht dir doch gut, Bürschchen.«

»Du sollst mich nicht so nennen!«

»Im Übrigen lügt er«, schaltete sich Fulke wieder ein. »Er hat sich gebärdet wie ein wild gewordener Bär. Ich dachte, er würde uns alle zerreißen, nicht wahr, Josh?«

Josh nickte.

»Du spielst mit deiner Beförderung, Freundchen!« Erik wedelte mit seinem Messer in Joshs Richtung.

Joshs Nicken verwandelte sich augenblicklich in ein Kopfschütteln.

Erik wandte sich wieder Megan zu.

»Deine Haare sind mir völlig gleichgültig, aber ich hätte dich niemals allein mit einer derart gefährlichen Mission auf die Burg zurückkehren lassen.«

»Deshalb habe ich dir auch nichts davon gesagt.«

»Mach das nicht noch einmal!«

Megan schüttelte fügsam den Kopf.

Nach dem Essen machten sich Erik und Lambert daran, die Männer, die Ausrüstung und den Zustand der Burg zu inspizieren.

»Du kannst in meinem Zimmer schlafen, Megan, ich breche jetzt auf, um Anette und deine störrische Zofe zu holen«, sagte Fulke.

»Wirst du morgen rechtzeitig zum Kampf wieder zurück sein?«

»Natürlich! Ich werde mir doch nicht entgehen lassen, wie Erik Varmourth den Garaus macht.«

Unter den Burgbewohnern herrschte nicht der geringste Zweifel, dass ihr Steward den Feind besiegen würde. Obwohl auch Megan recht zuversichtlich war, machte sie sich doch große Sorgen. Erik war noch immer etwas geschwächt von seiner Verwundung und dem Gift. Außerdem hatte Lord Varmourth gezeigt, dass er zu allem bereit war, um seine Interessen durchzusetzen. Er würde vielleicht nicht wie ein Ehrenmann kämpfen, dachte Megan, als sie sich auf den Weg zu ihrem Schlafzimmer machte, um eines ihrer dort gelagerten Kleider zu holen. Dame Evelyn öffnete.

»Lady Megan. Ich bin so froh, dass alles gutgegangen ist.«

»Ja, ich auch. Ich würde gerne eines meiner Kleider holen.«

»Kommen Sie, mal sehen, was sich finden lässt.«

Die Aussicht, Radwick mit Lady Barbara zu verlassen, hatte Dame Evelyn Zuversicht gegeben, die Megan noch nicht an ihr erlebt hatte. Sie fanden Megans Truhe in der Ecke hinter mehreren Stoffballen. Dame Evelyn zog das erste Kleid heraus. Es war aus blaugelb gemusterter Seide. Megan schüttelte den Kopf. Es folgte eine Reihe weiterer sehr farbenfroher Roben, die alle Ella für sie ausgesucht hatte.

»Ich hatte mal so ein dunkelbraunes Wollkleid mit roten Biesen.«

»Ist es dieses hier?«

»Ja!«, rief Megan erfreut. »Es ist mein Lieblingskleid!«

»Ich habe Sie noch nie darin gesehen.«

»Es gefiel meiner Zofe nicht.« Megan schmunzelte bei dem Gedanken, dass sie sich von Ella ihre Garderobe hatte vorschreiben lassen.

»Nun, ich würde sagen, von all den Gewändern ist dieses sicherlich das Einzige, das gut zu Ihnen passt, Milady.«

Die Tür öffnete sich und Lady Barbara kam herein.

»Sie wollen Ihre Verkleidung schon aufgeben, Lady Megan?«, neckte sie sie.

»Ja, ich fühle mich in Kleidern dann doch wohler.«

»Sagen Sie mir bitte nicht, dass ich jetzt Ihr Schlafzimmer räumen muss. Ich habe hier schon allen Platz beansprucht.«

»Nein, das brauchen Sie keineswegs, ich werde in Fulkes Zimmer schlafen.«

»So? Sie werden im alten Trakt übernachten?« Lady Barbara hob vielsagend die Augenbrauen.

Megan errötete. Lady Barbara blickte sie einen Moment lang nachdenklich an und lachte dann.

»Dann werden wir Lady Megan aber nicht in diesem Zustand vor die Tür schicken, nicht wahr, Evelyn? Sage bitte dem Mädchen, wir brauchen eine Badewanne!«

»Das ist nicht nötig, ich hatte vor, mich in der Waschküche zu waschen.«

»Nein, das kommt gar nicht in Frage. Wir können ja schlecht all das hier mit nach unten nehmen.« Sie deutete auf ein Bataillon von Tiegeln, Töpfen und Fläschchen, die kaum alle auf dem Ankleidetisch Platz fanden.

Etwa eine Stunde später, es war schon dunkel geworden, huschte Megan einen Umhang über ihrem Unterkleid und ihr braunes Lieblingskleid über dem Arm in den Gang zum alten Trakt in Fulkes Zimmer. Das Bett war mit frischen Linnen bezogen, im Kamin knisterte ein Feuer und in einem goldenen Leuchter brannten vier Kerzen. Sie legte das Kleid über einen Stuhl und setzte sich auf das Bett. Ihre Haare dufteten frisch gewaschen nach einer exotischen Seife, und ihre Haut war durch Lady Barbaras Rosenöl geschmeidig und weich. Megan sog den Duft und die Wärme in sich auf. Sie überlegte gerade, ob Erik wohl schon zurück sei, als sie seinen Schritt den Gang hinunterkommen hörte. Er klopfte an die Tür und steckte den Kopf herein.

»Hast du alles, was du brauchst?«

»Ja.«

Er betrachtete sie einen Moment schweigend.

»Willst du nicht hereinkommen?«

»Nein, das will ich ganz sicher nicht. Ich habe ernst gemeint, was ich gesagt habe. Wenn ich morgen gewinne, ist es eine andere Sache.«

»Und wenn du nicht gewinnst?« Angst schwang in ihrer Stimme mit.

»Ich werde gewinnen. Das verspreche ich dir. Gute Nacht, Megan.«

Erik schloss die Tür wieder und beglückwünschte sich zu seiner Willensstärke.

Megan blieb auf dem Bett sitzen und hörte, wie Erik zwei Türen weiter in sein eigenes Schlafzimmer ging. Weshalb war er nicht bei ihr geblieben? Morgen würde er der Herr von Radwick werden, dann gäbe es keinerlei Einwände mehr gegen ihre Verbindung. Aber sollte das Undenkbare geschehen und Lord Varmourth gewinnen, dann wäre dies ihre letzte gemeinsame Nacht. Und die wollte Megan nicht einfach verstreichen lassen. Welch unsinnige Skrupel er hatte! Sie blickte auf ihre polierten Fingernägel und den goldenen Ring an ihrem Mittelfinger. Sie würden ja sehen, ob er heute Nacht nicht doch ihr Bett teilen würde!

Sie zog ihr Nachthemd aus und legte nur den Umhang um. Nachdem sie einen Moment gewartet hatte, öffnete sie die Tür zum Raum zwischen ihren Schlafgemächern, ging hindurch und lauschte an Eriks Zimmertür. Er war zu Bett gegangen, aber das Licht brannte noch. Ohne zu klopfen, öffnete sie die Tür und trat ein. Überrascht blickte er auf.

»Megan!«

Sie ließ den Umhang fallen, und er tat einen tiefen Atemzug.

»Du brauchst einen Kamin hier, es ist kalt.« Mit diesen Worten kam sie rasch zu seinem Bett herüber und schlüpfte, noch ehe er sie daran hindern konnte, unter die Decke. Erfreut stellte Megan fest, dass auch er nackt war. Sie kletterte auf ihn und hielt seine Arme fest. Er ließ sie gewähren.

»Das ist unlautere Kriegsführung! Ich werde keine Gnade mit dir haben, Bürschchen.«

Sie beugte sich hinunter und küsste ihn. Seine Hände strichen über ihre nackte Haut, und sein Atem ging schneller.

»Wenn du mich noch einmal Bürschchen nennst, dann gehe ich sofort. Soll ich gehen?«, flüsterte sie.

»Auf keinen Fall.«

Er stöhnte auf, als sie sich auf ihn setzte und er in sie glitt. In dieser Nacht liebten sie sich zum ersten Mal ohne Furcht, Scham oder Schuld.

Am nächsten Morgen waren die Zelte des Heeres vom Turnierplatz vor der Burg verschwunden, und wie bei Megans Hochzeit war eine Holztribüne errichtet worden. Megan hatte sich schweren Herzens im Morgengrauen von Erik getrennt. In Fulkes Schlafzimmer wartete eine müde Ella auf sie.

»Wann seid ihr angekommen?«

»Vor etwa einer halben Stunde, Milady. Und gerade rechtzeitig, wie ich bemerken möchte. Wollen Sie tatsächlich dieses hässliche Kleid anziehen?«

»Ja, das will ich ganz sicher.«

Ella öffnete den Mund, um zu protestieren, aber Megan schnitt ihr das Wort ab.

»Wir haben offenbar nicht den gleichen Geschmack, Ella. Da ich aber diejenige bin, die die Gewänder tragen muss, werden wir uns in Zukunft nach meinen Vorlieben richten.«

»Aber Milady.«

»Wenn du gerne bunte Kleider trägst, darfst du all die haben, die mir nicht gefallen.«

Ella reckte beleidigt das Kinn, gab aber keine weiteren Widerworte.

Etwas später trat sie in ihrem schlichten, aber eleganten Kleid mit passendem Schleier in den Hof. Lambert reichte ihr den Arm, und sie schritten durch das Tor zum Turnierplatz. Es hatte sich inzwischen auf Radwick herumgesprochen, dass auch Lady Megan noch am Leben und wieder auf der Burg war. Die Leute knicksten, verbeugten sich und riefen ihr zu, wie froh sie waren, sie wieder auf Radwick zu haben. Megan war gerührt.

»Ich habe Ihnen doch gesagt, dass die Leute Sie mögen«, sagte Lambert.

Sie standen mit anderen Zuschauern von Rang an der Tribüne und warteten auf den König. Die Masse der Zuschauer drängte sich in einem großen Halbkreis um den Kampfplatz. Auf der linken Seite sah sie Erik mit Josh und Fulke und einigen anderen seiner Männer. Auf der rechten Seite wartete Lord Varmourth. Megan bekam eine Gänsehaut. In diesem Moment trat Henry auf die Tribüne. Als er an Megan vorbeiging und sie wieder aus ihrem tiefen Hofknicks hervorkam, blieb er stehen.

»Sie sind also Lady Megan. Meine Herzdame hat mir von Ihren Abenteuern berichtet. Sie sind eine bemerkenswerte Frau. Kommen Sie, setzten Sie sich zu mir!«

Es war eine große Auszeichnung, neben dem König zu sitzen, und wäre Megan nicht so besorgt um Erik gewesen, hätte sie es sicher noch mehr genossen. Sie folgte Henry die Holztreppe hinauf. Nachdem alle Platz genommen hatten, erschien der königliche Herold und erklärte die bereits allen bekannten Regeln des Zweikampfes. Es wurde gekämpft, bis einer unterlag. Dem Sieger hatte Gott seine Gunst geschenkt, und somit war er im Recht. Dann traten die Kämpfer in die Mitte des Kampfplatzes. Keiner von ihnen trug eine Rüstung, sie waren nur mit Hose und Hemd bekleidet und barhäuptig. Jeder trug ein Schwert und einen Schild. Plötzlich wurde es still und Megan konnte die Anspannung, die sich über den Platz legte, förmlich spüren. Sie rang nervös mit den Händen. Henry legte kurz seine Hand auf ihren Arm.

»Es ist nicht sehr wahrscheinlich, dass Ihr Steward verlieren wird.«

Megan lächelte kurz und bemühte sich fortan, ruhig zu sitzen, aber es fiel ihr nicht leicht.

Im Gegensatz zu Erik hatte Lord Varmourth eine alles andere als angenehme Nacht verbracht. Er war sich darüber im Klaren, dass er seinem Gegner an Kraft und Kampfgeschick unterlegen war. Bei ihrem letzten Zusammenstoß hatte ihm nur das wohlmeinende, aber dumme Eingreifen von Lord Albert das Leben gerettet. Er hatte die ganze Nacht darüber nachgedacht, wie er aus dieser misslichen Lage unbeschadet hervorgehen könnte, aber es war ihm nichts eingefallen. Jede Unregelmäßigkeit bei diesem Zweikampf würde König Henry sehr übelnehmen, und es war durchaus denkbar, dass der König ihn einen Kopf kürzer machen würde, wenn herauskäme, dass er betrogen hatte. Und zudem wusste er nicht, wie er das Glück in diesem Kampf überhaupt auf seine Seite zwingen könnte. Es blieb ihm also nur zu versuchen, so lange als möglich durchzuhalten und schließlich den König um Gnade für sein Leben zu bitten. Das würde Henry ihm sicher gewähren, denn er war ihm in der Vergangenheit von Nutzen gewesen.

Der Morgen war klar, und der Tau auf dem Grasplatz funkelte in der aufgehenden Sonne. Nachdem Henry kurz in die Runde geblickt hatte, war es soweit. Auf sein Zeichen hin begann der Kampf. Erik warf seinen Schild beiseite und drosch augenblicklich wie ein Berserker auf seinen Gegner ein. Ohne ihm auch nur eine Gelegenheit zur Gegenwehr zu geben, trieb er Lord Varmourth über den Kampfplatz. Sein Schwert hieb unerbittlich auf den Schild seines Widersachers ein, der langsam in Stücke zerfiel. Die Zuschauer verfolgten gebannt das Geschehen. Nichts konnte Erik aufhalten. Das Holz flog Lord Varmourth um die Ohren, und er ließ die Reste seines Schildes zu Boden fallen. Aber ehe er sein Schwert fester packen konnte, schlug Erik es ihm aus der Hand. Für einen Moment traf sich ihr Blick. Lord Varmourth wusste, dass es vorbei war. Noch ehe seine Lippen das Wort Gnade formen konnten, stieß ihm Erik das Schwert in die Brust. Ein Aufschrei ging durch die Zuschauermenge, dann brach ohrenbetäubender Jubel aus. König Henry erhob sich, und augenblicklich herrschte wieder Stille.

»Herrgott, musste er ihn gleich schlachten?«, hörte Megan ihn unwirsch sagen. Er ging die Treppe hinunter und trat auf den Kampfplatz. Die Zuschauer auf der Tribüne folgten ihm in gebührendem Abstand. Erik stand schweißgebadet und schwer atmend in der Mitte des Platzes. Das blutige Schwert hielt er noch immer in der Hand. Als er den König über die Wiese auf sich zukommen sah, fiel er auf die Knie und senkte den Kopf.

»Gott hat entschieden, mein König.«

»Ja, das sehe ich«, brummte Henry. Josh kam mit Eriks Schwertgürtel und Erik legte ihn um. Er wischte das Schwert im Gras ab und steckte es in die Scheide. Henry zog sein eigenes Schwert und tippte Erik damit leicht auf jede Schulter und den gesenkten Kopf. Nachdem er Erik den vorgegebenen Treueid hatte sprechen lassen, bedeutete er ihm aufzustehen.

»Und hier, Erik Arrondal, Lord von Radwick, habe ich auch noch eine standesgemäße Braut für dich.«

Er winkte Megan heran und legte ihre Hand in Eriks. Erneut brach ohrenbetäubender Jubel aus.

Der König verließ Radwick noch am gleichen Tag wieder. Zuvor hatte er den Frieden zu einem Landfrieden ausgeweitet, der auch die umliegenden Nachbarschaften einschloss, um jedweden Vergeltungsschlag von Seiten Radwicks zu unterbinden. Die kleineren Truppen brachen ihre Lager ab und kehrten eilig wieder nach Hause zurück. Der erbittertste und stärkste Gegner hatte seinen Herrn verloren und musste ihn tot mit zurück nehmen.

Megan und Eriks Hochzeit wurde für den darauffolgenden Sonntag angesetzt. So war genug Zeit, um die vordringlichsten Aufräumarbeiten zu beenden. Megan verschenkte einen Großteil ihrer Garderobe an ihren Hofstaat. Ella schmollte einen halben Tag lang, ließ sich aber dann mit der Aussicht auf die Auswahl und Herstellung neuer Kleider wieder erweichen. Josh feierte seine Beförderung zum Hauptmann so ausgiebig, dass er seinen ersten Dienstantritt am nächsten Morgen verschlief und von Erik eigenhändig zum Ausnüchtern in die Pferdetränke getaucht wurde. Lambert war Lord Varmourth' Truppen gefolgt, um sicher zu stellen, dass sie sich auf ihrem Weg an den königlichen Landfrieden hielten. Megan hatte ihm jedoch zuvor das Versprechen abgenommen, rechtzeitig zur Hochzeit wieder zurück zu sein.

»Ich kann nicht glauben, dass ich hier nicht mehr reinpasse!«

Anette zog an den Schnüren ihres besten Kleides.

»Vielleicht bist du doch schon einen Monat weiter?«, schlug Megan vor, als sie in ihrem Schlafzimmer saßen und ihren verbleibenden Garderobenfundus inspizierten. Anette zuckte mit den Schultern.

»Was soll ich denn jetzt zu deiner Hochzeit anziehen?«

»Aber deshalb probierst du es doch. So hast du noch zwei Tage Zeit, es zu ändern.«

Ella kam mit einem großen Etui herein. Megan sprang auf und deutete auf die Tür.

»Dieses Folterinstrument werde ich nie mehr tragen! Du kannst es gleich wieder mit hinausnehmen.«

»Aber Milady, es ist das Hochzeitsdiadem Ihrer Mutter.«

»Das ist mir einerlei.«

Ella öffnete den Mund, aber Megan kam ihr zuvor.

»Es hat mir solche Schmerzen verursacht, dass ich mich kaum an meine erste Hochzeit erinnern kann. Das werde ich nicht noch einmal zulassen.«

Ella war nicht glücklich über Megans Entscheidung, trug das Schmuckstück jedoch schnell wieder hinaus.

»Ich muss nachsehen, ob ich noch etwas von dieser Bordüre habe, vielleicht kann ich das Gewand an den Seiten etwas auslassen.«

Mit diesen Worten folgte Anette Ella aus dem Schlafzimmer. Einen Moment später kam Erik herein. Er hatte beschlossen, seine Gemächer im alten Trakt zu belassen und nicht in den weniger zugigen Neubau umzuziehen. Megan war damit einverstanden gewesen. Jetzt stand er in ihrem Schlafgemach und schaute sich um.

»Bist du sicher, dass du nicht doch lieber dieses Schlafzimmer behalten willst?«

»Es ist zu weit weg.«

»Da hast du natürlich Recht.«

»Außerdem habe ich es schon Fulke und Anette versprochen. Ich nehme dann Fulkes Zimmer.«

»Und wie ich höre, werden Glasscheiben in die Fenster des alten Trakts eingebaut?«

Megan nickte.

»Sonst wird es im Winter zu kalt.«

»Aber Fulkes Zimmer hat doch einen Kamin.«

»Aber dein Zimmer nicht. Und ich werde sicher nicht immer darauf warten, bis du mich in meinem Zimmer besuchen kommst, denn ich mache auch ganz gerne Besuche.«

Er kam zu ihr herüber, zog sie in seine Arme und küsste sie.

»Habe ich hierbei auch noch etwas mitzureden, mein Bürschchen?«, fragte er lachend.

Megan betrachtete Erik einen Augenblick lang und schüttelte dann den Kopf.

»Nein, ich denke nicht. Und wehe, du nennst mich noch einmal Bürschchen!«